刺局

① 即兴局

圆太极 —— 著

目　录

引　子 / 001

第一章　绝妙一杀 / 006

第二章　磨红的铁甲 / 029

第三章　鬼蜮幻相 / 057

第四章　射　杀 / 082

第五章　焦尸火场 / 107

第六章　最危险的攻击 / 131

第七章　双宝山大战 / 154

第八章　恶战天惊牌 / 176

第九章　欲挽狂澜 / 198

第十章　诡秘杀技 / 220

第十一章　大战鬼卒 / 240

第十二章　绝重镖 / 260

引　子

千古绝杀多遗叹，无杀又难弱成强。

独行竟露踪。即兴做局惶。

铁甲马磨红。过野琴声长。

火起鬼行处。冲庄尸亦狂。

墓中秘

2013年6月14日，广播、电视、各大报刊，以及百度、新浪、腾讯、搜狐等网站的新闻专栏，都播报了同一则新闻："全国人数最多、规模最大的一起盗墓案件调查终结。"

就在2013年的1月底，湖南长沙天马山附近，暗中聚集了来自河南、陕西、江西等地的多支盗墓团伙。最近盗墓行中流传着一个信息：天马山汉墓中藏有近两吨重的黄金。

几个盗墓团伙各自行动，他们先后采用了探、钻、捣、挖、凿、撬、炸等方法，甚至用了很大分量的炸药，炸出了八米深的大坑，却始终未能炸开千斤石撑，盗墓人仍被七层"黄肠题凑"挡在椁室之外，墓葬外围的构筑未有丝毫损伤。

而此时公安方面接到报案，迅速出警，将所有盗墓团伙的犯罪嫌疑人一举拿获。

审讯过程中，几乎所有犯罪嫌疑人都提到"天马山汉墓中藏有近两吨重的黄金"。这个信息让询问的警察觉得很疑惑，估计这些犯罪团伙成员可能是被什么人欺骗和利用了。因此，他们就这个案子请教了专门研究长沙汉墓的文物专家，专家从墓葬习俗和历史状况上进行了分析，结论是天马山汉墓中也许会有黄金和黄金制品，但藏有几吨重黄金的可能性根本不存在。

按照古代堪舆学的理论，墓葬的外部环境讲究藏风聚气，而内部布局注重的则是三才之分、四方之向和五行平衡。特别是五行平衡之说，如果出现谬误是会影响死者灵魂归属的。比如说金属性的物件太多，那会牵累墓主无法升天。单从这方面来讲，墓中也不该有大量黄金。

还有就汉代长沙国的资料考证，当时此地并不盛产黄金。而两吨重的黄金用古代的称量标准计算，那就是六万四千两的样子。就算是黄金盛产地，要凭借当时的淘金技术获取这么多黄金也是很难想象的。像长沙国这样的小国，国库全部储存恐怕连这重量的三分之一都达不到。所以当时谁要拥有这笔黄金，不是富可敌国，而是富可敌几国。这样的话就难免要有疑问，有哪一个继任的皇帝舍得把这么多黄金给前任皇帝带到墓里？就算舍得，又从哪里能获取这么多的黄金？

审讯的警察决定追查这条不靠谱的信息是从何而来，弄清传播此信息的人到底有何居心和用意。但询问下来，众多犯罪嫌疑人竟然都无法准确说出信息来自哪里。最后还是陕西盗墓团伙中的一个"大师父"（盗墓团伙中专家人物的代称，负责查找墓穴位置，确定开挖路线，解决护墓机关等事情。）提供了条线索，说在开封古玩市场有店家收到一批腥货（从墓中挖出，还带着土腥气。也因为地下文物都归国家，所以贩卖这种货物是违法的，搞不好鱼没吃到弄身腥。），都是残缺腐烂的木刻板。天马山汉墓中藏有两吨多黄金的消息好像是从那些木刻板上发现的。

引　子

于是公安部门联合文物部门快速出击，在当地警方的配合下，找到了那批木刻板。部分已经流传出去的木刻板，经过各方努力，基本也都找了回来。

这些木刻板被运到开封博物馆封存，然后由北京赶来的文物专家、文字研究专家牵头，湖南、河南两地的文物专家参与，对上面的文字进行辨认、编录、排序。虽然因破损、腐烂、遗失等原因导致木板文字存留不多，但就这些很难连贯、需要揣测才能说通的文字，表述出的内容仍然是让所有专家大吃一惊。因为这里面藏存着一个人们从不知晓的历史内幕，因为这里面重新诠释了一段历史的跌宕纵横，因为这里面有两千年前的一个又一个秘密，包括天马山汉墓到底有没有藏着大量的黄金。

那是在中国历史上最为纷乱复杂的五代十国后期。群雄割据，局势微妙，前景叵测……

异象出

公元944年，天下奇事异事迭出。

六月初，夜空突现耀眼红星划空而过，自北往南，数国之人均能见。

南唐境内落霞山卧佛寺有泥菩萨说话："杀星北现，佛难，人难。"

南平鹤鸣山悬壁崩塌，现出一方石碑，上刻："众雄之中，座下难安，碾压辗转，诈失一方。"

南唐属地淮南一带突遭风灾，庄稼齐齐南倒，一季收获全无。

蜀国青城脚下一石洞中出了面壁奇人，卜算星相无有不准。因为从来没有人看到过他的面容，所以被称为无脸神仙。无脸神仙有些怪异，他只测算百姓平常愿，不问皇家、官家事。

……

翌年，又逢春盛时节，江南水清山媚之地，暖意缠人，花香沁脾。但在南唐、楚地、南汉三国交界之处的崇山峻岭中，有一处山谷依然是肃杀之景。

此处寒风劲吹，水荡草舞，竹掩松盖，峭壁斜插。山谷底下绝大部分区域都黑得如同黑夜，而黑暗总是与寂静相伴的，在这里听不到鸟鸣虫吟，只偶有一两声兽咆远远传来，显得无比诡异。

山谷两侧的崖壁上全是黑松乱草。松枝嶙峋，伸展得如墨龙跃空。草叶孤劲，如欲杀墨龙的箭矢。就是这些松枝、乱草将谷底遮掩得如同黑夜，不过它们也让出了些许缝隙，让一缕天光孤寞地投到谷底。光线落在一汪溪面上，照到的半边是幽蓝，照不到的则仍是墨绿。幽蓝清灵，墨绿深邃，水溪缓流之间，就如太极阴阳循环旋接。

平时这样的荒山野谷一个人影都见不到，但此时这里却聚集了六七个不像人的人。他们在峭壁根部最黑暗的地方一排坐着，就如同摆放着一排黑色的泥塑，又像地府里偷偷出来游荡的鬼魂。

突然，一道黑影在天光投下的缝隙中出现，并且顺着那光线无声地落了下来。远处又是一声低沉的兽咆，也许是因为光线的变化让某些生命愤怒了或恐惧了。

落下来的是一只毛蓬体瘦的灰鹞，接近地面时一个并不优雅的平掠，落在那几个黑色泥塑般的人面前。

离得最近的人伸出手，从灰鹞爪上摘下一支枯黄带金丝的竹管。这竹管应该是川南特产的金丝竹。手指轻拧微捻，竹管便像竹帘展开，现出了一张尺见方的素毛薄笺，这是"顺风飞云"飞信。（晋朝时，军营兵工匠廖风发明了一种竹帘飞信，将竹管破切成帘，贯穿连接。收则为管，散则为帘。其理环环相扣，与鲁班锁相似，主要用来暗藏军令信件。这种竹帘飞信有个极为巧妙的特点，就是当飞信被敌方截获后，如果不知其开启方法强行打开，竹帘和信件便一起毁了。后来此技法又被江湖器家在其原来基础上增加了左旋开、右旋开、直折、交叉扭等多种开启技巧的手法。手法错了，步骤乱了，都会毁掉内藏信件。江湖中称其"顺风飞云"。其意风顺云飞，风乱云散。）

"追恨帖？"有人在问。

"是。"

引 子

"其恨何在？"又有人问。

"杀不绝。"

"是川南石家发来的吧？"

"是，灰鹞足牌南三号，嘴角有黑线纹贯连脑后，是石家和我们信件联络的那只。"

"这些年来只有这一单刺局，我觉得收到的会是追恨帖而非释恨帖。石家支付的洗剑金确实是高至极点，就算富可敌国也无法拿出第二份。所以杀未遂其愿，他们只能下追恨帖，要求我们再行刺局。但是要让他们能真正遂愿，又谈何容易？"是个女人的声音。

一个白布包，放在了光线稍好些的石头上。一个带些为难的老人声音在说："这就是石家当时给的洗剑金，这么多年没敢动就是怕收到追恨帖。现在有两个处置办法，一个是连带追恨帖退还石家，还有就是将其作为筹码用在追恨刺局中。大家斟酌下。退，可保我们一半信义，还可免冒险行杀折损门众。用，能保我们全部信义。只是此刺局艰难重重，而且恨家的要求是烂根。这样的话杀业太重还在其次，布局需要的人力、财物、时间都会是自古第一。"

许久的沉默。

终于，又有人开口了："嘿嘿，我们有遗恨的资格吗？祖师爷惊天一刺留下五恨，我们只能扬其技不可延其恨啊。"

"不只是五恨，莫忘祖师爷还留有一念。其念天下一统，无战无掠，苍生遂安，若无此念当初他也不会残自身刺悍王留下五恨。所以承其念更是我辈之责。"

没人说话，但那几个黑色的"泥塑"都在点头。某些场合的某些人，点头甚至比涂血画押更能表明其心意的坚定。

又是老人的声音："既然心意一致，那就行追恨刺局吧。我这两年已经在一些点位安排下蜂儿潜水，这些蜂儿会在需要的时候推动整个刺局。但即便如此，此刺局我估算非十数年之功不能成，也不知我是否能苟活着看全这改天换地的绝妙一刺。"

第一章 绝妙一杀

择刺场

岁行如风,时过如电,人们总是在这风驰电掣之中不经意地失去许多,也下意识地留下些什么。就好比这盛春的美景,可以留在某个人的记忆里,也可能转瞬间便无一点印象。但此时此地的春景肯定不会与十几年前的一样,因为这里不是在寂寥的空山野谷中,也不是在潺潺的溪水边。这里除了有水有树,还有桥有房,但最多的是人,很多的人,形形色色的人。如果没有这么多的人,那这濉州城怎么能算是南唐的水运、陆运枢纽?如果没有这么多人,这三桥大街又如何算得上濉州城里最繁华、最热闹的地段?

很多的人里面有齐君元,刚过三十的他,目光已经像老年人一样深邃、内蕴,这目光可以看清很多东西,更可以看穿很多人。现在他的周围就有很多人,但这些人都不是他要来看穿的,而是因为他喜欢待在人多的地方。进入人群之中,他就犹如一颗豆子混在了一斗豆子里。凭着平常的面容、装束、谈吐、举止,完全可以被别人无视、忽略,这状态对于一个刺客来说是很理想、很安全的。但身在人群之中,他也并非没有恐惧。和别人的距离太

近了，总会让他的神经、肌肉、皮肤，乃至汗毛骤然紧张。作为刺客他当然也清楚世上最危险的是什么，不是利剑快刀，不是剧毒暗器，而是人，比自己更像豆子的人。

齐君元此次入南唐境内有两个目标，杀死一个，带走一个。杀死的那个他开始只有五分把握，在灌州城待了三天后，不，准确说应该是两天半，他五分的把握已经提升到了九分。而另一个要带走的人他到现在连一分把握都没有，因为那也是个和他一样很会杀人的豆子，而且现在根本不知道那个人在哪里。

快到午时了，齐君元的面前仍旧是那一壶香茶和半桌阳光。香茶是晟湖野茶螺儿翠，泡在江南私窑烧出的粗蓝大叶茶壶里，看不见茶色，却可以闻到爽神的清香。半桌阳光是从半开的槐木窗棂泼进来的，未完全打开的斜叉格卷枝角窗棂页，还把一大片花花格格洒在了茶楼二层的地板上。

这已经是齐君元踩点的第三天，而茶楼是齐君元第三天里更换的第三处位置。和昨天、前天不同，今天他很轻松，可以静静地坐着吃些东西、喝点茶。

前天应该最辛苦，他一整天都泡在步升桥下的花船里鬼混，一直把花船的花船姑整治到红日西坠才回到客栈。花船姑以往接的客都是粗莽的船客、渔夫和集市小贩，遇到这样温存体贴的俊雅男人还是头一次。几番缠绵之后，不免心中生出一片情愫。

不过齐君元晚上离开时，把碎银同时甩给花船姑的还有一句话："都说花船姑不美，是妓行的下等货色，能以身挣钱全是靠床上功力和另类法门。这话不可信啊，像你就什么都不会，我费了一天劲都没逗出你点别样的风味来。"于是那花船姑顿醒，嫖就是嫖，妓就是妓，人间不断反复的只有沉沦的悲剧，不可能出现所谓感情的神话。所以当她在掌灯之后又接到一位客人时，已经将齐君元这个有些特殊的嫖客从印象中抹了去。

齐君元在花船上鬼混的一天里，掌握到的主要有几个关键时间，还有很多和时间同样关键的信息。时间是刺标（刺杀的目标）车队每天来回几次经过步升桥的时间，这真的很关键，因为只有在这几个时间中，他才有可能距离刺标小于二十步。信息很多，也都同样关键。从车队过桥时的声响，他了解到马车的重量，了解到马车的平衡点，从而推测出车内刺标一般是在车的哪个位置，是坐还是卧。从车队周围的脚步声，他知道了哪些是真正的护车卫士，那些是暗藏的高手。从车轮滚动的声响，他知道了桥面和路面的铺石在铺设上存在什么特殊点，对车子会产生什么影响。比如步升桥桥面尾端那几块向左侧陷塌的街面铺石，就会让车子微微往一边倾斜。

昨天齐君元背着个包袱在街上走了几趟，而且这几趟都是在那几个关键时间走的。包袱里是几件不同颜色的平常衣帽，每走一趟他都会到僻静无人处更换衣帽，这样做是为了不引起街面上某些人的注意。三桥大街虽然人来客往，但一个刺客不应该在这往来的人群中被别人看到第二眼。这多看的一眼可能导致任务的失败，或者在刺活儿完成后最终逃不过追捕。

齐君元不但更换了衣服，而且他还用刚学会的几句灌州话和灌州人的一些动作习惯，让他成为了一个地道的灌州闲人。

齐君元觉得自己昨天的行动仍然很成功。反复从街上走过的几次始终没人注意到他，特别是那些簇拥目标马车的护卫。不被注意便意味着自己更容易接近目标，可以更准确无干扰地击杀刺标。

另外，在这一天里他还掌握了刺标的护卫数量，行进中的防卫阵形，暗藏的高手各在什么位置。从刺标所乘马车的构造、大小，以及前天桥下判断的马车重量，推测出车底板是否暗藏钢板防护，车内有没有设内甲。还掌握到整个马车队伍行进的速度，这样从经过步升桥的时间上推断，就可以知道刺标是什么时间出门、进衙、出衙、到家，也知道他经过了几个情况复杂的路段。

不过齐君元昨天更换衣帽踩点目标时没有换鞋。这一点他不是没有意识到，而是因为几双鞋的重量体积太大，带着不方便。回客栈换的话，进进出出的，掌柜和伙计会觉得奇怪。要不是有这问题，他衣帽都可以回去换了。所以他决定鞋不换了，但在行走这几趟的过程中，要刻意避开街上的鞋铺和补鞋摊。因为一般会注意到别人脚上的鞋子的，只有卖鞋的和补鞋的。

齐君元怎么都没料到，在这繁华热闹的大街上，有个人既不卖鞋也不补鞋，甚至连别人脚上的鞋都不看一眼。但这人却可以发现穿着同一双鞋的脚在三桥大街上来回走过几趟，而且可以发现这几趟的时间与另一个规律性的时间相吻合。

前面两天已经将许多的情况掌握了，所以今天齐君元需要考虑攻击的方法，包括选用武器、攻击角度、退逃路线。这需要在这街上各处不同的位置进行观察，为此他准备把步升桥到魁星桥这一段街面的美食店吃个遍。

天刚刚亮，他就已经泡在街尾的面点铺里了。但他困乏的神情和凌乱的衣服让铺子里的掌柜和伙计都以为他是个宿醉未归或输光钱财被赶出赌场的混球。

刺标的马车早起前往府衙经过街口时，他正坐在黄油鸡粥店里，就着卤鸡爪喝着黄油鸡粥。

而现在他所在的茶楼二层，是他上午待的时间最久的地方。因为这个地方居高临下，让他看到了许多感兴趣的东西，也勾起他许多的回忆，他喜欢这种感觉。

这一条街不算长，左边的街头是步升桥，右边不远是魁星桥。魁星桥的桥头是一家玉器店，这玉石店卖的保准都是真货，因为它是连做带卖的。客人可以先在店里挑合适的玉石，再定喜爱的款式，然后店家会在几天之内把玉器制作出来。要是之前有人告诉齐君元只需几天就可以制作出个工艺精细的玉器，他肯定不会相信。但当看到店铺门口那个磨玉砂轮后他知道肯定可以，因为这砂轮不是人力踩的而是借助魁星桥下的流水推动的。

齐君元是工器属的高手，他最喜欢这类巧妙的设置了。那磨轮的构造其实并不复杂，就是两道水槽，中间有杠杆连接的两个木挡门。右边水槽储水到一定时推开木门，水顺水槽流下，再由水槽尾部的圆管激冲出来，推动叶板带动砂轮。而此时由于木门的杠杆作用，已经将左侧木挡板关上储水。当左侧水储到一定水位，同样像右侧那样动作。这样相互交替便可有足够的动力始终保持磨轮的运转。看到这个器具，齐君元的想法是将其改变一下，可以做成烧瓷器时捣瓷泥、转型盘的器具，然后他才联想到其他的用途。

说到瓷器，茶馆对面靠左一点就是个瓷器店，店门口还搭了个架子摆设了好多瓷器。对这种店齐君元总有种说不出来的感觉，可以勾起他尘封了多年的关于家的记忆。这家瓷器店门口没有摆放什么好瓷器，不能和他家烧制的比。也有可能好瓷器都放在店里面，路边的架子不敢放好瓷，万一被经过的车马碰坏那损失就大了。不过也不全然如此，架子左首那只大凸肚收口六足盏，是青釉开片乱散格工艺烧制的，还是很不错的。（瓷片自然开片工艺最早便是在北周柴窑出现的。）

看得出，路对面的店铺都偏雅，不是瓷器店就是字画店、玉器店。路这边就不行了，茶楼、酒馆，还有就是米铺、油坊、肉铺。稍有些不同的就是有家很大的乐器店，就在桥头玉器店的斜对面。乐器店门口的廊檐下左右各挂着一只很大的铜钟和大鼓，这可能是哪座庙宇定做的晨钟暮鼓，但是体积太大店里面放着不方便，就只能挂在店门口了。然后每天都在店门的一侧摆个琴案，放架古琴，有一个不入流的年轻琴师时不时弹两曲俗媚的调子逗人驻足。所以相比之下这乐器店还不如旁边的制伞店雅致。制伞店的门口有三四个胸大臀肥的伞娘坐着，清爽的江南小褂穿着。边哼着小调边刮伞枝、糊伞纸、描伞面，倒真是一道独特的风景。

齐君元坐在这里当然不是为了看风景的，但风景却让他将这几天搜罗到的有用信息串联了起来。这些信息单看只是一个个无用的洞眼，但是将许多洞眼组合在一起那就会是一张网。有了网，有了拉网的人，猎物还能跑到哪里去？

但会不会突然有把剪刀伸出，将收网的拉绳剪断呢？这一点齐君元从没有想过，他很自信，就算是有人发现了网，却不一定能发现收网的绳。就算有人看出他是收网的人，却不一定能够阻止收网的结局。

客随意

这次的猎物是灉州户部监行使顾子敬，为什么要杀他，齐君元并不知道。作为离恨谷的谷生，他没有资格也没有必要去问自己杀人的目的和意义。或许当他横下心成为谷生的那一刻，就已经知道了自己今后人生的意义。那是有令必杀，一杀即成。

离恨谷，这个名称涵盖的意思其实有好几层。首先这名称表明了这是一个地方，一个山谷，这个概念只要不是白痴都可以直接从文字上知道。另外，这名称还代表着一个组织，一个神秘且庞大的刺客组织。知道这一点的人其实也不在少数，穷人、富人、官道、江湖道，只要是身负深仇大恨，都有可能了解离恨谷的实际意思。否则齐君元也不会走这条复仇的捷径，成为谷生。再有，这个名称的离恨并不是说因为离别、离世而恨，而是说一个绝世刺客心有遗恨。齐君元知道这一点是在一个特殊的日子，那天发生的一切让他感觉像做梦。

齐君元老家在吴越国西目县。西目县药市的药商姚霸儿父子，仗着舅子是朝中从三品的上都刺史，强行夺走齐家祖辈烧制的"瑶池霓霞盘"。这"瑶池霓霞盘"是发生窑变后意外所得，是可遇不可求的天授神瓷。然后在齐家人为此事与姚霸儿父子的争斗中，他们放火烧了齐家瓷器作坊，烧死齐家老少四口人，齐君元未在家中而逃过此劫。当时齐君元年少，家中又无权势，而他自己也只是会些祖传的绘瓷制瓷技艺，要想报仇比登天还难。后来有人给支招让他找离恨谷，他便跋山涉水一路寻来。没想到明明已是在别人指点的范围之内了，却怎么都找不到山谷所在。反是在峻岭密林中失去了方向，连出路都找不到了。最后又累又困昏倒在杂草丛中。

醒来后，他是在一个大"鸟窝"里。这"鸟窝"的形状、大小、摆设和一般人家没太大区别，但它确确实实是建在大树上。鸟窝里有很多人，为首的是一个穿灰袍子的老人。老人并不问齐君元此行的目的，而是先让他进行选择。选择一：做谷生。做谷生后，立刻就有人替他报仇，但他从此要完全效命于离恨谷。所学、所为都要听从离恨谷安排，否则以叛逃罪名清理。齐君元知道，这相当于卖身求复仇。选择二：做谷客。做谷客的话，会有人传授其绝妙的刺杀技艺，待其练熟之后，自己出山复仇。但谷客在复仇成功之后，必须替离恨谷办三件事情。三件事情是什么并不知道，什么时候做也不知道。但离恨谷一旦配对到他最合适、最有把握的"诉恨帖"时，会随时发"露芒笺"召唤他行动。如果三件事情做完了，"离恨谷"还有需要他做的刺活儿，那在刺活儿成功后会付给他超乎想象的酬劳。谷生、谷客除了在所属形式上有较大区别，修习的技艺层次差别也很大。严格意义上讲，谷生才算得上真正的刺客，他们所学的技艺可以让刺杀成为一种艺术。而谷客一般是为了杀人而杀人，只能算是个杀手。但不管是刺客，还是杀手，他们都是离恨谷最为可靠的成员。

齐君元选择做谷生。因为他家里已经没有亲人了，另外他怕等自己杀人技艺学成时，那姚霸儿已经老死了。

选择刚定，地点名字问清，立刻就有灰鹞传书而出。夜半时分，灰鹞回来，带回来的东西有一大块皮肉。齐君元一眼就认得这是姚霸儿脖颈左侧的皮肉，因为那上面有个长毛的紫红胎记。另外，还有一只耳朵，一只挂着大个儿扭花紫金耳环的耳朵。齐君元认得，这是姚霸儿大儿子的独特饰物。

到离恨谷的第一天，齐君元的仇就报了。所以第二天他理所当然地成为了离恨谷的谷生，也理所当然地知道了几件事。

第一件，离恨谷的谷生、谷客遍布天下。站在街市之上，你旁边的绸布店老板、要饭乞丐、煮茶老妪等人都有可能是。只要需要，他们随时可以用看似普通的双手，使出最厉害的招数和技法来扼杀别人的生命。

第二件，离恨谷不需要谷生、谷客任何承诺和担保，因为离恨谷有上面的条件给自己做保障。

第三件，离恨谷会根据每个谷生和谷客自身的特质、特点传授刺杀技艺。谷生和谷客在学好这些技艺的同时，还可以根据自己的兴趣自由选择学习离恨谷的任何技艺。这一条看似宽松，其实只是对极少数天资独特的人才有用。因为离恨谷针对性传授的技艺内容很全面，要能学好是件非常不容易的事情。

就拿齐君元来说，他家祖传技艺是烧制瓷器、塑捏瓷胎、瓷器绘画。这让齐君元拥有了一双修长灵巧的手，也让他比别人更细心、耐心，所以传授给他的技艺大部分都是工器属的。但成为一个优秀的刺客首先是要夯实基础，这基础知识中包含了六属全部的入门技艺。其中涉及功夫技击、毒药迷药、机关暗器、计谋布局、易容恐吓，对了，还有用声色魅惑，要没这方

第一章　绝妙一杀

面的训练，齐君元也无法三下五除二就让那个在床笫间糊口的花船姑神魂颠倒。当这几方面都达到一定层次后，才会让他专心研习工器属的技艺。

齐君元应该算是个独特的人才，他在研习工器属技艺的同时，还加修了玄计属的技艺，另外，功劲属和行毒属的技艺他也下工夫刻意进行了提高。只有吓诈属和色诱属的技艺他觉得可用处极少，没有深研。

齐君元学了这么多，天资好是一个方面，胆小谨慎是另一个方面。他认为，杀人的人首先要做到不要被别人杀了，所以多学些不是要拥有更多杀人的方法，而是要知道别人会用怎样的方法来杀自己。且不管初衷是什么，齐君元的刺杀技艺确确实实到了一个极高的境界。技成之后，只由前辈带领参与了两次刺局，并且两次刺杀都很成功。随后他便完全独立执行刺局了。

离恨谷不同于其他杀手门派、刺客组织，那些门派组织的杀手、刺客首先是要博取江湖名号，因为名号越响越容易招揽到赚取大钱的刺活儿。离恨谷的谷生、谷客却是没有名号的，只有组织中便于谷生、谷客相互间识辨身份的隐号。隐号和名号恰恰相反，是不希望被太多人知道的。只有别人不知道不了解自己，那么刺局的成功才会更有把握。另外，隐号的内容其实是与每个谷生、谷客的技艺特点有所关联的，内部人从隐号的意思、所在分属，以及技艺特征，就能判断出某个同门身份的真实性。

齐君元的隐号叫"随意"，意思有两层，一个是所有的刺局都会随他的心意达到该达到的结果；还有就是说任何环境中的任何器物，他都可以随心意将其当成杀人器具。

第四件，便是知道了离恨谷的祖师爷是谁，参悟出"离恨"由何而来。离恨谷的祖师爷就是"离"，千古第一刺客——要离。《吴氏春秋·阖闾内传》中便记载有要离刺庆忌的历史事件。

要离受吴王阖闾之请，刺杀天下第一勇士庆忌。他自断左臂投逃庆忌，说是吴王阖闾所为。走时他还授计阖闾杀死自己的妻子。断臂杀妻的苦肉计博得了庆忌的信任。有一次庆忌战局获胜，在太湖战舰上庆功畅饮。要离抓住时机独臂持戟猛刺庆忌，戟透胸背，然后纵身跳船欲逃。但才跃出便被庆忌抓住，倒提着沉溺水中三次才拎上来。要离上来后与庆忌相视大笑，然后

两人进行了一番勇士之辩。最后要离口辩胜了庆忌,庆忌吩咐手下放要离回国,这才倒地而亡。

要离回到吴国,拒受阖闾金殿庆封,独自归隐山林,写下一部《离刺遗恨》后自刎,以死谢其妻,庆忌成全了他的千古第一刺。《离刺遗恨》中收录了众多奇妙的刺杀技艺,也记下他在刺杀庆忌中的几大不足和失误,以诫后人。

要离的后人创立了离恨谷,将《离刺遗恨》中的技艺发扬光大。在经过多少代的发展和完善后,离恨谷的技艺已然比《离刺遗恨》中初始记录的那些技艺更加神妙。但要离刺庆忌留下的几大恨处却是永不更变的诫训。这遗恨诫训谷里前辈并不告诉后辈谷生、谷客,而是要他们自己去参悟。参悟出了遗恨,才有资格去执行刺局。参悟不出,就算技艺学得再好,也都没有资格出谷执行任务。

齐君元到离恨谷的第三天就从要离刺庆忌的故事里悟出了所有遗恨,并因此被工器属的师父带去拜见了离恨谷谷主。其实齐君元觉得几种遗恨是非常容易悟出的,只要是从一个正常人的思路去想,从一个追求完美的角度去想,就能把那些成为遗恨的不足找出来。

但是离恨谷的前辈们并不这样认为,包括如神仙般睿智的谷主。他们都觉得齐君元是个天授的奇才,心性、思路与祖师爷最为接近。假以时日,定可成为天下第一等的刺客,甚至离恨谷下一代谷主的重担,都有可能要落在他的肩上。

齐君元记得就是在那一刻,自己眼前陡然一亮,仇恨了结之后便失去的激情、希望、目标,在这一刻全都回来了。他是个聪明人,要不然也不会这么快就参悟出离恨何在,所以他也立刻明白了自己该怎么去做,并且怎么才能做到最好。突然间出现了专门为他开启的大门,让他的心情难以自抑,不由气息微喘、心跳如鼓。

对,记得自己当时的心跳声就是这样的,沉重、杂乱,像胡乱敲击着的大鼓。

齐君元猛然回头,因为他突然间意识到那响声不是自己当初的心跳,而是沉重的脚步登踏楼梯的声响。

皆杀器

　　脚步沉重，但不失敏捷和速度，说明上来的人并不壮硕肥胖，而是身上带有重物。脚步杂乱，是因为上来的不止一个人，同样沉重的脚步应该有四个。脚步落点乱，声音却不乱，说明上来的四个人提足落脚的轻重很一致，这是受过统一且严格的训练才会有的现象。

　　齐君元丝毫不掩饰好奇的表情朝楼梯口看去。这是普通人正常的表现，也是最不会引起别人注意的表现，因为这样做的样子和其他茶客没有任何区别。

　　上来的是四个巡街铁甲卫，他们果然都不壮硕肥胖，而是个个精健如豹。脚步沉重是真的，因为他们身上穿着短袂铁甲，铁质护腕护肩，然后还带了枣木鱼皮鞘的阔面长刀，铁壳鞘弯把短匕，这些加起来体重陡然便重了几十斤。

　　为了使杀人的任务顺利完成并且顺利脱身，之前齐君元对灈州官兵的配置做过详细了解。一般而言，州城的巡街卫都属于刺史衙门统管，但灈州却不是这样。因为此地是枢纽重城，内外城陆路有八门四闸，水路有四门八闸四栅，城防的重点位置多，驻守需要的兵卒多。所以军事上专设了都督府，统辖左右龙虎营。左龙营为管理水道的水军，右虎营有马步军两队，负责城防守卫。而灈州巡街铁甲卫虽然在右虎营步军队名下，但它实际是直属都督府管辖的近卫军，负责城内巡查，各府衙重要部位的保护，以及协助灈州各级官员配备的卫士做好官员的安全保护。所以巡街铁甲卫都是精挑细选出来的最佳兵士，再经过严格训练和考核。他们有很强的单兵格斗能力，多人和整组人员阵列式的群攻群防则更加厉害。而且这些铁甲卫不只是打斗格杀的莽夫，巡查、辨疑、觅踪等技艺都不输给六扇门。

　　很巧，四个巡街铁甲卫就坐在齐君元背后的一张桌子上。腰间的长刀都从系环上摘下，横放在桌边，用左胳膊压着。这是标准的快抽刀状态，是防备突袭和准备突袭的最实用的状态之一。但是到茶楼来还将刀如此摆置，这是铁甲卫严格训练养成的习惯呢？还是他们到茶楼的目的根本不是为了喝茶，而是想突袭哪一个？

齐君元用咽下一口茶水的时间将自己这两天半所有的行动细节都在脑子里捋了一遍。刺客有别于普通人，所以行为上肯定会有异样表现存在的。"离恨谷"传授的基础技艺中有很多掩盖异样表现的方法，但这些方法不管训练到怎样的极致程度，最终仍是被动的。因为不正常的现象终究存在，所做的一切掩盖其实只是为了放大别人的疏忽。

茶水落下肚子的同时，齐君元自信地做出判断，自己没有漏洞。整个过程中他逃过所有诧异的或停留时间稍长的目光，就是和他待了一天的花船姑娘都没能够完全看清他的特征。齐君元觉得，除非是此地有个比自己更厉害的高手，才有可能捕获到自己的踪迹，而且还不让自己觉察到他捕获自己的目光。可真要是那样的高手盯上了自己，又何必借助这些巡街铁甲卫来对自己动手？

一个铁甲卫站起来推开椅子，然后迈步朝齐君元走来。齐君元的心一下收紧，拳头也一下子握得紧紧的。

但那铁甲卫不是冲着齐君元来的，而是慢悠悠转到齐君元桌子的另一面，站在了半开的窗户前。

齐君元的心放松了，身体放松了，拳头也放松了。拳头可以杀人，但它不是最有效的杀人武器，放松它可以拿取武器。身体的动作首先需要做到协调，放松身体是为了更快、更及时地反应和行动。心是思维和判断的节点，放松它是为了找到最佳、最有效的攻击方法，以及一击成功的自信。

这次齐君元没有咽下一口茶水，所以他刚才的判断比咽下口茶水用的时间更短。铁甲卫擅长群攻群斗，而现在这四个铁甲卫的位置对自己正好形成"尖斛扣盖"的阵势。桌边的三个铁甲卫是"尖斛"，可以角状对自己三面攻杀。而走到窗前的铁甲卫是要扣的盖子，他既封住窗户，防止自己跳楼逃走。同时还可以沿墙面对自己进行干扰，带动整个阵势移动，将自己逼向角落。那样的话，自己最后只能直接面对四人的攻击。然后如果楼下再有其他铁甲卫增援，或者打斗引来街上的巡卫和兵卒，那么脱身的机会就渺茫了。

"要抢先动手，用最快的速度，最直接的手段。"齐君元心中暗自告诉自己。"最快、最直接，那不能从身上再掏武器了，而是以自己现在的姿势为起点，做一套最为简便连贯的动作，在动作过程中获取到武器，然后将所有攻击实现。"

齐君元此时不准备使用自己携带的武器还有一个原因，因为自己的武器比较特别，那样就算顺利脱出，自己的特点也会暴露。

很快，齐君元就把可用的武器全都找到了。在离恨谷学习杀技，最开始的基础课就是如何使用武器，不仅是自己熟悉的独门武器，而是所有可以用来杀人的武器。所以等到他真正开始执行刺活儿时，他已经可以将身边的一切器物当成杀人武器。有人说，当拥有快马和利刃时，杀人就变成了一种快乐。但齐君元不是这样，在他看来，用最不可能成为武器的武器杀人，那才是一种快乐。

不过找到武器虽然重要，把招数、步骤都考虑到位则更加重要。

"第一轮出招可以在小二上茶的瞬间，自己倒踢金斗，用座下官帽椅的椅背翘角撞向背后左侧铁甲卫的太阳穴，这一下就算不能将其击晕，至少也可以让他昏茫刹那，不能动弹。然后左手将左侧一面横放的长刀刀鞘直撞正面朝向自己的铁甲卫胸腹，让其疼痛弯腰，上身前倾。同时右手拿小二托盘里的茶壶直拍右侧铁甲卫的后脑，这一下重者昏迷，轻者会和左边的一样，昏茫不能动弹。这些做完，马上后退，推动自己喝茶的那张桌子撞击窗前的铁甲卫，将他抵住在墙面上。同时将左手拿住的长刀从刀鞘中抽出。"

想到这里，茶馆小二已经一手托茶盘，一手提铜壶，蹦跶着上了二楼。

"第二轮出招，右手用自己桌上的筷子插进被抵在墙面上的铁甲卫的眼睛，直贯入脑，让其立时毙命。用脚踢小二手中的铜壶，让壶嘴从右侧铁甲卫下颌斜插入，直贯入脑，让其立时毙命。身形往前，把左手抽出的刀刃口外推，横切左侧铁甲卫的脖颈，让其立时毙命。右手拿桌面上破碎的茶壶瓷片，划过正面铁甲卫的左颈脉，让其立时毙命。"

很简单，杀死这四个铁甲卫只需两个步骤，眨眼的工夫就解决了。

而这个时候，茶馆小二离铁甲卫的桌子只剩三步，已经可以感觉到他所提铜壶中开水的热气。

齐君元的双手搭在桌边，屁股也已经离开椅面，呈平端马步状。其势犹如箭在弦上。

一声唱歌般的吆喝，阻止了一场杀戮。灈州的茶楼很有特色，小二在上茶上点心时都会吆喝几句。以半说半唱的形式把客人点的东西报一遍，这和北方酒楼报菜名有些相似。

"一壶毛芽春花，三位爷闻香忘家。一壶红崖青顶，刘爷你专好独品。四色点心，糕团果饼，四位爷吃个满意舒心啰——"

小二吆喝未止，齐君元已经将屁股重新落在了椅子上，双手也从桌边撤回到椅把。他决定不动手了，因为这四个铁甲卫不是针对自己而来，他们可能真是差事跑累了偷闲来喝点茶。

齐君元做出这样的判断很简单，如果是针对自己的，那么来的要是头脑简单的铁甲卫，可能上来就会动手。而脑子活络有点策略的铁甲卫，会先点些茶水、点心，借机靠近自己坐了，等自己放松警觉时，再抓准了点儿突然动手。这四位上来的情形和后者有点像，但如果四人真是来执行任务抓捕自己的，那么他们对喝什么茶吃什么点心应该是很随便的，因为心思全不在茶水、点心上。而事实上，这四个人点了两种茶，照顾到其中一人的特别喜好，如此细致周到只能说明他们真是来喝茶的，而不是接命令要到茶楼上抓捕什么人的。

几个铁甲卫边喝着茶水吃着点心边小声说着话，齐君元离他们很近，虽然不能将每句话都听清，但大概听出四个铁甲卫是在发牢骚。

其实这就是整体素质的一种体现，如果是龙虎营的兵卒，在这种场合发牢骚肯定是大呼小叫，甚至会骂街骂娘。而这种激愤的发泄会让其思维能力和观察力、判断力都等同于醉酒后的状态，所以说的骂的内容中往往会透露出不该透露的信息。而铁甲卫在这些方面都有专门的要求，并且经过一定训练。只喝茶不喝酒就是严格的要求之一，不在大庭广众之下乱说话也是要求之一，而骂街发牢骚就属于当众乱说话。像他们现在这样在公共场合交首轻语，则是经过训练的，距离、音量、语速等条件，可以保证到同伴听清，而旁边人却不行。这也就是坐在他们背后的是齐君元，换个人的话，就算是大概地听出些内容也是不可能的。

"你说这刺史衙门内防间也真是的，就一封不知从哪里来的无名信件，他们就相信了有人要在三桥大街对小小的户部监行使下手。这要是什么人捣乱、搅事，那我们不就被当猴子耍了。"

亦拈来

齐君元面色不变、心中大惊。看来这四个铁甲卫来到此处的确和自己有关系，只是他们还不知道要对户部监行使顾子敬下手的人是自己。奇怪！自己接到的"露芒笺"（离恨谷的刺杀命令）是工器属执掌直下的，又是走的天道，中间环节应该不会出现问题。那么刺杀顾子敬的消息又是从何处泄露的？自己一路之上和到这里之后的两天半里也未曾露出丝毫异常迹象，而且就算有人看出自己迹象可疑，但他们又怎么能确定自己是为顾子敬而来？或许此处还有其他派别的刺局也是针对顾子敬的，刚好与自己此趟活儿凑在一起了。可刺行中有这么巧的事情吗？

"就是，为了一个从五品的官儿，你们说至于这么兴师动众吗？害得我们这些轮歇班次的还要到这三桥大街来走街占位。"

"也不知道什么时候才能撤回去，营中的午饭肯定是赶不上了。"

那个单点了一壶红崖青顶的铁甲卫似乎见识要比其他三个要多些："你们可别小看这顾子敬顾大人，他的来路肯定非同一般。你们谁在其他地方见过从五品的官员还用双骑开道，双骑断后的？护卫两侧双队，内为长杆钩矛队，外为藤牌快刀队，整个是龙出水的布局。还有护卫队领队的云骑校尉，那就已经是六品的级别。只比顾大人的从五品小半级，却要给他来开道保驾。你们有没有觉得这有些怪异？"

旁边一个铁甲卫抢上话头："不过这次内防间做得的确有些荒唐，让我们二班次占据沿街各重要点位倒也罢了。但就因为那书信中提及刺客脚穿棉帮硬薄底的塌鞋，他们便让第三班次的全部兄弟们大张旗鼓沿街寻查所有穿这种鞋的人。这鞋很是常见，街上穿这种鞋的人不知有多少，都不知道从何查起。再说那刺客要换了鞋怎么办？"

齐君元听到这里时已如炸雷击顶，他们说的就是自己！自己"浮面"（暴露的意思）了。什么时候不知道，被谁托出面的也不知道，但浮出水的尖点子是自己的鞋子。他慢慢将脚往桌底下缩了缩，因为今天脚上穿的仍是那一双棉帮硬薄底的塌鞋。不过问题的关键不是这鞋子，而是谁暗中通报了刺史府内防间。将自己已然织好、布好的网铰坏的是把什么剪子？这把藏在暗处的剪子会不会随时扎向自己？

"不是荒唐，而是谨慎。巡查塌鞋其实是给刺客震慑，让他不敢轻易出手。占住点位是让刺客就算不惧震慑执意而杀，也无法找到合适的出手位置。而且顾大人回宅后便不再上衙堂，我听说……"说话的铁甲卫停住了话头左右看了，然后把声音压得更低，只有他们凑近的四个脑袋才能听得清楚。

齐君元没办法听清了，那声音真的太低。就算他极力凝聚心神，忘却周围其他所有干扰，也只听到"转到""闭城"这两个词。但这已经够了，一个好的刺客完全可以从这两个词推断出目标在知晓有人要对自己下手后的反应和措施。"转到"，是表明顾子敬知道自己成了刺杀目标后会立刻转移到其他更安全的地方；"闭城"，则意味着灌州城所有门、闸、栅都会关闭，然后在如同盖瓮般的城里将刺客揪出来。

自己两天半时间搜罗到的所有信息都白费了吗？不，还有用，但只有一次机会可用，就是顾子敬中午从衙堂回来的这一趟。不过街道两边所有可利用的位置都被铁甲卫占住，自己没有合适的出刺位，而且也没时间准备最为有效的攻击器具。所以获取的那些信息必须重新梳理，针对眼下情况，在最短时间内总结出一个尽量稳妥可行的刺局。

齐君元挺起了身体，再次扫视了下熙攘的街道。街道上的变化不大，只多了些三三两两如同在闲逛的巡街铁甲卫。两边各具特色的店铺也没有丝毫变化，依旧正常地营业和劳作。但这似乎没有变化的后面，隐含着一张网。

这网不是捕获猎物的网，而是锁拿猎手的网。

齐君元的脑海里也有一张网，但他这张网却是已经被拆解分割了。两天来获取的所有信息铺开、排列、剔除、组合、再铺开、再排列、再剔除。针对眼下的局势和境地，将自己心中所学全都运用起来。脑海中渐渐有条索儿形成，将街上现有可利用的所有条件都贯穿起来。网的确可以抓住猎物，但有些时候，几缕棕麻搓成的细麻绳也可以把猎物瞬间勒死。细麻绳就是一个新的刺杀方案，只是相比之下没有原来预想的那么牢靠。

匆忙间一蹴而就的刺杀方案，只有眨眼即逝的一次机会。而且必须将时间、速度、位置、高度、角度、韧度、流量等因素都配合到位，这才有可能在那个眨眼即逝的机会里完美一杀。

"咣——"远远已经可以听见顾子敬护卫马队开道的铜锣声。那锣声亮而不散，劲而不颤。持锣锤的手是一击三叠收的手法，提铜锣的手是着力即卸、卸后反进的手法。第一天齐君元在花船上时，就已经通过锣声判断出敲锣开道的是个高手，一个擅长阴阳手或"鬼附肉身"技法的高手。而此时的锣声则是告诉齐君元，他已经没有时间再多加考虑了。再迟缓一点或受到其他任何干扰，那个眨眼即逝的机会便一去不回了。

齐君元站了起来。

四个铁甲卫几乎也同时站了起来。

齐君元站起来没有动。

四个铁甲卫却是各持佩刀移动脚步离开了茶桌。

铁甲卫走向齐君元，靠近了齐君元。齐君元全身筋肌已经绷紧，并在转息之间再次确认身边可用来应对攻杀的最佳武器。椅子、茶壶、茶杯、筷子、筷子筒都可成为杀器，但他这次却是以最快的反应、最微小的动作把双手撑在茶桌边沿上。因为接下来要应对的是四个训练有素、力大刀沉的铁甲卫，所以选用的武器应该遮挡面积大。可以让他从容躲挡几面的攻杀，找出空隙及时进行反攻，并在其他铁甲卫赶来之前掩护自己顺利逃遁。各种权衡之下，面前茶桌的利用价值是最高的。

铁甲卫走近齐君元身边。齐君元强行克制住自己心中的紧张和抢先出手的欲望，他暗自对自己说："等等，再等等！"

铁甲卫走过了齐君元的身边。其中两人占据了中间临街栏杆，另两人各占据了两侧窗户。原来他们并未发现穿棉帮硬薄底塌鞋的刺客就在身边，只是要占住茶楼二层临街的可攻击位。

一个占住靠近齐君元这边窗户的铁甲卫突然转身，他意识到齐君元也是刚刚站起来的，于是警疑地喝问一句："没见过官家行街？"

齐君元没有说话，这个问题不好回答。用刚学会的一些简单灉州话回答"见过"或"没见过"都不妥，两三字的回答很像是在调侃对方，有可能会激怒铁甲卫。但如果回答多了，一旦露出外地口音，那是绝对瞒不过铁甲卫的。但是齐君元又必须马上有所表示才行，沉默应对别人审视的目光，最终会被认为是在默认一些什么东西。

这是个很关键的瞬间，齐君元连灵机一动的时间都没有，只能下意识去应对，而幸好他应对的方法是正确的。齐君元自始至终什么都没说，只是给了那铁甲卫一个不屑的表情，同时鼻腔中冷哼了一声，甩袖离开桌子往楼梯口走去。这是个极为正常的反应，很多人在遭受训斥又无抗争能力时，为维护自己尚存的尊严和骨气，都会有这样类似的反应。这反应是对那问题最合适的回答，无须说话。而哼一声的口音可能全天下都一样，自然地甩袖而去也毫无可疑之处。

齐君元不急不缓地下了楼，从针对自己而来的铁甲卫眼皮子底下走脱。走脱并不是奔逃，所以步伐不用急。更何况他现在的行动是在完成一个妙到毫巅的刺招，急了、缓了都会乱了时间、节奏，与那个瞬间即逝的机会衔接不上。

他第一天在桥下花船上就已经了解到顾子敬马车队行进的速度，而这个速度没有意外情况是不会变的，因为牵拉辕马的也是一个高手，是个会"钢砥柱"功法的高手。从听到的开道锣声可辨算出顾子敬的马车和自己的距离，由这距离和已知的速度，齐君元可以准确推算出顾子敬进入自己选择下手的位置还需要多少时间。这时间他是用自己平稳不变的心跳计算的。因为心跳的节奏可以让他更加准确合理地安排好自己每个步子的大小，以及每个动作的迟缓和步骤间的连贯。

"嗨，茶钱。"齐君元从背后拍了一下小二的左肩，同时将一枚铁钱高高抛起。铁钱还在空中翻转，小二就已经认出它的价值超过实际茶钱很多，于是喜颠颠地仰头伸手去接。而就在这个瞬间，齐君元已经将小二搭在右肩上的布巾摘下，拢进自己的衣袖。

出了茶馆，齐君元躲开街上逛荡的铁甲卫，贴着店铺大门不急不缓地往右边魁星桥方向走去。经过隔壁肉铺时，他将袍裳轻提，同时身体朝着肉案微微一扭。随着扭动，腰间晃闪出了一只小钢钩，那钢钩将肉案上杆秤的秤砣给钩挂带走了。钩绳立收，袍裳往下一放，谁都不会发现到他的腰里还挂着一个秤砣。

走过制伞店门口时，他脚尖一挑，躺在地上的一支伞骨便竖起来了。然后单腿迅速高抬再落下，那伞骨便进了他的裤管。小腿内外一摆，伞骨下端便撑住了塌鞋硬底的边沿。接下来的步伐没有丝毫改变，继续按原速度往前走，所不同的是齐君元的裤管中已经多了一支伞骨。

削刮得很光滑、很轻巧的伞骨拿在手中都感觉不出多少分量，但齐君元只凭小腿的接触便判断出这伞骨比自己要求的韧性大了点，这个细节将影响计划中一个步骤的要求。所以在接下来的几步里，他继续凭小腿感觉量算，看是否可以减短伞骨长度来弥补韧度上的不如意。量算的结果很快出来，于是在他走下乐器店前的台阶时，裤腿在阶角上撞压了下，一小截断下的伞骨从裤管中掉落阶下，长短和齐君元心中量算的不差分毫。

即兴局

下了台阶，齐君元先走到魁星桥下的河边，临到河边一个大迈步，那断了一截的伞骨便从裤管中甩出，掉落在流动的河水中了。然后他转身朝着玉器店走去，在店门口那些半成品的玉器中东看看、西摸摸。于是一只浑圆的玉石球进了袖管，包在了茶馆小二的布巾里。

齐君元在磨玉石的水动磨轮前站了一会儿，谁都没有注意到他是将包住玉石球的布巾放在水槽中吸足了水，还以为他是觉得这磨轮好玩呢。

当丢下河的那支伞骨随河水出现在水槽进水口时，齐君元立刻将吸足水的布巾连带玉石球塞入水槽前的圆管口，同时将那圆管往上抬起了一寸。因为有湿透了的布巾作为填充物，那玉石球塞得紧紧的。而这时候那支随河水流下的伞骨已经卡在了水槽中，撑住了杠杆一侧的挡板。这一侧的水槽便始终有水缓缓流下，但是被玉石球和布巾堵住，出不了圆管，全积聚在挡板前面。另一侧的水槽因为有伞骨撑住挡板，水无法流下，全积聚在这侧挡板的后面。

齐君元转到了水槽的另一边，这过程中将腰间的秤砣摘下。他朝步升桥那边闭单目瞄了一下，测算出距离角度，同时也测算需要的杠杆长度。然后将秤砣挂绳收了一个扣，挂在那一侧挡板的杠杆头上。

此时顾子敬的车队，已经走上步升桥，正准备过桥顶。

水槽中的水越聚越多，但是无法推开玉石球也无法推开被伞骨撑住的挡板。

齐君元也在往桥上走，但他上的是大街这一头的魁星桥。顾子敬的马车上到那边桥顶时，齐君元也已经站在了这边桥的中间，并且回头朝顾子敬的车队看了一眼。

就在齐君元看了一眼重新回转视线的过程中，他恍惚发现在熙熙攘攘的人流中有双眼睛正盯着自己。这双眼睛不是一般的眼睛，它冷漠、毒狠得简直就不像是人的眼睛。那些巡街铁甲卫不会拥有这样冷漠、毒狠的双眼，拥有这双眼必须是经过长期艰苦严格的杀戮训练，因为这眼睛中的视线是从死亡的角度、分割躯体的角度来审视别人的。眼睛肯定属于一个很会杀人的人，而这双眼睛此时审视的是齐君元，并且丝毫不掩饰其携带的危险和威胁。

齐君元猛然再次回头，迅速扫视大街上熙熙攘攘的人群，扫视两边店铺门口的伙计和顾客，想捕获到这双眼睛。但那双眼睛已经隐去，再找不到踪迹。一般而言，急切间隐去暗中盯视的目光多少会让人显得不自然，特别是自己还被对方发现了。所以齐君元没有找到眼睛后，便立刻在那些人的表情

第一章 绝妙一杀

和动作上寻找,但仍然什么都没有发现。这街上除了自己似乎都很自然,感觉根本就没一个人有闲暇看他一眼。齐君元心里开始慌了,他知道自己遇到的不是早有预谋的对手,就是一斗豆子中另外一颗比自己更像豆子的豆子。

此时顾子敬的马车已经开始下步升桥了。

磨轮水槽里的水越聚越多,撑住挡板的伞骨在水的推压力作用下已经开始弯曲。

齐君元站在桥上没有动,他不清楚自己是怎样的一个处境。是在别人的监视之中,还是在别人的布局之中?抑或已经是在生死顷刻的杀招之下?但他清楚的是,不管是出于哪种情形,他的任何行动都是没有意义的。除非能发现到威胁的所在和它准确的形态,才有机会去躲避、去反击。

另一边的马车已经下了一半步升桥。

水槽里积聚的水快漫出水槽了,撑住挡板的伞骨弯曲到了极点,中间段已经有竹丝崩起,即将断裂。

齐君元仍然没有找到针对自己的威胁,这让他完全陷入紧张和恐惧中,完全顾及不上外在的失态。而此时有两个巡街的铁甲卫发现了他,熙攘的大街上,唯独他呆滞地站在桥中间,这已经非常惹人注目,更何况他脚上还穿着双棉帮硬薄底的塌鞋。

两个铁甲卫倏然分开,侧身横刀鞘握刀柄,以交叉小碎步沿桥两边的栏杆快速向齐君元靠近。这是与普通捕快和兵卒不同的地方,一般捕快、兵卒发现到可疑对象肯定会大声警告,恐吓对方不要轻举妄动。但铁甲卫却是不发声响地迅速靠近,先行制住可疑对象再说。

齐君元没有感觉到铁甲卫的逼近,也或许根本没在乎铁甲卫的逼近,因为与一显即隐的眼睛相比,两个铁甲卫逼迫而至的威胁力太微不足道了。

玉石磨轮转动缓了,并且慢慢停了下来。磨玉石的匠人有些茫然地看了看叶轮,发现水流停了。他在位置坐着看不到水槽尾端圆管,所以第二个动作是很自然地回头看看水槽。水槽有水,而且很多,已经满溢出来。就在他奇怪为什么会出现这种情况的时候,水槽中很含糊地发出"咯嘣"一声响。漫溢出的水重重往下一落,整个水槽猛然一震。

伞骨断了，挡板被打开部分，积聚的水冲下，推压被玉石球堵住而积聚的河水。骤增的压力不能使管口玉石压缩却可以让潮湿的布巾压缩，而压缩之后那玉石球在水的高压作用下便会激飞而出，随着已经被抬高一寸的圆管往对面乐器店直射而去。

"当——"一声震耳欲聋的巨响，就像一道道劲的疾风从街上刮过，让时间停滞，让河水停流。街上所有的人都足足定格了三秒，所有的人声都寂静下来。然后下意识地、不约而同地朝巨响发出的方向望去，包括距离齐君元只剩三级桥阶的两个铁甲卫。

离得近的人可以看到乐器店门口仍旧嗡嗡作响、轻微摇晃的大铜钟，离得更近的人还可以看到铜钟上的凹坑和石粉留下的痕印。而铜钟下掉落的几块碎石块只有磨玉的师父认得出，那是上好的贺山青白玉，与自己加工了一半的玉摆件"清白传世圆满来"是同一种材料。

离得远的人什么都看不见，所以他们能表现的只有惊恐和慌乱。唯一例外的是顾子敬的护卫马队，他们的第一反应肯定不同于一般人。鸣锣开道的那个高手立刻将大铜锣横放胸前，然后快速滑步后退，朝马车车头靠近。而牵拉马车的高手脚下注力、臂压马环，不但自己如钢柱般立住，而且连被铜钟巨响惊吓了的辕马也被定得无法抬蹄摇首。领队的云骑校尉在自己座下马匹惊恐抬蹄的瞬间，双收马缰，同时双膝推压马肩。这样那马匹才抬起一半蹄便被迫改为落蹄前冲，朝前奔去。在刚奔出一步的时候，云骑校尉的宽刃长剑已经出鞘在手。而他后面的两个长枪骑卫双马横拦，长枪指两侧，防止有人借机突袭。两边的护卫队外队矮身竖藤牌平压刀，刀尖朝外多守少攻的状态。内队紧随外侧藤刀队，长矛笔直朝外，矛杆一半探出，是攻多守少的状态。

就在铜钟巨响的瞬间，齐君元感觉针对自己的威胁消失了。这是他唯一的一个机会了，如果此时不脱身，接下来不管是再次被暗藏的威胁锁定，还是遭到铁甲卫的纠缠，要想脱身都不是容易的事情。所以他以最快的速度行动了。

街上的人还没能完全有所反应，护卫队的反应才刚刚完毕，铜钟持续的嗡响还在继续。就在这刹那之间，水槽挡板再次动作。

由于挡板前面积蓄的水通过圆管激射而出了，而挡板后面的蓄水还有大半未能及时排放。所以挡板在一侧快速泄出另一侧继续重推的双重作用下，带动杠杆由缓到快加速旋转运动。

而此时杠杆的一侧杠头上挂着个秤砣，在双重力道和杠杆原理的作用下，以一个弧线抛飞出去。水压的推力通过杠杆原理的转换，让秤砣飞出的力道比玉石球的射出更加强劲。

纵马前奔的云骑校尉看到有东西飞来。但他相对速度太快，手中的剑也太短够不到秤砣，所以有心无力没能阻挡。

长枪骑卫严密注意两旁的动静，根本就没发现这飞速而至的黑坨子。

敲锣开道的高手已经退后到了马车跟前，他和牵马的高手根本就没想去阻挡疾飞而来的东西。因为那东西飞行的方向远远偏在一边，偏开马车足有四五步的距离。另外，在不清楚是什么东西的情况下，贸然阻挡是很不明智的举动，这是一般江湖人都具备的经验。

这一切都在齐君元的预料之中，也都在他的刺局设计中。

秤砣不是飞向马车的，因为就算砸中也没有用。马车上的护甲护网不会在乎秤砣这一击，除非其重量、体积再大十倍、力道再强数十倍。不过现秤砣，加上水压、杠杆给予的力道和速度，去砸碎一件瓷器是没有丝毫问题的，而且可以砸碎得很彻底、迸溅得很灿烂。

就在旁边那家瓷器铺门前，就是支架上的那只大凸肚收口六足盏，它才是秤砣真正攻击的目标。

齐君元祖上是烧制瓷器的，他了解瓷器的特性，所以不用看就知道这种青釉开片技艺烧制的六足盏在遭受大力撞击后，会有很大的爆碎力度。然后他只是在茶楼上看了两眼那六足盏上的开片纹路，便全然知道了它爆碎后瓷片的飞溅状态和线路。

齐君元还知道马车两边护卫队会是怎样的防护状态，知道矮身后的盾牌和倒下直对外侧的长矛都不会妨碍瓷片的飞溅。

另外，他早就算好马车此时所在的位置，左侧车轮正好是压在下桥后道面上那几块倾斜的铺石上。这会让马车微微倾斜，侧窗带护网的油布窗帘外挂。这样窗帘前端和下部就让开一道可以让瓷片飞入的空隙。

而第一天在桥下花船上，齐君元已经通过马车的重量、重心、平衡度推算出顾子敬的身高、坐姿和在马车中所处的大概位置。所以可以确定当自己选择的所有条件都满足时，瓷器碎片射入马车之内后，击中范围是在顾子敬的头颈部位。

这就是那个唯一的瞬间即逝的机会。而齐君元所有的设计和设置准确地抓住了这个机会。

铜钟的嗡响余音消失时，马车一侧窗帘边的空隙中有血线射出。而更多的血是顺着那带护网的油布窗帘泼洒而下，就像暴雨时伞沿上流下的雨水。只是这雨水的颜色是鲜红鲜红的，流下时还微微冒着热气。

离齐君元只有三级桥阶的两个铁甲卫不知道齐君元是什么时候消失的，更不知道他是以什么方法消失的。

当他们转回头再次正对前方时，却发现自己试图控制的目标踪迹全无，就像这人从来就不曾在这位置上出现过一样。而且后来当六扇门捕头和内防间头领询问这个可疑的对象时，他们两个竟然无法说清这个人的长相特征。因为这人的长相、装束太平常了，好像和所有人都相似，又好像和所有人都不同。好像他就在街上那些人中间，又好像是街上那些人共同拼凑出的幻影。唯一能让他们留下记忆的只有那双棉帮硬薄底的塌鞋。

第二章　磨红的铁甲

神眼辨

临荆县与楚地只隔着一条西望河，而沿西望河再往北就进入了南平国（荆南）境内。临荆县的地理位置其实是被一大一小两个国家的边境交夹着。也正因为如此，临荆县的军防不同一般县城。县令张松年除了正常配置的衙役捕快和守城兵卒外，另外还掌握着一支八百人的行防营。

此行防营中多为征战过沙场的老练兵卒，营盘就扎在西城门外面。原来此营是由一个护疆都尉掌管事务，后来那都尉被调至南方镇守南唐与吴越的边界了。而这边的兵营也未增派行防长官，所有事宜便都交给了张松年。不过在其官职上补一个前锋校尉，两职累加将其品级升至正六品。

南唐前些年趁马楚内乱的时机，派大将边镐率军进入楚国，将楚国灭掉。后来刘言起兵击败了南唐军，占有了这块疆土。然后王进逵又杀刘言控制楚地。再后来部将潘叔嗣又杀了王进逵；而如今武清军节度使周行逢是在计杀潘叔嗣后掌控了楚地全境。周行逢虽未称帝，却是建立了颇为坚实的政权体制，在诸国之中实力不可小觑。而且从现有楚地的各种情况来看，周行逢一直都在积极筹备，一旦条件成熟，他终究是要称帝建国的。

不过这些年楚地动乱不停、征战不息皆是由南唐灭楚导致。周行逢政权要想获取民心，巩固自己称帝建国的基础，最有可能做的事情就是报复南唐，夺取南唐疆土和利益。为了防止这种可能出现，南唐与楚地接壤的州县这才在正常守备编制之外，另行增配了具有实力的兵营。

而临荆县还有一个特殊点，它与灌州之间全程有大道衔通。如果这里被突袭攻破，那么楚地周家兵马就可以毫无阻碍地直取只有百里之距的灌州。

灌州真的很重要，它是关乎南唐、楚地、南平、后蜀、大周、吴越几国商货水陆运输的枢纽，是兵马调动、商税收取的重要关隘。这也是此地为何设有都督府和户部监察衙门的原因。如果此咽喉被他人所扼，那么军事局势、财政局势都会陷入困境。

临荆县依水背山，水在西首，山在西北，为玄武困白虎之局。从风水解语上讲，这种地界人丁稀、物产薄，多刀兵干戈。事实也确实如此，临荆真就是靠山吃不了山、靠水吃不了水。虽属边域重县，但与那两国却来往不畅、通商艰难。从外面看着也是城高门大，但里面却并不繁华，与百里之距的灌州城没有可比性。县里除了几家不可少的酒家客店再没其他什么店铺，日用物品大多是些行脚的小贩提供。唯一繁荣之处可能就是西城的近营巷，那是个花柳之地。进去后可见巷子两边都是廉价的妓房，这些主要是来赚取行防营兵卒和守城兵卒钱财的。

虽然辖区人稀产薄，但对于县令张松年来说却可以省去不少琐事。人少案子就少，张松年一年到头都没个稍费些脑子的案子上手，更不会像灌州城那样出现户部监行使被刺的大案。

不过得知灌州户部监行使顾子敬被刺之事后，张松年的心一下提了起来，大有唇亡齿寒的感慨。那么严密的官家防卫，再加上顾子敬私聘的高手，而且预先还有人暗报刺客讯息，但最终还是没躲过瞬间丧命的结局。可见刺客杀技神妙到了极致，更可见无论何等显赫高官、王族霸主，那脑袋也只不过是累卵之一。就说那后蜀高祖孟知祥吧，死因不也是谜团一个吗？说是暴疾，难明何疾，所以民间摆龙门阵时将他的死因编排出多种可能，其中就包括神乎其技的"一刺升天"。

张松年想到这些不是居安思危,而是居危思危。像他这样的职位和所处环境,总免不了会有几个民间和官家的仇家。所任职位又在疆域交界的地方,邻国如有战事意图,想从自己的辖区打开缺口入侵南唐,那么找刺客对自己下手也不是没有可能。仇家或邻国请的刺客如果像这次灌州城里刺顾子敬的刺客一样厉害,那么自己是否有机会躲过劫杀之难呢?

张松年的这个担心在这天的中午变得更加强烈,因为灌州刺史严士芳遣人拿火貔令火速将临荆的大捕头神眼卜福调去协查顾子敬的刺杀案了。

卜福外号"神眼",勘察案件没有能逃过他眼睛的蛛丝马迹,查辨人色没有能逃过他眼睛的奸诈凶徒。而最为重要的一点,他能看出许多江湖上暗杀的伎俩和设置。当初前锋游弈使周世宁将军到临荆督察防卫,一个曾经被他抢了小妾的富商请了杀手在西望河草庐渡对其设局刺杀。当时就是"神眼"卜福看出水边架板上的设置,救了他一命。否则的话周世宁一旦走上那踏板,躲在水下的杀手便会抽闩拔桩,让浑身沉重盔甲的周世宁从翻落的架板间掉入水中。那水下杀手只需一招便能要了他性命,并且可以快速逃到对岸楚国地界。

"神眼"卜福接到火貔令其实已经是顾子敬被杀的第二天。他在走的时候看出张松年心中存有某种担心,于是留下几句话:"不熟之地不去,蹊跷之案暂扣,异常之相立逃。衙门军营往来同衣同甲、同骑同行。"

"老爷,兵营来人护卫你去巡察了。"张松年的老管家到后衙来通报了一声,打断了张松年的思路。

"知道了,让他们都到衙门里面来等。"张松年一边吩咐一边整理自己的衣服。今天他穿的是和行防营兵卒同样的铁盔铁甲,以防万一,他在铁甲里面还衬了一件细软甲的背心。这样的双重保护,就是三十步之内的八石弓都射不透。

又过了盏茶的工夫,二十几匹马一同从县衙侧门奔出。马上是装束一模一样的兵卒,他们动作很一致地驱马直奔兵营而去。

一个穿青色旧袍的人远远地站在街旁的巷口里,看着这群骑卒从巷子外面的大路上奔了过去。奔马冲过巷子口，那情形真就应合了"白驹过隙"的道理，人站在巷子的深处根本没办法看出些什么来。但在某些情况下有些东西是不需要用眼睛来看的，采用一些正常人认为不可能的方式来获取信息，其结果可以比眼睛更为准确。

灌州城里，"神眼"卜福站在三桥大街上。这是个还算高大的中年人，结实的身板将一身衙役服撑挺得很夸张。更夸张的是他唇上两捋、下颌一捋的鼠须，与结实的身板反差很大，显得他为人精明狡黠。反倒是那双所谓的"神眼"蒙蒙淡淡的，看不出什么光彩和锐意。

三桥大街的情形和前天齐君元做成杀局时一模一样，而且不单情形一样，就连街上的人也一样。那天马车窗帘刚有鲜血泼洒而出，顾子敬马队开道的高手立刻敲响了手中铜锣。紧接着三桥大街的两头出现了大量的右虎军兵卒。他们将整条大街上所有的人都控制住了，而且要求他们按事发时站立的位置不准移动。

也该着这些人倒霉，先是被圈定位置，然后登记姓名、来历、住处，并且要求和所在位置旁边的人相互证明他们在事发时的状态。没有证明的押回衙门暂时收监；有证明的本地人可由家属带保人领回，但官家传话必须立刻就到；有证明的外地人则被统一控制在几处大客栈，一律不准离去，等案子查明后才准离开。而此时灌州城所有陆门、水门都已关闭，就算让他们走也走不掉。

这一折腾就是三天，不管收监的、回家的、外地的，白天都会被带回三桥大街，重新按当时的位置站好，以配合官府查案。这些倒霉的百姓叫屈喊冤，也必须无条件地配合。因为六扇门的捕快们有理由确定，刺客就在这些人中间。因为在刺杀开始之前三桥大街就已经从外围完全控制，事情发生之后刺客根本无法逃出大街，除非他会飞。

卜福刑辨真的很有独到之处，他是将顺序倒过来进行推辨的。从飞入车窗杀死人的瓷片开始，先找到瓷器店门口的秤砣。秤砣的抛飞类似攻城的抛石车，于是由这轨迹卜福找到了玉石磨轮。找到玉石磨轮，便也找到了断折的伞骨，找到茶馆小二的布巾，再联系上乐器店的铜钟和铜钟下的碎玉石，卜福已经将刺杀的方法辨别清楚。这是利用磨轮射出玉石球，击响铜钟，让马车停止，让马车内的目标定位，让护卫队展开护卫队形让开瓷片飞行的路径。然后再利用磨轮杠杆抛射秤砣，击碎瓷器，让瓷片迸溅飞出杀死目标。

然后卜福再根据伞骨、秤砣、布巾这些线索，沿乐器店、制伞作坊、茶馆一路走下来，将齐君元布设杀局的行动轨迹全部寻辨出来。

从种种痕迹来判断，卜福竟然无法判断出下手的到底是不是个刺客高手，这是个很奇怪的现象。从方式手段上来说，这刺客运用的原理和技法真的太过绝妙了，抓住的位置、推算的时机也是巧到毫巅。断伞骨、玉撞钟、杠杆抛秤砣、击碎六足盏、瓷片飞射入窗帘杀人，整个过程的设计和实施都如若神鬼之作。但这个刺客的出手似乎又太仓促了些，既然他能利用这些条件刺杀成功，那么采用其他刺杀方式应该可以更加稳妥。刺行中的要求，一个好的刺客是要在有十成把握时才下手，力求一杀即成。所以真正高明的刺客不会采用这种稍有失误就会失败的冒险刺局。

奇怪的事情还有，一个是茶馆里所有的人都不记得那个坐了很长时间的人长什么样子，就连在二层占位的四个铁甲卫，与刺客近距离照过面，也一样记不得那人的相貌。另外，就是无法知晓刺客是如何消失的，追到桥上的那两个铁甲卫同样懵懂，他们恍然做梦般，明明距离才三四步的一个人，转眼之间就消失了。这鬼魅般的人怎么跑的、跑哪里去了，打破他们两人的脑袋都无法想出。

竟飞回

"有没有可能是跳下桥泅水而逃？那铜钟的敲击正好可以掩盖他入水的声音。"一个穿素雅便服的中年人问卜福，见解算得上内行。

"不会，就两位铁甲卫所说，他们是在铜钟响过之后才转头的。所以此时目标开始动作跃出栏杆入水，已经是钟声将尽，按理应该可以听见入水声。再说当时桥下还有一艘乡下送菜进城的船只，有船夫坐在船头休息，虽然钟响会让他们望向岸上,虽然桥底会让钟响的回音更大,但一个大活人入水溅起的水珠却是掩盖不了的,应该会有些落在他们身上和船上。"

"那刺客会跑到哪里去?总不会是个鬼把我杀死的吧,而且是个可以在大白天见到的鬼。"中年人说的话很诡异,听起来他倒是个鬼,是个可以白天看到的鬼。

"顾大人,那人不是鬼,那人是比鬼更可怕的杀人高手。如果你不是之前得到讯息并且找个替身替代,我估计怎么都无法逃过碎瓷夺命之局。而且就算瓷片不能将你杀死,接下来他还会有第二杀、第三杀。刺客也叫死士,或者你死或者他死,总之不死不休。"卜福的话不是危言耸听。"其实大人坚持要到现场来是很冒险的一件事,搞不好便会踏入刺客第二杀的范围之中。而且如果找不出那刺客,你今后会一直是危险的,就算你隐姓埋名逃到天涯海角都没用。"

被卜福警告的是个中年人,他对卜福的语气并不介意,而是频频点头,因为他对刺行内情还是有所耳闻的。这人正是专驻濉州户部监行使顾子敬。

齐君元没能杀死他,并不是因为齐君元妙到毫巅的刺局出现问题,而是顾子敬得到讯息后并没有准备逃遁,而是直接设了个反局。用巡街铁甲卫震慑逼迫刺客赶紧动手显露行迹,而他回府的车里则用个身形、体重差不多的手下衙役替代。同时在三桥大街以外布置好右虎营官兵,一旦刺客出手,他们将会把三桥大街上的人全部控制,把刺客揪了出来。这样才可以知道为什么要刺杀自己,又是什么人在幕后指使,从而找到一劳永逸的解决办法。

"顾大人请看,这石栏杆上有个坑点。像是什么尖锐物击戳出来的。所以那刺客确实是从桥栏上下去的。"卜福果然不愧为"神眼",没多久就查找出一个别人没有发现的关键点。

"这会是个什么尖锐物?对他能起什么作用?"顾子敬对这样一个比芝麻稍大的坑点感到不可思议。

"从位置上看,应该是个单钩或单指爪一类的器物。后面系绳索后可助力攀爬,也可以当做武器攻杀目标。"卜福只能大概介绍,因为他对这类奇门器物的了解也不是太多。

第二章　磨红的铁甲

"缘绳索缓缓入水，也可上船，嗯，或是躲在了桥底下。"顾子敬一连想出三个可能，这显示出他对刑辨也颇有经验。

"都不可能，首先时间上不允许他缓缓入水。而且就算入了水，气息再悠长也最多是潜游二三百步，仍然是在兵卒控制的范围内。上船和躲在桥底更不可能，我估计铁甲卫第一时间就是查找这些地方。"卜福说完后看了两个铁甲卫一眼。两个铁甲卫都朝他点点头，其实之前他们已经反复向不同的长官汇报过当时的情形，在不见目标之后，他们会同右虎营兵卒将河道、船只、桥底都细细搜索过。

"石栏上留下较深的坑点，细看的话可以看出坑点呈横坑，这是此点的悬挂物有摆动才会出现的现象。所以刺客的确是跃出了桥栏，但他却利用挂钩和绳索将自己摆荡起来，然后直接落足在河岸上，而且是案发现场这边的河岸。"卜福的语气非常肯定。

"岸上的落足位置也不是岸堤，而是那棵斜出水面的大柳树。时机掌握得很准，那边马车中刺杀不管成不成，此时街上定然是一片混乱。铁甲卫会往马车围聚，街上百姓会四散奔逃，店家会避入店中。没谁会注意到有人会借助河边大树的枝叶遮掩上岸。刺客上岸之后应该不会走太远，因为右虎营军卒已经进街，他最多只能跑到水槽边上。而此处能够躲藏住一个人的也只有那水槽，刺客可以用钩状器物和细绳索将自己平吊在水槽下面，贴近水槽底面。这样的话除非有人趴在地上探头往上看，否则是无法发现到他的。"

三桥大街的案发现场已经被官兵严密封锁了三天三夜，如果卜福所说的话成立，那就意味着刺客还在这里。

所以卜福才说完，身边几个铁甲卫还有顾子敬的贴身护卫立刻领会意思，一起拔刀抽剑纵身往前，将水槽团团围住。

远处的右虎营兵卒见此情形也各持刀枪围拢过来。

顾子敬则吓得一下躲在他自己私聘的两个高手身后，因为他想起刚才卜福说过，刺客对失败的刺杀会进行二杀、三杀，而自己现在这位置完全有可能在刺客一招夺命的第二杀范围之内。

"玉石磨轮的水槽是被利用来刺杀的一件器具，但谁都很难想到，使用完这个刺杀器具的刺客仍旧回到原来的位置,而且就藏在自己用来杀人的器具下面。更何况还有铁甲卫为他证明他已经上桥,不知从何途径逃离。难以想到的才是最安全的,难以想到的才可能成为第二轮刺杀的最佳位置。如今这样的刺客高手不多了,只可惜今天有我卜福在,总不能放过了你。"

说完这话,卜福从腰间抽出铁尺,穿过将水槽团团围住的人墙,往水槽边慢慢逼近。

水槽很安静,连接河水的进口已经用木板闸住,只有很少很少的水从缝隙中流入,最后再从尾端圆管滴落。

围住的人很多,但这周围反比刚才更显得静谧。水滴滴落的声音似乎变得越来越响,震颤着下面的水面,震颤着这些人的耳膜,紊乱了呼吸和心跳。

张松年混在行防营的骑卫中间,顺利到达军营。巡察完有关事务后已然是天接昏色、日俯岭头,西望河、临荆城在山掩树映之下已经开始转为墨碧之色。张松年婉拒了几个大队正(一种军职,相当于百夫长)的晚餐,依旧是兵卒装束混在骑卫中间往回赶。军营至城中衙府驱马虽然只几袋烟的工夫,但张松年为人谨慎,是不会为一顿晚饭而致使自己在夜色全黑时仍在外奔行的。

骑卫的马群刚进西城不远,突然从巷子里涌出一片春色,挡住了马群的去路。

"军爷,进去玩会儿呗。""军爷,进去歇息歇息吧,喝口奶再走。""最近生意不好,军爷照顾照顾。"……

原来拦街的是近营巷里各家妓房的姑娘。近营巷里的姑娘都是没姿色没才艺的,有些甚至是连揽客话都不会说的末流货色。她们在繁华州县实在混不下去,无奈之下只好来到人稀产薄的临荆县混饭吃。平常这些妓房的姑娘都是坐房不出只等生意上门的,可是今天奇怪了,怎么一下子都涌到了街上来拉扯客人。而更奇怪的是这些姑娘今天一下都娇美艳丽了许多,声音也变得麻酥酥地诱人,难道这里的妓房同时到了大量新姑娘?

那些骑卫一下就看呆了,一双双眼睛在已有几分的暮色中放出发情公狼那样的绿光。就连张松年也被这群春色搞得有些心荡神摇，到此上任后，他还从没有见过这么多放荡的美女。

反倒是他们骑着的马匹，非常警觉这些突然出现的花花绿绿，盘旋后退，不肯让那些有着奇怪香味、发出奇怪声音的怪物靠近。

"来呀，玩一会儿。""下马呀，骑那马有什么意思，到屋里我让你骑。"……姑娘们挥舞着带流苏的绸巾继续逼近。

"走开走开，把路让开！今天发的什么骚，怎么都出来拦街了？"这时候有晚巡的衙役发现这里的情况，但这种艳媚场面也是他们从没有见过的，站定在远处好一会儿才醒悟，赶紧过来驱赶拦街的姑娘回巷子里。

路让开了，骑卫的马队也过去了。那些巡街衙役驱赶着姑娘进了巷子，而且一个个猴急地跟入房中许久都不出来，完全忘记了自己晚巡的任务。不过很快他们就发现这些姑娘还是原来的姑娘，但是今天给他们的感觉和原来相比却是天上地下。

其实在那些巡街衙役到来之前张松年就已经恢复了理智，也意识到自己面对的情况不正常。卜福临走时说过，遇异常之相立逃，眼下这情形应该算得上异常之相。问题是他现在的装扮和其他骑卫一样，既然隐身其中，就不该发号施令让大家驱赶这些姑娘，甚至开口说句话都是不够聪明的。如果自己真的成为一个刺客的目标了，那么自己的声音、语气、口音都会在对方的掌握之中。所以面对眼下这种情形，首先一点就是不能暴露自己。

但面对这些姑娘他也真的不知如何解脱，莺声燕语、粉香绸舞，好像有无形的缕缕丝线将他紧紧缠绕、裹挟其中。这让他想起多年前遇到过的一种感觉，想起立在春水边烫茧挽丝的丝娘，想到了……于是，他愈发强烈地感觉到危险。

当衙役驱赶开妓房姑娘之后，那些精通骑术的骑卒仍浑噩不舍地驱不开马匹的脚步。反倒是张松年这个假冒的骑卫已经催动坐骑，座下的马匹也很听话，撒开四蹄奔跑起来。

妓女，是女人最原始的职业。刺客，是男人最原始的职业。但在特定的情况下，职业特点和男女性别是不会妨碍目的达成的，甚至还会促成目的的达成。这目的可以是钱财,可以是杀人。

就在妓房姑娘、骑卫、衙役纠缠的一团混乱中,一个姑娘已经抽身离开,而且身形缥缈得没人能够注意到。

这个姑娘相貌穿着没有一点特别之处,她刚才在众多姑娘中也不是最主动和最动人的。拦住这群骑卒之后,前后她只挥舞了一下绸巾。她的绸巾粉香扑鼻,这香味男人乐意闻,马也乐意闻,所以不管是男人是马都会不由自主地往她面前凑近。

不过那姑娘的目的不是要让男人或马对她产生什么欲望,她挥舞绸巾只想抛出根丝线。抛出的丝线不是情丝,也不是张松年感觉中的无形丝线。那只是绸巾流苏中飘出的一根断丝,很细很短,捆不了谁也勒不死谁。

断丝飘下,正好落在张松年的骑靴上面。

狂拖磨

抛出断丝之后,姑娘从人群中出来,进了近营巷。但人在巷子里没走几步就不见了,而且从此再没出现过。多少年后,当那些妓房的姑娘已经变成了姑奶奶了,她们还会常常堆在一起,再次谈论到这个再没见过的女子。这女子只用了一个时辰的时间,就教授她们学会了化妆、招客、床功等多种妓行谋生的必备技艺。所以这一天临荆县发生了两件大事,其中一件只有妓房的姑娘们知道,那就是洪涯仙姑(洪涯妓,三皇五帝时的妓女,记载中出现最早的妓女,有说法称她为妓行的祖师。宋代高承考证过,清代《蕉轩随录》也有记载)显圣,亲自来教化救度她们。

张松年驱坐骑奔出了百步左右,在经过一个巷口处时听到简单几个音的哨笛声。于是奔跑的马匹突然就地打了个滚,张松年一下由骑马变成了被马骑。在被压得憋气晕厥之前,他明显听到自己身体发出的"咯嘣"声响。至于是身体哪个部位的骨头断裂了,此时的他无法知道也不必知道。

马重新站立了起来,张松年却依旧掉落在地上。唯一与马匹还有关联的只有一只脚,而刚才的断丝正是掉落在这只脚穿着的马靴上。脚依旧塞在马镫里，而且接下来马匹在县城之中狂跑两圈直至力竭倒地，这只脚都未从马镫里脱出。

马匹的奔跑有些像狂欢的舞蹈，因为它的脚步始终和巷口处出现的哨笛声相合。虽然只是简单的几个音，却可以让马匹的舞步反复不停，一直持续到力竭为止。

张松年身上最先掉落的东西是头盔，所以最早狂乱奔跑的马匹在石头路面上拖带磨烂的是头颅。躯体应该还算好，因为有铁甲保护。不少人在那马狂奔的过程中看到火花四溅，看到张松年身上通红一片。这其实是他所穿铁甲长时间在凹凸不平的石板路上快速摩擦发热造成的现象。这一点不是夸大，是有证据可以证明的，最后好多人都看到张松年喷溅掉落在铁甲上的脑浆和碎肉都被烫熟了。

巷子里的那个姑娘在马匹开始奔跑之后就改换了装束，风尘的衣物包了块石头扔进巷底的井里。这样做和她在妓房姑娘拦街时不出手刺杀张松年出于同样的目的，是不想给那些本来就已经很命苦的女人们再带来灾祸。

当奔马开始跑第二圈的时候，一个已经全然看不出性别的身影出现在北城门外的眺远亭。青衣长袍，身背青色琴囊，头戴遮阳斗张（古代的一种凉帽），就像是一个即将远行的过客。这就是刺杀了张松年的那个姑娘，只是现在已经面目全非，改换成一个面目模糊难记的青衣女子。女子在亭前回头又看了一眼被暮色笼罩住的临荆县城，然后面无表情地直往朝西的山道中走去。

在山道上才走出百多步，青衣女子的身形就已然被山上茂枝密叶落下的阴影完全遮掩。再往前走出一段后，山道两边的树木冠叶相接相叠，再看不见一点天色星光，便如同进入了一座高大的弧顶大殿。

就在此时，就在这个位置，那青衣女子惊骇地停住了脚步，并迅速蹲跪下来。因为她突然发现自己走入了一个鬼魂地界，出现在面前的俨然是地狱的阎王殿！

卜福用铁尺敲了一下水槽的下沿，只需要这一记，他便可以从声音上判断出下面到底有没有藏着些什么。结果告诉他，他之前的判断是正确的。但到了这种地步刺客仍能缩在下面一动不动，要么就是他有着超人的定力想寻机再杀再逃，要么下面就是个蠢货，到现在还没意识到自己已经被发现。

卜福又敲了一下水槽，这次他敲的是上面的沿边，而且加大了力度。要证实的结果刚才已经证实，现在需要做的就是让那刺客正确面对自己眼下的境况。缴械而出或勇猛杀出都行，没必要等自己动手掀了水槽被迫显形。除非是这个刺客太无赖也太无聊，除非这个刺客此时已经变成一个死人。

又过了一会儿，水槽下还是一点动静都没有。卜福开始有些不耐烦了，难道自己遇到的真是个不上档的刺客？可从刺杀的技巧手法看不该是这样的啊，这刺客就算不是顶尖的人物，那也是少见的好手。

"卜捕头，让我们来掀了水槽。"带着十几个铁甲卫刚刚赶到这里的内防间队正比卜福更加不耐烦。

"还是我来吧，你们动手怕是枉自送命。都退后一点，刺客可杀可逃却很少会被活捕，下面人出来后肯定是会拼命的。"卜福说完后将铁尺一竖，暗括一按，尺头顿时跳出一页锋利狭长的刀刃。

其实这把铁尺原名叫"量骨裁命"，是从"长柄折刀"改良而来，据说是唐代器具铸制大师李四行唯一设计制作的一件兵器。在宋代之后这种武器是以另一个名字出现的，叫"尺头飞花"，北宋邵阳南的《品心客笔》中有过详细记载。明代林泽玉诗作《勇荡寇》中亦有"尺头现飞花，华光落血沙"的诗句，描绘的也是这种尺子。

之所以叫"尺头飞花"，是因为铁尺中暗藏四片刀刃，方向各自不同，可根据需要将其弹出使用。如果使用娴熟，在攻杀格斗过程中突然弹出杀敌，则更加防不胜防，中者不知何故。另外，这几片刀刃可在尺头上旋转，四片皆出，旋转起来就如同我们孩童时玩耍的花风车一般，只是这花风车却是会瞬间要命的。

卜福铁尺刀刃持在手中，只需一记挥砍便可将水槽劈作两半。但这样做会木碎水溅，反给了刺客趁乱攻逃的机会。卜福是谨慎的人，而且现在的形势完全在他的掌控之下，可以不急不缓地做事情。

第二章 磨红的铁甲

"卜捕头，要不要得力些的人手帮忙？"站在桥上的顾子敬喊了一句。

卜福没有回头而是摇了摇头，他知道顾子敬所指的是那两个私聘的高手。

"啵"，声音不大，很轻巧的一刀，支撑水槽的一个桩柱根部断了。水槽倾斜了很大一个角度，但水槽下仍是没有动静。卜福都已经开始怀疑自己的判断了，这刺客不会没藏在这下面吧，可自己敲击试出的声音表明下面的确有东西呀。于是他挥动尺头刀刃，又砍断一根桩柱，水槽的倾斜度更大了。

"有人！在下面呢！"另一侧的兵卒已经看到紧贴在水槽底面上的人。

都这样了还不出来？卜福觉出不对劲了，挥手说声："掀了吧。"

掀开后，水槽底面上确实有人，也确实是用铁钩细索平平固定在那里的。但事情也真的不对了，因为被固定的人已经是个死人，固定他的那些细索中有一根是直接勒紧了脖子然后用铁钩钩在水槽底板上的。卜福摸了一把死尸的脖颈后作出判断，细索是在瞬间中勒断兵卒颈骨致其死亡的。这速度比刀砍脖子还快，但杀死人之后却不留痕迹，甚至可以利用细索的牵制让死人仍像活人一样站立在那里。

刺客不会勒死自己，那么被勒死的就不会是刺客。有右虎营的兵卒认出死去的那个人，这是和他们一起参与控制三桥大街的伙伴。

兵卒不见了，按理说他们的长官应该很快就能知道。但是这三天做的事情太过混乱，参与的有内防间、右虎营、知州衙门。所以这种情况下长官会以为自己的手下被其他长官直接委派了任务。因为右虎营的兵卒地位相对较低，经常在和其他官家、军家一起办事时，被很随便地差遣和调动。

刺客是在什么情况下杀了那个兵卒的？从他们叙说的情况来看，唯一可以将这兵卒杀死并且藏在水槽下的时机只有在刺杀发生后，兵卒刚涌入三桥大街的那一刻。当时场面虽然混乱，能将一个兵卒在顷刻间杀死且藏在水槽下，那手法真的是让人匪夷所思，但这样一个刺客高手转回来就为杀一个兵卒吗？不会，他肯定还有其他目的，包括二次杀、三次杀，或者是要针对其他什么人和东西。

卜福从开始起，所有的推断没有出一点差错。之所以在水槽下出现了一点意外，那只是比刺客少想了一步。于是他重新将大街上的情形看了一遍，因为这少想的一步提醒了他，自己的查辨之中肯定还有遗漏。大街这一块好像存在着不协调，某个点上似乎少了什么。

街面上现在已经全是被兵卒搅乱的痕迹，但其中异常的细节依旧没有逃过卜福的神眼。然后他又在街两边门对门的乐器店、玉器店里仔细查看了一下，这才回来告诉顾子敬："刺客从桥下荡到树上上岸，并非躲入水槽下，而是以闪电般的手法杀死了发现他异常的兵卒，并且将尸体藏于水槽下。然后他逃进了对面的乐器店里，从店里的一个暗门离开被重重控制的三桥大街。现在那刺客有可能依旧躲在灌州城里，也可能远远逃出了城外，就算已经四城紧闭了，也根本无法拦住这种高手。"

"对面乐器店有暗门？"顾子敬对这个细节感到奇怪。

"对，是'常启道'（利用原来的状态设施造设的暗道），把醋精化水灌入墙砖缝中，多次以后就可将一块墙体整体取下当做暗门。从痕迹看这暗门开启有一段时间了，可能是刺客早就留下的退路。"卜福回道。

"不是，我接到的讯息说那刺客两天才到，怎么会早就留下暗门退路的？而且三桥大街外层街巷也布置了官兵、衙役，就算有暗门也走不掉。"

卜福心中"咯噔"一颤，顾子敬的话提醒了他。刚才他总觉得这一块街面少了点什么，少的不是东西，而是一个人！一个本该坐在乐器店门口，坐在那张双翘云头琴案背后的琴师。

卜福这次是连续几个纵步来到了乐器店的门口，苍眉一挑喝问道："你们这里少了什么人？如有隐瞒，以隐匿协助刺客罪名当场正法！"

乐器店里的几个人全都咕咚跪在地上连连磕头，说是店里新近请的奏琴先生刺杀案之后便不知去向。他们原以为琴师是外地人，所以被兵卒官爷带走统一安置。后来所有人每天站原位让六扇门的人查辨案情，单单这琴师一直没被带回来。乐器店老板怕这琴师被重点怀疑而连累自己，就一直都没敢问。而乐器店里面那个有暗门的房间正是奏琴先生的。

有两个刺客！谁才是下手之人？而另一个又是为何而来？

遇阎王

卜福走到琴桌前，抚摸了一下桌上的古琴，古琴发出一声流畅却不成调的声音。这是张新琴，但是琴弦下的漆面上却有很新鲜的刮压纹。然后他再从琴桌的位置对照水槽的位置看了下，并且在这两点间的连线上走了两趟。在这两趟里他又找到两道细长的裂痕，是在街面铺石上，裂痕也是很新鲜的。

最后他又在琴桌两边看了下，再仔细查看了桌椅脚的痕迹，随即猛然回头，眼睛沿着乐器店前廊檐往猪肉店、制伞店的方向瞄去。然后他似乎确定了什么，一步迈到店门那一侧的大鼓前面，一掌将那大鼓拍倒。大鼓倒地，却并未像想象中那样轰然作响。因为大鼓朝墙的一面有个切开的大口子，而且有人从这个大口子往鼓里塞了一些东西。

有人扒开大鼓皮面上的口子，那鼓里赫然也有个死人。这死人经辨别之后也是右虎营的兵卒，只是他的身上的军服和所有装备都不见了。这兵卒也是被勒死的，也是瞬间勒断颈骨，不过用的器物却是比杀死水槽下兵卒的还要细，有些像琴弦。鼓里还有一捆衣物，其中有一件外面青蓝色里面淡灰色可正反面换穿的薄棉袍，棉袍裹着的是一双棉帮硬薄底的塌鞋。这衣物应该是桥上那人的，也就是之前已经被曝了相儿的刺客的。

卜福看得懂却想不通了。两个兵卒是一人杀一个。鼓皮面上的口子，切边光滑无索痕，应该是奏琴先生的出手。而穿塌鞋刺客的衣物就藏在这鼓里。从这些迹象看，他们像是搭档，混乱中一个在掩护另一个离开。可如果真是这样的话，那刺局设完之后又何必往桥上走而不直接进乐器店呢，那样不是更安全吗？

琴面上的线纹，是受到意外震动之后保持强控琴弦导致的。街面铺石上的两道裂痕，粗细不一，是一种细长武器和一种尖利武器对抗造成的。从这迹象上分析，那穿塌鞋的刺客和奏琴先生在混乱中发生了极短暂的激斗。这样的话刺客和奏琴先生非但不是搭档，而且是相互威胁的对头。刺客转回来就不是为了逃脱也不是为了再杀，而是要对付那个奏琴先生。或者，那奏琴先生已经成为他逃脱、再杀必须清除的最大障碍。

至于这两个人交手的结果是怎样的，卜福看不出。两人是怎么离开的，也只能猜一猜。秦琴先生很有可能是赶在官兵完全控制三桥大街内外街巷之前，从他自己房间的暗门溜走了。而穿塌鞋刺客没来得及，只能换上鼓里那被杀兵卒的衣物混出三桥大街。

想到这里，卜福又看了一眼鼓面，他猛然觉得那切开的口子有些异样。于是赶紧在鼓的旁边蹲下，将那切口边翻起一小块来仔细辨看，然后再提起死去兵卒的脖颈看了下。随即起身大呼一声："不好！张县令有难！"

青衣女子走入幽暗深邃的山林后，轻吁了一口气。所有事情都按自己的设计完成了，大仇得报，遂了多年心愿，而且也没违指令，终究是在最后时限前完成。就在青衣女子以轻松步子沿山道快速前行时，突然一缕冷风从脸上拂过，让她不自禁地打了个哆嗦，后脖颈处的毛发立时蓬竖起来。

此时她才发现，自己的周围色沉如墨，头顶树冠覆盖如墓穹。寒意不知从何而来，路径不知去往何处，恍惚间黑暗中的一切都在随着冷风摇摆、移动、恍惚。

"风寒且挟腥，是属阴风。"青衣女子做出这个判断的同时，双腿前弓后盘，半蹲半跪，将身形沉下。然后凝气屏息保持住这个姿势，随时准备发力，或左或右或后都可以纵身逃窜。

阴风刮过之后，青衣女子恍然之间发现自己所走的荒简山道已经变成三层二十一阶的登殿道。山道两旁原是杂草荆棘，在青衣女子的眼中却全成了铁架石柱，上面还吊挂着被剥皮割肉、开膛破肚但仍旧半死不活、应死犹活的肢体，场面让人不由地胆战且恶心。往前去，是惨雾淡淡，往后看，是冷烟飘飘。而两边的铁架石柱之间，有许多牛头马面般的暗影在无声地往来。此时，一阵阵的阴寒冷气由两边蔓延而至，并且在青衣女子周围渐渐聚拢。

"阎王殿？剥衣亭寒冰地狱？！"青衣女子在濉州城隍庙廊道壁画上见过类似画面，这是二殿阎王楚江王司掌的活大地狱，也叫剥衣亭寒冰地狱，是专门惩处在阳间伤人肢体、杀人害命的凶徒的。"难道自己走错了道路，无意之中闯进了阴曹地府？或者是自己刚刚杀害性命，二殿阎王发指引将自己带入这轮回刑苦的鬼狱之地？"

"不是！这世上无鬼，要有也是比鬼更加奸毒凶残之人！自己应该是走进了一个惑目的布局，这布局里处处都是假象，但假象之后往往掩藏着真正的杀机。"青衣女子瞬间将浑身肌筋紧绷，同时双手十指轻捻一遍，双掌尽量展开，指间空隙放得很大。现在她不仅仅身形依旧保持着逃窜的姿势，而且在逃窜的过程中还可以一击取命。

周围一片寂静，这和平常传说不一样。传说中的地狱应该惨呼声声、哀泣连连，时不时还有施刑恶鬼的咆哮。但青衣女子所见的地狱却是无声的，不对！有声音！是别人听不到的声音，却也是逃不过青衣女子耳朵的声音。她可以听出同一双棉帮硬薄底塌鞋在喧闹的大街上来回走过几趟，可以在二十几匹奔跑过街的战马中辨别出一个骑卒身上些许与众不同的异响，那又怎会听不出寂静山林中距离自己不算太远的两个呼吸声？

青衣女子保持着原来的动作，但实际上她的血脉肌筋、思维气息已经全部调整到一触即发的状态，严密戒备着传来呼吸声的方向。那个方向可以看到的只有地狱中血腥诡异的情景，根本无法辨别出两个呼吸声是来自那些吊挂着的血腥肢体，还是影影绰绰的牛头马面。

即便这样，青衣女子也没有慌乱。她在等待，很耐心地等待，等待一个她可以利用的机会。

面对危险的对手，自己只有比对手更有耐心才可能获得机会。这机会可以是外来的，也可能是对手缺乏耐心而自己暴露的。

远处的临荆县城里有喧闹声，还有火把在城里城外快速移动。这是张松年被刺之后必然会出现的情景。

青衣女子看不见移动的火把，但她听得到声音，这声音让她目光中闪过一丝慌乱。这慌乱并非害怕临荆城里的兵卒衙役追来，只要神眼卜福还没有回来，就目前临荆县里六扇门的牙子，应该没一个能判断出张松年是被刺还是意外。她的慌乱是因为远处喧闹嘈杂的声音会扰乱到她的听觉，让她无法准确抓住附近那两种极难捕捉的呼吸声响。

就在青衣女子开始慌乱的时候，老天爷帮了她的忙。一阵微风吹过，两片树叶从高高的树顶飘飘摇摇落下。树叶落入青衣人眼前的地狱，就像划开了一张水面般平滑的幕布。于是肢体和牛头马面随着幕布的划开而消失，只余下其中一个残缺肢体的眼睛。青衣女子终于等到了机会，也抓住了机会，所以闪电般出手了，全不顾这地狱才刚刚被撕开了一小块。

那双眼睛在青衣女子攻击的瞬间消失了，好像是被什么东西给遮住。这倒不是那双鬼眼不忍看到地狱被撕破的情形，而是因为随着青衣女子陡然甩伸的手掌，顿时有十条从各种角度飞过来的线头让鬼眼再不能看。

线头五颜六色，不单飞过来的角度不一样，连飞行的方式也各自不同。有的翻卷而来，有的旋转而来，有的弧线飘来……线头全都连接在青衣女子的手指上，线头的目标全都是那双眼睛，这女子仿佛是要一下给那双眼睛连接上十道绚丽的情丝。

对于被攻击的人而言，面对这样多种方式、多种角度、方向的攻击，直接用器物遮住自己的眼睛，是最小幅度、最快速度、最佳效果的招法。所以不管此时暗处躲藏的到底是人是鬼，至少可以确定他是个高手。

青衣女子一招出手后，随即便准备往后纵出，她是不会在自己不了解和无法掌控的环境下和别人缠斗的。就在此时，从不远处突然传来一声喝止"别动！"喝止声带给她一种心脏发酥般的震慑，这感觉就好比那天身边的铜钟被突然敲响给她的震撼一样。于是念头一闪间她决定改变自己原有意图，依旧以原来的姿态蹲跪在那里不动。

幸好是改变了主意，幸好是在须臾之间停住了身形。随之而来的感觉很可怕，比阎王殿、寒冰地狱还可怕。青衣女子没法想象自己怎么会蹲跪在这个处处杀机的位置上了，或者说无法想象对手是怎么在自己周围布下如此厉害的杀器的，而且自己周围突然出现的杀器竟然是在自己已经发现异常之后。刚才的喝止是为救自己的命，现在自己身体的每个小动作，都能启动终结自己生命的可怕机栝。

十个线头此时也回转过来，是被挡住那双眼睛的器物挡弹回来的。那器物竟然也是活的一般，虽然不如十根线头多变灵活，但也在不断翻转扇动，感觉有点像一只拍打着的鸟翼。

青衣女子听出来了，那不是鸟翼，而是一本书册。一本正在翻动的书册，一本页数不多但页张轻薄柔韧的书册。但和平常书册不同的是，它的每张册页非绢非竹非纸非皮，而是一片片打制得极为轻薄的钢页。

书页停止了翻动，十个线头也全部收回，仍缠绕在青衣女子的手指上。一攻一守的双方自始至终都没有移动身形，那青衣女子肯定是动不了，而那双眼睛的拥有者好像也不愿意动。

青衣女子眨了几下眼睛之后，她发现刚才的寒冰地狱彻底不见了。自己还是在山道上，还是在树冠覆盖的茂密树林里。另一边的眼睛也仍在原地，而且那书本也没有完全放下，只是低下来两寸，将眼睛露了出来。

"何方高人以魅影困行？"女子发出一声轻叱。

"阎王。"

双落困

听到这回答之后，女子语气缓了一些："为什么和我过不去？"

"这要问你，你为什么会在此处？有何目的？"阎王的语气也不强硬，好像有着什么顾忌。

"没有目的，击浪后抖翅，以防临荆县内六扇门的牙子咬住。"青衣人所说的击浪、抖翅都是离恨谷的暗语。离恨谷特产一种神奇蜂虫，后又经过离恨谷前辈高人的特意培育改良。谷里给蜂虫起的名字很奇怪，叫"丈夫红颜"，很少有人知道这名字的真实含义。这种蜂虫的神奇之处不在于尾刺的剧毒，也不在于其速其力可斗杀鸟雀。而是在于它能潜到水里突袭猎物，在于它饥饿之时会食噬同类。离恨谷的行动大都以此蜂虫的特征为暗语隐号。比如"伏波"，代表潜藏；"自食"，是清理门户；"点漪"，是指踩点；"抖翅"，是消除踪迹；"击浪"，就是攻击；"顺流"，是逃跑……

"我师父料到你刺局得手之后不会按'回恩笺'的授意顺流，而是会先往北抖翅匿踪，然后再转西转南入呼壶里①。所以他让我在临荆北门候等你一起走。"

青衣女子的脸微微一红，她没想到自己打的小算盘全在别人的料算之中。看来自己这刚出道的雏鸟真是无法跟那些老雕相提并论。

"既然遇到了那就一起走吧。"青衣女子这话说得有些无奈，而且话里兀自不提自己是被别人困住，只说是遇到。

"这样好，这样你我都不为难。现在你可以让你的朋友将杀器撤了吧。"阎王也松了口气，原来他和女子一样，也是被杀器制住不能动作。

"什么？布杀器的人不是和你一起的吗？！"青衣女子反问一句。

刹那间两个人都惊得魂飞魄散，真有种被打入地狱的感觉。这局收得好啊，不是螳螂捕蝉黄雀在后，而是鹬蚌相争渔翁得利。不，就算鹬蚌不相争，凭自己两个人能斗得过这渔翁吗？到现在别人什么时候用什么方法布下的杀器都不知道，自己又如何来和这样的对手抗衡？

"啊！完了！双落困，没踩的浮儿了。"阎王发出了一声哀叹。他这话的意思是两个人都被困住，而且没有其他人可以施以援手。

青衣女子勉强转动脖颈，往四周查看，同时以灵敏的听觉仔细搜索。她发现自己真的是全然困在一个无法动弹的境地，仿佛每一块碎石、每一支枝叶都会是杀死自己的武器。只需自己身体的任何一个部位动作，便可启动机栝让它们来杀死自己。这是个极为厉害的杀器布局，自己没有解开这种布局的本事。

刚才曾听到两种呼吸，一个是阎王的，还有一个肯定就是布这杀器局的高手。脑子里搜索一番，记忆中应该没有这样的呼吸声。可是布这个局困住自己和阎王的目的何在？还有刚才的喝止声，虽然无法听出是从什么地方发出的，但意图却很明确，明显是不要自己受到伤害。

用杀器困住自己但又不想伤害到自己的人不多，不仔细想的话还真找不出一个。或许……或许是他！女子的脑子在飞快地转动，并且猜测的范围越

---

① 一处古地名，大概在现在的湖南衡阳县附近

第二章　磨红的铁甲

收越小，最终收在一个点上——那个刺杀顾子敬并且追逼自己的高手！

齐君元是抓住铜钟巨响后的刹那时机跃出了魁星桥的桥栏。

他最初的计划是过了魁星桥，赶到桥那边街头第一家的鞭炮店，用"怀里火"引燃鞭炮，造成第二次混乱，从而甩开铁甲卫逃离三桥大街。但是意外出现的那双杀气逼人的眼睛让他晚了一步，另外，他也没料到会一下涌出那么多封锁三桥大街的官兵和铁甲卫，这突发情况让他已经无法及时到达鞭炮店。所以他临时改变计划，决定重新回到磨玉转轮那里。一个刺客刺杀之后依旧回到原来的位置，这是别人根本无法想象的事情。无法想象便没有可能，没有可能也就没人会认为原来位置上还站着刺客。

于是齐君元立刻左右腿交旋，腰部摆力，由下落改为侧荡，将身形强落在岸边探出水面的柳树上。脚刚沾树，索松钩收，然后衣袍一掀反穿过来，换成了另一种颜色。钻出树枝，沿树干纵身上岸，上来时随手抓了几片嫩绿树叶，在手中搓出些绿汁，往脸上抹了两把，顿显出一脸贫拓菜色。当他再次走到磨玉转轮旁边时，不凑近细看已经根本认不出原来的他来，更何况这街上没什么人还记得他原来的容貌。

这番电光石火般的行动没一个人注意。刚刚是铜钟巨响，接着是户部监行使被刺，街上已然是一片混乱。而魁星桥上试图擒住齐君元的两个持刀铁甲卫则在桥底寻找，然后又到对岸寻找，根本没想过他还会回到上桥之前的位置。

当齐君元走回磨玉转轮旁边时，街面已经极为嘈杂。但嘈杂并不会影响到齐君元对一些细节的观察，站在原来的位置上，眼中所见给他很多提示，让他灵窍突开，悟到了一个关键的突破点。突破点就是为什么在铜钟响起的瞬间，躲在暗处威胁自己的眼睛会突然消失？这是一个反应，一个高手的反应。而高手会做出这种反应，那是因为他距离突然巨响的铜钟很近。另外高手在这种突然出现的巨大声响下，他的表现肯定有别于平常人。

街上已经涌入了大批的兵卒，整个场面变得更加杂乱。齐君元已经走到了玉石店磨玉师父的旁边，那师父竟然以为齐君元是一直站在自己身边的，见涌入大批兵卒，还好心地要拉齐君元一起到店里躲一躲。

齐君元只对磨玉师父微微笑了笑，然后便转身朝向街的另一边，他要从铜钟的附近将威胁自己的眼睛找出来。

只用了一个气息回转全身的时间，齐君元就把思绪整个梳理了一遍。那个极具危险的眼睛之前一直都没有出现，却是在自己将要逃遁之际出现了，并且很肆意地暴露出毒狠、凶杀之意。很明显，这是要阻止自己逃遁。

如果拥有那目光的人没有看出自己所布的杀局，那么阻止自己逃遁的目的应该是想逼迫自己拼死执行刺活儿，而且他似乎并不在乎最终刺活儿是否能够成功。如果那人已经看出自己所布的杀局，那么他的意图就是让自己陷落难逃。但这样的话就更加难以理解，自己被抓被杀，似乎对任何人都不存在实际意义。

这人会不会就是向官府透露自己行动的人？凭他用目光盯住自己、震慑自己的凌厉气势，可知此人的道行要发现同一双塌鞋在几个时间走过大街并非难事。可既要自己不放弃刺活儿，又向官府通风报信，难道就是为了看场刺杀的表演吗？

齐君元的目光落在琴案上，落在琴案上的古琴上。乐器店门口离铜钟很近的就是这琴案。

齐君元记得自己最后是很清楚地听到铜钟袅袅余音的，很纯净的余音，没有丝毫杂响。不但没有杂响，甚至于整条街出现了刹那间的静止，所有的一切仿佛都已凝固。那一刻，只有铜钟的余音久久回荡，不曾被丝毫的异响搅乱。

这种情形似乎是很正常的，但是当齐君元看到这古琴时他知道这种正常必须是建立在一个不寻常的前提上。前提就是此处必须有个心静、气沉、手稳的高手。这高手可以在暗中以绵绵不止的杀气震慑住自己，让自己心不能释，身难轻动。也可以在遭遇到意外惊吓时下意识地回收气势以求自保。但他更可以在回收气势的同时，敛气静心，沉稳出手。这样才能将正在弹奏的琴音稳稳收住，不留丝毫异声去影响铜钟余音。

归结所有条件便很容易地得出结论。所以齐君元接下来盯住了一个人，乐器店门口的奏琴先生。然后脑子里马上闪过又一个结论，奏琴先生可以整天眼观大街，发现同一双塌鞋在几个特定时间段里来回走过，或者他根本就不用眼睛看，只凭琴音的分割归类，就能听出塌鞋走过的声音。向官府告密的也可能就是他！

奏琴先生也正盯视着齐君元，不过眼中少了毒狠、凶杀之气，却多了讶异警戒之意。此时虽然他们两个之间有好多人在来回奔窜，但人群的缝隙依旧可以让他们相互交流目光。当然，这两个人绝不会只满足于目光的交流。身形轻动，袍袖微摆，双方几乎在同时出手。出手的武器都是极为细小隐蔽的，齐君元用的是细索儿系着的一只小钢钩。奏琴先生则更加简单，干脆就是一根细若不见的线头。

两件不像武器的武器在人群的缝隙中碰撞。只有对决双方知道此番碰撞的激烈，而周围那么多人都没有发现这一次会要人命的交锋。齐君元的钩子被逼落在地，落地回收之际，钩子将街面铺石震出一道裂痕。但落败的却不是齐君元，奏琴先生的那根线头也同样被震落在地，也同样将铺石击出一道裂缝。而且在回收的时候线头翻转势头难控，只能顺势甩入墙面和大鼓的夹道里，余劲将巨大的鼓面抽切出一条细长的口子。

双方没有来得及第二次出手，因为大量兵卒也涌进了大街，他们分别都成了兵卒们追逐控制的目标。

奏琴先生显得很怕兵卒，缩着身子往大鼓后面躲，连带着拖扯他的兵卒一起进了大鼓后面的夹道。人似乎没有在夹道中停留，奏琴先生紧接着就从大鼓的另一边出来，但拉扯他的兵卒却再没跟着出来。

齐君元眼见着奏琴先生摆脱兵卒，沿着街边店面前的廊檐快速往步升桥那边走去。经过猪肉铺子时，他随手从案台上拎起两只猪尿泡，然后边走边脱去外衣。除去外衣后，里面是紧身衣物，有水行靠带抹肩拢背，收腰束胸。虽然里面的衣物仍是男性特征，但齐君元已经确定刚刚和自己交手的是个女的。女的可以装扮成男的，如果会弹琴的话，当然还可以装扮成奏琴先生。但不管怎么装扮，女性的身体特征和味道是很难掩饰的，这也是易容术中女易男的最大缺陷。

不管是男是女，齐君元都不想把这个目标给丢掉了。他觉得这个人的出现似乎藏有许多隐情，如果不把其中缘由弄清楚，自己恐怕还会有其他危险。而当他确定那是个女的后他更加不愿舍弃，因为他的第二个任务就是从濯州带走一个女的，而且是个很会杀人的女的。这两点，那个假扮奏琴先生的女子都符合。

子牙钩

要想追上去，就必须摆脱控制自己的兵卒。所以齐君元也装作很害怕的样子，转身就往磨玉转轮的水槽边躲，并且抱着脑袋蹲在另一侧的槽柱下。兵卒追了过来，弯腰去拽齐君元，却猛然往前一个扑跌。然后只见齐君元抱着脑袋从水槽后面老鼠般逃窜到对面乐器店门口，而那个拽他的兵卒直到卜福砍开水槽时才再次出现。

逃窜到乐器店门口的齐君元也缩到大鼓后面，那夹道里有个兵卒靠着墙直直站着，只是脖颈已断、呼吸全无。此时街上已经全是兵卒，齐君元不要说追上已经到了步升桥边上的女子，就是从大鼓后面出来溜达个三四步都难。而且就算他缩在大鼓背后不出来，用不了多久，他和身边死去的兵卒就会被发现。

这种情况下，能在街上自由行走的只有官家人和兵家人。所以他迅速换下那死去兵卒的衣服装备，将自己的衣物和那死兵卒从鼓面上的口子塞进鼓肚里。然后他从容地大步赶到步升桥那里，可他看到的只有桥下一道微波快速往濯州西水门的方向流去。

"好招法！好筹算！"齐君元不由地心中暗自感叹。

铁甲卫和官兵都以为齐君元从魁星桥入水了，所以对这里的水面严加搜索。而步升桥下却没一个兵卒专门查管，那女子可以很轻松地由此入水。肉店门口拿的猪尿泡可以用来存气，然后在水下换气，这样不用出水，就可以从这里直接潜到水门。齐君元之前有过了解，濯州城就算现在已经闭关，那几道水门却是只下栅不落闸的。因为水门落闸会截流，此时是午时，午时截流，而且是州城水道，在风水上叫断龙，是皇家和官家的大忌。而水栅落下不会截流，却一样可以阻挡水上船只，以及水下潜游的人和大水兽。但是水栅的钢条对于离恨谷的谷生、谷客来说简直形同虚设。只需利用"湿布绞""楔扣带"等招法器物,将左右栅条稍拉开一些,然后利用身体和气息的控制,就能从扩大后的栅格中钻过去。

齐君元真的晚了一步,此时兵卒不但围住了三桥大街,而且还有二道防、三道防围住了三桥大街外层的街巷,以防有人从店铺后门、窗户或其他地方溜走。即便是齐君元有身兵卒的行头,要想贸然逃出还是不大容易的。

围堵方式无懈可击,按理说就是只蟑螂都很难逃出。但是那些军营的兵卒却是良莠不齐,从他们身上找些缺口出来倒并非难事。齐君元凭一身行头转到后街,然后只是往房屋顶上的瓦面丢了两块石头。那瓦面上石块的滚动声马上把这些兵卒骗开,让他轻松几步就进入到纵横交错的巷陌之中。

灌州城的城墙同样挡不住齐君元,铁钩细索可以很轻松地将他放下去。问题是闭关以后的城墙上布满兵卒,他非但没有可以将自己放下的位置,就是想混上城墙也很危险。

但齐君元最终还是出了城,而且是随送火貔令的传令校一起出城的。在听到呼唤开城的军校说要去临荆县急调神眼卜福后,他便决定与这队军校同行。因为此时齐君元基本已经确定,自己追踪的那个目标也就是自己这次要带走的人。"露芒笺"上提到过,需要带走的这个女子在临荆县有个私仇要了。也是在这个时候他明白了那目标为什么会阻止自己逃遁,一定要逼迫自己做下刺活儿或造成骚乱。其目的就是要将临荆的大捕头神眼卜福给调出来,这样她才有把握解决自己的私仇。

火貔令是加急必达令,必须送达而且要在最快的时间里。为了防止途中发生意外,除传令校尉外,一般会有六个刺史府弓马快骑相随。这队人马到城门口时还是七个人,出城门的时候却变成了八个。

城门关闭的时候,一个守护城门口垛墙的兵卒在问自己的同伴:"是我眼花看成双影了吗?最后那一匹马上怎么好像骑着两个人,而且像是城门洞里过了下就多出来的。"

"别瞎说!你莫非见到'贴背鬼'[①]了?同伴情愿相信有鬼,也不愿承认

---

① 贴背鬼,传说中贴住别人背部不放,摄取生人阳气的鬼"

多放出去一个人。

而一路快马狂奔的传令军校也根本没发现自己这些人中多出了一个。进临荆城的时候，一个弓马快骑在城门口栽落马下，摔断脖子而死。但收敛其尸体的仵工却觉得这军校应该是死了好几个时辰了。一具尸体竟然一路快马从灌州来到临荆，这事情却是他不敢想也不敢说的。

齐君元在离城门还有一段路的时候下的马，步行进城时他看到有人在安顿那个被他拗断脖子并且陪他共骑一路的尸体。

进城之后，齐君元很快就在县衙附近再次发现自己追踪的目标。而当他看到青衣女子在巷子里听辨奔马声响，然后往近营巷而去时，便知道这女子已经计划周全，只待实施。

齐君元又出了临荆城，在北门外等着。他知道自己要带走的人肯定会来，不管计划实施成不成功，这女子都会从北门逃离。因为往西是西望河草庐渡，有兵营据守；往东是回头路，说不定还会撞上发现蹊跷及时转回来的神眼卜福。往南是开阔平原、驱马大道，这环境少有掩护，一旦被马队追拿逃遁无路。只有这北面，出城就进山，一旦进山便如同龙归大海鸟入林了。

齐君元还没有等到自己要等的人，却等到一个也是来等人的人。这是个外表朴实、面相秀气的年轻人，衣着装束像是个落拓的书生。但齐君元却感觉得出那人身上挟带的气相很是猥琐，眼神间带着奸魅之光，举手投足有种影子般的恍惚。于是立刻断定，这是个比鬼还像鬼的人。

齐君元偷偷避开那个年轻人，躲在一旁静观此人有何举动。在别人没有觉察的状况下窥探别人在干些什么，其实是件挺有意思的事情。

这个年轻人果然比鬼还像鬼，他在山道上布下了一个兜儿[1]。这只兜儿

---

[1] 刺客行当将在一定范围内布置杀人器具刺杀、猎杀别人的布局叫兜儿，就和兵家的"阵"、计谋家的"局"、机关暗器行当的"坎"意思差不多。兜儿有正兜、反兜、明兜、暗兜、活兜、死兜，等等，困人的兜叫锁兜，杀人的兜叫绞兜。而兜中所设的各种器具则叫爪儿，爪儿的种类就更多了，根据设置和功用特点，可分为见血要命的血爪、将敌活捉的扑爪、伤人半死的叫皮爪，还有毒爪、抖爪、勾爪，等等，作用各不相同。

是十种"阎王殿道"之一的"剥衣亭"。曾经也有人说这"阎王殿道"属于奇门遁甲，其实不是，它应该还是在器物运用的范畴内，不具备奇门遁甲的玄妙之理。

据说这技法的最早雏形为三国时的"幻相琉璃孔明灯"，这在晋朝东泰人安徽晨的长幅画册《前朝妙器集说》中有过收录。那画册中画了高悬的一盏灯笼，然后从灯笼里照射出大片山水的画面。由于缺失文字史料的记载，如今已无法考证其运用的真实原理。但按画册中简单旁注推测，应该是利用水晶之类的材料将小的画布、画绢折射放大，然后辅助水气、雾气营造的一种虚假环境。

为了知道年轻人最终的意图并将其置于可控制的状态，然后又能保证自己可以把要带走的人带走，所以齐君元契合了"剥皮亭"的伪装在外围又下一个"天地六合"的兜子。这兜子中一共有十二只爪儿，都是先启后击的机栝设置。什么意思？就是在一个范围中，进入时的触动只是启动机栝并不伤人，但到了再要出去时，那些已经被启动的机栝却是会毫不留情的，个个瞬间都变成了血爪。

"天地六合"看似很简单，为天六合、地六合两面六角交叉相对，十二个机栝就布置在十二个角上。但其真正厉害之处却是在这些先启后击的机栝上，机栝名字叫"子牙钩"，是谁发明的已无从考证。不过唐代无名氏诗作《仙力》中有："……戟放霓光射九斗，难受子牙愿者钩……"诗中的"子牙愿者钩"就是这子牙钩。子牙钩很小很细，但奇妙之处是能直能弯。其原理是每根钩针都有多个关节设置，而每个关节的制作采用的全是魔弦铁。

在南宋之前还可以从渤海湾外的海礁上找到魔弦铁铁石，烧练后可得魔弦铁，其特点是极具弹性和韧劲。这在《北海志》中有记载："奇铁，外海礁黑石炼煅，其力如弦。"所以只需用这种魔弦铁外加一个简单的收放装置，便能以强力弹射。

子牙钩上有多个关节，每个关节都是收放装置。所以弯曲之后积聚的弹射力无比强大，弹射激飞的过程中，能够撞石破木，不惧硬甲。子牙钩的布设方法也很方便，只需将细长直钩放在适当的位置上，针尖所指便是射出方向。然后不管走入之人碰到了钩子还是钩子后面的无色犀筋，都能将钩子启动到弯曲状态。而当再次发生触碰时，钩子便弹飞而出，直插或横陷入落兜之人的身体。而钩子后面的无色犀筋，在子牙钩强势弹射力的作用下，可以将飞射过程中的石子、树枝、树叶等物带动飞射，同样能达到杀伤力道。

鬼一样的年轻人看到青衣女子进入了兜子范围了，于是在控制位布设最后的惑目气雾。这时齐君元看清了，年轻人只下了惑目的招数，没有在假象后布爪子，也没有选择最有利的位置准备出手攻击。所以他布设的只是个扑兜，不，连扑兜都算不上，最多才到蒙兜的程度。不过齐君元同时也看出此年轻人虽然外貌朴实，但心里却有些龌龊。对付一个女子偏偏从十个"阎王殿道"里选用个"剥衣亭"，其中不免存有淫亵意味。

青衣女子之前一直都没发现身处的危境，直到齐君元利用连珠声筒将试图纵身逃出的她喝止，她才觉察到自己已经被要命的东西锁定了。这倒不是齐君元的机栝布置得太过隐蔽，而是"剥衣亭"的假象和掩饰给了青衣女子很大误导。

而青衣女子被喝止不能动后，布设"剥衣亭"的年轻人也立刻发现了自己的危险和尴尬。他所处的控制位也在"天地六合"范围内，刚刚在到那位置上布设惑目气雾时，他也启动了子牙钩机栝。所以也一样陷在了自己完全不懂的兜爪之中无法脱身，而且动作稍大，就会像"剥衣亭"上的肢体一样颈断肚穿。

无论误导也好不懂也罢，两个人的表现让齐君元确定这两人虽然身具高超的杀人技艺，但实际的江湖经验却非常欠缺。他们应该都是没有做过几趟刺活儿的雏蜂，特别是那个青衣女子。

"我知道你是谁了！"这时，青衣女子突然发出一声喊。

第三章　鬼蜮幻相

鬼党人

这一晚的灌州城终于平静了，三桥大街的兵卒全部撤了。虽然没有抓到要抓的人，但找到不少线索。

刺史府后堂灯火明亮，但宽大的厅堂中只有三个人。厅堂外面倒是人数众多，有站立好位置朝四处警惕观望的带刀护卫，也有来回走动的流动巡哨。刺客没有抓到，意味着危险依然存在。不管在什么地方，哪怕是重兵守护的刺史府，都绝不能掉以轻心。因为他们面对的是个无法揣测的对手，一个决意要杀便无可阻挡的对手。

灌州刺史严士芳已经决定这几天将顾子敬安置在刺史府里。即便城防使万雪鹤多次提出要把顾子敬安置在都督府，这严士芳都咬紧牙没有答应，只是让万雪鹤多派人手到刺史府来加强保护。这是因为刺史府里有个只有他知道的暗室，真要到了万不得已时，他将顾子敬带入那里面应该可以躲过刺客的攻击。

说实话，严士芳和万雪鹤因为顾子敬被刺这件事情已经把所有血本都下了，那万雪鹤甚至将押运税银的快弩队都调进了刺史府。因为顾子敬要是在自己的辖区出了事，那他们两个人的全部身家搭进去都不一定扛得住。

顾子敬的确只是个从五品的户部监行使，但这只是他在灌州的身份，回到皇城金陵他就完全是另一番情形。在金陵他虽然也不是什么大官员，但没有几个大官不怵他。因为他的真实身份是南唐皇帝元宗李璟的密参之一，也就是外放供职官员嘴中所谓的"鬼党"。他们专门替元宗到各地暗访民情、官情，然后一则奏章便可以罢一方官、要一族命。

不过顾子敬到灌州城来的目的似乎和以往那些关于民情、官情的任务不一样。首先不是暗访，而是托了一个户部监行使的名头来的。其次他这次承担的职责的确应当是由户部官员来做的，只是有特别的原因，元宗才会派他前来。

顾子敬这次到灌州要做的事情看似简单，其实极其不简单，几乎是将一个烧红的铁球扔在了他的怀里。

这个任务是从来往船只的装载量和市场交易量来判断现有过境盐税、粮税是否合适、能否提高，提高到何等程度才能迅速增强国力。

利用现有的地理位置，加收出境、过境的盐税、粮税是宰相冯延巳提出的。但提出之后立刻遭到很多官员的反对。本来这事情元宗李璟做个主说行或不行也就算了，偏偏户部侍郎韩熙载当殿与冯延巳辞色俱烈、争辩不下，让元宗左右为难下不了决定。

韩熙载的说法元宗听着也非常有道理。他剖析了提税之后会让商贾、运夫负担变重，市场出现混乱和恐慌等多种不良影响。而这些影响转嫁之后便是产出者和食用者的利益受损，周边国家户部财入亏负等更大弊端。这会导致邻国政权和黎民百姓仇恨南唐李氏皇家，迫使邻国对南唐政权心怀叵测，甚至立刻就会干戈杀伐，老百姓被逼无奈，便与官府敌对，冒险行不义财路。

冯延巳则认为所提税率为过境和出境税率，对自己的国民没有影响，然后在增加本国财力的同时削减了邻国财力，这样一些穷兵黩武的邻国便不敢对南唐轻举妄动。此举还可以迫使一些有实力的大国增加军费支出，军用储备量下降。这话让元宗也不由地频频点头。

这两人一个不服一个，一定要辩出个谁对谁错才行。那韩熙载官职虽然比冯延巳低几级，但李璟还是太子时他就是东宫秘书郎，与李璟朝夕相处，情谊笃厚。而这冯延巳不但是宰相，谄媚奉承的一套也是别有功底，很得李璟信任。这手心手背都是肉，李璟谁都不忍割一刀。所以决定还是以事实说话，先遣户部查算税率是否合适，有没有调整的空间，还有调整后的获利会达到多少，以便权衡利弊做出决断。

此决定一说冯延巳马上阻止，说是韩熙载本就是户部的，从户部遣人肯定会帮他说话，得不出真实数据。于是李璟只能把鬼党中的顾子敬给派遣出来。这样的安排冯延巳还是很满意的，因为他和鬼党成员的关系一直不错。而顾子敬在金陵置家时得到过冯延巳的关照，所以冯延巳与顾子敬的关系相比其他鬼党成员还要更加亲密些。

但即便关系再好，顾子敬还是不能太过偏向。毕竟他是要对元宗李璟负责的，自己的饭是李璟赏的，脑袋也是提在李璟的手里。另外，韩熙载的背景别人不知，他在鬼党岂能不知。这韩熙载看着官职不大，其实不但是元宗最信任的人，而且掌握着南唐的秘密力量。拿现在的话来说，就是掌握着南唐的间谍特务组织。这样的一个人更是得罪不起，他要心中不顺，可以在一夜之间让某个人的脑袋离开身体到千里之外。而冯延巳是当朝宰相，又能放低身份和自己交好，更是不能得罪。所以三方面盘算下来，他到灉州真就像抱着个烧红的铁球来的。

顾子敬算是个有大学问的人，填词、写诗、做文章都是绝好的，但对元宗这次委以的任务却是门外汉。因为做这件事需要有多年的抽税经验，并且还要通过巡查暗访、市场推断，以及繁杂计算，不是填词、写诗那么简单。这也是顾子敬为什么会在灉州城待了近半年都无法回去皇城交差的主要原因，他既然没能力得出准确结果，便寄希望于朝里两位大员能就此事和解，协商个妥善办法。或者元宗等得不耐烦而当机立断做出决定，这样就免了自己还要向朝廷提呈此行的结果。

其实以往鬼党办事并非十分严谨，如果此次元宗委派的是其他事情，他顾子敬完全可以随便下个结论糊弄一下元宗和那两位重臣。但国家税银征收的事情可是非同小可，关系到国力的强盛、皇家命脉的兴衰。所以就算不砍他顾子敬的脑袋，他也不敢马虎行事。

近几年来，南唐的经济渐衰，远不如开朝立国之际。对闽对吴越的几场大战争劳民伤财，亏损了的元气始终没法缓过来。楚国皇帝马殷死后诸子夺位，为搜敛财物招买兵马便效仿西汉盗墓之风，挖掘古代厚葬之墓取其中陪葬的金银宝物。后来听说真的挖出了两个大宝藏，其中财宝金银无数。元宗闻讯眼红，遣大将军边镐突袭楚国，其真实目的就是为取得两个宝藏的财物充实国力。占据楚国之后却发现，所谓大宝藏只是马家几子虚张声势、蒙骗兵卒、恐吓对方的把戏。但既然要拿下楚国，此行目的就不能落空。于是边镐立刻在楚地强征重税，搜刮民脂民膏。结果此举引起楚地百姓反抗，纷纷归附支持刘言反攻南唐大军。失去百姓的支持，粮饷全无后续，边镐只能迅速退回。所以这一趟对已然负担沉重的南唐国库来说，又是一次费力、费钱，不讨好的结果。

"严大人、万大人，这两天发生的事情你们怎么看？我平时里与人和善，从未欺人害人，不该有仇家对我下此杀手啊。"顾子敬摇头晃脑地表现出一副非常不可思议的样子，

严士芳和万雪鹤对视一眼，都心说你们这些鬼党的人欺上瞒下，坏事没少做。就算有少数成员没有故意做坏事，但失察、独断独行、误解误会导致的冤案错案还是不在少数。所以不要说没仇家，说仇家少了都没人会相信。

心里这么想，嘴上却不能这样说，严士芳赶紧接话："这肯定是大人行忠良之事被小人忌恨，或是大人明察秋毫、据偏辨浊，阻碍了一些人的险恶意图。这才招来肖小的恶行。比如说顾大人此番受我皇所托，到灌州一行的目的，就很有可能会被某些畏变畏损的人阻挠。"

"你的意思是说这刺杀和我来此地的目的有关系？"顾子敬不太承认这种说法，因为就提税一事发生争辩的是两个当朝的大员。他们与自己无冤无仇，自己所行也是皇上差办，根本犯不着对自己下手呀。况且自己尚未做出最后定论呢，现在就对自己下手岂不是太盲目了吗？

严士芳沉吟一下问道:"我内防间临杀之前得到一个无名信件,确定有人在三桥大街刺杀顾大人。但我听说顾大人好些日子之前就听闻有人会对自己不利,不知这信息从何处得来?能否从这方面再找找线索,查一下是何人与此事有着极大的关联。"

"那是我的远房表弟顾闵中发来的书信。我这表弟是个绝好的画师,自小在外苦学,多年未曾相见,可学成回来后一直明珠蒙尘,不能尽显才华。后来还是靠我的路子才进到皇家画院的,所以一直感恩于我。前几日他应韩熙载韩大人之邀,去韩府参加一个赏画的宴会。无意间听到一个宾客提及会有人对我不利,于是赶紧从驿站走快马急件给我报信。我觉得那都是酒多胡言,也就没当回事。"

"这么说的话,那韩熙载韩大人可就有嫌疑了。"万雪鹤觉得情况已经很明朗了。

"这话不能乱说,我觉得韩大人本身应该不会是这样的人。但交友不慎、误交凶徒的可能还是有的。当然,也可能是他的朋友神通广大,从什么偏密路子上辗转得到这个讯息。你们可以想象下,如果我最后的决定是不提收税金,韩大人最多争了个面子而已。但如果我确定可以提税,韩大人最多也就失个面子。他是个放纵不羁的豪放之人,不在乎什么虚表。但从另一方面讲,增加了税收,国库丰实、俸禄提升,对他都是大有好处的,他又何必遣人杀我?"顾子敬的推断能如此中准不偏、合情合理,主要是因为他知道韩熙载暗中的身份和职事。

"不过我被皇上委派到此处来,调查确定税率的调整,这话头我倒觉得有可能是韩大人在宾朋聚会时无意中透露出去的。然后通过一些途径传到会因提税遭受损失的某个邻国,这才派遣杀手对我和张县令下手。这样一则可以阻止我做出提税决定,同时也是对我朝的一个警告。另外,可以突袭临荆,占据有利地形,威胁灌州,让我朝不敢对通过此处的商货征收高额税金。甚至还可以过临荆直取灌州,将这水陆扼要抢到,那么出入的商货便由得他们做主。"

"顾大人睿智,照你这个说法推断,只有利益受到很大损害的人才会对你下手。但提税之后受损的人涉及太多了，小的有商贾、小贩、运夫，大的有周国、吴越国、楚境的周氏，还有南平。"严士芳的分析听着似乎很正确，但其实太过空洞。

"对了，神眼卜福临走时说那刺客留下的衣服正反面都可以穿，是蜀国特有的，可以一件当两件穿。如果加上可换布套，那就一件当好几件穿。"

万雪鹤提供的这个信息非常准确，这种可换面换套的衣服真就是五代时前蜀乐师梁乐娘所创。制作这种衣服本来是作为她的乐服的，免得每次陪曲都要携带好几件衣服。后蜀张启为的《壶色弦集》中有："……当堂转，未及见祖，衣色已更。"就是说的这种衣服。后世还有种说法，说川剧中的变脸技艺，也是从这衣服的原理转换而成的。

急布防

"你是说这衣服出自蜀地？那刺客肯定是蜀国孟王所遣。"严士芳几乎是抢着说出这个判断的，但话才出口便已经觉得不是这回事。"也不对呀，我们提高过境货物税金，最没有影响的就是蜀国呀。他们虽然地处偏僻，出入路径艰难，但蜀地自古是天府之国，物产丰富、粮棉多产，境内还自产矿盐。不但可以自给自足，还有多余的拿来与邻国换取其他日常用品。"

"这倒是真的，影响最大的应该是楚地和南平。这两国不管是从我国采购水盐，还是从其他国采购水盐，都必然要经过我境运输。其次为大周，大周虽然也产少许水盐，但运输并不方便，所以都是就近购买我国淮南一带的水盐。另外，大周地瘠，粮食只产一季，正常时还够国人温饱，一旦遇到战事，那就必须倚靠吴越的供粮和从我国购买。出境、过境的盐税、粮税提高，这几国首当其冲遭受影响。"顾子敬也觉得提高过境税与蜀国没有任何关系。"而且卜福不是说过吗，前往刺杀张松年知县的刺客所用杀器应该是一种产于闽地的蚕丝，刺杀目的和张知县以往的一个仇家有关。现在闽国已被我国和吴越国割分了，我们总不能因为那蚕丝就说杀手是来自闽地的吧。"

万雪鹤虽是武夫，但也是熟读过春秋文章的，知道国家、兵家之间的尔虞我诈，再加上顾子敬所说的提醒，让他心头豁然一亮："那件蜀国特有的衣服有没有可能是刺客故意留下的？是要将我们的视线故意引向没有关系的方面。包括临荆的张县令，按卜福所言应该是私仇，只是很巧合地也在此时发生了。如果这样的话那是万幸，但万一真是哪个邻国公遣的刺客，那么接下来的情况就变得万分紧急了。从周边局势上看，刺杀成功后得惠最大的应该是楚地的周氏和南平国。临荆与这两国相接，一旦城防无首，这两国从那里进兵突破，便可直扑灌州，占领荆湖水陆两道枢纽。灌州城的刺杀像是个警告，然后留三天让我们有所反应。三日到，没有反应，那张县令的被刺便是用兵前兆。"

就在此时，前面衙堂连续有"报"字声传来，这是有紧急报章时才会出现的传音入报。

"可能是临荆那边把情况急报过来了，我出去看看。"万雪鹤听到"报"声后拎甲裙跨门槛急步赶往前衙。虽然他们三个人都守在刺史府等待临荆的消息，但万雪鹤对临荆那边的情况最为关心。如果张松年真是第二个被刺对象，而且没能像顾子敬一样幸运逃脱，那么接下来便可能是邻国兵侵临荆县，疾袭灌州城。这些都是他万雪鹤统兵守御的区域，若有失职失守，战不死也得提头回金陵。

严士芳和顾子敬虽然不像万雪鹤那么急切，但都知道这是大事，两人马上在众护卫的保护下也往前衙而来。

严、顾二人还没到前衙，万雪鹤便已经匆匆地回来，迎面遇到严士芳和顾子敬，远远便连声高呼："不好了！不好了！顾大人、严大人，临荆县张松年张县令已然被杀，现临荆城一片恐乱。行防营已经直接驻守西望河边，严防邻国军队强渡西望河。另外，临荆城内兵卒、衙役也都上城，准备好了守城器具，做好退守城内的准备。我现在已经派副将陈彬带骁骑营五百骑兵赶过去了。不过灌州城兵力也不能再散，必须留有足够的城防力量。所以我另发火貔令就近至汉阳大营搬兵，前往临荆增援。"万雪鹤应该是没有经历过大阵仗，遇到这事显得有些慌张。

"你应该立刻发烽火令到九总，提醒边守军严密防范南平边界。临荆失主，楚地和南平都是有可能乘乱而入的。"顾子敬提醒万雪鹤。

"对对对！这一忙乱把这给疏忽了。这样，我让左龙营发快舟沿江直上，这样还可以顺带通知到江口和八总的守军，抽调部分赶往九总协助防御。"万雪鹤慌归慌，但所有的布置倒是中规中矩，严循用兵之道。

"我倒觉得大可不必。试想，如果杀张松年是为了突然越境攻临荆或者绕过临荆直扑濉州，那么在张松年刚死之时刺客就会有信号发出让己方立刻出兵，等到卜福回去查办出张松年被刺，然后传书信过来报知情况，这时你再派兵前去已经是晚了。所以现在要做的就是集中兵力坚守濉州，同时遣人到邻近的各大营调兵，随时增援。"严士芳觉得自己的濉州城才是最重要的，因为他一家老小都在濉州。此时此刻有个用兵高手在的话，就能将严士芳的谬误说法完全驳斥。因为就算邻国出兵突袭，一时半会儿未必就能攻下临荆或者九总。但邻国兵马又不敢困围临荆，然后分兵绕城而过直扑濉州。因为这样就正好进入到濉州辖下几处县城和军营的兵力交叉范围，最终只会是水扑沙滩，来势汹汹，去不留痕。

"我觉得严大人说得有道理。"顾子敬补了一句，他大概是因为自己身在濉州城中，所以也主张固守濉州。

"行，那就听顾大人和刺史大人的，我马上组织人马、器具坚守濉州。"万雪鹤想都没想就同意了那两人的说法。由此可以看出，万雪鹤这个人相当没有主见。他遵循的不是兵法，而是官场之法，这其实是很多用兵者的大忌。

濉州城转眼间便灯火通明，城中哭爹喊娘乱成一片。有百姓收拾细软想逃出濉州城，但此时濉州城所有陆道、水道门闸全都关紧。而抢先挤到城门口的一些男丁正好被兵卒拖了去搬拿守城器具，做守城的准备。

齐君元听青衣女子喊了句"我知道你是谁了！"后，不由得苦笑着摇了摇头。他终于明白为什么"露芒笺"会附带指令让他带走这女子了，这丫头整个就是只"白标"（刺客行中对外行的称呼，意思是刚用白纸蒙好的标靶，没有一点格杀攻击的经验，只等着挨扎。）。

"知道了你也就死了！"一个声音从山林中传来，就像从天而落的一只铁锁，顿时将几个人的心魂都锁拿得沉甸甸的。

齐君元觉得自己浑身的血液倒冲而上、直灌顶窍。他根本没有想到这附近除了自己和被自己困住的那两只雏蜂外还有其他人，而且此人发声状态气凝音聚，应该是个修为深厚的高手。

"我知道我搅你的事情，但那也是没有办法。'回恩笺'（离恨谷给谷客发的行动指令）要我五日内必须了断私仇，但神眼卜福在我没有下手机会。没招之时正好发现有芒尖儿（刺客的江湖代称）要对户部监行使下手，便想借用这机会调出神眼。因为时间太紧，只能给官府露响儿示警，逼迫你及早出手，只有这样我才能及时行事。后来从你出手我才看出你是门中前辈，知道自己所做唐突了。前辈，为这你不至于要我命吧，再说你也得手了，算是两全其美呗……"青衣女子一张嘴便喋喋不休，以至于性急之间都没有听出刚才说那句"知道了你也就死了！"的人和前面让她"别动"的不是同一个人。当然，齐君元刚才说话时为了不让别人听出自己所在位置，使用了连环传声筒，使得语气语调发生变化，这也是这青衣女子急切间未能辨出的原因之一。

"止声！"齐君元严厉喝止，而且这次没用连环传声筒。因为再要任由这青衣女子说下去，她极有可能会把接下来要执行的指令全给透露出来。

齐君元这次的制止很有作用，语气强调的"止声"二字喝醒了青衣女子。她平复了心神，冷静了思维，凭借灵敏的听觉很容易就辨别出刚才几句话并非一人发出，也区分出说"知道了你也就死了！"的人和之前让自己"别动"的人不是同一个人。这时候她开始害怕了，因为将刚才那句"知道了你也就死了！"再细细回味下，便觉出那声音里带着奸诈也透着冷酷，给人一种锐利、寒冷的金属器物穿透身体直抵心脏的感觉。

"接着说吧，说了我或许可以网开一面。"又是那冷酷的声音，而且这次还带上了愚弄的味道，这是官家人经常用的口吻。

"知道了你也就死了。"齐君元用同样的一句话回复刚才那个声音，此刻他完全不掩声形，其意已然是不惜折刺（不惜两败俱伤的打法）拼斗一场。

"你有把握杀死我？用你濉州城里的那一套？"那声音不再冷酷，变得分外平和。冷酷是为了震慑和威胁，而对于不能震慑和威胁的对手则应该迷惑。用最普通、最平常的语调对话，掩饰自己随时可能爆发的杀意。

"我没有把握，但你有把握把我们都拿下吗？"齐君元的声音是同样的平和。

那声音想都没想就回道："我没有把握拿你，所以你想走只管走。但这两个却别想走，特别是杀张知县的那女子。"

"为什么一定要拿那女子不拿我，我不是还杀了顾子敬吗？"齐君元希望对方把注意力集中到自己身上，然后自己用手势暗号教那两人如何解了"天地六合"中的子牙钩。现在只有那两个脱了身，他才能进退自如。

"哈哈，"连笑声都很平和，没有一点愉悦的味道。"可惜的是你没能杀了顾子敬。试想他都已经知道有人对他不利，怎么可能再坐进马车回宅？你杀的只是个替身而已。再说就算你真杀了顾子敬，我也无职责拿你归案，除非是有追捕通文发到了我手里。"

齐君元脑袋里"嗡"地一响，顿时愣立当地沉默无语。

而被困住的青衣女子则轻轻发出"呀"的一声，显得很是懊丧。

此时齐君元虽然沉默，但心中却在反复自责："错了，这人没有说谎，自己真的错了。其实早就该想到的，如果那天车里仍然是顾子敬，一个已经知道自己将被刺杀的人，那么他的车队又怎么可能以平时完全一样的节奏、速度行进？这摆明了是个兜子，诱骗自己出手，然后出动早已安排好的铁甲卫和右虎营兵卒，将自己一举活捉，这样才有机会找到根由，彻底消除危机。"

"这个讯息应该足以让你离开吧。"平和的声音中带出些得意。

"这个讯息让我更有必要将他们带走。"齐君元的决定也许有人已经料到，但他的回答却是让在场几个人非常意外。

"为什么？"声音更加平和沉稳。

"我接到的指令中就有找到这女子并带走她，然后我的刺局又是被她搅的。只要将她带回去，那么我做成做不成的事情都可以有所交代了。至于另外一个嘛，他刚刚听到我们所有的对话，回去后正好可以给我做个旁证。"齐君元所说合情合理。

"劝你还是放弃了吧，现在的局势恐怕难遂你愿。看来我必须再给你一个离开的理由加加码。"说完这话，声音发出的地方火星微烁，平地飞起一枚号炮。这号炮蹿出顶上树冠炸开，一道长长的耀光划破夜空，就像缓缓飞过的流星。同时一声脆响响彻山林，而在山林之外无遮无挡的范围，号炮声响传得更加遥远。

针锋对

这是六扇门的"窜天猴"，一种发现目标后召唤其他捕快衙役的号炮。随着这号炮直窜夜空、声震旷野，山脚处立刻亮起了几处火堆。随即大火堆分成许多支火把，从几条路径往齐君元他们所在的位置包抄而来。单从这火把的行进路线上看，就能知道手持火把之人对此处地形道路的熟悉程度，所以青衣人行刺之后仍被暗藏之人赶上就一点都不奇怪了。齐君元都没发觉到有人潜行，可见此人对周围环境更是了如指掌。

"你是高手，所以请你估算下，我大概需要缠住你多长时间，那些打着火把的捕快衙役就能赶到。到时候你不但没有机会放他们两个出来，自己想脱身恐怕都难了。"语气中很明显的踌躇满志，表明那人对眼下局面的掌控有着极大的信心。

齐君元再次沉默了，他知道自己现在想要带走那两个人基本是没有可能的。齐君元后悔了，自己如果没有下血爪逼住了他们两个，现在三个人联手，便可以快速击退这高手，赶在捕快到来之前顺利脱身。

对！三个人联手！齐君元脑中突然有烁星划破混沌。

几条火把的长队已经离得不远了，而且还有衙门所养寻踪犬的吠声。现在已经到了必须有所行动的时候，否则真就来不及了。

"你现在走还来得及。"那声音很平缓，就像好友间关心的提醒。

"你现在走也还来得及。"齐君元回应的语气更加平缓，而且还像带着些释然和解脱。

"虚言恐吓。"那声音很不屑。

"好言相劝。"齐君元针锋相对。

"凭什么？"那声音懒得一哂。

"凭我们三个斗你一个。"齐君元的声音越来越沉缓。

"你们三个倒的确是各执己任、各怀绝招的同门，只是当下情形你一人斗我都有所牵绊难以施展，又如何联手斗我？"

"请你也算算，三人联手能否在你手下赶到前杀死你。"

"可以。不过还是先回答我的问题，你们如何联手？"那声音再次强调这个问题，是因为根本不相信那两个人可以脱困，然后协助齐君元攻击自己。

"告诉我他伏波何处。"齐君元这话是对青衣女子说的。

"前十一步左数第二棵树的后面。"

"阎罗殿道之十'四洲六道'，掩我行踪。"齐君元这话是对陷在兜中的阎王说的。

阎王虽然不能动，但他却可以凭刚才青衣女子所说方位判断。于是手中微动，光影恍惚，迷雾缥缈，蓦然间，齐君元所在位置与十一步外的大树之间出现了一条曲折婉转、支路纵横的阶道，这便是第十殿阎罗转轮王掌管的"四洲六道"。地狱十殿便是发众生下四洲入六道轮回的地方，所以这一种阎罗殿道的虚境也同样有四洲六道共二十四条支路，进入其中便不知如何进、如何出。

就在"四洲六道"恍然呈现的一刹那，齐君元看到那棵大树后面有乌光一晃，这应该是撤出了铜、尺、棍一类的武器。等阎罗殿道外相全成之后，又见白光灿烁，那肯定是又撤出了带刃口锋利的武器。

"量骨裁命！是神眼卜福！"青衣女子只是从铁尺中刀刃弹出的声响便

判断出了是何武器，而世上使用这种武器的高手并不多，就近的范围内只有神眼卜福。

"收！"齐君元这次是一声断喝。随着这声断喝，阎罗殿道瞬间消失，依旧恢复成山林间的黑暗。

"虽然你号称神眼，但刚才的那种状况下，从你的方向能见到的只有一片地狱假象。这情况下你能做的只有利用黑暗和树木遮掩马上转换位置，但你所有的行动却又逃不过我这边一个人的耳朵。而我不但可以借助耳朵知道你的真实位置，另外，从我的位置角度不受假象阻挠，可以直接凭视觉找到你，准确击杀你。而且对你的攻击不用离得太近，我可用钓鲲钩远距离袭杀，从而保证你在被攻击后无法凭借袭击方向反攻于我。我们有一个灵敏的耳朵，有一个能遮住你神眼的招数，还有可远距离攻击你的武器，这些还不够你给自己一个离开的理由吗？"齐君元的声音越来越平和，但有些人却可以从中听出越来越强势的震慑。

其实阎王殿道是个以光惑目的技法，没有什么正反之分。一边看不到了，另一边也同样是看不到的。齐君元说自己看得见对手、接近对手全是在虚言恐吓，这也是为什么他在阎王刚布出"四洲六道"就又马上收起的原因，就是怕时间长了被对方看穿。但齐君元所说的其他话都是真实的，只在一个关键处用了谎言，而这个谎言却是对手最为畏惧的。所谓九真掩一假，让人难以甄别出虚假所在，正是离恨谷吓诈属技艺的精髓所在。

果然，树后那个声音出现了长久的沉默。

对手的沉默，意味着自己已经占据了上风。但是要想让上风持续为最终的胜利，那就必须乘势再逼，不让对手有回省释惑的机会。

"还有，就算不能将你一击即杀，让你得了回手的机会，缠斗间我还可以说出所布杀器的解除关键，让他们两个自己解了杀器。到那时就不是我们多双耳朵你少双眼的优势了。不说其他，就钓鲲钩之外再加上十根天母蚕神五色丝，你估摸自己能撑过几招？"这又是一个虚言恐吓，齐君元就算说出解除关键，那青衣女子和阎王也不一定会解，就算会解，他们也根本解不了。因为之前齐君元在布设时为了防止他们懂杀器原理自解杀器，特别将解除机栝的兜子缝（刺行中设置布局时留下的后手，可一举解开布局，相当于坎子行的穴眼。）设在了他们被困之后够不着的地方。

但是别人很难判断齐君元话所说之话的真实性，根本无从知道他所说的方法可行不可行。特别是卜福，他正在全神思考如何应对钓鲲钩之外再加上十根天母蚕神五色丝。说实话，到现在为止他连这两种武器到底什么样都还没弄清楚，所能做的就是在设想中尽量将自己的戒备状态不断提升，以防突发的诡异攻击。而思绪旁走，紧张提防，都会让人的判断力在不知不觉中下降很多，从而忽略对一些细节的思考。

"所以你现在可以走了，因为我不想没有任何由头就得罪你，得罪了你也就得罪了六扇门，得罪了你的师门，得罪了你的靠山。至于你呢，我想也不会为了一个和自己没有切身关系的由头便暴尸野外吧。"齐君元最后一句话才是劝解的关键，切身关系是个很能让别人知道进退的词汇，特别是对一些官家人而言。别人得了高官厚禄与己无关，别人死了就更与己无关。自己总不至于指望一个已经死去的人给自己好处、提携自己吧。

"吧嗒"一声轻响，刀刃收回了铁尺。然后是轻微的移动的脚步声，卜福在退走。捕快衙役已经快赶到了，他要再不及时退开，那就是在逼对手拼死一战。

收刀退步，这一切都在青衣女子听觉中清楚呈现。他们现在焦急等待的是卜福赶紧退出合适的距离，那么齐君元就可以解杀器放出两人了。

一般而言十步是高手可以突袭成功的距离，而刚刚卜福是选择在十一步的位置上。不但距离齐君元十一步，距离被困住不动的两个人也都是十一步。他不需要突袭，他只需要阻挡和缠斗，所以绝不能把突袭的机会留给对手。但是现在的情形不同了，江湖中莫测之事太多，什么情况下都可能出现蛊惑伎俩。他是个谨慎的捕头，也是个有见识的捕头，所以决定退走。

卜福在慢慢退走，齐君元心中渴盼着距离拉开。因为全力守备的状态他可以从容应付十一步上的突袭，但他如果是正在解除"天地六合"子牙钩的状态，那么十一步上的突袭他只能回击半招。所以齐君元需要至少是拉开到双倍突袭成功的距离，也就是二十一步。他在等待，很没耐心地等待。只要是卜福退到二十一步上，他将立刻出手解除"天地六合"子牙钩。

十七步，十八步，脚步在第十九步时突然停住了。卜福微咳一声："有两个细节想请教一下，和尊驾一样，我也是要对上面有个交代的。"

"只问前事过程，不问因果后续。无论嘴子张得如何大，面子只能容下一个。"齐君元的语气很坚定，但其实已经是让步了。他只希望卜福问完要问的赶紧退走，哪怕再退出两步，这样自己就好带着两个年轻人遁走了。但是自己不能显得太过急切，让对手卜福觉出自己的意图，这就像对付已经开始吞钩的鱼儿，必须耐住最后一点火性。

远处火把汇成的队伍越来越近了，犬吠声已经非常清晰，实际的情况已经变得非常紧迫。

"我让张县令与骑卒同样装束，并骑同行，你们是如何从人群中辨别出他的？"卜福问道，他真的很想知道这里面的真相。

"他在铁甲之内又贴身穿了一件软甲，坐马奔驰中，双层甲发出的声响与单层甲区别很明显。"青衣女子回道。

卜福释怀了一些，并非自己的安排不妥当，而是张松年没有完全按照自己的安排去做。

"其实就算他没有穿双层甲，我也能将他辨认出来。因为不常骑马的人与每天在马上的骑卒还是有区别的。骑卒骑行中，很自然将双膝夹紧马肋，有颠簸也是双膝随马肋上下滑动。但不常骑马的双膝松弛，出现颠簸后会内外抖动。这样马靴会不停撞击马鞍，发出不同于其他骑卒的声响。"

卜福轻叹一声，刚刚才有的释怀重又变成了失落。因为对方告诉他一个残酷的事实，他的方法并不管用。就算张松年完全按他的安排去做，仍逃不过一死。

"左脚被马镫锁绊不脱，其实是因为一小段和马靴同色天母蚕神丝将两者固定了，但你是如何让马惊跑的？"卜福又问。

"卜捕头，我们用的是药，你回去查验一下马匹就知道了。"齐君元接过话头，他不想青衣女子向别人透露太多。另外也是想抓紧时间，对话越简短越好。

"肯定不是，我已经见过马匹了，如果是用药的话，从迹象上我一眼就可以看出来。"

火把已经距离很近了，连寻犬的喘息声似乎都可以听见了。

尔虞诈

"卜大捕头，你是在拖延时间吧？看来你拿下我们的心还没死。"齐君元突然意识到些什么。

"嘿嘿，如果我有这样的心那也是你提醒的。"卜福的笑声很奸冷。

"什么意思？"齐君元心里有一丝慌乱闪过。

"一个刺客刺杀未成功会继续第二杀、第三杀，这便意味着顾子敬仍旧处于危险之中。但如果我将你拿下交给顾大人，消除他持续的危险，你觉得这件好事与我前途可有切实关系？"

"所以你只退到了十九步。"齐君元已经知道这十九步不会延长到二十一步了。所以他脑子里快速将现有的所有条件梳理一遍，这是在寻找弥补这两步的办法。

"对，十九步刚好可以让你借助阎罗殿道突袭而出的意图落空，而我却是可以在你解兜的时候突袭于你。有时我都佩服自己，你们说我这人算计得怎么就那么好的。"

青衣女子也终于想明白了一个细节，卜福为什么收回刀刃却没有把铁尺收起来，他只是在避杀而并非要退走。

齐君元知道自己遇到了一只狐狸，一只可以躲开各种陷阱然后反噬猎手的狐狸。这是因为这只狐狸本身就是个极为厉害的猎手。

但是不管狐狸还是猎手，都不可能完全了解自己的猎物，特别是他从未见过的猎物。

"于己有利便也是与人机会，这道理今天起你就懂了。阎罗殿道第四相'剥剟血池'！"齐君元说完之后便立刻身形闪动，从伏波处现身而出。

阎罗第四殿，五官王司掌的合大地狱，也称剥剟血池地狱，专惩阳间失

第三章　鬼蜮幻相

信无赖、交易欺诈之徒。此时那阎罗殿道的"剥剐血池"恍烁间布出，神眼卜福眼前所见便是血海翻腾，茫茫无边，无路又似有路，有路却是血路。面对此情形，卜福不敢轻举但敢妄动。因为一般对惑目的布置而言，只要不是身在其中，那么转过一个角度便能从惑相中脱出。而且只要之前拉开的距离越大，脱出需要转过的角度就越小。所以卜福快速侧步而行，只两步就从惑相中脱出。

卜福脱出了惑相，再次看清了齐君元那边的状况。这时他明白齐君元所说"于己有利便也是与人机会"是什么意思了。

齐君元已经站在了青衣女子旁边不远，他和卜福的距离还是十九步。这个距离卜福无法一次攻击到位，因为这比高手有效突袭的十步多出了九步，而这九步的时间足够齐君元解开制住青衣女子的杀器。

这是齐君元之前度算好了的，虽然卜福只退到了十九步，没有达到自己所要求的二十一步。但是如果加上"剥剐血池"惑相的影响，导致卜福行动迟疑或者侧向移步，那么争取到的时机再加上十九步的距离应该足够了。事实也果然如此，虽然卜福只侧移了两步就脱出惑相，但这两步加上前面的十九步，已经达到齐君元所要求的二十一步了。

卜福知道自己的想法没有错，平常的情况下可以实施得滴水不漏。但这次他疏忽了一个会随意摆设惑相的人，疏忽了惑相是可以影响自己想法实施的，是会打乱自己计划中必须控制的速度和步骤的。所以就在齐君元解开青衣女子身后子牙钩的一刹那，卜福转身走了。速度很快，而且是直奔山林掩盖的黑暗深处而去。

解开制住青衣女子的杀器后，没等女子完全站起身来，齐君元手中的钩子索子出手，直接将那女子捆缚住，然后才去将制止阎王的杀器解了。

"你干吗捆住我，快把我放开。阎王，你快来把我放开。"青衣女子感到齐君元真有些莫名其妙，想方设法逼退神眼将自己解困，但紧接着就把自己捆住。

"止声！快走！"齐君元仍是用最简短的语言表达自己的意图。平时他这人话也不算少，但在行动中他会一下变成一个吝啬言辞的人，以便最快、最直接、最准确地传递出信息。

三个身影，如月色映衬的剪影，鬼魅般在坡岭之上移动。其中两个迅捷矫健，还有一个有些跌跌撞撞，像是受到什么束缚。但不管迅捷奔跑的还是跌跌撞撞的，速度却全都不慢。也正因为具有这样的速度，他们才能摆脱几支火把寻犬组成的队伍，从他们即将围拢的圈子口冲出，再次掩身在山林的黑暗之中。

灌州城连续关闭了三天，城外车场已经挤满，运货车辆如同蝗群。而水道中聚集的过境商船也塞得满满当当，再不放行疏通，那些船恐怕就要挤得叠起来。

楚地和南平都不曾有兵马异动的迹象，汉阳大营的援兵已经到达临荆县。三千人马加上原来的行防营、城内守卒，还有灌州过来的五百骁骑营兵马，也把临荆县城挤得满满当当。

都说和尚多了没水喝，这些兵马在一起就是如此。原来行防营、城内守卒、县衙衙役各司其职，人数虽少倒也有条不紊，局面极为有序。但灌州的五百骁骑营兵马过来后直接驻扎城内，立刻就引起了行防营的不满。按理说骁骑营骑兵应该更适合在野外冲杀作战，而行防营步兵更适合据城守防。但现在却是反了，骑兵反进城守城了，难不成是要在城墙头上驰马作战？

汉阳大营的兵马过来后也都进了城，这下行防营的兵卒可就不干了。他们都是久经沙场的老兵，眼里揉不进沙子。保家护国的事情可以做，但千万别把他们当傻子，更不要拿他们当垫脚石踩着看戏还白拿功劳。于是当晚这几百行防营的兵卒也都涌进了城里。

满城的兵卒，却是各自属于四个机构管辖，没有一个可以统管的将领。所以他们之间吵闹、纠葛、争斗不断，境外还没有动手，他们自己倒先乱了起来。

卜福对此情形感到非常失望，他知道这局面不能再继续下去，否则肯定会闹出兵乱来。而且兵马至粮草却没有先行，这些急急赶过来的兵卒都没带多少粮，再要多待几天恐怕就要把临荆这个本就不富有的县城给吃空了。于是他决定赶到灌州城，汇报现在的混乱状况，让上头赶紧将各部调回各处去。

卜福赶到灌州城时，顾子敬正和严士芳在水道城门的城楼上视察那些等待放行的船只。看着那浩浩荡荡、如林如云的桅帆，顾子敬心中大是感慨。平时看着舟来船往的没怎么觉得，现在这一看，才晓得原来每天过去的船只有那么多。而且听说还有好多的船只已经进不了内河，都沿江停着呢。这么多的货船，如果每只多收个几两银子，那用不了几天就能积攒出一笔财富。

原先对提高税率没有概念的顾子敬在这许多的船只前面终于有了很直接的感官认识。而为了进一步证实这个认识，他在想是否可以实际体验一下，先提高税率试一试，看其中到底能挖出多少金来。

就在这时，万雪鹤带着卜福上了城楼。他是在西城巡查时遇到卜福的，当时卜福正央求守城的兵卒放他进城，但兵卒没有开城手令怎么都不敢放他进来。要不是碰巧万雪鹤巡查到那里，卜福还不知道要在城门外站多久呢。

卜福见到几位大人之后把临荆的情况说了一遍，然后请求几位大人能够发令让各部军马都退回原处。

"卜福，你在临荆几天了，有没有寻查到刺杀顾大人和张县令的刺客的底细？"严士芳没有急着讨论撤兵的事情，而是想先把刺客的事情弄清楚。

"我与刺客交过手，虽然开始困住他们，但后援衙役来得太晚，我最终一人敌不过三人，让他们给逃走了。"卜福虽然没能抓住齐君元他们，但仍然想以此作为邀功的筹码。

"他们有三人？"顾子敬觉得奇怪。因为卜福在灌州城查辨现场时只说有两个。

"是三个，一个是策划主持刺局的刺头，也就是穿塌鞋两面衣的那一个，是他亲自对顾大人下手的。另外有个带着古琴用丝线杀人的女子，张县令就死在她的手中。还有个是接应的，这个家伙会布设假象迷惑别人。与我对仗的就是这三个人，也许还有其他刺客，但幸好没让我一起碰上，否则小的就没命在这里回几位大人的话了。"卜福故意将杀手特点说得尽量详细，人数也尽量说得多些，以显示他的能力高超。

"你能确定他们是一起的？"顾子敬追问一句，他是想确定这到底是个有组织、有计划的刺杀行动，还是因为个人仇怨的报复。

"我确定，本来那女子和接应的刺客已经被我制住，但穿塌鞋的刺客突然从暗处冲出袭击我，这才把那两个刺客救走。"

"如此看来这应该是个组织良好、计划周密的连续刺杀行动，并非出于个人私仇。"严士芳的想法和顾子敬是一样的。

"嗯，对！我偷听了他们的对话，可以肯定不是私仇，而是有企图和计划的。"卜福肯定地回答。

其实卜福最初觉得女子刺杀张松年是出于私仇。因为张松年曾经告诉过他，自己为了得到一件不惧火烧斧剁的宝衣去换取功名，曾经骗了一个养蚕浣纱的女子，并设计陷害了那女子的父兄。所以当卜福看到乐器店门口的大鼓被一种奇特的丝线抽破的痕迹后，认定是那浣纱女子家的后人前来报仇了。后来听青衣女子说到什么指令上要求她五日内完成自己的私活时，他知道自己之前的猜想并未错，青衣女子的确是为私仇而来。但了却私仇却规定了五日之限，这就很明显地可以看出，此女子是被其他目的利用了。别人的计划里其实是将她的私仇作为整个计划的组成部分。虽然卜福不知道计划是什么，但他却知道自己把事情说得越大越严重，那么功劳也就越大。他需要这样的大功劳，因为他也有着其他的目的。

"知道是什么来路吗？"顾子敬追问。

"从他们的技艺来看很杂，各有各自的长处，但都不以技击为最强。这应该是个网罗了各种人才的组织，江湖上这样的刺客组织并不多，有……"

没等卜福说完，顾子敬就打断了他："先不说江湖的组织，说说其他国家官府中有没有这样的组织。"

"据我所知，类似的组织几个邻国也不多见。大周的禁军先遣卫虽然厉害，却是兵家统一规范训练出来的，技艺不会这样杂乱。楚主周行逢虽然招安了一帮江湖人士，但大都是一方匪霸、占山贼寇，招安这些人是为了在官府的白道管理外再加上黑道的约束。这些江湖人都是树旗英雄（以威信和本事掌握一方黑道的老大），做不来小巧的刺杀伎俩。吴越和南汉我不知道，北汉和大辽肯定是没有，要不然他们早就对大周的周世宗动手了。南平虽小，却有个九流侯府，里面养着不少江湖异人。还有就是蜀国，有个不问源馆，也是招募的各种异士奇人。如果几位大人觉得此事是公为的话，最有可能的就是九流侯府和不问源馆。"卜福最后下的结论很肯定。

始于利

"有组织、有计划地连续刺杀顾大人和张县令，两次刺杀的目的最终还是合为一个，就是要警告我主皇上不得提高税率，否则兵马突袭。从卜捕头的说法来看，南平很有可能是幕后黑手。他们国小人少，无法在军事实力上施加压力。所以采用刺杀和突袭的投机办法是最合适的。这样的话，临荆的兵马暂时还不能撤，以防南平突袭。"严士芳觉得自己的分析很到位。

"还有一个可能，是我这两天才想通的。卜大捕头不是说过刺客留下的两面衣是蜀国特有的吗？大家都说这有可能是嫁祸给没有利害关系的蜀国。其实不然，我倒觉得很大可能就是蜀国派来的刺客。他们有个不问源馆，具备派遣这种技艺给杂刺客的条件。"顾子敬的这种说法，大家嘴上虽不强加驳斥，心里却都很不以为然。

"顾大人，之前我们已经讨论过。提税之后，只有蜀国没有什么影响，他们最没有理由来刺杀您和张松年。而且提税削弱了其他国家的国力，还可以降低蜀国周边疆界的威胁，他们应该以此事为幸才是。"严士芳发表不同意见的语气只是像在提醒。

"严大人说的是，我与刺客交过手，知道他们是刺客行中很厉害的高手。把显示自己来处的衣服留下这等低级错误是绝不会犯的，所以我觉得这是故意转移我们视线的障眼法。"卜福也表达了自己的看法。

"你们有没有想过欲盖弥彰之计？他们留下衣服其实就是要我们认为这是故意转移视线之举，主动将蜀国派出刺客的可能排除在外。"顾子敬坚持自己的想法。

"可我想不通蜀国有什么理由要这样做。"万雪鹤终于也说了句话，这

几个人中他的反应是最慢的，但这个问题却好像是击中了关键点。

"有理由，绝对有理由。如果我们将过境的盐税、粮税提高了，那么楚地、南平、大周的盐粮价格上涨，官府支用和军备存储便需多出一大块的支出。这个损失必须是由国库来承担的。各位试想下，周围这几国会心甘情愿吃这个哑巴亏吗？不会，所以他们肯定也会将一些出境过境货物的税率提高，从而弥补自己的损失。蜀国虽然粮棉、食盐等物资可以自给自足，但是他们的牛羊马匹自给不足，需要从大周购入。茶、油、丝茧则需要从楚地购入，笔砚、纸张要从南平购入。一旦将这些货物的税率提高了，就相当于将我南唐提税后给邻国带来的损失，最终全部转嫁给了蜀国。而蜀国往西为吐蕃，往南为大理、交趾，都是难有通商的小国和苦寒之地，蜀国就算同样提税也无从补损。这样的话你们觉得最有理由阻止我们提高税率的是谁？"

听到这里，那几个人顿时恍然大悟，纷纷盛赞顾子敬思筹周密、眼光高远。

"为什么张松年被刺已经几天了，楚地和南平却没有丝毫动作？就是因为这件事不是楚地和南平做的，更不是大周所为，否则的话他们早就该出兵突袭临荆。再有，我这边还没有确定税率到底提还是不提呢，他那边就已经动手。这说明他们不是一定要杀死我，而是给我警告，让我知道提税后的后果。所以这么机密的刺杀讯息才会辗转透露到我这里，而且怕顾阆中那边消息没到，临刺杀前再让一个告密信件莫名其妙地出现在内防间。不过我要是继续不当回事他们也会杀死我，因为这至少可以给下一个来评测做决定的人警告。至于张松年被杀，则是对皇上的警告，警告皇上如果提高过境、出境的货物税率，立刻就会导致被邻国突袭的后果。而且杀张松年突袭临荆其实是个很好的战略步骤，按理说楚地、南平这些接疆邻国绝不会将这种实施后可以产生很好效果的军事行动拿来做警告。只有不可能实施的国家才会不珍惜这种良策，冒其他国家之名以此为吓。"这番分析下来，大家便都知道顾子敬被元宗委以内参重任并非侥幸。他对事情的推理分析真的可以说是滴水不漏。

"那我们现在该怎么办？"严士芳问。

"临荆的兵马暂时不能撤，传令给周世宁将军，让他前去临荆统管，继续严防。严大人和万大人马上写奏章上报皇上，说明最近发生的所有事情。并且将我刚才的分析加上，表明你们力主提税，这可以让你们立上一功。而我的暗折肯定会在你们的前面到。还有，明天一早开关放船，所有货物过境税提高百分之三十收取。粮税以实物抵扣，收来的粮食先送临荆县做军粮。"顾子敬以一身从五品的官服站在两个三品大员中间，昂胸挥臂的豪迈气势并不受丝毫影响。

"这样做未有皇上首肯，会不会太过唐突。而且还有可能对大人不利。"严士芳是真的担心。

"没事，既然确定损失最大的是蜀国那我们还怕什么。他们与我国隔着楚地，总不会飞过来突袭临荆吧。再说了，我为什么让临荆的兵马不撤？就是想先把税提上去试试，邻国没反应就继续。有动作我们再论，只说是我这从五品的监行使私做主张，皇上也不丢面子。虽然可能对我不利，但我为皇上办事忠心不二、万死不辞，何惧不利。再一个你们的奏章要快，到金陵后可以先呈宰相冯延巳大人，由他递上会更快些。你们的奏章内容事先不能透露，让韩熙载知道了又要阻挡。我们要让皇上尽早做出决定把税率提高，这样再要对我下手就没意义了。我想偌大的蜀国不会为了泄恨而采取杀我一人的行动吧，那时我反倒是了了余患。至于这些天的安全，不是有卜捕头在这里吗。严大人，你把卜捕头的头衔给提提，这样我用他保护也觉得安心。"

"那是那是！""谨遵顾大人的意思去办。"几个人都朝顾子敬唯唯诺诺。

顾子敬没有理会那三个人，而是回头一指河道中满满匝匝的船只说道："看！这许多的船就是大堆的粮食、大把的银子，怎么都不该让它们随水流走！"

齐君元本来打算回灌州重行刺局，然后再带青衣女子去"露芒笺"上指定的楚地秀湾集。但这次的刺杀目标有点特别，一刺不成之后肯定防范重重，必须过些时候等防范松懈下来才能找机会再次下手。而且这里忽然又冒出个阎王来，也说是要带青衣女子走。到底怎么回事？离恨谷不会出这样的差错的，其中缘由齐君元觉得自己有必要弄清楚。

齐君元带着青衣女子和阎王连续奔出了几十里，绕道从西望河下游进入到楚地境内后，才在一个荒野老井边停下来歇息。

这一路上那青衣女子的话就没停过，威胁、恐吓、哀求、耍赖，目的就是要齐君元将她松了绑。但齐君元就是不理会她，随她和风细语还是狂风暴雨，只管走自己的路。

按照"露芒笺"的指示，齐君元将青衣女子带到秀湾集后自然会有人联系他们，并交代下一步的计划。但从这两个雏儿的话音可以听出，他们都知道自己下一步该做什么、怎么去做，而且目的、目的地都和自己收到的不一样。这样一来，最为茫然的倒是齐君元自己。

歇息时，齐君元才详细问起两个人的身份和任务，以便判断自己下一步该怎么安排。

"我是离恨谷谷生齐君元，隐号'随意'，位列'妙成阁'。此次'露芒笺'令我刺杀灌州户部监行使顾子敬。然后找到一个会去临荆报私仇的谷客，务必将其安全带到楚地秀湾集，交付接应人。"齐君元先自报家门，说明自己的目的，以便博得两个人的信任。其实就他之前显露的技艺已经足够让这两人清楚他的来历。他所提到的"妙成阁"其实就是工器属，功劲属、行毒属、色诱属、工器属、玄计属、吓诈属这些都只是离恨谷内的称谓，在外行动时都有各自的代号，分别是"力极堂、毒隐轩、勾魂楼、妙成阁、天谋殿、诡惊亭"。

"我叫秦笙笙。"青衣女子说。

"我叫爱浓浓。"阎王马上接一句。

"滚你妈的腌王八，这一路不找机会替我松绑，还占姑奶奶的便宜。"

"好好说，我不喜欢和不熟悉的人开玩笑，也不喜欢不熟悉的人在我面前开玩笑。这会让我感觉有危险。"齐君元不动声色地阻止了两个人的嬉骂。

第三章　鬼蜮幻相

"我是离恨谷谷客，隐号'妙音'，位列'勾魂楼'。但给我的'回恩笺'上没有提及你要带我走的事情，只说是与送'回恩笺'的人到呼壶里会合。当时就是这腌王八和他师父来给我送的'回恩笺'。我要早知道你是来找寻我的，怎么都不会在潞州坏了你的事情。等你利用磨玉水车布设刺局时我才看出你是工器属的前辈，知道其中出现了误会，但这时后悔已经晚了。你那一记杀招真的太绝了，这天下除了'妙成阁'的高手，谁能有如此妙绝天成的设计？不过我确实不知道你和我有什么关联，也没谁说要我跟着你走。"青衣女子一开口便喋喋不休再难停住。

"你莫非也是从脚步声上发现到我行动的？"齐君元虽然已经估计到自己露边色的原因，但仍希望得到肯定。因为发现自己的错误对自己会是一种提高。

秦笙笙这次反没有说话，只是肯定地点了点头。

秦笙笙的肯定让齐君元迅速找到另一个不正常的现象。

"但你怎么就断定我一定会在三桥大街动手，而不是在监行衙门里或顾子敬的府邸？"

"我不能断定，所以我暗中留在内防间的信笺上只写的是'三桥大街有一穿棉帮硬薄底塌鞋的人将行刺顾大人。'或许是内防间的人误打误撞吧，也或者他们是想提前从三桥大街上抓住你。"从表情看，秦笙笙应该说的是实话。

"不对，事发后官兵很快就控制了整条三桥大街，而且外三层的街巷也进行了布控。这肯定是事先知道准点才下的反兜。'妙成阁'发来的'露芒笺'上倒是捎带提了一句'可择三桥大街击浪'，难道是这'露芒笺'的内容泄露了？那也不对，'露芒笺'上只是建议，最终确定在哪里下手还是随我自己的主意，何况那时我还没有确定最佳的击浪位。"齐君元的思路进到了死胡同，他知道凭现有的信息无法判断出真相。但他冥冥之中感觉自己好像是被一只无形的手摆布着，而且是一只根本无法摆脱的手。

第四章 射 杀

同尸腐

齐君元和秦笙笙的对话没有再继续下去，一个是他要再和这个碎嘴的姑娘多说几句，耳朵和神经都会有些承受不住，另一个也实在是没什么内容需要交流了。至于秦笙笙为何要刺杀张松年，离恨谷中有规矩，不得询问别人的刺活儿目的，更不准问加入离恨谷的原因，除非别人主动告诉你。

"阎王，你真叫阎王吗？说说你是怎么回事。"齐君元转而询问阎王的情况。

"我名字是叫王炎霸。"年轻人报出名字时，齐君元听到秦笙笙在旁边低声骂一句"腌王八"。

"我不是谷客也不是谷生，我只是帮着我师父做事。隐号也是师父给我起的，将我名字的前两个字倒过来，'炎王'，谐音取了个'阎王'。"

"他师父是'二郎'范啸天，位属'诡惊亭'的谷生，不过是个最窝囊没用的谷生。带出来的徒弟也像缩头乌龟一样没用。"秦笙笙再也憋不住，在旁边插了一句。

第四章 射 杀

"你不许说我师父坏话，否则我娶了你就休，休了你再卖。"

"我说过不喜欢不熟悉的人在我面前开玩笑的。"齐君元这次的脸已经阴沉下来，声音也带出了狠音。

"你这就不对了，我们都已经把身份、名字、隐号都告诉你了，怎么还是不熟悉的人啊？而且我们也没有开玩笑，我们是在吵架呢。你要不插嘴，我都骂到他八辈儿祖宗的二房姨奶奶的私生子的表侄媳妇儿那里去了。"秦笙笙责怪齐君元的话好像有点道理，而且大串鞭炮似的话蹦出让人有些绕脑子。

齐君元真有些哭笑不得，但为了阻止秦笙笙继续聒噪不休，他只得将声音、表情放得更加凶狠："你给我安静一点。我的刺活儿被你搅了，而且一时半会儿还做不了第二杀。这件事情要是谷里有'问责牌'过来，我就只能如实说清缘由，然后将你交给'衡行庐'决断生死去留。你现在还是静心好好想想，到时候该怎么交诉怎么做。"

"啊，这样啊。我明白了，也就是说你失手的罪责是需要我来解释和担当的对吧？嗒嗒，那你还不好好对待我？把我松了绑，带我去吃点好的。对了，还一定要保护好我，万一我被谁杀了，那你的护身符、挡箭牌也就没了。'衡行庐'要是为灌州的事情一怒下个重责，你就只好自己头顶肩扛了。"秦笙笙如释重负地吐口长气，将身体舒服地倚靠在老井的石井台上。她现在知道自己对于齐君元的重要性了，所以在考虑怎样利用这个有利条件拿捏住齐君元。

齐君元愣了一下，事情还真就像秦笙笙说的那样，自己要想避免被"衡行庐"治罪，就必须保住秦笙笙周全。

"对了对了，你的'露芒笺'还要求你将我带到楚地秀湾集的，你要是不能将我周全地带到那里，那么两罪并算，你的罪责会不会更大？"秦笙笙现在觉得自己不但是对齐君元重要，而且是非常的重要，看来自己已经完全占住齐君元的上风位置，扼住了他的命门。

"你会周全的，不要试图用什么小伎俩威胁我。因为你只有两个选择，一个是完好地到达秀湾集，见到谷里派来的代主（替代谷主的临时领导者）

083

说明情况，还有一个就是死。"齐君元的语气像刀锋一样冷。这秦丫头一开口他就知道要出鬼花头，所以抢先将一些路给堵死。

"那不一定，你看我被捆得像个粽子似的，要被什么人突袭连个招架的力量都没有，怎么能保住周全？还有我又饿又累的，万一头晕目眩地往哪里一栽，搞得从此不省人事，怎么说明情况，最后你不还是得自己扛罪责。对了，你用什么玩意儿捆住我的？不仔细看就像什么都没有似的，不过我觉得其韧度和断割力没有我天母蚕神五色丝强，拉伸强度却好像超过我的五色丝。搭扣在我腰间的大铁钩子我倒知道是什么做的，是极北地界冰川湖底的龙骨寒铁对吧？搁我腰间隔着衣服还有很劲的寒意。钩子尖儿利，钩身内外带刃，样子很怪，这就是你所说的钓鲲钩吗？"秦笙笙并不害怕齐君元的威胁，反倒是絮絮叨叨和他谈论起捆绑自己的器具。

齐君元没再作声，而是手下微抖，将无色犀筋捻成的索儿松开，再以腕力回提，钩子索儿便都进了袖子。而做这连贯动作的同时，他不得不暗暗佩服秦笙笙的见识。虽然江湖经验上只是个雏蜂、白标，但实际技艺方面却不比任何一个老资格的刺客差。这从她对无色犀筋索和钓鲲钩材质的对比判断就可以看出来。

无色犀筋，在《汉录·奇兽贡》中曾提到。南方马牙鲁国越海送两只白犀至汉，说是朝贡，其实是以此换取了大量上好的丝绸、茶叶。白犀少见，难适异地气候环境，在大汉御马厩养了一个月的样子就先后死了。死去的白犀剥皮做甲，此过程中从每头犀牛的脑后都抽出三根透明细筋。此筋无色透明，如不细辨便不能见。质地极为牢固坚韧，可伸展，拉扯不断，以三根细筋捻成的索儿足以吊重千斤。齐君元可以随意取物作为杀器，但并不代表他身上没有武器。他的武器就是钩子，各种各样的钩子，而其中一部分钩子的尾眼所系线儿、索儿都是无色犀筋。这么多的无色犀筋是工器属掌给的，具体哪里搞来的齐君元也不清楚。

龙骨寒铁，《北隅珍得》《异开物》等古籍都有过记载，说是龙骨化成的铁石炼煅而出，真实性无从考证。但如果真是龙骨化成的铁石，这龙也该是恐龙。龙骨寒铁的特性是不锈不蚀，其坚固连宝刀宝剑都不能断。

第四章　射　杀

至于钓鲲钩则着实是个另类，这是工器属退隐的授技长老专门为齐君元设计的，以龙骨寒铁做成。钩身内外两边是快刃，其意是因为鲲太大，只将其钓住不行，还需要以刃划破其身，才能钓杀。不过自古以钓钩为武器的绝无仅有，也就是能随心所欲将任何器物拿来杀人的齐君元才会无师自通、运用娴熟。

解开秦笙笙后，齐君元从腰间皮囊掏出个油纸包递给秦笙笙，秦笙笙接过打开，里面是夹了肥牛肉的炊饼。

"这才对嘛，好吃好喝地侍候着，等见到代主我把事情全揽自己身上。"秦笙笙从这炊饼上看到了自己的首次胜利。

"也给我一个呀。"王炎霸也要，这几十里跑下来，是个人肚子都得饿。

齐君元双手摊了下，意思很明显，没了。

秦笙笙很得意，自己刚才还像个囚犯，但才一会儿，自己就成了重点保护对象。虽然她并不喜欢这油腻腻的肥牛肉，但还是大咬两口，装出吃得很香的样子，然后还朝王炎霸咂嘴吐气，故意将牛肉和炊饼的香味往王炎霸这边吹，吊他肚里的馋虫和饿鬼。

"哎，这炊饼夹牛肉的味道好像不对呀，是不是捂馊了。"王炎霸眨了眨眼睛。

秦笙笙的舌头在嘴唇上舔一下，又闻闻手里的牛肉炊饼："是有点味儿，但不是馊了，王八，要不你来尝尝，到底什么味儿。"秦笙笙说着话掰了一大半给王炎霸。

"没问题，什么味儿我嘴巴里咂巴下就知道。"王炎霸说着伸手就去接那牛肉炊饼。

"你要想死的话那就好好咂巴咂巴。"齐君元在旁边冷冷地说了一句。

"大哥，不至于吧。就吃你半个炊饼你就让我死呀。"王炎霸觉得齐君元有些不可理喻。

"我是为你好，这炊饼里有'同尸腐'，吃了之后身体便会像入土的尸体一样，四十九天开始腐烂。从手脚开始，然后身体，最后烂到头部。不但痛苦不堪而且恐怖至极，是让中了'同尸腐'的人眼睁睁看着自己的身体烂光。"

话未说完，秦笙笙就已经自己压舌根抠喉咙呕吐起来。这一吐真就是翻江倒海、搜肠刮肚，她试图将刚吃进去的"同尸腐"给吐出来。

一直等秦笙笙吐到身体无力地瘫软在地了，齐君元才开口说道："'同尸腐'这种毒药是入口即化，未到舌根便已经完全吸收到血液中了，所以就算把肠肠胃胃全呕出来都是没用的。对了，还有一件事情也必须告诉你。"齐君元说着话拿出个小油纸包，打开后里面是一些红色粉末。"这是'同尸腐'的解药，但是现在没了。"说完这话，手上一松，那油纸连带红色粉末都掉入老井之中。

秦笙笙听到解药两个字就往前扑，但还是晚了一点点，红色粉末和油纸从她指尖前一点飘落下去。

"如果想要解药，只有跟着我去见代主，从他那里拿。如果他这次出来没有带'同尸腐'解药的话，就得要代主写个'证清笺'，证明你的清白，证明你不是因为罪责才被下的'同尸腐'。然后拿着'证清笺'赶到离恨谷才能求到解药。"齐君元说完这些并没有得意之色，而是从语气中表露出无奈和同情。"所以从现在起你必须跟紧了我，加快速度往秀湾集赶，这万一出点什么岔子不能及时找到代主，那你的问题可就严重了。另外，这也是教你们行走江湖必须要懂的一条规则，不要别人给点什么东西就往嘴里塞，特别是不太熟悉的人。"

"为什么是不太熟悉的人？而不是完全不熟悉的陌生人？"秦笙笙现在可以拿来回击齐君元的也只有嘴皮子了。

"完全不熟悉的陌生人和你没有利害冲突，没有理由来害你。就算是刺行之中，别人如果刻意害你，一般也不会用个与你完全陌生、对你一点不了解的人，这类人掌握不到你的弱点。当然，也不会用你很熟悉的人来害你，因为你太了解的人，举动、神情稍不正常你就会有所觉察。所以不太熟悉是最合适的。还有，就好比我们去对陌生人行刺活儿一样，必须是先点漪（踩点布局），将周围情况了解仔细了才能动手，这过程其实也是让目标在下意识中适应我们的存在，说白了就是在给双方寻找不太熟悉的感觉。"齐君元竟然非常认真仔细地解释了原因，完全是前辈高手指点后辈末进的态度。

第四章　射　杀

"我师父怎么没和我说过这些？"王炎霸听到这些很是惊奇。

无血猎

"那是因为你师父自己都不懂，他就是个躲在离恨谷里混吃等死的闲人。"秦笙笙的怨恨之气转而发在了王炎霸身上。

"是你自己不懂好吧？我师父要是不懂的话怎么会料到你不按原路而行的。"

"她不懂是正常，你师父懂也是正常。因为秦姑娘是学技自了仇怨的谷客，离恨谷对谷客是只传杀技不带刺活儿。所以谷客的第一趟刺活儿就是了结私仇，类似的经验全都没有，需要自己慢慢去磨炼、去总结。如果是谷生的话，有门中前辈高手先带着做几趟刺活儿，这些基本经验在独立出刺活儿之前就都懂了。"齐君元替秦笙笙解释了原因。"不过秦姑娘作为谷客，刺技却是出类拔萃的。在灈州城里威慑我的目光中携带的肃杀气势，便不是一般高手所具有的。然后从卜福所说的惊马拖死张松年，可以知道秦姑娘所习色诱属技艺已经到了顶峰，不但可以用声色摄人魂魄，就连马匹都难逃其技。只是有些奇怪，你是色诱属中哪位前辈传授的技艺？怎么会将世上少有的天母蚕神五色丝传给一个谷客的？"齐君元说着说着便将自己绕到疑问之中了。

秦笙笙不做声，就像没听到齐君元的疑问。王炎霸则看看这个、看看那个，也始终不发一语。

"你私仇的目标是临荆张松年，可你为何不在临荆找机会，却跑到灈州城最热闹的大街上易容做了个奏琴先生？还有离恨谷放谷客出谷，便是允许他们自行去了结私仇，要么是不会放出谷的。可为什么把你放出却又不准你动手了私仇，一定要等到谷里通知才能在时限里完成？"齐君元越说疑问越多，他把一双毒狠老辣的目光盯住了秦笙笙，似乎是要从秦笙笙的眼睛里掏挖出什么来。

秦笙笙并不回避齐君元的目光，而且她的眼睛始终清澈如水，犹如可以一望至心，根本没有什么可掏挖的东西。

"或许我的重要性并不只是对你而言，否则又何必要安排包括你在内的两路人带我走呢？"秦笙笙替齐君元又找出个疑问，而且是个让齐君元不敢再继续深究的疑问。

"这好像有些乱了，两路人都带你走已经不对，而且去的地方也不一样。我和师父是要带你去呼壶里，而齐大哥是带你去秀湾集。"王炎霸也终于说出了自己的疑问。

"这倒好像没什么不对，秀湾集和呼壶里在一条线上。谷里的安排可能是要我在刺活儿顺利完成后找到秦姑娘，然后带到秀湾集，到了那里自然会有人找到我们再做安排。我估计秦姑娘到秀湾集后下一个的去处就是呼壶里。而如果我刺活儿不成反陷身其中的话，那么就由你们师徒直接将她带到呼壶里。当然，这只是猜测，具体怎么回事到了秀湾集就全知道了。"离恨谷经常会有些难以理解的安排，但这些安排都是别有用意的。有些是为了刺活儿内情的严密周全，有些是为了撇清刺客们之间的关系，还有的是为刺局完成之后的谷生、谷客顺利洗影（以新身份隐藏），所以齐君元对此并不感到奇怪。

离恨谷中的规则，刺客的职责就只需把刺活儿完成，余下的一切谷里都会给你安排妥当。你只管按指示去做，也必须按指示去做。

按照这样的规则，秀湾集和呼壶里都成了必须去的目的地。至于秀湾集和呼壶里先去哪里倒不用争执，因为去呼壶里的路途正好会经过秀湾集。

秀湾集有个大市场，主要是买卖粮食、茶叶和水产的，另外，还有一些做其他生意的也夹在里面凑热闹。比如卖渔具农具的，卖山货野味的，卖家畜牲口的。原来这里是每月初一、十五开两个大集，后来发展成了每天都经营的大市场，这也是秀湾集地名的由来。

三个人疾奔慢赶，然后还雇船租马，终于以最快的速度赶到了秀湾集。到了这里之后他们没有乱走，因为说好会有人来找他们的。

大市场南场口对面有两株大槐树，树下有个黑瓦青墙的茶坊看着挺别致，齐君元便带着秦笙笙坐在茶坊与大路之间的竹架草亭里喝茶。而王炎

第四章　射　杀

霸则独自蹲在几十步开外的一个道边石墩上,慢条斯理地啃着一个绿皮水甜瓜。

这种谨慎的做法叫"双狐守食",就是说出现猎物时可以两边夹击。而如果有一边出现意外,另一方可以从外围救援,也可以暗伏不动,瞄清情况后再搬救兵援手。这是齐君元的布局,那两只雏蜂儿肯定不懂这些行走江湖的自我防护的招数。

齐君元掀开盖碗却一口茶没喝,而是将一根筷子斜搭在茶碗边上。筷子尾正对自己,筷子头探过杯口半寸。这是离恨谷的暗号"望海寻",意思是要在茫茫人海中找到自己的伙伴。做完暗号,他便闭目养神,单等这来来往往的人流中有个什么人来和他们对接刺行暗话。

茶坊的生意不好,一直到太阳都快落山了,除了齐君元他们两个,始终没有人再坐到茶坊里来喝茶。就算有人走到面前,也是要一碗大壶茶匆匆喝完就走了。

天都全黑了,茶馆老板过来问齐君元他们三个要不要弄点小菜小酒顺便把晚饭给将就了。齐君元摇摇手,然后站起来掸掸衣袍上的瓜子壳,给了茶钱就要走。

也就在这个时候,大市场门口一阵喧闹,几个人推搡着一个人出来,一直推到大路上,然后用几下大力的拳脚将那人放倒。

"唉,又是哑巴,这人不能说话可能是前世的报应。如果不能说又偏偏听得见,那前世的罪过就更大了。"茶坊老板叹口气后准备收拾茶碗茶壶。

"老板,你说的话挺有意思,照你这么说是又聋又哑反是好过单哑。"秦笙笙憋半天没说话,嘴巴里正寡淡得厉害。

"姑娘,我还真就是这个意思。要是又聋又哑反倒省心,这明明听得见,却没办法说明、辩驳,那得多难受呀。你看见那个卖野味的了吗?按说每天都有不少收获,日子过下来不比别人差。可他的野味都是无伤无血的,不知道是怎样捕来的。所以别人都怀疑他是用毒药毒来的野味,没人敢买。而他明明可以听见别人对他的猜测和议论,可偏偏又无法说明和辩驳。每次遇到这种情况只能朝别人瞪眼、瞎吼,最后总遭来一场拳脚。你说可怜不可怜。"

"如果他真是用药毒死的再拿去卖给别人,那就一点都不可怜。"秦笙笙总喜欢抢个理,但也真是说得有理。

就在这时候,那哑巴从地上爬了起来,拖着一大串野鸡、野鸭、野兔往茶坊走来。走近了可以看清,这是个才二十几岁的年轻人,看样子好像比王炎霸稍大些。生得虎背熊腰很是健壮,面相也棱角分明挺精神的,只可惜是个哑巴。

茶坊老板好像预先就知道怎么回事,先到大茶壶那里倒了一碗茶,等哑巴过来后递给哑巴:"我今天没客人,不能收你的野味了,你喝口茶赶紧回家吧。有这野味吃也饿不死,就不要老想着喝酒了。"

那哑巴又是摇手又是指那些野味,意思好像是不要喝茶,而是要用那些野味换酒喝。

齐君元的目光在那些野味上扫了一下,然后把几个铜钱丢在桌子上。

"哎,客官,你茶钱付过了。"店家是个实诚人。

"这钱是请哑巴喝酒的。"说这话时,齐君元已经和秦笙笙走出很远。

那哑巴瞟了一眼茶桌上的铜钱,也瞟到齐君元用筷子斜搭茶碗做的"望海寻"。

齐君元带着秦笙笙在前面走,王炎霸则远远跟在后面。直到出了秀湾集,走到西行道口处的一座石桥,齐君元才停下脚步,而王炎霸这时才快步赶上来会合。

"我们现在往哪里走?"秦笙笙问。

"哪里都不走,等人。"

"等谁?"秦笙笙又问。

"哑巴。"齐君元很自信地说。

但这一次齐君元好像是失算了,那哑巴始终都没有出现。

离恨谷在训练他们谷生、谷客时都有一个约定,就是到达目的地后,等待别人来联系你的时间是不能超过一天的。超过了一天则说明联系你的人发生了意外,或者是另外有重要的事情放弃这边的指令了。

第四章 射 杀

他们又等了差不多一个时辰,当天色完全黑了以后,齐君元断然决定离开。因为这样的等待让他觉得很是蹊跷、诡异。

离开秀湾集,那么就只能去呼壶里了。王炎霸兴奋起来,他主动在前面开路。可以看出,这里的路径他很是熟悉,以前应该走过,而且不止一次。

而秦笙笙的心情却开始烦躁起来,这路上走了八九天,不要说代主,就是和离恨谷有点关系的人都没见到一个,自己中的"同尸腐"要靠谁来解呀。

带着心思走路,而且是夜路,那就难免会出现个磕绊跟跄。而秦笙笙显然比别人都要倒霉一点,被路边一棵老树冒出土的根茎绊了下,竟然侧身跌倒在了地上。

"走路小心点呀。"齐君元伸手去拉秦笙笙,反被秦笙笙一把拉低了身体。

"后面有东西跟着我们。"秦笙笙拉低齐君元后在他耳边悄声说了一句话。

"是什么样的人?辨得出来头和路数吗?"

"我说了,是东西,不是人!"秦笙笙的语气带着些悚然。

听了秦笙笙的话,齐君元脑后毛陡然竖起,背脊上顿时渗出一层冰冷的汗珠子。他看得出秦笙笙不是在故意吓唬他,一个人从眼睛里流露出的恐惧是无法用表演来实现的。

"阎王,布设阎罗殿道第一局'孽镜台'阻路。"齐君元虽然对色诱属和吓诈属的技艺没有投入研习过,但谷中各属谷生经常互相交流,就算是当耳旁风来听也能听出不少的门道来。另外,吓诈属的阎罗殿道本就属于所有谷生的入门技艺之一。齐君元虽然不会具体操作,但每局的名称、特点和作用却是了然于胸。

第一殿阎罗秦广王,专司人间天寿生死,统管幽冥吉凶、接引超生。人间为善,引入人间道轮回。善恶各半,虽仍投人间但是男转女、女转男,再尝世间艰难。恶大过善,则带至"孽镜台"一照,确定其罪孽,然后发送后面的阎罗殿下地狱受罪。所以阎罗殿道第一局的孽镜台布设下来之后,入局之人便会左右不辨、前后不分。身在幻境之中，可见游走的鬼魂，却无法辨别出男女老少来。而且如果试图冲出幻境，总会有与自己相貌接近的极凶怪相迎面阻挡。有好些胆大之人或许不惧鬼神妖魅，但很少有人在见到自己变形、扭曲的模样时会不怕的。

王炎霸动作很快，手舞指弹，顷刻间就在小道上布下了"孽镜台"，由此可见这阎罗殿道已经被他运用得炉火纯青。

然后三个人屏住呼吸，运全神于目力，想看看背后跟来的到底是什么怪异东西。

犬飞行

不知道过来的东西会不会害怕"孽镜台"幻相中的鬼魂，也或许那东西自身就是鬼魂。鬼魂应该不怕鬼，但幻境中的阎罗总该怕的吧。

"那东西不被'孽镜台'惑目阻挡，前行的脚步没有丝毫停滞。奇怪，一个人的脚步怎么可能如此的轻，而且步伐间还有些许乱。轻乱得都不像人在走动，倒像是小孩以手掌按地爬行的样子。"秦笙笙越说自己越觉得可怕。但这吓人的说法齐君元和王炎霸并不相信，甚至还怀疑秦笙笙是在故意做怪惊吓他们。因为他们始终没有看见什么怪异东西的踪迹出现。

"近了，没几步了。"秦笙笙的语气已经带有绝望味道。

"是有东西过来了，有很重的兽子腥臭。"王炎霸终于也有所发现。

"这就对了，人世间如果有什么不知地狱不怕阎罗的，那只有兽子。而世上有什么陷在阎罗殿道里还能循着我们的踪迹朝前行的，也只有会嗅味的兽子。"齐君元下了定论。

王炎霸听齐君元这么说，便想都没想就把"孽镜台"给撤了，因为事实表明这设置根本不起作用。可他就没有想一想这兽子因何而来的，是不是什么人带来的。他也没有想过自己将幻境一撤，虽然可以看清后面是什么兽子，但带来兽子的人同样可以看清他们。

"啊，小老虎！"秦笙笙眼快嘴快，但并不意味着她就能认清跟来的到

第四章 射 杀

底是什么。

"不对，老虎怎么会黑乎乎的？是狗，听它嗓子里的哼哼，和狗一样。肯定是虎头狗，波斯人带入中土的。"王炎霸以那兽子的哼哼声为证据驳斥了秦笙笙的说法，但他却忽略了这种"哼哼"的声响一般是兽子发起攻击前才会出现的。

"当心，这东西会飞！是穷奇！凶兽穷奇！"齐君元发了这声喊时，一对钓鲲钩就已经出手。

《山海经·西山经》有："又西二百六十里，曰邽山。其上有兽焉，其状如牛，猬毛，名曰穷奇，音如獆狗，是食人。"郭璞注《山海经》时，亦诗赞："穷奇之兽，厥形甚丑；驰逐妖邪，莫不奔走；是以一名，号曰神狗。"

而明朝张岱的《夜航船》中对穷奇的定义为："名曰穷奇，一名神狗、其状如虎、有翼能飞……逢忠信之人，则啮食之；遇奸邪之人，则捕禽兽以飨之。"

除了这三种描述，其他古籍资料中的穷奇还有另外描述，但种种描述各不相同。就上面这三段文字可以看出，人们对穷奇的认定存在着很大偏差。为什么呢？因为著作者所见到、听到的不是同一种野兽。特别是《山海经》和《夜航船》中所录，有个最大的差异处就是前者没提到能飞，而后者则说能飞。所以后来有人总结了，《山海经》所录为穷奇，《夜航船》所录为神狗，而郭璞注《山海经》时则是将这两者混为一谈了。

齐君元他们所见的肯定不是上古凶兽穷奇，因为这种兽子在商纣之前就已经灭迹。不过他们见到的倒真有可能是神狗，一种由狗和其他什么野兽杂交而成的品种。这种似狗非狗的动物在唐朝末年曾出现过多次，当时人们都说此怪兽出现是老天预示唐朝将灭，所以民间将这种动物又叫穷唐。

穷唐长得不像牛，但确实有些像老虎，只是要比老虎小许多。也没有猬毛，皮色漆黑。其软肋间有骨头突兀横长而出，用力跳跃时腰腹收缩，骨头便支出得更加明显。这支出的骨头将两边的外皮撑开，真就像展开了两片肉翼。所以穷唐并非真的会飞，而是它本身纵跳就极为迅捷高远，再加上骨头撑开外皮，让它在纵跳时起到短暂的滑翔作用，看着就像在飞。

一个体型不算小的兽子张着血盆大口，纵起后再凌空急速飞扑而下。这情形让秦笙笙和王炎霸一时间难以反应过来，摊着手只等穷唐下口了。幸好旁边还有齐君元，他给两人警告的同时已经双钩出手。

齐君元打算将一只钩掷入兽子大张的嘴巴，还有只钩则挂住那兽子的软腹。这样两只钩一旦都入了皮肉，两边同时使力，肯定可以用钩刃将这只兽子撕裂成两半。

但他的钩子刚刚飞出不到三步，不远处"啪"的传来一声响，是如同鞭炮般清脆的筋绳弹击声。随着这声响，齐君元凭抓住钩子索儿的手感知道，自己前面那只钓鲲钩被什么击中回跳。随即，前后两只钓鲲钩发出了金属相互碰撞的清亮声响。而那飞扑而下的穷唐则在空中突然一个拧身，喉咙间发出一声滚动的闷哼，调头往回蹿出十几步后停住，用一双莹绿的眼睛看着他们三个。

现在的天色已经全黑，想借助天光看清些细节很难。所以齐君元全是凭声响和感觉来推断发生了什么事情。

"啪"的一声响是有人用弓架筋绳射出了什么东西，但那东西却不是用来攻击他们的，而是撞飞自己攻向兽子软腹的钩子。黑暗之中能辨清飞击而出的一只钩子，并且以弓射武器击中它，这已然是江湖中少有的高手了。但更厉害的是他不但射中了前面的钩子，而且还将这钩子撞击回头，用它去碰撞另一只钩子，这技艺就算是少有的高手中也少有人能做到。但神奇之处还没就此终结，那以弓弹射钩之人竟然还能恰到好处地控制好两只钩子撞击瞬间的位置。这位置正好是紧靠在飞扑而下的怪兽耳边，于是清脆的金属撞击声和溅起的几点火星刺激到怪兽灵敏的听觉和软嫩的耳根。这是信号也是命令，是告诉怪兽子立刻回身退后。

"来人的弓射技艺已然到了无法度定评判的境界。"这是齐君元从射钩、撞钩、钩声为令三种层次上得出的最终判断。而这最终判断让齐君元非常肯定地说了一句："哑巴到了！"

哑巴真的到了，背着弓挂着弩。但他没有用弓弩来对付齐君元的钩子，他用的只是一把乌铁木和老牛筋做成的弹弓。

第四章 射 杀

齐君元往前迈出两步，将那两个雏儿护在自己背后。同时这两步也是为了了解下刚才哑巴用的是什么弹子，为何射中自己前面一只钓鲲钩时没有发出声响。

薄底鞋子在两步外的地面上一踩一转，立刻便知道地上有一片细沙散落。原来刚才哑巴是用潮湿的细沙捏团，然后用弹弓射出的。也就是说，撞得自己钩子倒飞的是个一触即散的沙团，难怪没有发出声响。不过由此也可知这沙团射出时贯注了多大的劲力，竟然能将齐君元急切之间撒出的钩子从容击回。哑巴拿到市场上去卖的野味应该也是如此，是用沙团和泥团射杀的。所以那些野味从外表看没有一点伤痕和血迹，但剖开后便可以发现，野味的心脏全都已经被大力震得破裂了。

齐君元在茶坊门口看到哑巴那些没有伤痕的野味时，就觉得应该是用巧具捕捉的，或者就是大力震死的。不管是巧具还是大力，都说明哑巴不是一般的人。由此推断，哑巴很有可能就是谷里安排在这里等自己的人。因为除了功劲属或工器属的高手，世上很少有人能具备这样的力道和技巧，就算有，也不会这么凑巧就在这秀湾集让自己碰上。再有，除了离恨谷严格训练出来的刺客，又有几个身怀绝技的高手在被地痞欺负时还如此隐忍？或许就连哑巴都是装的，装哑其实是对一个人忍耐力、承受力、控制力绝好的锻炼。

"你是真哑巴？"齐君元直接发问，并不忌讳别人的残疾。

为了证明自己是个真哑巴，哑巴张开了嘴巴。嘴巴里没有舌头，只有舌根。这说明哑巴不是天生哑的，而且后来被割掉了舌头。没有舌头便不能说话，没有舌头便尝不出好味道来。所以世人都说断舌的哑巴最苦，他们听得见却说不出。他们的舌头只留有舌根在，舌尖可品甜、鲜，而舌根只能品出苦和辣。哑巴在茶坊那里要用野味换酒喝一点都不奇怪，既然只能尝出苦、辣两种味道，那相比之下还是选择辛辣更好些。

齐君元知道很难从哑巴的口中了解太多的东西，但有些事情却是不得不问的，哪怕询问的对象是个哑巴。

"你是谷客？"

听到这个问题哑巴摇了摇头。

"那么你是谷生？"齐君元问这个问题时有些怀疑，因为他知道离恨谷的谷生至少应该是身体健全的。身体残疾的人容易被人注意，而被别人注意便意味着在做刺活儿的过程中会存在漏洞。

想不到这次哑巴竟然连连点头，然后用树枝在地上歪歪扭扭写下几个字。这几个字秦笙笙辨认了好一会儿才看出来："他写的是牛金刚，还有飞星。"

"牛金刚是你的名字？飞星是你的隐号？"

哑巴点点头，咧嘴笑了，露出一口雪白的牙齿。

"你会写字？"

哑巴点点头，然后指着地上那些字朝齐君元伸出一只手掌，这意思是告诉他，就会这五个。

"那么你是位列哪一属？"

哑巴握起拳头，竖起胳膊，表现出一个很强壮的样子。不用细问，这个姿势一看便知道代表着"力极堂"。

"你是谷生，怎么会在这里而不在离恨谷？是不是接到什么指令在这里等我们？"

哑巴咿咿呀呀做着手势，但这些手势三人都无法看懂。

"只认识五个字，那是如何看懂谷里传出的'露芒笺'的？"齐君元心中顿生疑惑。

哑巴又是咿咿呀呀做了几个手势，这次秦笙笙好像看出点意思了。

"齐大哥，他做的手势好像是只鸟。"哑巴听了秦笙笙的话赶紧连连点头。

"鸟儿怎么了，离恨谷所传'露芒笺'都是用的鸟儿。我接到的'露芒笺'就是箭鸽传送的。"齐君元脑子一时没转过弯来。

"他的鸟儿肯定和我们的不同，应该是鹦鹉、八哥一类的。"秦笙笙这话说完，哑巴立刻竖起了大拇指。

"不过还是很奇怪，谷里怎么会让他在这里等我们？什么都说不清，也不会写字，那又怎么传达下一步的指令。"

听到这个，哑巴又是一番手势。见大家始终茫然地看着自己，不能理解手势的意思，哑巴一拍脑门，转身朝着河边吹了几声口哨。哨声才停，一个轻巧的黑影从芦苇丛里飞射而出，盘旋一圈最后落在哑巴的肩头上。

哑天杀

这是一只鸟儿，会说话的鸟儿，但这鸟儿不是八哥也不是鹦鹉，而是一只黄羽毛的小山雀，蹦蹦跳跳得很是可爱。

"啊，黄快嘴，这是'勾魂楼'上一代执掌'仙语'培育的鸟种，但一直都没有实际运用过。因为这鸟儿性情怪异，需要极懂鸟性的人才能逗弄它说出话来。"秦笙笙认得这鸟儿。

齐君元虽然不认得这小雀儿，但也听说过。而且他觉得花大功夫培育出这样的鸟儿很不值得，为此还与色诱属的"簧舌"发生过争辩。因为"簧舌"对这种鸟儿推崇备至，说其传递讯息可以更加隐秘。不像其他带信笺的鸟儿，就算被擒获，也无法获悉到讯息的内容。比工器属制作的"顺风飞云"还要保险。

小山雀在哑巴的肩头轻轻跳动着，哑巴朝它吹哨、咂嘴、咬响牙。小山雀也叽叽喳喳地回应着，看着就像这一人一鸟在对话。

过了一小会儿，小山雀转向齐君元他们，用清楚的人语说道："飞星浮面，候过芒同行。五日不至，自去呼壶里。"

这个是标准的离恨谷讯息用语，"浮面"是让掩藏一处的谷生或谷客开始显迹行动，"过芒"是指谷里差遣经过此处执行任务的刺客。

"你是什么时间接到这指令的？"齐君元又问。

哑巴掰手指想了想，然后朝齐君元又伸出了手掌，意思是正好五天。

"别再难为他了，这哑巴没问题，确实是谷里派遣的。只可惜他不是代主。喂，哑巴，不对，金刚大哥，你有没有'同尸腐'的解药？"秦笙笙明知哑巴不是代主，却依旧不死心。

哑巴朝她一摊手，表情很是茫然。看来他不但没有解药，可能就连这毒药名都没有听说过。

齐君元其实一开始就对哑巴没有怀疑，只是觉得这后续的安排很是蹊跷。自己接到"露芒笺"是一个月之前，而在自己找到秦笙笙之前"二郎"和"阎王"就已经联系到了她。也就是说，前面不管灌州的刺活儿还是秦笙笙临荆的私仇，很早之前就已经在全盘计划之中。而哑巴"飞星"却是在五日之前才接到指令，是自己带着秦笙笙和"阎王"往这边赶的半路上。算上鸟儿路上走的时间，指令差不多是自己刚刚离开临荆后不久。这样来看，哑巴应该是临时安排的，是确定自己已经往秀湾集过来后，才临时通知一直在此地生活的哑巴浮面等候。

这一步的安排似乎带有某种随机性，出现这种状况只有在前一段的刺活儿出现意外后才可能发生。而前一段的意外只有自己的刺活儿被泄而失败，这和临时安排哑巴好像没有任何关系。

那么是否还有其他什么意外呢？秦笙笙告密的内容，不足以让官府有那么大规模的动作，所以很有可能在她之前还有谁向顾子敬泄露了自己刺局的计划。如果真是这样，那就不是意外而是阴谋，是想让自己被擒或被杀的阴谋。这阴谋如果得逞了的话，那秦笙笙的确就应该由"阎王"和他师父带走，秀湾集也不用安排人等自己。但自己逃脱出来了，而且还控制住了秦笙笙，所以整件事情中真正算得上意外的其实是自己了。为了不让自己破坏了接下来的计划，这才临时安排哑巴浮面等候。

齐君元不敢再往下想了，因为如果刚才这些想法成立的话，那么设下阴谋的要么是离恨谷内部的人，要么就是熟知离恨谷行动程序和手法的人，而且有能力以同样的程序和手法进行操作。但只是思飞脑闪之间，齐君元又断然否定了自己这种想法。离恨谷组织极其严密，绝对不可能发生被内奸外贼操控的事情。而且这样做也不存在什么实际意义，自己没有身份出处，不知道刺活儿根源，被杀被擒对任何人都不具备价值。

而眼下齐君元倒是真有机会体现出些价值来，那就是带上哑巴和两个雏蜂继续前往呼壶里。虽然哑巴收到指令是跟着过芒行动，而齐君元他们却没

第四章　射　杀

有收到从秀集湾带走什么人的指令，完全可以拒绝哑巴同行。但是齐君元心中清楚，就算他们不带上哑巴也没用。哑巴有一只魔怪般的狗，到哪儿他都能追上。幸好凭经验可以看出哑巴是个很实诚的人，所以带上他虽然会让自己这几个人变得显眼，但还不算是最差的人选。

之后这一路，秦笙笙和哑巴接触很多，这让王炎霸很有些醋意。秦笙笙这女孩果然是别有灵性，不但将哑巴的一些事情了解清楚，而且还学会了不少哑巴的手语，基本可以作为哑巴和大家交流的翻译。

哑巴牛金刚虽然弓射技艺出神入化，但他只是一位到离恨谷时间不算久的谷生。他家里世代是猎户，父兄都有杀虎擒豹的本事。而他自己也是天生神力，从小就擅长翻山越岭、泅水上树。但奇怪的是他天性仁厚慈悲，喜爱动物，不愿杀害弱小生灵。而最为奇特的是他竟然能领会动物的鸣叫和动作所代表的意思。有一回一个过路的算命先生给他卜算了下，说他本是天杀星下凡，只是下凡前听了观音菩萨的一段劝善经未能全忘，所以心性慈悲。不过天数终究难违，经过一场杀劫之后，他天杀星的本性便会毕露无遗。

一天，当地一户恶霸财主的儿子进山狩猎，放出的猎鹰要抓牛金刚养的兔子和小鸡。于是他用自制的弹弓驱赶猎鹰，结果误将恶霸儿子的左眼打瞎。那恶霸的儿子带人闯进他家，当着他家人的面将他的舌头割掉，然后还要挖出他的双眼。他父母和哥哥、姐姐挣扎开束缚，与恶霸的儿子拼命，结果全家都被杀死。而他则趁乱逃出，流落到离恨谷附近，被功劲属的执掌收留。

最初，他是做谷客，由于天生神力，天性之中便继承了猎户的潜质。两年后便独自下山报仇，亲手以强弓快弩连杀那恶霸家二十三条人命。然后再回离恨谷，拜求收他当谷生。因为此时他已经无处可去，已经将离恨谷当成自己的家。

离恨谷收他做了谷生，但是在他技艺大成之后还是让他出山。因为功劲属的执掌觉得他的杀性太强，每次刺活儿无不以多杀狠杀为快。而作为一个登峰造极的刺客必须要磨掉这样的杀性，杀与不杀都能促成刺局成功才是上技。而磨掉杀性最好的办法就是让他回到平常的市井之中，与平常人多打交道。让那些不能杀、不该杀的人用误会、歧视、欺辱来慢慢地磨练他、锻造他。

而齐君元却是知道另一番内情的。离恨谷中留下的谷生必须身体齐全，没有一点缺陷的。就像他一样，往人群中一站没有一点特别之处，根本无法让别人凭某个特征记住外表长相。另外，像哑巴这样的刺客，在进行多人配合的刺局时，交流上也会有很大的问题。所以让他出离恨谷磨杀性的说法应该只是个托词，只是为了让他远离离恨谷而已。因为只要哑巴在刺活儿中遇到像神眼那样的六扇门高手，或者其他刺行门派中比神眼更厉害的高手，很有可能就会循着他的踪迹找到离恨谷。

离恨谷最初成立时就发生过这样的事情，一个缺了手指的刺客被刺行中的其他门派跟踪，发现了离恨谷。然后遣门下弟子装作怀仇之人在那里寻死上吊。被救后混入谷中，偷走离恨谷十几种绝技。所以现在的离恨谷已不是最初时的离恨谷了，那件事情发生后就立刻进行了远距离的搬迁。而且现在怀仇之人就算到了那范围以内，谷中在没有确实了解到来路和来此的真实原因前，是不会有人出现接纳的。而且一定是要在怀仇之人昏厥之后才会有人将其接入，不会让他们知道出入口在何处。至于谷客以及身体有残疾等特点的谷生，就算被接纳之后，每次出入离恨谷都是要蒙着眼睛由人引导。

不过与哑巴同行，相比那两个雏儿齐君元算还是比较满意的。因为他不会像秦笙笙那样聒噪，惹得人心烦神乱。另外，怪狗穷唐和哑巴出神入化的弓弩、弹子技艺，在组合式的刺局中用处极大。可以远距离攻杀目标，也可以作为伏波的蜂儿，躲在暗处接应，阻挡追兵。

顾子敬是在试行加税之后的第十天才向元宗上的奏章，与奏章一起递上去的还有一本账本，是这十天里所收粮税、盐税，以及其他零星货物的税金明细，并且将十天总数与以往的十天做了个对比。其实这两个总数是存在一定水分的，因为灌州连续封关了好几天，积聚了大量过境船只和车辆。所以就算不加税也会比平时多出许多税金，更何况现在平白又加上了百分之三十的税率。

元宗李璟见到这份账目非常高兴，而冯延巳也恰到好处地在此刻将严士

第四章 射 杀

芳和万雪鹤的折子给递了上去。

严士芳和万雪鹤的折子是顾子敬授意写的，基本内容都交代得很仔细。不过开头所述的部分都是他们两个自己的意思，这部分内容无非是盛赞顾子敬为国鞠躬尽瘁、不惧威胁一类的皮麻牙碜之誉。后面一部分则都是说的提税的好处，以及对周边国家和本国不存在弊端，遭受影响最大的最终是蜀国、北汉这些不相关的国家。这折子在呈给元宗之前，冯延巳看过并补充了大段内容，这部分内容主要还是说的目前经济对南唐的重要性。

不过从总体上看，冯延巳所说并非没有道理。当时南唐西北有大周，西有楚地，南有南汉，东南有吴越。而这几年灭闽伐楚都不算圆满，未获取期望的利益，反使得国库虚空、军力大减。

现有局势是楚地与南唐为仇，时刻都可能有军事上的冲突。目前暂时平静只是因为周行逢已经控制了整个楚地，却因这些年楚地动乱，国力、军力大衰，不敢自立为王。于是甘愿附属大周，受封武清军节度使。但是一旦他缓过劲来，或者得到意外财力的支撑，那么很有可能马上对南唐下手。因为唐楚界疆绵延太长，且大都是平原地界，便于用兵。而且以雪国仇为名攻打南唐不但可以得到民众的支持，同时也能提高周行逢的威信。

东南吴越是绝对臣服于大周的，这是聪明之举。一则大周兵强马壮、国力强盛，再则在地形分布上两国是将南唐夹在中间，一有争端便遥相呼应夹击南唐。而事实上南唐近几年与大周、吴越之间的一些零星冲突就是吃的这个亏，次次腹背受敌难以招架。

南汉虽然与南唐并无冲突，但也不交好。但由于南唐灭闽伐楚，让南汉对南唐也怀有了一种戒心。

冯延巳的策略应该是不错的，他想先从经济的角度上提高南唐在各国中的地位。这样就可以拉拢南汉，分离吴越与大周的关系。因为这两国都是临海无路，粮米、鱼肉虽丰，但矿产却少，特别是铜铁。而铜铁的购运都是要经过南唐境内的，南唐先将税率提高，增加两国在这方面的支出。然后在合适时将运往这两国的有关物资税率再降低，便会赢得两国的信任和依赖，这相当于是一个无本起利的生意。

李璟本身就是个缺少主张的人，在眼前的利益和远景的利好面前更是丧失了该有的判断力。他立刻下诏书，让户部对过境及出境物资整体提税。户部拟文发全国各进出关隘，按提高后的税率征收货物的出境和过境税金。

韩熙载那天正好因要务缺朝，回到户部看到拟文后才知道元宗的决定。他立刻赶往皇宫，求见元宗，陈述利害。但此时的元宗怎么可能听得进韩熙载的话，再怎么说顾子敬都已经将大把的银子堆在他面前了。而韩熙载只能用一大堆天南地北、古今未来的虚空理由要他不要这银子，这样的傻事他怎么可能愿意去做？

应行止

不过韩熙载所说多种理由中有一个还是让李璟这傻子感到些威慑和惧意。现在的天下大势虽然是各国割据，大周却始终为正脉宗主。南唐提税，受影响的大周虽然可以同样通过提税弥补损失，但这样会让他失信于邻国和下辖地域，所以估计周世宗不会轻易用此策略。另外，如果几个邻国都将各种损失转嫁给蜀国，那么蜀国为减少自己的损失，最有可能的做法就是趁周世宗伐北而出兵攻大周。因为蜀国北边有秦、凤、成、阶四州作为自己立足运兵的基础，由此途径可直接侵及大周关中腹地。而攻周的最大利益点是可以获得大量牲口马匹、饲养牧场，另外，还有铜石、铁石、火炭等物资。如若心存一统天下之志，那么这些东西肯定是多多益善。类似的战争在三国和前蜀都发生过，虽然起因并非是因为税收，但所图谋的利益及下一步的目的却是一样的。而大周的北方有辽国和北汉虎视眈眈，如果与西蜀发生拉锯式的战争势必会对它极为不利。所以大周为了避免出现那样一种不利状况，他们最正确的策略是抢在蜀国出兵之前联合吴越攻打南唐。这样一个战局形势对他有利，两边夹攻可让南唐应接不暇。军队也师出有名，他完全可以冠冕堂皇地说是为了其他国家减少经济负担，为天下黎民能过上宽裕的日子，才出兵迫使南唐将提高的税率降下来。那样的话，西蜀不但不会趁机攻周，反会感激大周。

第四章 射 杀

为了这个理由，元宗急招宰相冯延巳进宫，向他询问对可能出现此局面的看法。

冯延巳进了宫里，除了元宗和韩熙载外，太子李弘冀和齐王李景遂也在这里。

这是两个和南唐绝对息息相关的人，因为他们都有可能继任南唐皇位。元宗虽然立了李弘冀为太子，却又很奇怪地诏告天下，将自己的弟弟李景遂定为皇位继承人。所以现在遇到有关南唐兴衰的大事，这两个人无论如何都是要参与其中的。

但李弘冀和李景遂的立场从来就不曾一致过，这次也一样，不过很庆幸的是没有完全对立。李景遂的性格像他哥哥元宗，同样的没主见。既然元宗已经决定提税，他肯定是一百个赞成。而李弘冀平时虽然是个性格豪迈，勇于大刀阔斧改变现状之人，但这次不知为何非常保守，对提税决策含糊其辞、不置可否。

听了元宗的担忧，冯延巳却很不以为然。他的理由倒也说得通，因为现在大周周世宗柴荣正御驾亲征辽国，战事胜负未分，不可能再调兵攻南唐。另外，大周连年征战，国力也大亏。就算与辽国的战争现在立刻停止，他也需要三四年才能休整过来，重新达到可以征伐南唐的实力。但如果能利用这一个时间段，南唐提高税率增强国库实力，再将其中部分用以增加军力和粮草储备，那么即便大周在三四年间养息过来，而南唐的实力也已经提高了一个层次，到时候大周未必有把握和南唐动兵。

听了冯延巳的话，韩熙载一阵急怒："冯大人，你这样说是会误我皇基业的。大周的真实国力我们并不摸底，但作为宗主之国必定十分强盛。虽然他们现在耗费巨资巨力攻北汉、征大辽，但一旦此战完胜，真的夺回幽云十六州，所获的战利和战败国的供奉差不多就能将此次征战的消耗全部补充回来。另外，从蜀国方面而言，当发觉他们才是利益最终的受损者时，肯定会先行支会邻国，让大周、楚地、南平、吴越对我国施加压力，要求调整合理税率。如果大周如他所愿的话，蜀国出兵攻周是必然的。只有这样，他们才可以占住东一段的水道、旱道，从吴越和外海商船上直接购买丝绸、香料等物资。"

太子李弘冀在旁边听了韩熙载的话后没有作声，却是摇了摇头，显示对这种说法不予赞同。因为在场这些人中，没有一个人能比他更了解蜀国和蜀王孟昶。他早在几年之前就与蜀王孟昶暗地里交好，并订下互助盟约。

"韩大人真的多虑了，如果真的出现大周等国向我们施加压力，那我们顺水推舟给他个面子将税率再降下来不就行了吗？"冯延巳这是市井无赖的处事法，但一旁的李景遂却是连声说对。

"问题是蜀国攻大周必须调兵从蜀国腹地出西川道走子午谷，这样未曾开战，便已经有种种明显迹象让大周获悉。而大周与我国已有多次争端，他们在淮南一线的重兵一直未撤。此处地形开阔无险可据，所以真要动兵攻打我们的话，之前是看不出丝毫迹象的。而当战争成为他们施加压力的手段时，那我们的损失就远远不是多收的这点税收可以弥补的。"韩熙载的担心是对的，如今的世道人心不古，得势得利者没一个谦谦君子，而全是些不吭一声就动刀杀人的悍匪。

李弘冀这次是在频频点头，从他目光中流露出的狠辣之情，真就像一个不吭一声就动刀杀人的悍匪。

"我说过了，如果他们国库空虚、支出艰难，军队粮饷不继，那又怎敢轻易对我们动手？"

"我也说过了，战争的完胜方不但不会有损耗，反会有赚取。而且我们还要考虑到大周会不会有意外财源和支持。"

"意外的财源倒是有一个，但谁能得到却不一定。如果这意外财源落在我国手中，韩大人觉得我们还用怕大周吗？"冯延巳面带一种得意的表情。

韩熙载不由一愣，然后表情有些闪烁地说道："看来冯大人是有大晌午入梦乡的习惯。要真有这笔财富，我国又何必提高税率。"

旁边的元宗、李景遂却是一下被冯延巳的话吸引住，伸长脖子、瞪着眼珠，一副狗熊求食般的神态。而李弘冀却是表情复杂地与韩熙载对视一下，看不出他对提到的财富是什么态度。

"提税是占住先机，意外之财是后续支撑。只有这两步都走好了。我大

第四章　射　杀

唐才可千秋万代，在诸强环伺之下立于不败。甚至积攒国力到相当程度后，可寻合适时机将天下一元俱统。"

"冯大人，你不要扯东扯西了。快说那财富在何处，如何能得到。"李景遂有些着急了。

冯延巳回道："此宝藏所藏之处韩大人恐怕比我知道得更加清楚。"

韩熙载又是一愣，心说冯延巳是如何知道有人已经向自己通报了这个消息的？难道自己身边有冯某的暗钉？

"冯大人，我是听到类似事情的风传，但这种道听途说岂可当真。"韩熙载倒是说的真话，他不是个轻易相信别人的人，而且觉得这样的大便宜，别人不要却送给你，这种可能性只有在布设陷阱时才会出现。

冯延巳往周围看了看，见没什么无关之人在附近，便招手示意另外几人一起往元宗跟前凑近。然后用神秘兮兮的口吻小声说道："韩大人，你知道这不是道听途说，你我消息的来源都极为可靠。虽然是江湖秘传，但消息途径却是直达你我之处，中间并无编排撰造的可能。这样一处巨大的宝藏，如果能将其得到，一夜间国库便盈实无比，再不用畏惧任何一个国家。不过此事能否成功，还需要韩大人操心……"

冯延巳的目的是要劝韩熙载相信那个秘密信息，而且还想让不断与自己作对的韩熙载来完成寻找争夺宝藏的任务。这倒不是冯延巳为人心胸宽广，不与韩熙载争功，而是因为韩熙载的身份非同一般，这样艰难的任务只有他这个臃肿的老头可以去完成。

如果不是顾闳中的一幅传世巨作《韩熙载夜宴图》，现在知道韩熙载的人不会很多。而韩熙载的名头在五代十国各种名仕榜中也确实很不引人注意，他未参加各种保国开疆大战，也未曾有何安民济世的举措。反倒是明代的《绿林谱》中有多处提到他的名字，这不能不说是件奇怪的事情。

韩熙载与唐代大诗人韩愈为同一远祖，后唐同光进士，曾隐居中岳嵩山读书习武。其父韩光嗣任后唐平卢观察支使时，被兵变后的平卢节度使霍彦威所杀。于是韩熙载在好友李谷的帮助下，扮作商贾逃入吴国。

在吴国都城广陵，他向吴睿帝投递了一份自荐书《行止状》，此文文采飞扬，后被收入《全唐文》。在《行止状》中，他说自己："……运陈平之六奇，飞鲁连之一箭。场中劲敌，不攻而自立降旗；天下鸿儒，遥望而尽摧坚垒。横行四海，高步出群。……"按理说，当时他只是个流落他国的逃亡人士，本不该如此狂妄自大。但后人研究了诸多细节之后才了解，韩熙载根本没有狂妄自大，表述的是实情。也正因为如此，当时在吴国掌握实际大权的徐知诰，也就是后来的南唐烈祖李昪慧眼识英雄，一下看中了韩熙载这个人才。但当时他并没有启用韩熙载，这主要是怕韩熙载在自己改吴为唐的建国大策中坏了事情。李昪登基之后，立刻将韩熙载升任太子东宫秘书郎，并且对他说："今日重用卿，希望能善自修饬，辅佐我儿。"

所以元宗登基后，韩熙载除了担任户部侍郎外，其实还有一个官衔挂太常博士。此职衔的要务只与皇上和少数几个大臣商议，所做都是极为隐秘之事。这与顾子敬那些密参"鬼党"又有不同，顾子敬所在的"鬼党"主要是去印证、深究一些未实之事，而且是以文事、官司为主。而韩熙载所做的是处理各种异常的危机问题，包括其他国家对本国的一些不利和威胁。拿现在的话来说，就是暗中管辖着南唐的间谍特务组织。所以他的行为在别人看来与其他朝廷官员格格不入，为人处世放荡不羁。交友也是三教九流什么人都有，其中甚至有不少是江湖帮派的巨盗悍匪。

韩熙载很少相信冯延巳的话，但这次他情愿相信。很显然，元宗现在肯定是不会收回已经发放的提税诏文，而坚持这样的错误决策肯定会带来恶劣的后果。要想避免这个后果，扭转危机四伏的局面，找到那笔传说中的财富应该是最直接、最简单的方法。

所以回府之后他立刻安排各江湖信道核实消息。等一些细节都掌握之后，立刻派遣曾为一江三湖十八山的总瓢把子梁铁桥带人直扑楚地境内，飞驰上德塬。

第五章　焦尸火场

鬼卒袭

楚境的上德塬，是个民风不太淳厚的大庄子。这里住着的只有两个姓氏，一个姓倪，一个姓言。不过这两姓族人是同拜一个祠堂的，这是因为早先倪姓祖上流落此地，被言姓招赘，传承了言家基业。几代以后，为了不让倪姓断宗，便让部分子孙恢复了倪姓，所以形成现在这样一个拥有两个姓氏的大族。

言姓祖上留传下了一种独特的技艺，这技艺只传本姓不传外姓，就算是同拜一个祠堂的同宗子孙倪姓也是不传的，这技艺就是赶尸。当时天下大乱，连年征战，所以死人饭是最好吃的。平民百姓都求个魂归故里，所以都愿意出重金将尸体带回家乡埋葬。有些出征的兵卒家里没其他家人了，就索性在出征之前把家里的钱财都送到言家来。如若自己死在外面，后事就全交给言家，让他们务必将自己的尸体带回家乡。

所以当时一有大战事，军队后面总跟着好多言家的子孙。每次战事结束，他们便到战场上寻找自己的雇主。言家家规第一条就是不能对死人失信，赶尸这行当也只有不对死人失信，活人才会更加相信你。话虽然这样说，但其实每次还是有许多客户是带不回来的。古代战场上，刀枪砍扎，马踏车压，许多尸体到最后真的再无法辨认出来。还有跌落悬崖、随水流走，或被对方俘虏，那言家人就更无法找到了。所以每次出活儿，落些昧心财是无法避免的事情。

言家人赶尸的技法很神奇，据说是结合了中土道家和北寒荒蛮萨满教两种派别的绝技。找到那些雇主之后，只需在尸体头顶泥丸宫插一根金色的长针，在口中放好咒符。然后将铜铃一摇、咒文一念，那些死去的雇主就会自己从尸体堆中爬出来，成群成群地跟着铜铃声往家乡走。哪怕是缺胳膊少腿的尸体也会一瘸一拐，甚至连滚带爬地跟在后面。（北宋之前的赶尸就是这样，至于为何成为僵尸状行走，而且一定要在夜间赶尸，后面书中会详解。）

言姓赶尸挣钱，倪姓没有这种技艺，便跟着言家人帮忙处理后事。扛个棺材挖个坑，倒也能勉强糊口。但这种事情做长了，便练出了一手挖坑、刨坟的独特技艺。不但是刨埋死人的坟，也刨死去很久人的坟。刨死去很久人的坟虽然不积德，但其中的收获却可以让他们买地、建屋、成家，延续倪家香火，所以倪姓子孙的家境倒也不比言姓差多少。不过因为倪姓子孙挖坟发财的行径，以及言家人昧下了死人钱财，所以上德塬又被人们叫成了丧德塬。

但是灾难面前是没有言姓、倪姓之分的，也没有贫富之分，有的只有生死之分。更何况有些灾难或许真就是上天报应。

上德塬的老老少少全没料到灾难会来得这么突然。天刚蒙蒙亮，晨雾很浓，十几步外便什么都看不见了。而往往比看不见更让人无从防备的是在看不见的同时还听不见任何声音。

有个老人起得很早，没起来之前他还隐约听到屋外有些东西在缓慢移动，反是开了房门却什么都听不到了。不以为意的老人直接开了院门走进雾里，于是看到了雾中许多鬼怪一样的脸。

脸是鬼怪的脸，身体是人的身体，虽然站在雾中一动不动，但所站的位置却是将上德塬各家各户的房屋都置于包围之中。老人没来得及出声示警,就在他张开口的那个瞬间,寒光如电,本该发出声音的喉管已然被切断。张得很大的口中没有声音发出,只有热血喷出。

所有的攻袭是在一声沉闷的长音之后,这长音沉闷得让人感觉是由地狱传来的。像是人临死吐出最后一口气的长长叹息,又像鬼魂喝下孟婆汤前的最后一声哀怨。

惊呼声来自最早一批遭遇袭击却来得及有所反应的某个人,惨烈的呼叫声让整个上德塬深深体会到了恐惧。兵荒马乱的世道,什么事情都有可能发生。于是赶紧呼唤家里的人起来,然后再兄弟邻里家互相招呼,呼儿唤爹声连成一片。不过所有这些行动都太慢了,有些人还未来得及被呼叫声唤醒,恐怖就已经到了。

鬼怪的攻击是无声的,就如同从雾里卷出的一股阴风。奔跑、跳跃、翻墙、过屋,始终都没有一点声响。鬼怪也是迅疾的,和蝗虫群狂扫过的庄稼田一样,上德塬在人们还没有完全反应过来的状态下就全没了。

上德塬没了,人没了,房子也没了。人有一部分是没了踪迹,这主要是被掳走的青壮年。剩下的一部分是命没了,这些全是老人、孩子和妇女。

虽然冲杀突然而至,但青壮年们反应过来后都操家伙和不像人的人格斗拼杀。很奇怪的是这些抵抗拼杀的人最终都被绊索、扣网、飞缚链抓住,而那些根本没有反抗能力的老妇幼却是见着就杀。

房子没了是被烧掉的,一间都没留,大火从早烧到晚,烧得屋顶上的瓦片像炮仗一样爆飞。后来附近的人都说,这是因为他们言、倪两姓昧尸财、刨鬼坟的事情做多了,阴间鬼魂过来报仇了。

范啸天到上德塬刚好是太阳落下了山,虽然天色已经暗淡,但相比早上的晨雾而言,可见度还是要清晰很多。范啸天没有看到上德塬,呈现在他面前的只是一片已经烧到尾声的火场,一座被烧得漆黑的废墟,还有废墟中烧得更黑的尸体。

范啸天呆立了好久。他不知道这里为何会出现这么大的惨相,更不知道这惨相和自己的到来有没有关系。很多时候自己也是杀人不眨眼的刺客,但看到这种情形还是不由的心颤胆寒。古往今来天下没有一个刺客能杀了这么多人，难怪祖师爷刺杀的根本立意就是要以刺止战，让天下无争无掠，苍生遂安得福、平静生活。

"嘎嘣"一声脆响，将范啸天惊得三魂走掉了两魂。他也不知道自己为什么会这样，平时自己可是专门鼓捣诡惊技艺的高手，最厉害的一次是初做活儿时在前辈的带领下，用技法将刺标吓死。可现在怎么一点响动就把自己吓成这个样子了？不！不是自己胆小，而是因为周围的情景太惨了。就连地狱的景象都没有这么惨的。

"哇啊啊，啊啊！"紧接着又传来连声的怪叫，像鬼哭，像魔嚎。怪叫就在范啸天的身后，离得很近。他不禁全身汗毛一下竖起，两肋间的寒意刷刷如风，带着冷汗一起直往外冒。

不过范啸天没有混乱，更没有落荒而逃，而是立刻提气凝神，精血回收，固守本元。这些都是遇到诡惊之事时身体内环境自我保护的状态。然后他才慢慢地转过身，很慢很慢地转身，斜乜着眼胆战战地朝声音发出的地方看去。

缓慢转身的过程中，范啸天能感觉到自己身形的僵硬，这是脊梁两侧肌肉绷得太紧造成的。他也能感觉到自己直硬的虬髯在微微抖动，这是因为双唇抿合得太紧造成的。都说装神弄鬼的人其实最怕见鬼，范啸天就是一个很好的证明。作为一个主修诡惊之术的高手，如果心中没有对鬼神的敬畏，所做伎俩连自己都完全没有恐惧感，那又怎么能拿来惊吓别人呢？

范啸天想象了几种自己可能会看到的恐怖场景："嘎嘣"一声，是火烤一天的地面开裂了，然后从地下"哇啊啊"地钻出了张牙舞爪的半腐尸骨。也可能是被烧得焦黑犹自在冒烟的尸体爬站起来，"嘎嘣"一声是身体某处的骨头已经烤脆，受不了身体重量折断了，而"哇啊啊"是因为骨头断裂的疼痛，或者是因为少了一处骨头支撑而很难站稳的惊恐。还有可能是烧烤时间太长，尸体头颅内部脑浆发热膨胀，"嘎嘣"一声将酥脆的头骨胀裂，"哇啊啊"是因为滚烫的脑浆流进了嘴巴。还有可能……

范啸天的眼睛瞬间睁得像铜铃，倒吸一口满带灰尘烟雾的气体，憋住后久久不敢吐出。他看到的情形和他想象的完全不一样,也正因为不一样,才让他觉得更加恐怖和诡异。

他看到的是一个女子,不是女尸,而是一个活生生的年轻女子。这情景本身已经够诡异了,而更诡异的是那女子身上不带一点灰尘和烟黑,非常干净。但还有更诡异的事情,就是这女子不沾一丝灰尘和烟黑的身上竟然是一丝不挂,湿漉漉的躯体显得特别油亮、结实。当时社会对女人有着各种封建的清规戒律,一个女子在野外裸体而立已然是惊世骇俗,更何况还是在一个遍布黑骨焦尸的地方。

江湖言:见怪异之物必遇怪异之事。本来如此结实健美的胴体多少还能品出一点香艳的味道来,但那女子扭曲着本来就不大规整的脸,张开血盆大口用沙哑的嗓子"哇啊啊"地号叫着,真就像夜叉出世,诡异且恐怖。

范啸天吓呆在那里好久,那女子也号叫了好久。

范啸天终于把憋在体内那口带有灰尘烟雾的气息给喷了出来。因为他看出那女子不是在嚎叫,而是在哭。也终于看到了本该穿在那女子身上的衣服,衣服就在她脚下的一洼水里。而在那女子身侧,是倒下的两大块瓷缸片。

这不是鬼,这是个活下来的女子,她是被谁藏在水缸中逃过了杀身之祸。那水缸下半截埋在土里,盖子是用磨盘石压住的一块石板。幸亏水缸离烧着的房子远了些,否则的话这女子在水缸里顶不开压住的石板和磨盘石,那就得活活给煮熟了。但即便是离得很远,水缸里面还是被烧得很热,否则这女子也不会把身上的衣服都脱光了。

"哇啊啊"女子还在号叫,不,应该是号哭。她根本不理会面前有没有人、是什么人,只管光着身体站在那里号哭。

范啸天已经没有了恐惧,没有了恐惧思维就会变得无比的敏锐。他首先警觉地将周围环境再次扫视一遍,这是一个刺客应有的谨慎。女子突然的号哭,可能引来什么人的注意。另外,也得防止这裸体女子是兜子里的爪儿,目的是转移自己的注意力。好让某些人悄悄靠近到自己,突袭自己。

四周的扫视没有发现任何异常,于是范啸天开始仔细观察女子的表情、哭声和偶尔流露的眼神。有些现象是可以凭借周围的东西进行推理,而一个人的内在实质却是很难从外在细节看出的，除非这人是个久走江湖的高手。

失常女

裸身女子不是个平常的人！这是范啸天最终给予那女子的判断。

不是平常人并非说她是神人，而是失常的人。但她是刚刚被吓得失常，还是天生就是个弱智，范啸天却无法判断出来。

"啊啊，带走了，都带走了。"那裸体的疯女子终于在号哭中挤出了一点人话。

"什么人被带走了？"范啸天谨慎地问。

疯女子的嘴巴张得没那么大了，但半开着的嘴巴仍然带着"啊啊"的哭腔。听到范啸天的问话后，她有些慌张，手指东点一下西点一下，不知该指向哪里好。手指最后终于停住了，指向天空，然后翻了个白眼神秘兮兮地说："啊，带走了，死人，活人，都带走了。"半开的嘴巴说出的话很是含糊，但范啸天基本还是能听清。

"被什么人带走的？"范啸天又问。

"死人！鬼！他们挖了人家坟，他们没有把人家带回家，那些死人都来报复了！"疯女子说话不但含糊，而且嗓音沙哑得像男性，再配上她怪异的表情和扭曲的脸，模样真的就像个鬼。

"阴魂寻仇？"范啸天知道离恨谷吓诈属的技艺中有"阴魂出刀"这一招，不知道和这"阴魂寻仇"有没有相似之处。

没想到的是疯女子立刻就回答了范啸天的疑问，而且这次嘴巴张得更小，话也说得更加清楚："不是阴魂，是鬼卒！死了进不了地府的兵卒。"说到这里，她忽然变换个声调和表情，像是在模仿什么人，而且应该是个老年男人："他们暴尸在荒郊野外，他们的坟被刨得七零八落。作孽啊！要遭报应的啊！"

"他们没带走你？"

"我爹说了，遇到鬼要躲在水里。水里干净，他们身上脏不能靠近。"

第五章　焦尸火场

"你自己躲进水缸的?"

"我爹让我躲的,还给我盖好缸盖子,说等鬼卒走了再放我出来。"疯女子的话越说越清楚,这时她的脸已经算是恢复原样了,不再扭曲着干嚎,嘴巴也终于能合上。这样一来她的模样应该还不算是太丑,只是嘴显得有些大,还有又黑又粗的眉毛很男性。身上虽然被水泡了很干净,头发却是乱糟糟地,泥粒、草叶都有,应该是家里没什么细致的女人替她打理才会这样。而那双飘浮不定的目光和撇动的嘴角,却是可以让人一眼看出她有些低能。

"你看到鬼卒了?"

"看到了,可多了,能在墙头、屋顶上飘着走,没一点声音,也不说话。身上暗黑黑的,像黑柱子、柱子影子、黑影子,嗯……就像……嗯就像……就像那个!"疯女子突然指向范啸天的身后。

范啸天的心一紧,就像被一只无形的手死死抓住一样。不过他没有动,虽然已经感觉到身后有森森鬼影移动,但他却真没有动。

鬼影很多,鬼影更奇怪。是一个鬼影化两个鬼影,两个鬼影化为三个鬼影。所以正在变得越来越多、越来越奇怪。

疯女子刚才说得没错,鬼话传闻中自古就有"阴魂无声,野鬼墨形"的说法,而范啸天背后慢慢接近的鬼影是无声的,也是像一团墨色伸展飘忽不定,都与传闻中的阴魂野鬼对应。

"又来了,鬼卒又来了!"疯女子马上蜷身蹲下,全不管现在那水缸已经破裂,再没有东西可以将她掩藏。

鬼影无声地围拢过来,四五个鬼影已经离范啸天只有一步距离,伸出的鬼爪眼见着就要掐住范啸天的脖颈。

就在此时,范啸天果断转身,伸手一掌,给了其中一个鬼影一记耳光,声音极其清脆响亮。几个鬼影像被惊飞的鸟儿,一阵乱舞乱飘。就这么一乱,那些鬼影一下化出了更多。原来的鬼影加上新变化而出的鬼影再次涌上,呈弧形将范啸天围住。

范啸天继续从容伸手,给弧形上最左侧的鬼影一记耳光,同样的清脆响亮。那鬼影一闪不见,但范啸天紧接着迈出半步,给一个刚刚化出的新鬼影一记耳光，还是那么清脆响亮。

"师父，你报出我点位来就行了，干吗一个耳光接一个耳光的。是怪我打扰你和新找的师娘月下诉情了？嗳，也怪了，这月下诉情怎么连衣服都不穿了。"鬼影之中传出的是人话。

"哦，那不是你师娘，是我准备给你讨的媳妇。"范啸天说完话后不屑地吹了下唇上的胡须。

"师父，那你还是继续打我耳光吧。打死了我我就不用难受下半辈子了。"

"下半辈子，我们这一行不定什么时候一辈子就没了，看得到天黑未必就能看到天亮。还是赶紧趁着春宵惨景，她亲人的魂魄还在周围游荡，你们就此把婚事办了吧。这样我放心了，她的亲人也都放心了。"范啸天的话根本听不出是真的还是在开玩笑。

"不是，师父，我已经是订过亲的人了，你可不能逼我悔婚另娶呀，做这样的事情可是有损阴德的。这光身子的女子你还是留着自己受用吧。"鬼影说话的腔调带着几分得意。

这下子轮到范啸天无语了，心说这小子离开自己虽然也有二十多天了，但这一趟下来竟然就把婚事都给订了，本事还真不小。

"师父，你别不信，我都把你徒弟媳妇笙笙姑娘给带来了。"

"王炎霸，你个腌王八！满嘴嚼蛆喷粪占姑奶奶的便宜。你等着，找个机会我借齐大哥的钩子把你钓在市场上割着块儿地卖。头一块、脚一块，背壳十三块。"废墟中犹自在冒烟的断墙后面传来一个女子爆豆般的骂语。

范啸天这才发现附近还藏着其他人，于是立刻脚下一个滑步，同时反手一挥，再次清脆响亮地给了一个鬼影一记耳光。

"师父，怎么又打呀。脑子都被你打残了。"

"想知道我为什么要打你吗？三个原因，第一，竟然用'岷山十八鬼'来考量师父的技艺，而且还和师父说些什么师娘、光身子的话，这是打你个不敬。"刚才还为老不尊、满嘴跑马的范啸天突然间摆出一副很威严的师父样来。

"嗳，我可没说过师娘光身子的话，是你自己在说啊。这是承认了对吧。"

范啸天喉咙里哼了两声，没有接自己徒弟的话茬，因为这些话越是解释越是说不明白。

"第二，是因为你信口胡言，得罪笙笙姑娘那么贤良淑德的好闺女，这是打你个无礼。"这话说着范啸天感觉很亏心，暗自在想：一个开口骂人、伸手杀人的女子可不可以称作"贤良淑德"？唉，那只有天知地知，反正我是不知。

"第三，是因为你用鬼形突然出现，这会吓坏那已经精神失常的女子。这个女子现在是我唯一的线索了，要是找不到我要找的人，事情可就断链了。这么多年谷里都没遣我活儿，这次给个跑腿活儿我还做不成，拿什么脸向谷里交代啊。这是打你个莽撞。"范啸天一副忧虑状。

"哎，师父就是师父，这见识、这眼光就是比些小鳖虫、腌王八的徒弟高多了。喂，二郎师父，你身上有没有'同尸腐'的解药？"断墙后面的女子大概是被范啸天捧舒服了，也或者是要向范啸天求解药，于是也回了两句有高度的评价。

范啸天却听着很不是滋味，徒弟是小鳖虫、腌王八，这师父又能好到哪儿去？但他脸上却都没有丝毫不爽的表情，连声回道："没有没有，笙笙姑娘要这解药，我办完事情就回谷里去给你拿。估摸着今年年底应该可以交到你手上。"范啸天这句话差点没把秦笙笙的鼻子给气歪。

其实此时此地心中最不是滋味的是齐君元。他自从刚出道时在工器属前辈高手的带领下做过几次多人配合的刺活儿外，后来都是独来独往，没再和其他人联手过。但这趟刺活儿他却是连连遇到意外，先是被人出卖，没能完成刺活儿，然后被"露芒笺"上的指令将自己和一个刚出道的雏儿捆绑在了一起。接下来他由于雏儿的关系认识到一个活宝，在秀湾集发现等着自己的竟然是个什么都说不清的哑巴。而现在遇到的是比那活宝更加活宝的活宝师父，再下去真不知道还会遇到些什么人。

齐君元本来带着那三人是择路直奔呼壶里的。但还没走到一半，就又接到黄快嘴带来的讯息。让几个人转而往南，先去上德塬找范啸天会合。这一回连王炎霸都觉得奇怪了，师父明明和自己说好在呼壶里碰头的，怎么又跑去上德塬了。而且这次怎么会是哑巴的黄快嘴带来的讯息？那晚黄快嘴飞走后，他们已经有五六天没有见到这鸟儿。它是飞到哪里去了？又是谁给它传达的讯息？从来没听说过自己师父会调弄黄快嘴呀。

连续的变数往往会成为执行者沉重的心理负担，特别对于必须谨慎行事才能夺命和活命的刺客来说。所以这次路径发生变化之后，齐君元便安排哑巴拉开一段距离潜行，以便与自己相互呼应。

这种安排对哑巴有很高的要求，齐君元他们本身已经走的是崎岖野路山道，而哑巴潜行相随便只能走根本不是路的路。不过这种高要求对于自小就翻山越岭的哑巴来说就像在玩儿，一路之上他始终在斜侧面与齐君元他们保持着一百二十步左右的距离。也正因为有了哑巴，有了这个可以长距离攻击的后备力量，齐君元才走得有些底气，否则他绝不会按照黄快嘴带来的指示大胆行动。

齐君元从烧黑的断墙背后转出来，与范啸天抱拳寒暄。他们两个虽然都是离恨谷谷生，但在谷中却从未见过面。所以齐君元觉得秦笙笙之前说的没错，范啸天在吓诈属中应该是个没出息的刺客，甚至可能是混日子做杂事的。因为离恨谷中每半年就有个例场（按规定时间举办的活动），是让各属中做下绝妙刺局的高手进行交流，相互学习经验和方法。齐君元虽然不是每次都有资格参加例场，次数却也不少。但他从来没有在那个场合上见过范啸天。

突击浪

看着刚刚认识的范啸天和认识好多天的王炎霸，齐君元觉得有些别扭。那王炎霸虽然神情有些闪烁，但长相却是眉清目秀的白面书生样，偏偏取个隐号叫"阎王"。而范啸天黑脸络腮胡，暴眼狮鼻，反而隐号叫"二郎"。

"幸会幸会！都是谷生，但老也没机会见过。好在是让我出这趟活儿，

第五章 焦尸火场

这才有幸见到工器属的顶尖高手。"范啸天说话很客气，见到齐君元后满脸的亲热劲。而实际上他也是刚才在王炎霸介绍后才第一次听到齐君元的名字。

"哪里哪里！在下一个后学末进，怎称得上顶尖高手，就算囫囵学到些谷里的技艺，那也是无法和范……"齐君元犹豫了下，他不知道怎么称呼合适，离恨谷的称呼很乱，辈分也说不清。

"你要不嫌弃就叫范大哥。"范啸天马上替齐君元选择称呼。齐君元虽然觉得从年龄上看，范啸天要算是自己师父辈的人。但既然他让叫大哥也好，一个原因是确实分不清辈分，另一个原因是这样叫相互间没有负担，以后商量事情可以各抒己见不必忌讳。

"对对，范大哥。我们这种做粗活的可不能和范大哥这样不显山水、静研绝艺的高深之士相比呀。"齐君元这纯粹是客套，虽然一看就知道范啸天是个喜欢装腔作势的活宝，但既然要在一起做事，那是必须给足别人面子和架子的。

"呵呵呵！"范啸天笑得嘴巴都合不拢了。"我就说齐兄弟是高手嘛，这高手的眼光就是不同。齐兄弟，别的那些俗人、庸人我都不愿搭理的，但一见你就觉得有缘。我告诉你吧，为什么我的隐号会取个'二郎'，那是因为偷丹（当时还没有《西游记》，只有妖猴偷仙丹的神话传说）的妖猴才七十二变，二郎神却有七十三变，所以最后二郎神才能擒住妖猴的。给我取这隐号，就是因为我身具吓诈属多种绝技，变化神奇，无人能比。这一点齐兄弟应该能理解的，要不是静心钻研，不求名利身份，哪可能达到这造诣。"这范啸天竟然是毫不谦虚，刚给块肉吃下去就喘着说自己胖。

齐君元此时突然感觉有点不舒服。不是因为范啸天的话，也不是因为火场中被烧得各种奇怪姿势的焦黑尸体，而是因为一种压力，一种说不清道不明的无形压力，一种意境中的起伏。

"要我说你这'二郎'隐号是从你的名字得来的？"秦笙笙在旁边插了一句。刚才范啸天他们说话的时候，她过去将蹲在破水缸里的疯女子拉了起来，泡在水里的衣服也给拎了出来，拧了拧就湿漉漉地给她穿上了。

"哦，秦姑娘另有高见，愿闻其详。"范啸天以为秦笙笙会从另一个角度夸他，于是喜滋滋地追问。

"是这么回事，你叫范啸天，而二郎神身边也总带个啸天犬。这啸天犬只要主人不在，就变身为二郎神的样子糊弄凡人，骗享人间敬奉的香火。所以这隐号应该是取自真啸天假二郎的意思。"秦笙笙一本正经地说道。

范啸天的肤色黑，胡须又长，看不出脸色有什么变化来。那王炎霸在旁边却是挂不住了，损他师父一分便等于是咒他十分。可他脸皮哆嗦、嘴唇翻抖也始终没说出话来，因为秦笙笙的这番解释的确比师父解释的更加贴切，没什么漏点好反驳。

齐君元怕秦笙笙和王炎霸吵闹起来又是好长时间不得消停，于是赶紧从中打岔："贵徒'阎王'这名号我觉得很是合适，他的阎罗殿道运用得真是出神入化。"

"是吧！？齐兄弟就是见识不同一般啊。说实话，他才学会我的暗用技法，就是在黑暗环境中才能使用的技法。你瞧出来了吧，已经是不同一般的厉害。所以我才给他起了个'阎王'的名号，意思是专门用黑狱拘人。"范啸天还是竭尽全力想证明自己的非凡。

"什么暗用技法，其实就是离恨谷的基础技法，谷生、谷客都可以了解学习。还有那个王八阎王，临荆城外被齐大哥一只小钩子便制得站不起来也坐不下去。神眼卜福一出现，更是缩在龟壳里大气都不敢出。秀湾集遇穷唐，要不是齐大哥出手，他就干等着挨咬了。不过我现在知道为什么他见到恶狗就吓傻了，因为他师父本身就是个骗吃骗喝、要吃要喝的啸天犬，教出来的徒弟也就能趁着天黑偷只鸡摸条狗什么的。范前辈，不好意思，我要是骂到了你，你找你徒弟算账好了。他是实在该骂，我是骂他才把你捎带上的，不能怪我。"秦笙笙骂到最后觉得这些话对无辜的范啸天来说有些过分，于是赶紧解释下，只是这番解释显得太蛮不讲理了。

秦笙笙除了骂人是话外，其他所说倒都是真话。王炎霸所学阎罗殿道的暗用技法，的确是离恨谷的基础技法，否则齐君元不会这样熟悉。不过范啸天刚才也没太吹牛，虽然这是个基础技法，但像王炎霸使用得如此炉火纯青

第五章 焦尸火场

的真没几个。就好比齐君元，虽然知道布置此套兜子的窍要，但真要叫他布设的话，那也是赶老母猪上树。

"没事没事，骂人其实也是本事也是学问，离恨谷要把这当基础技法的话，还真找不出个高手来教呢。带上我一起骂没有关系，就我这涵养怎么会在乎你骂几句？在谷里时，骂我的人多了去了。你们再看看现在的我，掉一块肉、破一块皮了吗？"范啸天不但想表现自己的技艺超群，还想表现自己的内涵、修养也非同一般。

"瞎说，信口胡言，我是想明媒正娶你的，没偷过你也没摸过你，你怎么胡乱栽赃。别是其他什么男人做的事情你算计到我头上来了。"王炎霸也是个正路不通、邪路横行的混混，怎么甘心在嘴仗上输给秦笙笙。而且他从自己师父的话里听出些鼓动自己的意思，于是肆无忌惮地把混混劲儿和混混话儿都使了出来。不但继续占秦笙笙的便宜，而且将骂自己偷鸡摸狗的话反套到秦笙笙的身上，把她骂成鸡狗。

"你……"秦笙笙才说出一个字便停住，她是怕自己说错什么再被对方抓住把柄，同时也是在思考该用怎样一个更凶更损的话来对付王炎霸。

"止声！"还没等秦笙笙想出要骂的话来，齐君元突然用简练却表达清楚的措词制止了她，这是齐君元在做刺活儿时才会使用的用语，语气阴沉得让人心中发寒。"大家注意，这周围似乎早就有人'伏波'，而且有人在渐渐逼近，逼近人持'击浪'态势。"（伏波，暗中潜伏。击浪，突下杀手。）

齐君元唯一一次拜见离恨谷谷主时，神仙般的谷主对他盛誉有加，说他在刺杀技艺上别具天赋，有自己独特的超乎常人的能力。当时齐君元认为这只是让他全身心学习刺杀技艺的鼓励而已，并没有太当真。但就在出道之后第一次独自布刺局、做刺活儿的过程中，他发现自己或许真的具备某些不同寻常的能力。

首先在面对凶险时，他的心脏不仅不会加速狂跳，反而是会逐渐变慢变稳。即便思想出现了焦躁慌乱，缓慢的心跳仍是会让他快速镇定下来将思路理顺，从而选择出最合适妥当的应对方法。这一点不知和他从小学习祖传的瓷器制作技艺有没有关系，那瓷器也是需要静心凝神才可以做成妙器、重器的。

还有一点就是他能下意识地发现到周围的危险，有形的、无形的，静止的、移动的。也正因为这个能力，他在灌州刺杀顾子敬时才会觉察到秦笙笙挟带杀气的目光。这个独特的能力倒真的可能和学过瓷器制作有关。瓷器制作包括描画，一般而言瓷器上的图案都只是寥寥几笔，但笔画虽简却必须表现出某种意境，差一笔多一笔所表达的意境便迥然不同。所以齐君元可以根据已有条件构思出意境，并且从意境的迥然变化中准确发现其代表的真实含义到底是什么，是杀，是迷，或者是困……

刚才齐君元感觉自己有些怪异的不舒服，其实已经是对周围条件所构成的意境中存在危险的自然反应。但是由于身处惨不忍睹的焦土火场中，死气、惨相、烟火味等诸多原因扰乱了他对更深意境的领悟。直到现在他已经完全适应了周围的环境，这才发现大环境中的意境异常。

大家听到齐君元的警告后，立刻各自住口掩身，躲在隐蔽处朝不同方向观望。就在此时，突然有一个与时间、场合很不相宜的声响从诡异的火场上飘过。那是鸟叫声，很特别的鸟叫声。但齐君元他们却都知道这其实是很像鸟叫的口哨声，是哑巴发出的告警信号。

"飞星告知，有影儿（潜行的人）在朝我们靠近。"秦笙笙现在不但能基本了解哑巴手势的意思，还知道他所发哨音代表着什么。

"鬼卒！阴兵！又来了，又来了。躲，赶紧躲，要躲水里。"疯女子的疯癫状态再次发作起来。

"封住她的声儿。秦姑娘，听一下来的是什么路数，几点几位（几点是数量多少，几位是什么方向）。"齐君元当机立断。

阎王的反应似乎比他师父还要快些，齐君元才说完，他就已经纵身蹿到疯女子身边。曲食指为凿状在疯女子耳后风池处一顶，疯女子便身体一歪，晕倒在地了。他这一招叫"阎罗叩魂"，可以让人迅速进入昏迷状态，但对血脉心神的伤害却不是很大。

"位数西北，点数七个。其中有一个虽双足而行，但步伐、足音不像是人。"秦笙笙快速做出判断。

第五章　焦尸火场

"赶紧顺流伏波（逃遁、躲藏的意思），如果来的是六扇门，我们有多少嘴都说不清了。"不管什么刺客杀手都不会愿意和六扇门的人打交道，更何况是在一个死了许多人的案发现场。

"带上这女人，我有用。炎霸，快来帮我。"范啸天把昏倒在地的疯女人的上半身托坐起来。

"师父，你真的要把她带回去做我师娘吗？"王炎霸压低了嗓子问。

"瞎扯淡，你是耳光子没挨够？赶紧搭起来，离开了再说。"范啸天的语气很严肃，这让王炎霸再不敢瞎胡闹，把疯女子搭起来就走。

"秦姑娘，你带他们往东北方向顺流。我们刚从那边过来，路径环境熟悉。不用慌乱，飞星暗伏在附近，会掩护你们的。"齐君元吩咐完秦笙笙后，自己则弯腰蜷身小碎步往前急跑。到了两座尚未烧尽的断垣间，手挥脚扫，瞬间便用地上的碎砖、断木排成一个波浪起伏的形状。然后在每个波浪上面叠起几摞砖块，每一摞都歪歪扭扭、摇摆不定，看样子随时都会倾倒。

刀过野

就在齐君元叠完砖摞刚准备转身离开时，又是一阵鸟雀鸣叫般的哨音传来。这次的哨音应该也引起了别人的注意，从西北方向过来的那六七个人立刻各自找掩护物藏住身形，然后全神戒备，动用所有感官搜索周围的变化。

齐君元矮身退步而行，突然觉得背后有动静，于是蓦然回身，同时两只袖管一抖，每只袖管中各有三只"镖顶锚钩"入手。这种"镖顶锚钩"形状和挂镖、钩连枪枪头的样子很像，但倒钩子的形状数量却是像船锚，呈均分三角。不过钩形都不大，而且靠近镖顶。这种钩子可以当暗器使用，也可以像绳镖一样当软兵器使用。只要镖头子入了肉三分，三楞倒钩便会吃住皮肉。此时只需尾绳一拉，便是大片的皮肉给撕扯下来。如果射入腹部，就连内脏都能拉带出来。所以这种武器的杀伤是双重的，而且拉出比刺入更加要命。

齐君元双手捻住六只镖顶锚钩，即将出手的瞬间却戛然收住，因为在他身后出现的还是秦笙笙和范啸天他们几个人。

"齐大哥，哑巴刚才信号，是说我们过去的方向也有影儿逼近。"秦笙笙明显有些慌乱了。

"你有没有细辨几点几位？"齐君元问。

"他们逼近的速度似乎很快，我怕迎头撞上便赶紧地往回走，没来得及听辨对方的情况。"这时秦笙笙缺乏经验的弊端显现了出来，要是其他离恨谷高手，肯定是就近找好位置藏住身形静观其变。也可以暗中投石投物发出惊扰声响警告对方，阻住别人逼近。而绝不会什么都没做，只知道慌慌张张地往回跑。

"我们好像被围住了，东北方向，西北方向都有人逼近。南边也走不了，那里草树暗影光色度有差别，是另有异物背衬才会出现的情景，应该有大批暗鬼伏在其中。"范啸天肯定地说道。

"东面，我们还有东面可以走。"王炎霸很庆幸东面还是个空当。

"往东去是大片水稻田，秧苗插下还没多久，踩进去就得被泥水咬住腿脚，行动难以自如。而且稻田平敞，没有遮挡物，别人使用暗器、弓弩等长距离击杀武器的话，我们只能任凭宰割。"

范啸天的功底毕竟和王炎霸有着很大区别。他能发现南边草树之中藏着人并不奇怪，掩迹变形本就是他的专长。而能知道东边稻田的情况，则是在进入这火场之前已经将周围环境情况仔细了解过一遍。这样谨慎周全的做法还不算是真正的江湖经验，却实实在在是刺客夺命保身的基本技能之一。而范啸天能这样去做，恰恰说明他学习认真、遵守规则，严格按做刺活儿的所有要求和细节执行。只是如此循规蹈矩的做法在真正行走江湖时很难说是好还是坏。

齐君元不舒服的感觉更加严重了，是因为自己竟然不知不觉中陷入到三面强敌的困局之中。此时无形的压力和危险已经不是意境的领悟，而是非常真实的感觉。

不过这一次齐君元还是有着严重失误的，按道理凭他构思意境发现危险的独到能力，应该可以更早发现南边树丛中有人伏波。当初他身无护具独

第五章　焦尸火场

自闯过离恨谷工器属百种奇妙机关设置的"天上杀场"时，除了对坎扣（机关暗器）布置精研透彻，另外就是凭着这种提前发现危险的能力。他可以觉察到墨色夜幕、茫茫原野中的一点点危机，发现到躲在一大群人中极为隐蔽的某个偷窥者，但是他今天却偏偏没有发现在不远处树丛中数量很多的潜伏者。这是因为上德塬的种种惨相、死气、烟火味乱了他的心境，导致思想不够集中。同时也是那些潜伏者能够严格控制自己的各种正常生理现象，让许多活人该有的迹象都没有显现出来，把自己收敛沉寂得和树木岩石一样。不过很难想象这么多的潜伏者是如何进行这种控制的，除非他们经过非常统一的残酷训练。

"杀出去吧！有哑巴长弓快弩暗中协助，就算对方人数多也不一定拦得住我们。"秦笙笙说话间十指上已经缠上了五色丝，而手臂有更多五色丝在游蠕着，仿佛色彩斑斓的活蛇虫一般。

天母蚕神五色丝本是西域克萨尔沙漠中的雪沙蚕所产，一百年才吐一回丝，吐出的丝雪白。唐朝时印度东游至中土的僧人波颇，其所著《行见行经》（译名）中就有关于雪沙蚕的记载。后来此沙蚕被异域商人带至中土，由福建人林芝瑶在海边沙滩围场进行人工养殖，海沙之中还掺入了四色贝壳碎粒，因此产出了五种颜色且更加坚韧的天母蚕神五色丝。不过人工养殖的雪沙蚕只两代便再不能延续，这也许还是地域、环境、气候等原因造成的。至于雪沙蚕所产的五色丝为什么取这样一个名字，是因为神话传说中都认为西方为西王母控制，而沙陀、交趾、赫达达这几个位处西方和西南的小国，国民都将西王母敬为蚕神，说天下人有衣穿全是拜西王母所赐。事实上这些小国供奉的西王母像也都是肥硕皱皮的模样，真就像一只大蚕。综合这些原因，才取了一个天母蚕神五色丝的啰嗦名字。

而北宋司马德贤的《天成珍奇考》中记载，天母蚕神五色丝的最大奇异之处不是其细如丝韧如钢，五色如霓。而是因为此丝是带有灵性的，能随着使用人的心情、气息、血脉而动。这种说法没有佐证，因为北宋之后这种天然材料就再未曾在世间出现过。如果有谁见过秦笙笙现在的情形，并且用文字记录下来，说不定就能成为多年之后《天成珍奇考》中关于五色丝灵性之说的佐证。

齐君元看了秦笙笙一眼，先将自己的状态放松了，然后才轻声说道："不要紧张，来者不一定是针对我们的。五色丝随性而动，现在全缠紧在你手指、手臂上，说明你心怯而力极，心理和肌体都太过紧张了。如果现在依旧能将五色丝隐于胸背之处，然后关键时候随心意而出，随心力而杀，那才是到了至高境界。"秦笙笙听了这话脸上不由泛起一片红晕。

"老齐，你不要东拉西扯的了，现在哪儿都没法走，你说到底该怎么办。"这句混乱的话一说，就又显出范啸天很少行走江湖，遇事应变能力很差。

"嗯，没法走就不走了呗。坐下等着，看他们都是些什么人想干什么。"齐君元说完后，便找个稍微干净些的石墩坐下。其实这烧了一整天的地方哪还有干净的坐处，碰哪儿都是一把黑。除非是像疯女子说的那样躲在水里。

不过其他人无法像齐君元这样镇定自若，全都提气聚力严守以待。

范啸天为了能更好地应变对敌，将疯女子重新放到了地上。而王炎霸从没有遇到过这种大阵仗，眼见自己这几个人被暗中渐渐逼近的众多高手围困住，不由紧张得全身僵硬，紧紧抓住疯女子的两条腿不放，似乎这才是他的救命稻草。于是这满是死尸的惨烈火场中又出现了很滑稽也很诡异的一幅场景：一个男子提着两条光溜溜的女人腿，就像提着待宰割的猎物；而被提的女子身体瘫软在地，无法判断死活。

此时秦笙笙在齐君元的教训和教导下很快将状态调整过来，手指手臂上的五色丝虽然没有拢入怀里和背后，却也全藏在了宽袖之中。而且她还在背上背着的琴囊底端摸捏了几下，再将囊袋往下拉了拉，露出最上面的琴首。

虽然和秦笙笙一起走了好多天，同行的几个人都不知道秦笙笙背的是把什么琴，包括齐君元。现在秦笙笙把那琴才露出了一点，立刻有人知道她背的是把可以杀人的琴，这人还是齐君元。

秦笙笙刚才在琴囊底端摸捏是启动了一个杀器的弦簧，接下来她只需要在合适的时候释放机栝，琴首下部的几只弦钮便会变成"花尾飞螺"，旋转着钻入对手的身体。这绝妙的设计别人也许看不出，但这正好是齐君元工器属的专长。

"你这琴囊露出个琴首背着,不但动手时不方便,而且反会让对手一眼看出蹊跷,缠斗起来后会加倍防备你的琴首。所以还不如索性把琴拿出来,给来人奏上一曲。"齐君元给了秦笙笙一个奇怪的建议。

"奏琴?"秦笙笙满脸疑惑。

"对,这不是你色诱属擅长的吗?'声色销魂登仙境,不觉一魄入黄泉。'用你的琴声震慑那些人的心神,让他们觉得此处危机四伏。一般而言,当几方人所谋目的相同时,他们会觉得与他们有着同样目的的人更加危险。你的琴声所要达到的目的就是要他们感觉到相互间严密提防戒备,将他们的注意力从我们身上转走。"齐君元只能说到这份上,他对色诱属的技艺所知不多,无法给秦笙笙更直接的指示。

但这些话已经足够了。秦笙笙没有再问什么,而是把琴囊褪去,露出了一把七弦古琴。古琴又被称为天地琴,它有天柱、地柱,有龙池、凤沼、雁足、凫掌,有岳山、承露、龙龈、凤舌、冠角、舌穴。其中奥妙玄理与天地合,与龙凤对,与阴阳契。

姑娘家爱干净,她没有坐下,而是一腿曲蹲一腿横翘。琴放横翘的腿上,按弦手兼顾着稳住琴身。这也就是色诱属中练过单足舞的谷生、谷客才能保持这种姿势。然后只见葱玉妙指轻轻撩拨,一曲《刀过野》从指弦之间流淌而出。周围所有人立时觉得处处刀光剑影、杀气森森,无尽危机如重重波浪翻卷不息。

西北方向逼近过来的那六七个人止步掩身后再也没动。

东北方向过来的人听到琴声后也都立时停住了脚步。他们停住后分散得很开,举手投足间聚力蓄势,所持姿势攻守自如。由此可以看出他们个个艺高胆大,个人技击能力都极强,属于江湖高手的层次。这同时也说明了另外一点,这群高手在搏杀之中的相互配合关系是很粗糙的关系。但也有可能他们是有着自己不够正规的阵势,是些很实用的野路子。

南边草树后面的那群人不知什么时候就在那里了,但这么多人却是最后才被发觉的。可见他们规矩森严、组织严密,这么多人的行动便如同一人。

在没有接到指令前，暗伏不动的他们可以将自己融为这山山水水、草草树树的一部分。所以这些人的个人技击能力并不一定最强，但他们却是最稳、最沉得住气的，自我约束力和团体协作能力是其他两路人以及齐君元他们无法相比的。

七步迷

《刀过野》弹奏到第三遍时，西北方向终于有个人走了出来。此人身材消瘦，但身板挺得笔直，行走时所挟带的气势就如同一座移动的尖峰。

经过一处还未熄灭的火苗时，那人停住脚步掸了掸身上的灰尘，这也许是为了显示双手之中没有武器。然后才继续以很稳重的步伐径直朝齐君元这边走过来，就像许久不归的游子走到了自己的家门口。

当这人走到齐君元用碎砖、断木做下的设置前，他再次停住了脚步。先左右看了下，然后侧跨两步度量了下，再蹲下来朝几个不同的角度瞄了几眼。

几个简单步骤做完，尖峰般的高手挺直身体微微一笑，朗声说道："'七星龙行台'，是从匠家的'大石龙形绕'变化而来。不错，能将一个惑目障足的布局改造成伤人的机关。可惜的是此改变摒弃了最为玄妙的天机理数，做成了不入奇门、不合遁甲的无灵性设置，只算下乘之作。"

齐君元没有想到，自己以为很独到的布局，被别人一眼就看出了出处和用处。对方主动显身，明贬自己所设布局。这是在叫阵自己，更是在叫阵此处所有不同来路的对手。

"见笑见笑，我突生童心随便叠了几个碎砖堆，没想到其中还有这么多的说法，哈哈。"齐君元说得有些勉强，笑得有些尴尬。

"你不是童心而是用心，是已然知道了我们有七人，所以才布下'七星龙行台'。我们不管从哪个位置走入，都会是七步迷障。然后往哪边看都是自己的伙伴，完全找不到正确方向。而且眼中可行之路都会触碰到你叠起的砖堆。那些砖堆为何会摇摇晃晃似将倾倒，是因为砖块之间垫藏了器物。

只要碰触到了，立刻便会七星飞散，砖击局中之人。而且任何一个台墩或城架倒下，都会七星飞散。因为一堆砖中肯定会设置一块用来触碰启动另外一堆，这样接连动作，便如龙行水波龙尾连续击起的水柱。不过我瞧你设置的砖块都只能伤胸腹以下，既无一击即死的力道，也不针对死穴要害。所以你的做法不但是丢掉了天机理数，而且还缺了一个'狠'字。"那尖峰般的人已经将齐君元的兜子分析到关节细末了。

"你我从未谋面，无冲无伤，无冤无恨。下个'狠'字，从此两仇以对不算误会也是天难，何必呢？我们几个只是误入此火场，不想惹祸及身，下个路挡儿唯求个安行退离而已。"齐君元的话不卑不亢，一点没有自己的设置被看穿后的慌乱。

"想走？先把拿到的留下再说！"一声喝喊嗡响如雷，让人不禁耳朵发背、头皮发麻、心脏发紧。

所有人都朝声音发出的方位看去，那是一个兀自在燃烧的椿树，枝叶全无，只余下树干依旧燃烧，就像一个把子大、火头小的火把。燃烧的椿树肯定是不会说话的，说话的人站在树干的背后。

"你要的是什么，我若捡到给你就是了。"齐君元声音变得柔缓，但一字一句蹦出的劲道却是不让那说话声分毫。

只一步，从椿树后面闪出一个魁伟身影。看不清面容，却看得见他一身江湖人的青色劲衣。多条宽皮带缠胸裹腹，带扣、带兜插满小刀、钢镖，完全是准备一场大战的装备。从这人出现的位置来看，他应该是从东北面进入火场的那群高手的头领。

两边的主事人已经显了相，说明这两路人为了达到目的已经抛却全部顾忌，今夜不拿到东西绝不会罢休。可他们都想要的是件什么东西呢？

"先来一步，必有所得。你把东西放下，然后只管走，有拦阻的我替你挡了。"青色劲衣的大包大揽，那感觉是他已经将此处局势完全控制在自己手中。

"呵呵，从我这方面讲那是肯定没有问题的，不要说捡到什么东西，就是把我身上所有的东西给你都没问题。只是一则我真不知道是什么东西，再则就算把我囫囵个都给你们,恐怕还得别人同意才行。你的嗓门是挺高,但在这里还真不是你嗓门高就能做得了主的。"齐君元的话说得一点不客气,甚至带有挑衅的味道。因为他知道自己这几个人是无法应付三面力量中的任何一路,就算有哑巴躲在暗处偷袭也不行。所以现在只有将那三方面给挑斗起来,自己这几个人才可能寻到机会脱身。

齐君元这话不但让青色劲衣的人愣住,就连西北方尖峰般的高手也显出些茫然。这情形说明他们到现在都没有发现南面草树阴影中的第三路。

第三路人马始终没有人露面发话。但就在齐君元半威慑、半提醒了另两路人马后,那边开始影形绰动,看情形是在采取行动。而且意图很明显,是要雁翅形展开,对那两方面形成合围,主动掌控全局。

"草树月影遮南强,一语即刻入杀场。"齐君元立刻用江湖黑话点出南边草树之后还隐藏着强手。他不会让第三路人的行动得逞,因为他不想任何一方掌控全局,只有三路力量均衡,造成混斗。那样自己才有机会带走这些雏儿和活宝,对了,现在还多出个疯子。

那两路人都是久走江湖的高手,江湖黑话、话里带话无不了然于心。虽然南边那些人经过严格训练,隐藏后的自我控制力不在离恨谷高手伏波时的隐忍力之下,可以做到从气息到身形再到声响都没有太大变化。但在齐君元暗话的指引之下,那两路高手立刻发现南边的异常。于是瞬间人形起伏闪动,步法迅疾转移。两路人都各自抢住恰好的位置,压制住南边第三方有利的行动角度。

已经到了这个份上,再躲着藏着就很没有意思了,所以南边草树后面要再不出来个人就显得有些市井。人出来了,走出一个人不说明什么,但如果走出的人身上释放出杀气,比秦笙笙的琴声更为狂悍的话,那说明的问题就多了。而且这个人身上不但有杀气,好像还沾附着冤魂气息、妖魂气息,人们只需多看他两眼,便会觉得是亲眼见到了商纣时烫死人的铜柱炮烙。

秦笙笙的琴声没有停止,依旧是《刀过野》的曲子,这已经是第五遍的开始。但也是从这一遍起,曲调变得沉稳、缓和了,曲意也变得残酷、冷漠。这是将激情之杀变成了决意之杀,如同一把疾砍的快刀改成了慢慢推进，缓缓切入脖颈，渐渐压进皮肉。让被杀的人亲眼看着自己皮肉破绽、血液喷溅，让被杀之人真切感觉自己气息开始断续、衰弱。这样的一首曲子，回荡在处处残火、满地死尸、焦骨蜷缩的环境中。让人从最初鬼魂贴身、利刃刮面的错觉，变成了尖刃触心、恶鬼附身的真实体会。

秦笙笙真的是个杀人的天才，别人也许三年都无法适应的杀气压力，她只用几遍曲子的时间就适应了。不仅是适应，而且遇高越高。她很快将自己的意念、心力投入，将自己琴声所挟杀气提升到一个更高层次，同时将死气弥漫的氛围变得更加肃杀。

四个方向四个领头的人，只有齐君元是坐着的，也只有他想置身事外。

"各位都是江湖上的明眼人，应该看得出我们身在此地根本就是误入。如果真是来找什么东西的话，我们肯定会悄没声息地去做，这样大大咧咧地那不就成了傻瓜吗？而且你们看看，这地方烧成这样了，还能找到什么东西？要我说呀，东西应该是被烧毁上德塬的强人抢走了。你们应该去追查那些人才对，而我们几个人是绝对不具备屠庄能力的。或者找找此处尚存的族人，他们说不定可以告诉你们要找的东西在哪里。"齐君元很巧妙地将矛盾过渡到别人身上。

西北方向尖峰般的汉子也再不多说一句话，他是在静观东北方那个凶悍的青衣汉子和南面"铜柱炮烙"之间是怎样一个争斗。此人虽然没有置身事外的打算，但做法却和齐君元有共通之处，就是设法让那两方先相互消耗，然后自己做举手得利的渔翁。因为他这次携带的手下太少，与那两方正面争斗是很不明智的。

"来者是一江三湖十八山的梁总把子呀。不知尊驾此来是为南还是为北？""铜柱炮烙"的声音如铁锤击铁砧。

"原来是大周御前特遣卫的薛统领啊，你带着鹰、狼队越界至他国境内，不知如此冒险为公还是为私？"青衣汉子的声音就像浪击砥柱。

听对话内容，这两人竟然是认识的。但从语气上推断，他们相识的过程并不愉快。但建立在敌对双方基础上的了解，有时比真正的朋友更有深度。

"楚地今已无主，所设节度使职为大周编录，我又是如何越界入他境？

倒是梁大当家渡水翻山走得远了些。""铜柱炮烙"般的薛统领口齿也铁打铜铸一般。

"我们这种凭手做活儿、脚行道吃饭的人也是实在没办法，要不然也不会常常麻烦薛大人费心费力纠难不息啊。"用牛皮条裹住自己的梁总当家就像块又黏又韧的牛皮糖，让铁打铜铸的口齿都无法随意咬嚼。

"凭手脚吃饭没错，但不能不带脑子。以往你们走暗道南运北送地发些小财也就算了，毕竟不为国之大患。但这一趟没有小财只有大祸，劝你还是收手罢休了。往后我让关隘之处给你开些口，你就此回去用心将小财做大，没必要在这浑水中找金子。"薛统领的话是威胁也是让步，威逼利诱的目的很简单，就是让梁大当家放弃眼下正在做的事情。

只是凭这几句对话，齐君元已然知道这两个是什么厉害人物了。

且不说这两人是大大的有名，官家、民间没几个不知，就算是没太大名气的低调之人，只要具备某种实力，或者有特别的身份、背景和社会关系，都会成为离恨谷刺客的了解对象。所以有人说一个顶级的刺客除了刺杀技艺之外，还必须成为一本时势百科书。必须了解到官家草莽的现时状况，掌握黑白道各阶层重要人物的具体情况。这些信息可以让他们在布刺局、行刺活儿时清楚什么可利用、什么是忌讳。

所以齐君元很自信地断定，凶悍的青衣汉子是一江三湖十八山的总瓢把子梁铁桥，"铜柱炮烙"般的头领则是大周御前特遣卫的头领之一薛康。

几乎同时，西北方向尖峰般的汉子也做出了同样的判断。

第六章　最危险的攻击

故敌对

一江三湖十八山是个江湖组织，也代表着一个范围，它涵盖了长江两岸太湖以北直至淀山的大片区域。这区域内所有绿林道都由合意堂总瓢把子梁铁桥统管，总舵设在江中洲。

梁铁桥这个总瓢把子是用一把割缆刀硬生生打出来的，据说他初出道时最厉害的招数就是一记"以命换命"。按照常理，所有打斗拼杀之人都是为了能保住自己的性命毁灭别人的性命，而保住自己的性命才是毁灭别人性命的前提，所以在实斗之中都不敢以命相对。但这恰恰给了敢拼命的人制胜的机会，只要对手稍一迟疑和退缩，反会让"以命换命"变成了以伤换命。

梁铁桥所受重伤、轻伤无数，但他每次都能挺下一条命来。而几乎无人能在他手下留住命，因此他理所当然成为一个大帮派的总瓢把子。另外就算再平庸的刀客，在受过无数伤、要过无数命之后都会将自己修炼得所向无敌，不用换命就可以轻取别人的性命。所以他也理所当然成了天下顶尖的用刀高手。

大周御前除了战争实力最强的禁军外，另外还设有四卫，分别是带刀卫、内护卫、警防卫、特遣卫。禁军由殿前都检点赵匡胤和校检司徒赵弘殷共管，而赵弘殷正是赵匡胤的父亲，实际上就是说，大周的禁军全掌握在他父子两人的手中。

御前四卫则由赵匡胤兼职独辖，其中最厉害的便是专门负责外出处理特殊问题和事件的特遣卫。特遣卫又分四队，其中虎出林、豹跳岩两队由赵匡胤之弟赵匡义统领，而狼漫野和鹰击空则由薛康统领。

这薛康和赵匡胤是世交，都是军家出身。薛康的父亲与赵弘殷在后汉共事时官职为禁军总教头，所以薛康家传的技击之术少人能敌。而且薛康在接手狼、鹰两队后，每次必亲出皇城、身先士卒，以己身抢行险事。这就让他磨练出了一身江湖人的阴险刁狠，将他已然出神入化的家传技击术使用得出人意料、防不胜防。

梁铁桥和薛康的冲突已经有好几年了。其实从个人角度来讲，他们是英雄惜英雄，相互很是佩服。但一个人在江湖身不由己，一个职责所在势在必行。所以有些事情他们都必须去做，而且还必须做好。官家、匪家本就是天敌，他们各自的身份注定他们要成为对头。

五代时，常常出现连年兵荒马乱的现象。更多人为了生存，都投身到梁铁桥的帮派下，吃江湖黑道饭。同样也是因为兵荒马乱，富户越来越少，靠打家劫舍已经无法维持梁铁桥那个庞大帮派的运作。所以帮中众头领商榷之后，梁铁桥决定利用自己帮众布及范围广的优势，在大周、南唐、北汉三国之间贩运、贩卖私货谋利，以便维持帮众生计。他这种做法受损最大的便是大周，从地域上看，大周横亘在南唐和北汉之间，这两国货物入大周境或过大周境他们都是有大量税银可收的。梁铁桥贩私，逃避税银，这就相当于从大周国库中夺食。更何况大周近些年还刻意限制了一些货物向北汉流通，以便为下一步的宏图大业做准备。而梁铁桥所为打破了这些限制，影响到大周多种计划的实施和进度。

一江三湖十八山辖下帮众贩卖私货的事情，大周南北边界守城官吏都有奏折送至兵部、户部。当时周世宗尚未继位，太祖郭威病重，所以这等民间

第六章　最危险的攻击

匪盗之事赵匡胤便全权做主行事。赵匡胤知道这种帮派跨几国范围，要么不打，要打就要双管齐下。堵路断行，同时还要直接进逼总舵。但对付这种草莽组织，调动大批军队不值当，而且军队围剿也不一定能达到预期效果，反会引起邻国的猜测和戒备。于是赵匡胤决定派遣薛康带鹰队、狼队出击，采用寻踪追迹、疾速暗袭的剿灭方式。

薛康与梁铁桥几次对抗纠缠后发现，这个草莽枭雄不是自己想象中那么容易对付的。首先来说，梁铁桥不是个莽撞无脑之人，他手下帮众遍布各处，包括官府之中也有他的帮众或他买通的耳目，所以消息灵通，很少有被鹰、狼队堵住的情况。往往鹰、狼队还未动作，他们便早早避开。另外梁铁桥手下虽然不乏高手，但他们帮派规矩中明文规定不得与官家人动刀枪。所以那些贩私货的队伍一旦遇到鹰、狼队，马上弃货逃跑。薛康自从接到这个任务后，便一直东扑西追，根本无法触及梁铁桥的痛处。既未能把所有私货暗路堵住，也未能寻踪觅迹找到他的老巢。

但薛康也不是善与之辈，连续失利后的他亲自带队潜入南唐，在长江二十八渡暗渡设铁锁横江局，断了梁铁桥两条最为重要的私货通路，并相继毁了这两条通路上的三个分舵、十三个据点。

可是没有想到的是，梁铁桥在遭此重击后将计就计，在一批货物中暗藏毒水蛭，然后故意被查出，以此毁掉鹰、狼队一百多名特遣卫。同时他趁鹰、狼队遭受重击混乱之际，明目张胆地从他们控制的渡口下手，夺了吴越国进奉大周的皇贡。

但皇贡并非可以抢的财富，有时候它会成为一个大祸害。就因为兵荒马乱、盗匪四起，大周在驮运皇贡的车辆上暗中都装设了"车行子午漏"，只要车子一动，车辕便将漏口打开，然后定时落下一滩细沙。薛康就是循着这些细沙找到了梁铁桥江中洲的总舵，那一场昏天黑地的大战双方战了个平手。鹰、狼队占装备、阵势先机，群战群斗让一江三湖十八山无从抵挡。但一江三湖十八山高手众多，个人技击术高强，又熟悉环境、机动灵活，所以偷袭、水战、芦荡战让鹰、狼队吃了大亏。

其间薛、梁二人先后照面两次，但都未出手交锋。只凭言语搏杀、气势争斗他们就已经清楚谁都胜不过谁。

此战过后梁铁桥便在江湖上销声匿迹。这个一江三湖十八山的总瓢把子觉得总舵处已不保险,于是将帮中事务交与他人。自己带着一些得力可靠的高手奔了金陵,成了南唐韩熙载府中的秘密宾客之一。

但贩卖私货之事却没有能禁止,反而愈演愈烈。不但一江三湖十八山的帮众为囫囵嘴肚提命冒险,而且有更多的寻常百姓加入这样的队伍。

赵匡胤审时度势后也撤回了鹰、狼队。因为他可以对江湖盗匪、草莽贼寇下手,却无论如何不能对求生存、养家小的百姓下手。同时他也悟出了一个道理,如果自己不剿灭梁铁桥的一江三湖十八山,那么这个帮派的存在其实可以在国法之外另成一套规则。这规则虽然与国法有相对立的利益之争,但它也是对国法不足之处的一种弥补。现在失去了这个规则,私货贩运反变得不好控制了。所以当自己尚无法全盘控制局面时,应该让出部分利益给别人,让别人为了抓住这点利益去替自己管理局部。等自己完全有能力掌控全局时,可以先收回别人管理局部的能力,然后再收回属于全部的利益。这样不管别人愿不愿意,他都已经只是被利用后抛弃的棋子而已。

之后的一段时间里,赵匡胤便很好地运用了这个道理,利用别人给自己打下基础。而当他自己的基础成为高屋大宇后,他便收去打基础那些人的锤凿,以免他们再将高屋大宇的基础刨挖掉。

"薛将军,如果早些日子你对我许下这条件,我会感激万分。但现在说这话便显得将军你幼稚且无德。给我鱼骨,骗我让你肥豚,答应了你我岂不是被世人笑话。再说了,我现在已不再行江湖闲事,和将军一样,为明主效力,图求个世代功名正禄。"梁铁桥其实做过一番思想斗争才这样说的,因为薛康所许条件是即刻就能见利的,而且对整个一江三湖十八山数万帮众都有好处。

"既然梁大把子这么说了,那我就不与你啰嗦了。虽只少时未见,未曾想你如今已经不是做主的人了。也落得和我一样,浮萍所向随风意。不过你我之前还欠着一个对决未分高下,眼下这各自为主舍命奔波的事倒是给你我一个决胜负的机会。只是要提醒你,这种涉及一国兴衰的大事情,算不上浑水，却是个深渊。你别最后连点鱼骨都捞不到，反倒是莫名其妙地吞下只鱼钩。"薛康所说真的是别有深意，这也就是久经官场的人才能说出这番比喻。

旁边认真听两人对话的齐君元心中一动，薛康鱼钩之说让他突然有种异常的感触。自己擅长使用的是钩子，那么一个会用钩子的人会不会被别人也当做一只钩子？

"将军良言好意我谨记，为此在分胜负、决生死时我会放你一手。"梁铁桥故意装出一副慷慨豪情，但心中却为薛康所言震荡不已。"不过此时此地能出手对仗的可不止你我，别人家以逸待劳坐观虎斗，最终胜券操于谁手不可预料啊。"

齐君元听梁铁桥说到这话，马上抢言道："不管还有哪个别人家，都不要把我们算进去。我们几个就是路过此地误入火场，你们给条路，我们就此离开，只当没来过这里。"

没人理会齐君元，梁铁桥更是如同没听见似的继续自己的话："江湖中人都应该知道'离恨谷'、'易水还'、'三寸莲'，这是最为顶尖的三大刺客组织。'离恨谷'用的都是怀仇普通人，'三寸莲'则全是女家，只有'易水还'用的都是精挑细选的好坯子，从形从心都是一流的。'渐离击悲筑，宋意放声和。荆雄一去兮，易水望之还。'这'易水还'所以出名，是因为它传承了易水三侠荆轲、高渐离、宋如意的绝世技艺。技击术以长剑短匕为最强，而且擅长奇门之术。历代君皇最忌刺行，特别是'易水还'这种技有独到、艺有独成的门派，而且门中祖师就曾对君皇行过刺局。所以只要知道他们的门派所在，必定重兵、高手纷至，剿杀驱赶不止。据说自武周以后，'易水还'就只能藏匿于西南高崇深壑之中。但如今蜀国孟昶承帝位后，设'不问源馆'，招天下贤士能人，不拘出身祖源。因此网罗了一帮奇人异士，其中便有'易水还'仅存的几位高手。"

借掣肘

"好了好了，不用再旁敲侧击的。在下确是'易水还'中'高流脉'的丰知通，梁总把子又是如何认出我根本的？"西北边尖峰般的汉子打断了梁铁桥的话头。他的语气冷森森的，就像口中含着冰精。他的身板挺得笔直，直得就像一把淬火打磨好的钢剑。既然已经被人看透身份，既然已经没有做渔翁的可能了，那么他表现出的态度就是决意加入战局，丝毫不怯惧随从帮手众多的梁铁桥和薛康。

"丰知通？没有听说过。"薛康说的是真话。

齐君元知道薛康说的是真话。丰知通应该和他自己一样，如果名号人人皆知的话，那他现在应该已经是一个死去的刺客了。

齐君元知道梁铁桥说的也是真话，他听说过"易水还"，此门派名字的含义是要从易水边一去不归的壮士回还，也有还原易水边三大侠客绝世技艺的含义。"易水还"下有三个支脉。"高流脉"，其技以承高渐离为主，除刀剑的使用外，还会奇门遁甲、惑目乱音之术。"荆命脉"，以荆轲刺技为主，擅使短匕攮刺，另外，对机关暗器别有心得所悟。《孰侠孰刺我辨》中甚至将这一脉列为坎子行中除鲁家、墨家之外的第三大家。"宋意脉"，以宋如意之技为主传承。此脉擅长异形兵刃，还有就是对驯养驱动怪兽、异禽、毒虫有着秘传。

"我并不知道如何辨别'易水还'的高手，但是刚才尊驾对那几堆石头的一番辩说，让我想到天下能有此技者也就四五家而已。然后又见你所带随属之中竟然有个身披铜甲的巨猿，试想既通奇门遁甲、机关暗器之道，又懂驯用兽子，除了'易水还'中高手，还会有谁？"梁铁桥再次证明他是个思维缜密的江湖枭雄。

"梁总把子果然思精目锐，现在我已认下了，你又待如何？"丰知通腰背挺得更直，言语也更加冷峻。

"他又能如何，就算能如何也不值当。自己想要的东西已经被人家抢先一步得了，总不至于我们这些没得到好处的在这里血斗一场自损实力吧。"薛康的话很有道理，他们几个确实没有理由发生冲突，至少现在没有。

"对了，各家还是退去的好，无事便是有福。再说了，你们三家争斗下来，那是个转圈的循环局。大周鹰、狼队擅长以阵势群战群斗，一江三湖十八山相斗下来要吃些亏。蜀国不问源馆却不惧，他们有铜衣巨猿突破，可以冲散鹰狼队的阵势。但不问源馆面对一江三湖十八山却要吃些亏，因为梁大把子带的都是江湖高手，个人技击能力强，人数又多，各自为战、辗转灵活，巨猿的冲击对他们无效。而不问源馆的随属也都是高手，和梁大把子所带手下差不多是同样的特点，这样一来就会输在人数上。"齐君元坐在那里有条不紊地叙说着，所说内容在秦笙笙杀气贲张的琴声伴奏下，恍惚间给所有人展开了几场杀戮的场面。

"你说漏了一方，没把自己算进去。不管我们相互间怎么纠缠争斗，你这一方都会是我们共同的目标。即便你们真是过路的，但刚才我们的话你听得也太多了，稍加揣测便能窥出不少秘密。贪念是人之常性，如再增加你们这一方争夺，哪怕只是惊扰搅局，也都会对我们之后的行动大有破坏。而且眼下形势显现，你们是最有可能得到此处东西的一方。所以我们三方面动手还在其次，先拿下你们再解决我们之间的问题才是正常顺序。"丰知通真的很厉害，他几句话就将矛盾调转到齐君元身上。

薛康和梁铁桥都是江湖上的人精，稍被提醒便知道利害所在，于是全将目光瞟向了齐君元。

齐君元的心提吊了起来，堵在咽喉，让他感觉气息透不过来。但气息的憋闷却没有影响脑子的飞速运转，而现在也只有凭借脑子的运转才有可能摆脱困局。

目前的形势是齐君元未曾料到的，如果不能巧妙应对过去，最惨的真的会是他们这几个人。薛康那边人数众多擅长群斗，可以说是一群恶狼；梁铁桥这边人数也不算少，而且很多都是江湖中的高手，可以说是只猛虎；丰知通虽然人数少些，但个个都是一流杀手，是杀是退都机动灵活，可以说是只凶豹。所以在这三方力量的围困下，自己必须做一只狐狸，能吓住别人也能一口咬断别人喉咙的狐狸，只有这样才可能保住自己这几个人的周全。

"呵呵，别人我就不说了，就你丰知通这点道行觉得自己能拿下我们来？我一个'烽火连折御'你硬是看成了'七星龙行台'，而且还不知自惭地和'大石龙形绕'牵扯到一起。你要是有胆量试着往前再走两步，看看能否从搭连枯木上跨过。"齐君元此时将气息沉稳收敛，说话的节奏配合着《刀过野》的琴音，真如利刃锋芒划空而过。

"还有你带个像人一样走路的铜衣巨猿又能如何，难道我们就没兽子吗？我知道你的巨猿藏身何处，你可曾看出我的兽子藏身哪里？"

首先齐君元说谎了，丰知通辨出的"七星龙行台"没有一点错。但齐君元故意扭曲为"烽火连折御"，从而打击丰知通的信心。而且眼下这种局面他估计丰知通绝不敢和自己较真，亲身去试一下到底布的是什么坎面（机关布局又叫坎面）。因为此时除了自己，处境最危险的就是丰知通那方面。另外，齐君元也不会给他机会去确认自己的谎言，因为紧接着谎言之后他又说了个大话，这大话立足于哑巴那条神狗穷唐。虽然明明知道穷唐并非《山海经》中的怪兽穷奇，体型、力量、装备都是无法与巨猿相比的。但是有这样一个兽子伏在暗处，就算它什么事情都不干，还是会给这些提着心也提着命的人很大威胁。

就在齐君元很傲然地问丰知通看没看出自己所带的兽子之后，一种怪异的嗥叫突然从火场上飘过。那声音五分像狼嚎，五分像鬼哭，但有见识的人会觉得更像狗在哭。不过狗哭和鬼哭应该区别不大，据说狗只有在见到鬼的时候才会发出哭泣声。随着嗥叫，隐约可以觉出火场的外围有条暗影如墨电直窜横飞而过，形状像兽子，速度像非同一般的兽子，而奔行的方式应该是从未见过的奇怪兽子。

按道理说，不管是兽子还是鬼魂，都吓不住在场这些刀口舔血的豪士狂夫的。可奇怪的是刚才那嗥叫声让所有人都不由自主地心中发虚、脑后发寒。这主要是他们没人辨别出这嗥叫声是从哪里起，在哪里止，只是绕着整个火场在回响、在飘荡，又好像一会儿在地下，一会儿又在天上。

随着这声悠长的嗥叫，丰知通身后也传来两声短暂的暴吼。但是懂点兽子性情的都能听出来，巨猿发出这样的暴吼是威慑、是壮胆，是害怕其他更为凶狠的兽子靠近自己。

到此为止，丰知通应该是心中触动最大的一个。本来他以为齐君元那边是个好捏的软柿子，想挑动另外两方随便谁去把他们给尽数灭了。这样对抗之下一方灭一方损，自己所处的状况便能发生改变。但他没有想到齐君元非但不是软柿子，搞不好还是个咬不动的铁核桃。特别是他那边兽子发出嚎叫之后，自己所带铜衣巨猿明显表现出的畏缩，让他感觉自己今天走眼了。或许现在在场的四路人中，真正掌控局面的是那几个坐不像坐、站不像站、躺不像躺的人。对了，特别是那躺着的，到底是人还是尸？可不管是人还是尸，都不该倒拎着两条腿不放啊。这肯定是一个预备好的兜子，可自己搜尽心中所学所藏，就是找不到一个与此相近的兜子。不知则无破，无破又如何能胜？虽然不清楚梁铁桥和薛康那两方是如何的反应，但自己恐怕不是这一方的对手。

"丰大人，如果你的巨猿失去了战斗力，你觉得鹰、狼队会就此放过你吗？"齐君元并没有完全把握确定刚才的怪异嚎叫是穷唐发出的，也判断不出巨猿紧接着的两声暴吼是出于什么情况，但他却知道铜甲巨猿现在对于丰知通的重要性，所以拿巨猿说事应该可以给对方造成更大的压力。

"我为什么一定就不放过他？为什么不能联手不放过你？"薛康说这话倒是出于真实想法，因为他也开始意识到齐君元这方面不容小觑。而不能小觑且无法摸清其来路之人，往往会成为最可怕的后患。

"不知薛将军想过没有，如果我的兽子能克住巨猿，又怎会冲不散你鹰、狼队的阵势？还有，我要是在这火场之中布下个惑目的大场子，或许难不住他们那两边的江湖高手。而你所辖这些兵营、习所训练出的官家杀士，肯定是难以适应这种搏杀环境的？再有，你不会幼稚到以为那两方面的人是可以合作的吧？我可以用脑袋和你打赌，如果真的处于那种环境下，那两方面的人肯定不会放过任何对鹰、狼队下黑手的机会。"齐君元说的话语重心长，在秦笙笙琴音的伴奏下，句句如刀，全戳在薛康的痛处。

"你能下得了什么惑目的大场子？不要说我们三方面的人了，就我和我手下兄弟一拥而上，你们恐怕连出手的机会都没有。"梁铁桥思前想后筹算了许久，觉得三方面力量中能对付齐君元的只有自己。

齐君元微笑着，因为话说到这里，他已经非常清楚局势几何、纷争何处。抓住了关键点，也就找到了活命路，所以他已经有九分信心平安顺利地带着大家离开，离开这个到处是枯尸的焦臭的火场，离开这个被三方秘行力量围堵的困局。

具备这样的信心倒不是齐君元有多大的能耐，而是因为那三方的对手太多疑，他们之间也绝不可能形成合作关系。于是他很从容地回头朝范啸天看了一眼。

目悚然

范啸天一直都竖着耳朵听着齐君元说话，当然明白这一眼代表着什么意思。想都没想，宽大外袍一扯，衣襟提拉向前，同时袖管内烟雾乍起。很快，一个远山近关、密林森森、鬼火闪灭、烟雾缭绕的幻景出现。远山是"桃止山"，近关是"鬼门关"，密林是"锁魂林"，这是阴曹地府五帝东帝神荼的治区。

范啸天到底是王炎霸的师父，这一出手就看出了明显不同。范啸天此幻境中采用了"琉璃光耀"、"磺沙烟雾"、"子夜墨线"、"梦纱画挂"四种技艺，使用的器具也不同，王炎霸是琉璃孔明灯，而范啸天是用的一件球形琉璃盏。也只有这样多重技法并用，再加上绝好机械，才会出现如此大范围的幻境。其实说白了这所有一切就相当于现代的魔术表演，是利用了器具设置、光影变化、图像替代，以及视觉误差等手段营造的一个虚假环境。但问题是进入到这样的环境中，如果不能看出其中的窍要，知道虚实明暗之分，找到布设者掩身位置所在，就算是顶尖的高手，也只相当于把自己的性命往别人的刀口上送。如果是在预先设置好的范围或者在特定的地点和位置，吓诈属的高手还可以将多个幻境综合运用。这样的话就连藏在幻境中出手杀人的血爪也免了，只凭无尽幻相就可以让陷入其中的人累死、吓死、急死。

秦笙笙的琴声已经停了，她也为眼前这番景象感到惊异、震撼。

突然出现的地府鬼界景象因为琴声的突然止住而显得更加的沉寂、森然，火场中已经掩入灰烬的红色暗光若隐若现，映衬得环境和气氛更加的阴

第六章　最危险的攻击

惨。偶然一记火栗子的迸爆，那突兀的声响让人心颤不已、神魂难定。而爆起的团团火星更如同鬼王吐火，四散飘开，无法看出其中夹带了什么。

梁铁桥眼眉微皱了一下，然后果断地将手一抬，顿时间断墙、残垣、土坎、草丛一下冒出许多身手矫健的身影。从他们的行动路线上看，是想从几个点同时冲入幻境之中。

"嘣！"一声轻响，听着就像又有一个火栗子爆开，但这次人们没有看到四散的火星。

梁铁桥蓦然止住了脚步，在他身旁有个未能烧尽犹然带些火星的木柱，而木柱上此时却多长出了一个新鲜的笔直的枝杈。只是那枝杈如果不是长在木柱上而是长在梁铁桥身上的话，那么梁铁桥的生命肯定会像那即将燃尽的木柱一样。

梁铁桥谨慎地伸出手，去轻碰了下那根枝杈，确定那是一支仍微微抖动的大尾羽短头箭，这是一种适合快机小弩连射的箭支。很明显，暗中射出此箭的人只是要给自己一个警告，否则就算那人远射的准头不足，也至少可以朝自己这边连射五支以上这样的短箭。从这短箭飞射的短暂声响判断，射出点距离自己的位置不算太远，也就是说，暗藏的射手是在自己可发现的范围内。但自己偏偏没能找出那射手的所在，这一点让梁铁桥感到难以置信，更感到心惊胆战。

"嘣！"这次响起的是清脆且清晰的弦音，紧接着就是利器破空的呼啸声响。呼啸声是在一个轰响声中结束的，那支飞行的利器竟然是将半截断墙射得散倒开来。砖石乱飞的断墙恰好阻住了三个试图冲杀进幻境的迅捷身影。

只凭声音，梁铁桥就已经可以辨别出那是一支普通的铁头硬羽竿箭。楚、唐两地的猎户常用这种箭支，蜀、南汉的军队里也大量使用这样的箭支。但刚才那箭与一般箭矢不同的是破空声沉闷，缺少尖锐的撕裂感。所以应该是将尖刃形箭头换成了圆砣头。

圆砣头的羽箭用强弓大力击射，是专门用来对付身穿重甲之人和粗皮厚肉猎物的。因为尖刃箭头很可能在射入的瞬间发生折损，而这种箭矢是将锐利地射入改成了大力地撞击，可让有厚重保护的目标的内腑震伤而亡。不过射出这种箭矢的弩一般要达到六石以上才能奏效，弓的话必须达到七石上。这样的力道如果换成尖刃头，足以洞穿虎豹的身体。但箭的厉害还不是梁铁桥最为畏惧的，眼下让他感觉心中发寒的事情是这支圆砣头羽箭射出的方位和刚才的快弩短箭不同，这就意味着此处厉害的射手不止一个，而且这些射手的匿身位在哪里他都无法找到。

"行了，梁大把子，看来你真是非常固执的一个人。即便这样，我还是觉得没有必要让你做出蠢事来。所以还是把利害关系说给你听了你再决定动不动手。"地狱的幻境中传来了齐君元的声音。"你想过没有？当你的人全进入惑目的大场之中后，根本无法迅疾采取行动，必须是在仔细辨别下缓慢行事。如果这时鹰、狼队将所有狼牙短矛和挂链鹰嘴镰飞掷入幻境之中，我们所在位置还可以见外景伺机而避，你和你的人可就是骨断肉烂的下场。"

梁铁桥的眼皮子和脸颊皮肉在不住地抖动，就像齐君元所说的情形真的可能成为事实。自己总想着这几个不知来路的人可能已经在火场中得到些什么，于是准备抢先下手将他们一举歼灭以绝后患，搜找到自己想得到的东西。同时还可以以此在对手面前显示实力，让其他两路人断了觊觎之念。未曾想冲动之下贸然强入混沌，差点将自己连带这帮兄弟送入死地。

就在梁铁桥进不能进，退又没有借口会大损颜面的时候。突然一个火球如流星般抛飞而来，落入四方对峙的中心位置，剧烈弹跳几下滚入范啸天布设的神荼鬼蜮。

火球撞入幻境，那幻境中燃起几朵火苗，随即茫茫景象上便出现了缺口。这是因为范啸天设置的"梦纱画挂"被烧掉了，而且有了火球火光的影响，"琉璃光耀"也被干扰，导致局部图像消失或变得模糊。

梁铁桥念头一转，身形急动。脚下毫无觉察就已经滑出两步，倒握的割缆刀紧贴小臂下侧。

丰知通则侧矮身形，腰间横插的短剑鞘中抽出半截剑光，他已经看好左边有一段矮墙可以借足，只需在上面横踏一步，自己就能跃过挡在面前的"七星龙城台"，或者叫"烽火连折御"。

第六章 最危险的攻击

薛康身体没有动,但是他的左手拇指却是翘了起来,而这个微小的动作是指挥鹰、狼队准备远距离攻击的一个暗号。

有时候就是这样,如果太过显示自己的实力,那么就会让所有人都把你当做最大的威胁、最可怕的敌人。本来齐君元是想用恫吓的手段以及那三方面相互制约的关系,从而保证自己这边几个人的安全。但是一旦恫吓的假象被揭破,那么被恫吓的所有人都会认为这是个消除威胁、毁灭敌人的最好机会,而相互制约的关系在转瞬间就很自然地变成了共同攻击的关系。

但不管梁铁桥、丰知通,还是薛康,他们的动作只做到一半就都停止了。因为就在影影绰绰间他们突然发现布设幻境的虬髯汉子不见了,而一直提着地上女子双腿的小伙子状态也变了。他完全不管幻境外面发生的一切,只是定定地看着旁边的地面,像是在酝酿着什么。

而更为让他们几个惊骇的是剩余的幻境中出现了一双硕大的眼睛,这双眼睛是一上一下竖着的,目光呆滞,空洞无神,像是临死时瞳孔正在逐渐扩大的眼睛。看不出这双眼睛在盯着谁,感觉又好像这眼睛就是盯着自己。这情形在剩余鬼蜮幻境的衬托下,让人不由得毛骨悚然。

江湖上的对仗,最怕的就是摸不清对方的底细,自踏对方的兜子。其次就是自己在明,对手在暗。而现在对于那三国秘行组织来说,两种情况都是存在的。

虽然齐君元那边的幻境被破,但是他们却没有显出丝毫慌张。刚才的两支箭说明他们至少还有两个暗藏的远射高手。然后被围住的几人中又有一个不见,而且是在瞬间消失的。可是他们处身的范围中根本找不出一点藏身的迹象,说实话,那范围中也真没什么地方可藏。

还有不知从何处显现的眼睛,这是什么人?还是某种惑术迷兜?他们都不清楚。但这双眼睛却告诉他们,对手早就已经有了后手准备,幻境被破完全在他们的预料和设想之中,而后续的应变措施更加邪性、莫测。所以三国秘行组织虽然具备强大的攻击力,却仍是没法从现有状态中找到一点突破的机会。

此时的齐君元其实已经傻愣在了那里,虽然他心脏的跳动依旧沉稳冷静，但思想上却是绝望和无措。凭空突然飞出一个火球，将他已经打顺溜了的算盘再次拨乱了。而这一乱，将意味着他们几个人毫无悬念地走上死路。

这一刻，没人知道自己怎么做才是最正确的。所以大家什么都没做，就像凝固在那里的一群雕塑。

一声哨响划破夜空。听到这哨响，梁铁桥也立刻拿出一段绿竹塞入嘴角，吹出几个短音。然后远处的哨子和梁铁桥的竹哨长短音交错，就像是在对话交流。

"横江哨语，是一山三湖十八山帮派中极为高明的暗语。最初是用在水上船只间的秘密交流，否则风劲浪大相互喊暗话又累又听不清。"秦笙笙悄声告诉齐君元，齐君元心中暗暗叹服，这江湖之大，什么样的巧术都可能有。但不管是怎样的音形暗语，都逃不出色诱属声色之道的涵括。

"知道他们说的什么吗？"齐君元悄声问道。

"这种哨语每隔一段时间就会更换关键语音，所以只能听懂一些平常词字。而且每到一个重要行动，成员之间还会约定新的关键语音，否则他们就不会这样肆无忌惮地当着我们的面进行交流了。"

梁铁桥那边哨语还未结束，火场西北面暗影之中又有人在高喊："万木丛间一座塔。"

那边丰知通一听立刻回道："易水潺潺踏舟还。"

丰知通刚回完，立刻见几条黑影急速蹿纵而出，往丰知通那边赶去。

"不问源馆有援手到了。"秦笙笙的说话声有些微颤。

不舍离

此时的秦笙笙确实心中忐忑，这种大阵仗是她从没经历过的。从杀了张松年逃出临荆县城被齐君元制住开始，她已经体会到江湖的凶险了。江湖是无情，人在江湖，身不由己，生死也不由己。就算你什么都没做，也会莫名其妙地成为别人除之而后快的威胁。

"不是帮手，是传信的，你仔细听辨下，他们在说什么？"齐君元不能

第六章　最危险的攻击

从梁铁桥的哨语上了解到什么，便试图从丰知通的对话上获知些讯息。

秦笙笙果然是非同寻常的耳力。只见耳洞处细密汗毛无风自拂，圆润的耳垂循声而抖，那三四十步开外的交头低语便一字都逃不过了。

"一卷，十三，三尾，二三四，四头，一四五。"秦笙笙将自己听到的报了出来，虽然很清晰很准确，但内容如同天书鬼语，比梁铁桥的哨语更难理解。

"知道了，先退，对上码后朝准点追。"丰知通说话不动声色，而听到他指令的人却立刻相互接应，四周戒备，往来路缓缓退去。

梁铁桥比丰知通走得还要早，他来来去去几声哨语之后，回身就走。看起来很莽撞，完全不管身后是不是会有对手的趁势掩杀。但是等梁铁桥带人走出有一盏茶的工夫后，留在原地未走的其他人才清楚地知道他并非莽撞之人。因为直到此时他那一边才又有四五个身影从砖堆、瓦砾中先后现身，很快消失在夜幕之中。在兵家这叫断后，但江湖中叫"断尾"，这做法一个是可以伏击趁势追杀的敌人，另外，还可以将企图尾随追踪的尾儿解决掉。就算敌人有耐心追上他们中的最后一个，这一个也可能不再跟上前面的大队伍，将尾儿引到其他地方。这种方法是丰知通他们不会的，只有江湖上久走贼路、盗路的帮派群体，才会有这方面的训练和默契。

"薛将军，梁大把子的进退方法倒是不输于你鹰、狼队的兵家路数，而他们江湖上觅踪传信的一套，却不是你能相比的。"齐君元没有揶揄、嘲笑薛康的意思，而是从自己真实的感受而言。其实要说觅踪传信的一套，就连离恨谷也是无法和梁铁桥、丰知通他们相比的。因为离恨谷虽然谷客、谷生遍布天下，但平时都是在伏波状态，没有离恨谷的指令不得露芒。就算获悉到什么重要讯息，也是单线直接和离恨谷联系。然后离恨谷下"露芒笺"或"乱明章"通知到有关人，这中间已经是耽搁了很多时间。所以一个组织的严密性、可控性与反应的迅捷、时机的掌握是会有很大程度的冲突的。

薛康对齐君元的说法没有一点异议，他从皇城内府中出来后与梁铁桥周旋就已经深深感觉到这一点。攻防搏杀自己的人没有问题，但就是在获取讯息和灵活运动上比梁铁桥差了很多。自己的消息都是来自官道，与江湖道相比很是滞后。另外，自己的行动还要受到地方官府和辖管军营的羁绊约束，不能以最快、最直接的方式动作，而且在与地方官府、军营照会的过程中还可能会泄漏一些计划。只有这次自己偷入楚境，寻夺地下挖出的那件东西，是最直接的讯息，最直接的行动。因为这次是一个盗窃官银的江湖飞贼用来换自己性命的江湖道讯息。但是在第一轮失利之后，别人立刻便得到讯息开始了第二轮的行动，可自己却不知何去何从。看来自己是唯一需要继续在此地纠缠下去的。

"薛将军，现在就剩你依旧流连不去，是有何不舍，还是觉得仍有机会？我看了看，能给你的只有这个疯丫头，你想要的话就带走吧。"齐君元说的是真话，他根本不清楚离恨谷指派范啸天到上德塬来是为了什么，自己这几个人是被范啸天半路拉进这趟浑水的。所以火场中捡到的疯女子对他来说没有任何实际意义，带在身边反而是个累赘。而刚才这三路人马中，唯一可能抢在范啸天之前赶到的只有薛康，并且潜伏在暗处将范啸天捡到疯女子的经过看得清清楚楚。但另两路人在的时候他闭口不提与疯女子有关的任何话题，这样看来是心存企图抢到这女子，然后从她身上得到些想要的东西或信息。

"那不行，我师父说这疯女子我们是要带走的，说不定我师父就是要让她做我师娘的。"王炎霸蹦出来阻拦。

"放屁，你小子舍不得是因为我答应给你做媳妇了。"一句闷声闷气的话，很明显是范啸天发出的，但是几个人四处寻找，却没看出这声音发自哪里。

齐君元没有找，这是暴露自己同伴的做法，是缺少江湖经验的白标才会做的蠢事。他平静地看着薛康，用深邃、温润的目光去迎对薛康充满杀气和冤魂之气的目光："你们不要争了，薛将军想要就让他带走。跟着我们颠沛流离只有受罪，跟着薛将军荣华富贵怎么着都吃不了亏。"齐君元所说仍然是真话。

薛康其实潜入火场的时机也不够早，并没有看到范啸天捡疯女子的过程。否则他们那么多的人，范啸天进入火场前遵循条例的仔细查辨，总能发现到些蛛丝马迹。但他进入的时机也不算晚，否则等那哑巴伏波好了，他们的行动也绝不可能逃过哑巴的警觉。所以他到达的时间正好是哑巴在找寻合适伏波位的当口，而范啸天又正好在教训王炎霸。所以让他偷了个巧没被发觉。

薛康滞留不走继续纠缠齐君元，他们的目的并非是要疯女子，他自己也不知道这疯女子是何方神圣。他只是希望能从齐君元他们口中得到些信息，以便确定下一步该怎么做。但薛康没有想到，自己继续的纠缠竟然带来他以前从未有遭受过的屈辱，那几个人你一句他一句就像是在唱大戏，然后把个衣裳不整的疯态女子拿来逗弄他。特别是领头的男子，看起来最是客气，但每一句话都是在肆意地揶揄自己、嘲弄自己，所以薛康很是气愤，所以薛康变得更加冷静。这就是军家出身与江湖出身的不同之处，作为将才，必须是要控制好自己的情绪，不能因为一些羞辱便轻易乱了分寸。两军骂阵，什么脏话没有？这要是不能控制住心理，别说战场输赢了，气都要被气死。

"这女子还是你留着吧。青山常在、绿水长流，但愿以后我有与尊驾单独一决的机会。"薛康说这话真的是心中很不服气。他出道多年，杀伐无数，却从没像今天这样，被一个盘膝而坐的对手侃侃几语就给败了，而且败得很茫然、很难堪。要不是他身负重任，真就打算不顾一切上去和对手真刀实枪地斗上一场。

"我与薛将军好像没有值得对决的事情。你足下是登云光明道，我脚下是草径独木桥，走不到一块儿也碍不到谁。还是各省其身、各全己命吧。但愿此一别再不相见。"齐君元说完这话后站起身来，非常恭敬地朝薛康一揖。

薛康没有回礼，只是手势一打，身形突动，转瞬间便带着他的鹰、狼队消失在黑暗中。那近百人的队伍行动规整得就像一个人，让人不由地叹服不已。

"好了，可以出来了。"没人知道齐君元这是在对谁说话。

范啸天出来了，他是从旁边不远的一块泥地上出来的。准确地说，是一块泥地从泥地上站了起来。刚才范啸天见火球飞来，便知道自己所布幻境会被破。于是立刻侧走几步，掀衣伏地，马上他就化成了一方泥地。

这招法是"惑神术"中的"融境"，是利用身上所带的多层特制装束，将自身与周围环境实物融为一体，让别人无从发现。此技法不属吓诈属，而是范啸天从唐代书籍《民九艺》中揣摩出来的。《民九艺》记录的是民间下九流的一些技艺，其中包括古代戏法。而"惑神术"有很多手法技巧都是和戏法相通的，再与吓诈属技艺巧具相结合，运用起来便真如神鬼显世。

就连王炎霸都从没见识过师父的这门技艺，所以范啸天一下从平地上土遁般失去踪迹后，没有江湖经验的他惊讶地瞪着眼在消失的位置找寻，全没想过这会暴露自己师父的藏迹。但他这样的错误行为反倒是让那些多疑的江湖高手误认为是在布设什么特别的设置。

爬起来后范啸天有些不好意思："我不是害怕躲遁，而是想掩身偷袭的。齐兄弟应该知道的，对仗之中偷袭是最有效的攻击方法。"

"对，你说得没错，所以乌龟才是真正的兽中之王。"秦笙笙没好气地对他一句。

"这比喻有些不恰当，呵呵，书肯定是读少了。不过女子无才便是德，你读书少了未免不是好事。"范啸天虽然真的非常好脾气，但对秦笙笙夹棍带棒的话还是有些挂不了。他一边干笑着胡乱应承，一边转而看其他人，想把这尴尬的局面转移开。突然，他发现到什么似地大喝一声："你醒了，凑我琉璃盏上看什么呢？"

大家转头看去，原来是那疯女子已经醒了过来。但她躺在地上没起来，而是侧着脸贴紧范啸天扔地上的琉璃盏上往里看，也许是那里面的彩画儿吸引了她。不过这样一来，她的眼睛便通过琉璃盏放大映射，出现在已经破碎了局部景象的神荼鬼蜮幻境里。也就是这样一双奇怪的眼睛，才让那三方的领头人无法理解是何现象，并且由此而心生怯意、畏缩不前。

"没必要再躲了，还是出来照一面吧。"齐君元还是让人出来，而且这次的声音提得很高。

在场的其他人这才意识到，从隐身处出来的不是范啸天，更不是哑巴。是的，这里肯定还有其他掩身未现的神秘人物，否则那只大火球是从何处而来的？

没人出来，倒是哑巴的穷唐犬远远地又嗥叫了一声。这一声中带着某种不安，像是急切地要告诉别人些什么。这是个可怕的迹象，如果除了那三方人马外还有其他人掩身此处，或者是刚刚偷偷接近的，那哑巴为何不曾发出任何暗号？火球突然抛入对阵局中时，哑巴也不曾有任何行动。难道哑巴已经遇害？或者被什么厉害的高手制住。

仍在幻境中燃烧的火球突然火苗剧烈跳动，随即飘起几串蓝色火星。

齐君元兼修离恨谷多属技艺，包括毒隐轩的技艺。所以只看了一眼那些飘浮的蓝色火星，就立刻高声惊呼道："掩口鼻，火球中有药料！"

但他的发现已经太晚了，秦笙笙、范啸天倒下了，王炎霸也倒下了，而且还倒在疯女子的身上。疯女子动作幅度最小，她原本就倒在地上，现在只需要继续将眼睛闭上。

齐君元用衣袖捂住自己的口鼻，同时用另一只衣袖挥舞、扇动，这做法是想将药气、药烟赶走。但火球上的药料太过凶猛，他只扇了几下就已经开始身体摇晃、脚下发软。于是再难支撑下去，身体直直地栽倒在地。

江湖事往往都是这样，最厉害、最危险的攻击总是到最后才出现。

几重杀

就在南唐实施高税率后的第三天，大周北征的军队与辽国军队在双宝山（可能就是现在的龙宝山）进行了一场决战。

周世宗柴荣这次又是御驾亲征，并且亲自部署双宝山一战。他是个用兵强悍之人，但这一战却提前做了不少准备。因为和辽军交手数次后世宗发现，辽国兵将与北汉兵将完全不同，他们个个彪悍骁勇，单兵搏杀能力极强。所以硬碰硬自己所辖周军占不到任何便宜，必须用些手段才能将自己的损耗降到最低。

柴荣让兵士趁夜在双宝山南北侧各挖一条浅浅的壕沟，每条壕沟各伏下五百人的铁甲大刀队。

这铁甲大刀队的兵卒都是虎背熊腰的关西大汉，所穿铁甲只是一件背心，其他位置都是没有保护的，这样才便于奔跑和挥动大刀。所用的大刀有刀杆，但和关刀不同，它的刀杆很短，只比前面刀身略长。这样的刀杆可以像关刀那样双手持拿挥砍，杀伐之中出手更加威猛霸道。而刀杆偏短在攻撤运转中又可以比关刀灵活，更适合步战。还有就是刀头也略有不同，过去的刀很多都是弯头、卷头，而这种大刀是斜角头，也就是说，除了砍杀，它还可以戳、刺、砸、敲、撬。这种样式的刀应该接近北宋年间水泊梁山好汉们惯使的朴刀。

除了这些大刀队，周世宗还在壕沟之外的密林里暗藏了两千轻骑射手。这两千轻骑都是小鞍硬蹬，可以不控缰头边奔边射。使用的武器是软柳弓和棘杆锥镞箭。软柳弓搭箭便利，开弓轻松。棘杆锥镞箭采用的是细长圆尖锥形箭镞，细棘枝箭杆，分量轻巧，射出的距离很远。虽然这样配置的弓箭在准确度上容易受风势风力影响，杀伤力也比较欠缺。但对无护甲的人马，用此弓箭可远距离构成极大的伤害。而辽兵为了马上动作方便，是很少穿盔甲的。

布置完以后，周世宗亲领大军在正对双宝山两里外的位置展开阵势。一时间旌旗招展、马嘶人喊、刀枪映日、盔明甲亮，远远看着就如同一个铁铸的绞杀机械，让人不寒而栗。

辽国大军是由大帅耶律贺真亲自领兵，他一共带了近两万的铁骑，犹如潮水般涌出了双宝山山口。耶律贺真不利用地形据守而主动出击，这是要和周世宗决一死战。

对于周军此次北征，辽国和北汉本来是联合对敌的。但未等辽军与周军真正交手，北汉军便已经完全溃败，退守州城，将东进之道完全让出。其后辽军与周军数次大战，双方都损耗颇重。但周军兵多将广准备充分，而大辽却是明显准备不足。

另外，在战略上辽国也筹划得不到位，他们之前完全没有料到周军会从西北道绕过北汉，然后沿东一线直扑幽州。而这一线由于有北汉隔在大周和辽国之间，所以辽军没有布设多少人马，周军这才能所向披靡直杀到此处。

如果再不能阻止周军势头，让周军过了双宝山，接下来便是无阻无障的金沙滩（可能就是现在的天漠）。过了金沙滩周军就可以长驱直入攻进幽州。

辽国兵将按序出双宝山山口。前面快马队出来后立刻雁翅排开，耶律贺真带铁甲队、长矛队、盾刀队占住中军，后队是骑射队，距离中军较远。他们主要是掩护、接应和防御两侧攻击。而最后面是马车队，这些马车装载了大量的箭矢和许多武器。战场上箭矢消耗极快，在此可以得到补充，前面格杀的士兵武器损坏后也可以更换到武器。而且这些马车队还有个作用，如果阵势一旦守不住了，他们便会冲到前面，将马车集结为工事阻挡冲击而来的敌军。

但还没等辽军完全站稳，周军就已然行动。这个时机是柴荣盘算好的，是选择在辽军骑射队出了山口，而马车队才开始出山口的这一刻发起攻击。

在周军的阵营中突然燃起上百堆大火，这是由百多匹健硕奔马牵拉的马车。上面堆着的柴草洒了火油并且已经点燃，燃起巨大火苗的马车直往辽军阵中冲去。

辽兵的作战是很没礼数规矩的，所以周军过去经常被打得措手不及，吃了不少亏。但现在不一样了，对付不讲规矩的人你就应该比他更不讲规矩。中原军队脑子活反应快，一旦采用了无赖、下流的战法，那些辽国军怎么可能是对手。

辽军阵营基本都是骑兵组成的，座下马匹见到那么多火堆冲过来就慌乱了，盘旋嘶鸣不已。还没等燃烧的马车靠得太近，整个阵势就已经散了。

紧接着，周军阵中旗门再一闪，让出一排钢盾重车。这车车身全部用精铁制成，前面安放的是烁钢钢盾，任何强弓硬弩都无法损其分毫。四车轮采用的是前后单向齿链扣连接的结构方式，只能往前单方向推动，往后的话除非是将车子掀翻了。

"让开！挡住！"耶律贺真的话说得有点乱，让人乍听之下不知该让还是该挡。不过他手中长柄锤挥动的意思却是明确的，阵形中立刻有骑兵分两道绕开火马车，赶到钢盾重车前面，下马后从前面顶住车子，阻止车子接近。但这只能是减缓车子的行进速度，因为车轮前后逆齿链扣连接，往前行推一点是一点，往后推却无法移动分毫。

闯入辽兵大阵的火马车很快就被制止了，因为类似马车着火的情形这些辽人见过太多，所不同的是今天着火的马车多了些而已。火马车刚闯入，辽兵立刻顺着马车奔行的方向奔跑。从侧面贴近车身，砍断缆绳和辕架。把奔马放出去，让车子留在原地继续烧。然后他们依旧马上重新聚集成严密的攻防阵势，只是在阵势中将这上百个大火堆让开。

但是辽兵没有料到的是，那上百个在他们阵势中间继续燃烧的火堆突然间动了、爆了、散了，分撒成无数的小火团。这些小火团有的满地乱窜乱纵，有的在空中乱扑乱舞。原来在燃烧的柴草堆里藏有隔火皮布盖住的笼子，里面装了许多用火油涂抹全身的老鼠和飞鸟。当柴草堆将笼子四角的绳子烧断时，笼子便散开了。而那些身上涂了火油，已经被烟雾、高温熏闷得受不了的老鼠、飞鸟一下冲出，沾火即着，变成无数个小火团乱飞乱窜。

这一次辽兵的阵势真的乱了，那些马匹再也控制不住，乱蹦乱跳、东奔西逃。而这大幅度的混乱让阻挡钢盾重车前行的辽兵也慌了，他们不知道身后到底发生了什么事情。有几个胆小怕死的先行放弃阻挡，上马往回溜。接着阻止钢盾重车的辽兵几乎同时全体放弃，有上马的、有徒步奔跑的，全都往后退逃。

钢盾重车再次快速前行，而且距离辽兵阵形已经不足一箭之地。耶律贺真再次长锤挥舞，于是他手下的两名大将各领一队骑兵往两侧奔驰。他们这是试图绕过钢盾重车队伍的两端，杀入周军队伍中。

几乎是在同时，周军中有号旗挥舞，于是东西壕沟里的铁甲大刀队突然杀出。刀光烁烁，血雨纷飞，这是一场突兀而快速的砍杀，只见到处是马跌人落。大刀队的主要任务就是阻住辽国骑兵从侧面突出，所以大刀出手便是直奔马腿，刀闪腿断，骑者跌落马下。

两队辽兵被逼退回去了一些，但并不就此罢休，而是在距离不远的地方集结成阵，准备先行对大刀队采取灭杀行动。两边各五百人的大刀队见此情形马上将冲杀速度放缓，他们这是在等后面已经冲出树林的轻骑射手。

轻骑射手很快赶到，他们跟在大刀队后面，乱箭齐射。这种射法能射中了人最好，射不中人可以射马。马倒下，骑手跌下，大刀队赶上去刀影翻飞，血溅肉碎，无命可逃。而什么都射不中也没关系，"嗖嗖"带风飞过的箭矢，可以让辽兵在火团乱窜乱飞中控制不住坐骑更加慌乱。

所以现在的战场状态其实是钢盾重车将辽兵压制在一个狭长的筒形地带，而铁甲大刀队和轻骑射手堵住了两边的筒口，然后先箭后刀，将辽军阵势一层层剥杀。

耶律贺真再次举长柄锤："前队正面冲，后队绕堵两侧，中军退回双宝山口。"

这个耶律贺真，大小战打过无数，输过的战仗数得过来，赢的已经记不清，所以战场指挥应变极快。而且所有指挥只需挥舞锤子，可见辽军平时的操练极为严格，而且耶律贺真肯定是亲自参与操练的。而辽国军队的兵卒，虽然平时也游牧狩猎，但成年人几乎是常年参与战争，简直就是靠征战、掠夺吃饭。这样一些嗜血好战的狂徒，再加上严格的操练，整体攻杀上极有章法，个人打斗更是骁勇异常。耶律贺真所谓的"前队正面冲"，是要前面马队从钢盾重车上跃过去。后队绕堵两侧，是要骑射队掩护两翼。而自己中军退至山口，便能依仗地形守住隘口。

前面两个指示没有问题，前马队和骑射队立刻行动。问题反倒是出在中军，在火团和乱箭的惊扰和攻击下，中军的人马怎么都无法将队形收拢，四下里都是混乱的场景。

也正是因为中军混乱不能收拢，导致耶律贺真前面的两个指令也会变成错误。只要那两道防御被攻破，那么他的中军部分就不再有任何外层防御了。而混乱的中军人马自己又组织不起来防御，这就相当于将耶律贺真的帅位敞铺在周军面前。

第七章　双宝山大战

沙飞扬

果然，辽军前队的冲击被周军用一个简单的举措就轻易制止了。不但制止了，还让许多辽国的骑卒和马匹即刻命丧沙场。

就在前队那些骁勇骑士驱促健壮的马匹快速奔来即将跳跃而起的那一刻，钢盾重车的钢盾顶上突然伸出了长长的指天叉。这些指天叉叉头为三尖棱刺，后面套着粗长的竹竿，既结实又轻巧，韧劲十足。然后指天叉的前端支出钢盾许多，根部则撑住地面。这是防御武器，但同时也可以利用别人的冲击力进行杀伤。而且就算对手攻击力太大，竹竿被跃马冲击后破裂折断，破裂断裂处的竹刺、竹片还是可以进行第二轮杀伤。

辽兵的那些奔马已经停不下来了，巨大的惯性迫使它们只能抬腿跃起。它们也许可以越过钢盾重车，却无论如何越不过撑出的指天叉。一匹匹健马像烤肉般穿在了叉尖上，一个个辽国勇士跌倒在尘沙中。而此时钢盾重车队队形突变，有车停，有车进，行进的车立刻侧转，让出马匹可以过去的通道。别人的马钉在那里了，别人的骑士掉地上了，那么自己的铁骑将士就该

第七章　双宝山大战

出场了。通道很窄，只能有一匹马通过。但许多的通道同时有马匹骑士通过，这就如同许多的细流汇集成了洪涛，直往辽军的中军阵营冲杀过去。

辽军两边的骑射队也很快崩溃。他们从后阵营中绕出，在两边排成队列形成阻击墙。但骑射队的队列刚成，周军冲杀过来的铁甲大刀队便立刻停止了前进，退到后面去了。而他们身后的轻骑射手让过大刀队后也勒住了马匹，然后也排成一字横线的队列。所以接下来的对决便是周军轻骑射手和辽军骑射队的一番弓箭对射。

本来辽军所长便是骑马、射箭，但这场对射他们却吃了大亏。虽然他们的弓箭劲道足、准头好，但如果射不到那么远的话，所有这些优势就是废话一句。

大周轻骑射手早就度算过距离。从他们勒马的位置用软柳弓、棘杆锥镞箭可以射到对方的射手，但对方射手的铁背硬胎弓却射不到他们。所以这场对射简直就是一场猎杀游戏，辽军两边阻挡的骑射队很快散逃开来，丢下的骑士和马匹都和死了的刺猬一个样。

此时大周正面铁骑已经冲入。而辽军两边的骑射阻挡溃散后，铁甲大刀队重新冲到前面，这次他们和后面跟着的轻骑都加快了冲杀速度。

辽军阵势整个混乱了，这是周世宗预料之中的。

溃散的辽军一起涌向双宝山山口，全想往山口中挤。但山口中最后面的马车队还没有全部出来，而山口狭道里调头又非常不容易。现在外面辽兵往里一挤，就相当于自己将自己堵塞在那里。这情形也是在周世宗预料之中。

周军追在辽军后面屠杀，杀戮的情景就像用鱼叉戳刺聚拢在渔网中的鱼群那样简单轻松。这是周世宗想看到的，也是他开仗之前就有信心可以看到的。

耶律贺真被马群、人群夹在中间无法动弹。这时他不要说挥舞长柄锤指挥阵势，就是拿长柄锤砸赶那些辽兵，那些辽兵也都毫不理会，只管拼命往山口挤。

辽军很快死伤近半，耶律贺真看大势已去，拔腰间弯刀横在脖子上就要自刎。他身边的副将亲兵一下将他抱住，大喊不能。

"大帅，不可轻生。杀己不如杀敌，我们回身冲杀一番，兴许还能冲出一条血路。只要往南转过生毛岭，逃到大德神湖，就能进入北汉境内摆脱周军。"副将贺坦原为北汉将领，后投靠了辽国。他一直负责双宝山一带的防御，对这一带地形非常熟悉。

"两万人马尽失，双宝山被突破，逃出又有何用？周军只要过了金沙滩，幽州定然不保，辽王自己又能逃到哪里？！"耶律贺真惨叹一声。

说话间，箭矢如雨，已经射到他们身边。几个近护亲兵随着箭头入肉的闷响翻身坠地，而更多的箭矢被其他亲兵、将领用盾牌挡住、用兵刃拨打落地。要没这些人保护，耶律贺真不用自刎便可驾箭升天了。

"中军护卫，开路往南。挡路者不管辽兵、周兵，给我杀！"贺坦也不管耶律贺真答不答应，便替他发令。他们现在最需要的不是挡住后面扑杀过来的周军，而是可以让自己走动起来。

但还没等中军护卫集结成势往南冲，周军的第二轮箭雨已经到了，这一轮比刚才更急、更密。眼见着箭雨兜头落下，即刻便又会是大片士兵栽翻在地。但就在此刻，双宝山口中有一缕黄风滚出，正好迎上那片箭雨。软柳弓射程虽远，但劲道不足，有大半力道是靠箭矢抛线自落力道射入人体的。所以在这股劲风的影响下，棘杆锥镞箭卸掉大部分自落力。同时方向也发生了偏转，飘悠悠地斜落下来，已经很难造成伤害。

周世宗柴荣远远地看着血腥屠杀的场面，暗自生出一丝不忍。耶律贺真聚集到双宝山来的这些人马，已经是辽国在幽云十六州可调动的最后一点兵力。将他们灭了，余下的就只是少量城防守军，不会再出现有效的阻挡和坚守。而辽国要想调动北方各州军队以及各部落兵马，没有两个月的时间是无法整合到位投入战场的。所以接下来自己的大军便可毫无顾忌地长驱而入，拿下幽州。自己重掌幽云十六州的愿望指日可待了。

柴荣曾问精通术数的王朴，自己能在位多久。王朴回他可三十年。所以柴荣立下志向："十年拓天下，十年养百姓，十年致太平。"辽国是他计划的第一步，他想以十年时间先北后南统一疆土。而现在眼前的局势已经预示着第一步即将成功，他此刻仿佛已经站在了幽州城的城头，看城民降兵齐齐跪地参拜，看红日入云，沙随风起，云卷旗翻。

就在这时候，一捧夹带着黄沙的劲风甩到柴荣的脸上，让他从遐想中猛醒过来。他顾不上吐掉冲入口中的沙粒，而是立刻调整心神、转动眼珠重新审视战场。他发现就在自己思绪游走的瞬间，战场局势发生了巨大的变化。

局势的变化并非由于对方进行了反击，也不是对方组织了有效的防御，而是大周军队的攻杀遭受阻碍。一股股浓黄的劲风从双宝山山口冲出，首先就让空中飞行的箭矢失去了攻击力。随即风势进入宽阔地带，盘旋滚扫，将战场上更多泥沙、尘土裹带起来。一时间遮天蔽日，让周军兵将目不能见，更不要说追击攻杀了。

双宝山另一侧便是金沙滩，这区域经常会出现沙尘暴气候。如果沙尘暴是向东南方向吹的话，到达双宝山位置便会被连绵的高山阻挡。但是沙尘暴势头依旧可以从双宝山相夹的谷道中挤出，而且经过狭窄谷道的作用，风力会陡增数倍。

柴荣所在位置距离战场较远，所以可以清晰地看到整体的情景。那漫天风沙先是将辽军全数掩盖，接着又将自己这边的攻杀前队掩盖。两边的军队很快都浸没在了一团混沌之中，看不见也站不稳。

"皇上，双宝山口风沙突起，三步开外便辨不清敌我。这种天气对我军不利，将士们都眼不能睁，轻骑快射也根本不起作用了。相比之下辽军士兵似乎更适应这种气候，他们已经加快了向山口内退却的速度。"一匹快马从风沙中冲出，一飞奔到柴荣面直前。马还未停稳，马上大将便已经着急地向柴荣禀报突发的异常情况。

柴荣不用看，只从声音上便能听出来人是手下前军都统兼前锋指挥使李重进。他轻轻"呸"一声，吐掉刚才吹进嘴巴里的沙粒，然后面无表情地说道："已经看到了，李将军，你有何建议？"

"应火速收兵，后军先行占住西边树林。然后全军西移，据林结营躲避风沙。"李重进果断答道。

柴荣看了眼正在朝着自己这边快速蔓延的漫天黄沙，非常清楚李重进的建议是正确的。但他心中又有一些不舍，大好的局势就在面前，这是将辽国置于死地的机会。选择放弃这个机会，对于一个满怀雄心要永保北疆安定的霸主来说，确实艰难。

但能成霸主者，必有枭雄之心。他不会抓住眼前利益，他更知道强行不可行反得不偿失。何况来日方长，辽国现有兵力已经难敌周军一搉。今日且放过也无不可，待到风清日爽之时，克敌完胜只是在举手之间。

柴荣举起了手，只有具备信心和能力的一代君王，才有心胸和气度举起这只手。身边自然有人知道柴荣举手是什么意思，于是鸣金声接连而起，大军迅速移动、后撤。

听到周军的鸣金声，耶律贺真重重地舒出口气，然后整个人软伏在马背上，随着拥挤的马队退入双宝山山口，留下满地的人尸、马尸。这一役辽国两万铁骑损失过半，余下兵马再无力正面对决，只能利用地形固守双宝山。

金沙滩的沙尘暴吹了一天一夜才停，给双宝山外结束了却未打扫的战场蒙上了一层薄薄的黄沙。但死亡不是这薄薄黄沙可以掩盖住的，而继续的死亡更不是这沙尘可以阻止的。

沙尘暴才停，柴荣便马上和李重进、张藏英等大将带小队亲兵卫队来到双宝山周边观察地势、地形，询问当地山民，想要找条隐蔽的路径绕过双宝山。然后东西夹击，全歼双宝山的守兵。

双宝山的地形很特别，难说对交战的哪一方有利。在山口处虽然没有城防设施，但其他隐蔽路径也是没有的，只有一条由两处山体相夹而成的谷道。

谷道狭长曲折，从西面山口直接可到另一侧的金沙滩。而两边峰高石险，流沙、落石时有发生。不要说整个大军了，就是一般商客从这里通过也常会有意外发生。

寻策攻

这条谷道要想过去很难，但是想凭借地形固守这条通道也同样存在困难。固守，必须是在两旁山上沿通道一线长距离布设军队，用弓箭和滚木擂石攻击、阻挡想从谷道中突过的军队。而问题就在这里,在两边山上能看到山底并可以直接对下面进行攻击的位置并不多,沿线大多地方都是不可立足的山势。也就在谷道中部有两段坡崖,坡不算陡,手足并用可以爬上去。长度差不多有一里多,此处对下面使用弓箭、滚木、滑车攻击都可以。固守还有一种办法,就是选择谷道最狭窄处将通道堵死。不过那样的话辽国以后想要突击中原,也会失去唯一的通道,必须费很大手脚才能疏通。耶律贺真之所以带兵出山口与周军直接对仗,也是因为地形对固守不太有利。

失去了第一次让辽军全军覆没的机会,柴荣便更加谨慎周密地进行筹划,以便制造出第二次绝好机会。

辽军已经吃了一次大亏,这会让他们变得多疑、小心,轻易不会出动,所以诱敌而出、设伏剿灭不大可能。如果周军采取强行突破双宝山的方式,一个是山谷通道中会连续遭遇打击,还有就是到了另一边后,状况正好与上次相反,变成辽军设围堵口子来扑杀他们。

柴荣在双宝山一带转了有十几天,然后又在军中广纳建议。不管兵卒还是将领,有好计策的都可以进入金顶大帐与柴荣商榷。这也是柴荣的一个过人之处,他认为计谋与地位的高低无关。屠龙者不一定抓得住七寸蛇,打虎将未必拿得下野山猫。上次他用火马车暗藏抹了火油的老鼠、飞鸟来对付辽国骑兵,就是一个马夫长给出的计策。

搜集来的建议和计策中有两个极为相近。一个是虎捷左厢营都指挥使呼延穆献上的,是出自奇门遁甲术一百零八局中的第三局"游龙拖袍"。这一局原来讲的是游龙口中戏珠吸引别人的注意力,而其实尾后带着一个乾坤袍,可以将别人的好东西都掩入其中全部带走。神话故事"地龙入天庭"便是此局原型,后来也有人说《西游记》中"孙悟空大闹王母蟠桃宴"一段也是改编自这个神话故事。另外一个是位老伙头兵给出的"诱猴偷酒",这是从蜀地的一个真实事情得出的。蜀地峨眉山多产猴子,这些猴子在山果成熟时,会将许多山果摘下储存到崖壁洞穴的石池中。时间一长,各种山果便自然发酵酿成酒水。此酒水甘甜香醇无比,人称猴儿酒。蜀民为了偷到猴儿酒,就让一些人进入猴群地盘,去往猴群摘取食物的林子假装砍树,这就会激怒猴子与人争斗。争斗的人越往林子深处去，猴子越会紧追不舍，意图是将人赶出林子。等猴子远离了窝穴，其他人就可以攀下石崖偷取猴儿酒。

也就在距离上一场大战快一个月的时候，柴荣确定了下一步攻破双宝山的计策。而这计策是结合了"游龙拖袍"和"诱猴偷酒"的精妙所在。

具体操作就是这样的，先用一千人的快骑队悄悄往通道中前进，等被对方发现后，立刻以最快速度往里冲。山上的任何阻截都不要反击，只管往前。当遇到阻碍实在冲不过去了，便下马往两边崖坡上攻杀。这一千轻骑是计划的第一步，他们其实是诱饵、是死士，用现在的话说就是敢死队。

因为有了这一千死士的冒死突破，正常情况下两边崖顶上的辽国守兵会先将滚木擂石砸下，然后还会对没能全部砸死仍在继续往前冲的快骑队进行追击射杀。而当死士冲到过不去的位置，下马往崖坡顶上攻杀时，两边崖顶的辽国守兵肯定会朝他们攻杀的位置聚集增援，坚决阻止他们登顶。

此时防守辽军就会出现这样一种情形，前段崖顶上的辽兵攻杀快骑队，已然将滚木擂石用光。而继续追击射杀和往后面聚集增援又会导致前面防守段上的人数剧减。在既没有及时补充防守器物，又没有足够人力坚守原有位置的情况下，快骑队后面掩身潜行的周军短靠小刀队会立刻使用登山器具快速抢登崖顶，占住这些防守空缺的地段，然后沿两边崖顶对防守的辽军进行攻击。这是计划的第二步。

计划的第三步是在崖顶上进行争夺战时，一边继续让步弓手和铁甲大刀队从防守空缺处登山，支援小刀队。一边遣铁骑队以铁牛撞城车开路，冲过谷道。到了另一边立刻以车为营，构成防御，掩护周军大部通过谷道。等人马达到一定数量后，再集阵对辽军设围的人马进行反击。

按兵不血刃便可克敌为上策的说法，这不是一个绝妙的计划。因为会有一场腥风血雨的大战，因为周军的伤亡会非常惨重，甚至比辽军还多。但相比之下，目前为止这是个成功几率最高的计划，而且是个不需要太多准备就可以实施的计划，可以用最短时间冲过双宝山直扑幽州城，不给辽军喘息的机会。

既然没有更好的办法，也就没人会提出异议。各营将官立刻按部就班

第七章 双宝山大战

进行准备，五天后，兵马就已经全部安排妥当，意图也交代清楚。又过了两天，需要的武器、工具也都齐备。柴荣收到各营准备妥当的汇报后当即下令，第二天五更时实施攻击计划，势必一举夺下双宝山。

可计划总没有变化来得快，越是迫切、越是成功在即的事情，发生变故的几率往往也最多。周军第二天攻占双宝山的计划也是一样，变故出现在前一天日头还未完全落下山的时候。

当时柴荣带着李重进、呼延穆等一众将军、谋士正在兵营中再次检查各项准备，忽然远远听到营门瞭塔上警钟长鸣。他们赶紧上马赶到营门口，却发现来的小队人马是大周西北道粮饷都监李晏和他的护卫队。

李晏带来的是个坏消息，他此番回去筹集督运粮草，结果在就近的几个州府都未能筹到。这些州府最近不但官库没有南来粮食入库，而且市面上也粮食紧缺，百姓纷纷抢购储存。因此近半个月里粮食的价格疯涨，同时上涨的还有茶价、肉价、丝绸价，盐价、铜铁价三司专管，虽然未曾上涨，但市面上根本无货。后据驿站报传，造成这些的原因是南唐增加过境货物税金。吴越、南唐的粮盐都不北运了，因为过境税金加收之后贩卖粮盐便无利可图。大周的粮食平时自给自足绝没有问题，但遇到这样的征战，不但需要本国以往的储存，而且还需要从其他国家购买。现在不但是没得买了，而且本国还出现抢购储存的现象，那大军所需的粮草便无从筹集了。

粮草供应不上，那么双宝山攻占下来便没有任何意义。此处没有城防居民，就算缴获了辽兵的粮草也只够维持周军几日。而过了双宝山便是金沙滩，金沙滩的名字虽然好听，其实就是一片沙漠。辽人一般是用大量牛马背负用水过沙漠，水可饮用，牛马屠宰之后便是食物。周军不可能像辽人一样赶着大批牲口出征，必须是要携带大量粮草和水才能过去。虽然金沙滩这个沙漠范围不算太大，以现在军中尚存的粮草应该可以走过沙漠。但过去之后如果不能将幽州一举拿下，或者在过沙漠时出现什么意外情况的话，就好比上一次的沙尘暴吧，那么携带的粮草和水就不够用了，到时不用辽军攻杀，干渴和饥饿就会让周军全军覆没。

柴荣正为粮草的事情郁闷，忽然又有南疆急报。呈上来后柴荣一看不禁大怒，原来蜀国兵马突出西川道，带着大量粮草往秦、成、阶、凤四州集结，大有图谋中原之势。这四州原为中原范围，契丹灭后晋时，蜀国趁机攻占。大周始终将这四州当成心腹之患，因为借助这四州为落脚点，蜀国可以随时侵袭大周腹地。柴荣征战北汉、大辽之前，也考虑到蜀国这方面的危险。但一个是蜀国现在兵马强盛，属地富庶，要想攻下这四州并不容易。而且突然间对邻国用兵师出无名，不像北征，可以借着从辽蛮手中重收幽云十六州的名义。于是北征之前他派特使与蜀国交好，并且结盟共御西边吐蕃国，所做这一切就是用来防止蜀国往自己的要害处来一刀。另外，他此次出征未将实力最强的禁军带出，也是预防其他方面会有异动。可没想到蜀国还是不守信义，竟然在自己大战的紧要关头，趁着周国出现动乱，做出歹毒的小人行径来。

怎么办？众将军谋士都等着柴荣拿主意。柴荣长叹一声："看来天不佑我就此收复幽云十六州，让辽蛮苟以残喘。明日拔营撤兵，回圣京再作计较。"

世称周世宗柴荣是五代十国第一明君主，由此便可看出此誉不虚。他思维缜密，能收能放，咽得下也吐得出，绝不会因为口边之食而不顾足臀之痛。

这次是周兵北征辽国最好的战绩。几年之后柴荣再次攻打辽国时，虽然连克两关三州，却突染疾患，再次被迫回师，连双宝山都未能攻到。何以如此，其中之谜后面书中会有详解。

也是因为周兵从未能闯过双宝山到达金沙滩，无法了解金沙滩的真实环境、地理特点和暗藏危险，这才会有后来北宋时杨家将被困金沙滩，一番血战八子只余两子的惨局。

栀意浓

"栀子只开两枝红，艳俏已摄蜀人魂。再得满城芙蓉绕，谁知其中败与成？"

第七章　双宝山大战

在蜀国成都偏僻处的一家茶馆中，有对卖唱父女拉琴击拍，曲转调旋，余音绕梁。一众茶客聆听若醉，但都只是沉迷于女子的秀美和曲调的悠扬，却没几人注意到所唱诗文的内容。

不知此诗文是谁所作、为何而作，内容看似写实又兼有臆想，是否暗喻着某种玄机，又或者传达了什么隐藏的信息。

此曲唱完，未等大多数茶客从沉迷中醒来，已经有一道人起身出了茶馆。直到那道人已经走到茶馆大门口，身后才响起一阵击掌叫好声。

叫好声未落，一个俊秀的年轻书生也站起身来，往茶馆外走去。起身时衣袍被椅子扶手挂带起来，露出暗藏腰间的一块鎏金铸铁号牌。那铁牌子是"睚眦暴目"型，上面铸有"学宫十五"的字样，字体工整。

书生出门后朝道人离去的背影看了一眼，然后转身朝另一个方向走去，很快便消失在烟翠霓缀的秀色之中。

而此时那道人也停下脚步，回身看了一眼书生离去的方向。

在蜀国后宫慧明园中，红染绿凝更加秀美。此处有一方牡丹苑，其中各种牡丹名种皆有，齐全不输洛阳。但在牡丹苑旁还有一个红栀圃，其中的两枝红栀子花可就是天下仅有的。这红栀子花的花种是青城山的申道人所献，只有两粒。长成之后花开奇绝，艳若牡丹，清若幽兰，香若寒梅，因此被慧妃花蕊夫人奉作仙品，引为至爱。宫中其他嫔妃、宫女难亲此花容，便依形刺绣，装饰在团扇衣物上。红栀子花的花形样式流传宫外，蜀人个个效仿，以饰此花形为美、为耀、为尊尚。

当茶馆中曲飞琴扬之时，那花蕊夫人却正坐在依树傍花的盘榻上描画撰词。园门之外蜀皇睿文帝孟昶急吼吼地从抬辇上下来，颠着大肚子往门里走来。门口太监刚要传报迎驾，被孟昶抬手制止。他悄然溜到花蕊夫人身旁，从身后将其拥住，双手入怀，握住温软两团。

花蕊夫人先是一惊，手中画笔拉出长长一道，直至画页之外。待微微回头见是蜀皇孟昶后，便柔柔地放松身体，任凭孟昶的双手在身上游走，嘴巴在脖颈间啃咬。刺激之时发出轻呼娇喘，手中画笔则在画册与桌面上胡乱涂成一团。

"皇上，昨夜不是欢愉至子时吗？怎么现在又兴盎难抑？是我给你做的绯羊首补阳有奇效，还是申道士又教你什么房中御术了？"花蕊夫人一边扭动柔软的身躯，一边带着娇喘断续问道。

"是太高兴了，朕不但是要御你，朕还要御天下。"说完这话，孟昶一下将花蕊夫人放躺，宽衣解带，便在这院中红栀子花旁奋力摧花弄蕊。

孟昶已经许久不曾表现出如此男人的豪气、帝王的霸气，这不禁也将花蕊夫人的兴奋劲头激起，夹裹缠绕，积极迎合。同时心中暗想：看来今天早朝之上肯定是有什么大好的事情刺激到了孟昶，让他又拾起些雄心壮志。

孟昶今天早朝上真的是得到了好消息，而且不止一个。第一个好消息是无脸神仙有新仙语出来，是一句"富可坐金嬉，旧谷换活食"。此仙语找大德仙师申道人解释后，结论竟然是于蜀国大利。

无脸神仙的仙语只说平民事，不说官家皇家事。但申道人不但能像解卦一样把平民所问仙语解释出来，而且还能从平民事再推出国运盛衰、运势玄机。这申道人便是因为有此本领，然后又有进献红栀子花和教孟昶房中术、养生道的功劳，才被封为蜀国大德仙师的，并由国库出资在成都城内给他建了一座解玄馆。除此之外，孟昶还赐给他九花金牌，凭此可自由出入朝堂和内宫。

"富可坐金嬉，旧谷换活食"是广汉一群富足的耕户在求询自己家族前景时得到的仙语，而且他们先后分几次求询得到的都是这一句。于是找到申道士解释此仙语中所含玄机，申道士推算出，此为预言广汉耕户将遇大富之事，多年耕种的存粮有机会以高价换取到可以不断延续增长的活财。而这个机会不仅是对广汉人而言，或许还可推及所有的蜀民。

第二个好消息恰恰应合了第一个好消息。南唐提高出境和过境货物税金的事情其实很早就有探报、折子递交至成都，但是提高税金而产生的效应直到现在才逐渐体现出来。南唐和蜀国之间隔着楚地和南平，再加上蜀国物产自给自足还有富余，不会受到什么影响。但是没有想到的是南唐税金的提高，遭受负面影响最大的竟然是大周和北汉。现在南方粮食货物北运无利可图，甚至亏损，大周本国盐产只能走旱路，距离远、费用高，三司辖价必须官家贴钱才够成本。而其他相关用品也因为税金提高减少或暂停了北运。于是数日之内大周物价飞涨，市面上不但粮食、食盐等各种必需品出现紧缺，就连布匹、绸缎、笔墨纸张这些非必需品也都相继缺货。

得到这个消息，宰相毋昭裔连说"大好！"。毋昭裔非但是宰相，而且还兼管盐务，知道粮盐对一个国家的重要性，更知道粮盐方面如果运作恰当，可以在短时间内富民强国。粮盐一旦艰难，随即而来的可能就是国难。大周目前出现了如此非常状况，国势、军势都将出现危机。但对于一直与大周关系微妙的西蜀来说，却是个利好。

"皇上，此时应该暂时放开一些易货和盐务统管的规定，鼓励耕民、盐民和商家至大周边境进行交易。这样的话，民可以短时间内赚取大量财富，国亦可从中获取不菲利益充实国库。不过这件事情具有一定的波段性，因为当大周的物价提升到一定高度，南唐、吴越、南汉等国的商家便可以弥补税金的损失再次获得利润。到那时候，他们会继续南货北运，这样很快又会将物价压降下来。当物价降到一定位置，商家再次无利可图，南货停运，物价重又飙升。所以目前的操作需要的是出手快速，而此一轮过后则需要看准、抓准时机。"毋昭裔的分析非常到位，而且思虑得很长远。

枢密院事王昭远非常赞同毋昭裔所说，认为这是提升蜀国国力的一个大好机会，也是与后周交好的一种手段："周国此时正在北征辽国，之前还遣特使到蜀国来示好。所以蜀国用存粮、食盐与他们买卖或易货，并非要趁机占他们什么便宜，而是对周国的一种支持。"

但是在交易方式上王昭远却提出了自己的建议。"何不民商改作官商。蜀国富产之地在东西川腹地，要将粮盐运至周蜀边境路途艰险遥远。且凶山恶水之中多盗匪，民商开此商路风险极大，前景叵测。而刚才毋大人也说了，大好商机稍纵即逝，必须出手快速。因此我想是否可以由国家统一收购百姓手中的存粮、食盐，然后由军队运输到凤州沿境与周国民众交易。军队马壮车固，兵卒又常走这种险途，应该不会出现什么意外。另外，由军队运输的辎重，沿途那些盗匪绝不敢有非分之想。"

王昭远的想法不无道理，但毋昭裔却并不同意："官商的话，首先需要拿出大量金银收购百姓手中的盐粮。这是一笔可观的数目，就算把国库搬空也不一定够用。"

"为何一定要拿现银收购？我们可以用抵粮券、抵盐券替代。在这些券上签好粮银数量，加盖户部税印为证。待交易之后按数返还银两，可以加上一定利率。这样百姓既不用自己冒险，而且还可以多得利率，何乐而不为？对于盈实国库，则更是无本万利的好事。"王昭远的想法真的非常独到。"而且在周蜀边界交易时最好不要现金买卖而是采取易货方式，用粮盐换取大量马匹牛羊。这样不但军需马匹可以得到保证，而且有了北方那些大型牲畜，蜀国境内的耕种也可轻松，可以扩大开发更多荒地。然后再将一些未成年的牲畜和品种优良的牲畜进行畜牧、繁殖，以后蜀国军用和运输用的牛马以及食用的肉品都不用再外购，这可就是利上滚利的好事。无脸神仙刚出仙语不也提到'旧谷换活食'吗？"

"如果易货的话，那么到时候如何向百姓兑现银两和利率？"孟昶听得很仔细，他觉得这一点要是没有保障，那其他的一切都难以行得通。

"这是第二步，在马匹、牛羊赶回后，可以让百姓先拿手中的抵粮券、抵盐券来更换抵马券、抵牛券、抵羊券。根据他们自己对牲口畜牧、繁殖前景的看法，确定需要更换哪一种或哪几种。然后这些马匹牛羊可分放各地牧场放养、繁殖。在扣除官家成本利润以及劳务手续费用之后，按期根据百姓手中券额分给获利。当然，百姓也可以提前申请在某一期全数兑现，但这样的话，兑现金额必须大打折扣。如若到期时马匹、牛羊未能售出变现，也可直接兑取马匹牛羊。另外，这抵券也可以在市场交易，可以根据养殖状况和预计获利自行商量交易价格，但必须通过户部税点更改券户名。而户部可以根据成交价格收取一定额度的手续费用。如此这般，就能将国库大额度的收益长久持续下去。"

"此策略初听起来很具吸引力，但只是表象。整个流程中关节众多，外在影响造成的变化极大。不知道工大人有没有将可能出现的各种变故和意外考虑进去，有没有想过其中只要一个小小失误或差错就会断了衔接，最终落个满盘皆输、本利俱赔的局面。"毋昭裔觉得王昭远所说有些虚渺，但他也未曾有过这方面的经历和经验，无法找到关键的谬误处，只能是以这样笼统的方式表达自己的意见。

官代商

"毋大人所说没有错，此计划的确处处关节、无一能断。如若断了，需耗费大量金银才能补救。但商营之事犹如赌博，不搏不得大利。更何况我们又并非没有钱的庄家，干吗不把这赌注给下满了？"王昭远倒也不否认毋昭裔的说法。

"有钱的庄家？你是想把国库储备作为补救时的急用？"孟昶只能这样理解，有谁能大过国库为庄？

"应该无须动用国库储备，皇上难道忘了前些日子我献上的一个暗财线索。"王昭远凑近九龙口，靠在龙椅边低声对孟昶说。

"怎么！那件事情是真的吗？当时你说了后我还以为只是民间流言，所以让赵大人查出源头，消除蛊惑，免得百姓中出现贪欲起、犁锄闲的状况。"孟昶倒是毫无顾忌，音量丝毫没有放低。

"皇上思虑得周详，但这事情确实是真的。那周、南唐都已经闻风而动了。本来我是想求皇上将此重任委与下官来担当的，但皇上却委托给赵大人了。不过不问源馆在赵大人领导下不负皇恩，在楚地与其他几国秘行组织一番周旋，现在已经是后来居上，探得新消息，抢住先机。可见皇上委人英明。"王昭远也不好意思低声了，那会显得他很小人的样子。

礼部编撰尚书郎赵崇柞的脸色很不好看，这主要出于两个原因，一个是王昭远知道得太多，而且他所知道的一些事情必定是从不问源馆内部传出的。这说明自己不问源馆里应该有王昭远安插的人。还有个原因是王昭远说得太多了，在这朝堂之上，众多官员，如此肆无忌惮地将一些秘密大声说出来，很有可能会影响到自己下一步的计划。

赵崇柞真实的身份角色类似于南唐的韩熙载，略有不同的是他辖下兼管的那个不问源馆是个公开的特务组织。如果不是皇上直接下旨意安排的行动,是要经过枢密院批复,这样才可以支取所需的经费和一些特别的装备。

"赵爱卿,确实如此吗?"孟昶问道。

"对。"赵崇柞只说了一个字,因为他觉得这件事情在朝堂之上、一众官员面前说这一个字都是多的,这一个字其实是确认了王昭远泄露的好多秘密。

不过这一个"对"字却是孟昶今天听到的第三个好消息。

"今日暂停呈折。王昭远、毋昭裔、赵崇柞留下,其他爱卿先行回去另理其他公事吧。"赵崇柞的一个字也提醒了孟昶此事关系的重大,于是立刻将无关官员驱下大殿。见众大臣退下,孟昶又一挥手,示意侍卫、太监也都退下,整个朝堂大殿就只剩下四个人。

而就在此时,一个身着灰袍的身影避开带刀侍卫和禁军守护,悄然往早朝金銮殿靠近。

当那灰袍身影到了大殿后气窗下时,他却发现大殿里面寂静无声,像是一个人都没有。但此时正是早朝时间,皇上和大臣们都到哪儿去了?

灰袍人知道皇殿之外不能久留,被人发现后难以说清,于是脚步快速移动,闪转之间便到了殿后龙阶下,在左边的一块钟乳石前站定。这钟乳石顶上虬生平托,天然形成一个承露盘的样子,果然天工巧成之势。正是因为这样,这石头才会被采取安放在金銮殿左近,是为了取其承天恩接甘露之意。

灰袍人刚在承露盘站定,便有巡查的禁军小队经过。领队的内廷带刀校尉看到灰袍人后赶紧施礼致意:"大德仙师又在为皇上采气祈福延寿了。"

那大德仙师申道士眼皮都不朝那禁军领队眨一下,只管自己将拂尘挥舞,手指从承露盘中沾出来些无根天水。然后斜举拂尘、单手念诀,围着钟乳石的承露盘转圈,一边转一边念念有词。

申道人所念的经文是《一阳初元》,这部经书出自道教,但内容其实不完全是道家教义。除了阴阳五行之道外,还与佛家心念、劝导行善好施的概念应合。据说此经由唐代中期的傅力慧所写。他虽然只是一介书生,却学走旁道,精研了佛、道两家的至深学说。他还结合两教的部分真义,写出《一阳初元》、《二道气通》、《三指透灵窍》……《九印天雷真》等九册两教

第七章　双宝山大战

互通玄妙的典籍。其中《九印天雷真》所录玄妙，后来被当时的道家茅山宗王远知悟透并引用，以佛家九种大手印法结合"临、兵、斗、者、皆、列、阵、在、前"九种道家心元吞吐法，创出镇邪伏妖的九字真诀。后世再经过发展完善，在茅山三术之外又多出一个"惊鬼"奇术。由于傅力慧对佛、道两教的贡献，所以佛家后人著作记载中都将他称为力慧九九仁佛，而道家则称其力慧大罗天尊。

不过那九册典籍中并非全是精华，也有糟粕。比如此时正在念诵的《一阳初元》，就是一部提升男性阳力，守阳不泄、以阴养阳的男性房中术修炼法门。

申道士一篇《一阳初元》还未念完，就听到大殿前门发出沉重的响声。接着有站门报传太监高声唱喝："皇上退朝歇安！"于是有几个壮硕的宫女提辇架上前，服侍孟昶坐上，然后抬着直奔后宫而去。而其他三位大臣反是在孟昶后边才出来，出来时犹自在小声争执着什么。

三位大人迈出金殿高槛后，那兼管不问源馆的礼部编撰尚书郎赵崇柞立刻警觉地打眼扫视了下四周。当发现巡守禁军就在大殿前门口站立时，不由眉头微微一皱，随口问那带队的内廷带刀校尉："什么时候到这门口的？"

"刚巡到这里。"宫廷之中，特别是在后宫，要尽量少说话。所以能留在这里巡守并且具备说话资格的人，一般都懂得如何做到言简意赅。

"除了你们还有其他人来过吗？"赵崇柞又问。从他连续的质问可见，此人极为警觉多疑。而从他的气势上也可知，他的官阶虽然不算高，但巨细事情都要过问。而且别人对他恭敬的态度远远超过其他一些更高级别的官员。

"这里没有，后门处大德天师在为皇上祈福求寿。"内廷带刀校尉回答道。

"带我去看看。"赵崇柞觉得奇怪，这个时候在皇殿外面祈的什么福寿？

"赵大人不用看了，我该做的都已经做完了。不过赵大人如果有什么要问的话，嗯……我还真没时间回答你。这不是要急着赶上皇上，告诉些让他开心的事情。不过赵大人可以在这里等我，皇上那边伺候好，我马上转回来听你问话。"申道士明显是在调侃赵崇祚。而且他那副嘴脸和痞气，怎么看都不像一个修行得道、通玄悟灵的仙师道长。

"不怕无才者，但忌无德者，而最最危险的却是有妖晦乱了朝纲。"毋昭裔摇着头说道。

"毋大人所说无才者是指我吧？乱朝纲的妖晦应该是申道士，也或者是指的后宫里面哪位。至于这无德者嘛，想来想去就只有可能指的当今嗯……这个当今……"王昭远故意吊住最后的"皇上"二字。

"是谁不是谁都是你在说，要是想不出，王大人可以在此慢慢地想。我们可是要先走了，官务繁忙、民事操劳，没福气像王大人这么清闲。"毋昭裔和赵崇祚不等王昭远把关子卖完，就都提起袍摆快步离去。只留那王昭远一人孤零零地站在原地。

王昭远望着两人离去的背影，"嘿嘿"冷笑两声。在他心中，恨不得让这两声冷笑化作两把快剑，将毋、赵二人刺个穿心透。

其实关于宝藏的消息，最早是王昭远得来的。他将这消息赶紧告知孟昶，以期得个首功。但是孟昶并不十分相信这种民间未经核实的信息，就让不问源馆先去查清是否属实。而王昭远原来以为孟昶安排不问源馆出动只是为了确定宝藏讯息的真实程度，过后寻找线索开启宝藏这些大功劳的任务肯定还是得由自己来主持。但是刚才在朝堂上一番辩论表明，毋昭裔和赵崇祚不但已经是咬住骨头再不松口的恶狗，而且他们所持态度是坚决不让王昭远参与到这件事情里，摆明了是要将他一脚踢开。

皇上最终竟然还应承了他们的观点和建议，这是因为他们两个最后给皇上看了一句话，让皇上释怀喜颜。那句话在书写和递送时始终都用大袖掩着，没等王昭远看到半个字就又用浓墨涂掉。

而王昭远提出官商易货的计划，那两人也是一番劝说阻拦。最终孟昶酌中决定，同意以抵券收取粮盐，但其中半数必须置换牛羊马匹。而且尽量换取马匹，以充军用。因为川马虽然耐力足、善翻越，但个头太小，战场上用于打斗搏杀很是吃亏。而剩下的一半仍以平常的买卖方式直接收取金银，以防百姓不能及时得利而导致骚乱。

　　此刻的王昭远心中无比郁闷，他深深体会到了自己在快速失势。原先孟昶就是看着自己人灵巧、脑筋活才将自己带在身边，未经科考、未立寸功就委以了重任。但现在孟昶完全被慧妃花蕊夫人所吸引，而花蕊夫人的父亲徐国璋与毋昭裔、赵崇祚是老友。这两人本就是有功有权的老臣，现在又有慧妃撑腰，自己正被他们一脚一脚地踩入泥沼，坠陷之势无法抗拒。本来自己已经找到一个垫脚石可以帮助自己重新踏上坚实的地面，那就是找到宝藏启出财富，可现在这垫脚石又被别人抽走了。而官商易货的事情也算是个可以让自己脱出泥沼的绳索，可在那两个老东西的搅和下，现在也只留给了自己半根。

欲不歇

　　就在王昭远满怀心思、独自踌躇的时候，申道人已经赶上了孟昶。虽然申道士是钦封的大德天师，但他心里却很清楚，自己看似可以在这富丽堂皇的皇宫里随便进出，但其实却是游走在众多的危险之间。与哪个大臣走得近了是危险，往哪个宫院走得勤了是危险，就是和皇上的话说多了，也是危险。就好比今天吧，自己要是和皇上多说会儿话，过后皇上因其他缘由责罚了谁，他们都会联想到和自己有着什么关系。

　　所以这一次申道人和孟昶的对话依旧未超过三句，在给孟昶呈上了一瓶"培元养精露"后就立刻告退了。而孟昶也没有多询问什么，今天他的兴趣不在壮阳添寿上，而是要让蜀国成为天下第一富国继而一统天下。

　　孟昶和花蕊夫人的疯狂终于在一次不太有力的爆发后停歇，然后两个人也不整理衣物，就那么散乱地拥躺在那里。

　　花蕊夫人娇喘微平之后悄声问孟昶："皇上今天似乎是有喜事入怀，所以才兴奋难抑转而折腾奴家。"

　　孟昶将今天大殿上的几个好消息以及后来他们四人在大殿里的笔谈内容都对花蕊夫人说了。由此可见自古以来男人在床上是最守不住秘密的，哪怕他是一国之主。

花蕊夫人虽出于官家，但在民间生活过一段时间，所见所知、人情世故比孟昶懂得还要多一些。听完孟昶所说后她略作沉吟，然后才侃侃而论："那王枢密的官商经营是个好策略，但是天下五谷四时变化难料，万一哪个环节出了岔子，便会赔得血本无归。比如说我国的几个牧场都在偏西地带，与吐蕃相接处。往常所用马匹都是自产的川马和吐蕃马，这两种马虽然腿短，奔跑不及北马，但都是耐旱耐劳善于行走山道险路的。所以虽然我蜀国那几处大牧场常有旱情，川马、吐蕃马都能承受。而北马却不知道能否适应，万一饲养不好，大批牲口就只能得些肉食。而肉食不能久储，最终可能是会将这易货的大批粮盐给亏了。另外，北马南养，水土不服，易得病患，万一出现疫情，那就连肉食都落不下了。"

"这倒不打紧，如果有这种损失出现，都是由持抵券的商家、耕农承担损失，于国家无损。"

"那也会让百姓怨愤皇上。细想想，这就像皇家、官家给百姓摆下了一出赌局。赢了，皆大欢喜，输了，却是都会怨到皇家、官家头上，甚至还会搞出影响基业稳定的乱子来。"其实花蕊夫人不但读诗书、游历山川很有些见识，而且还懂些治国之策。但就王昭远所说的经营策略却从无接触，所以也只是看到利益表面的风险，一些更深层次的危机却无法看出。类似以粮盐易货后，如果发生战争，蜀国自己的粮草储备还够吗？军队押送大批粮草至蜀周接壤处，大周对此会有何想法？

"粮盐有一半是以金银买卖为保障，不会损失太多。要是亏损实在太多，我们还可以用秘藏宝库的金银补贴投入者，那就不会有乱子出了。"孟昶所说的这个，其实也是在皇殿中三个大臣争执的另一个焦点。王昭远始终以此作为民资官营的后盾，而毋昭裔则认为不可以将还未曾到手的财富作为假想的支撑。

"皇上，那宝藏不还没找到吗。万一找不到，贴补就得动用国库储备。那样的话就算民心不乱，国库却是虚空了。这时不管南北西东，任何一个邻国对我国有所企图，或者其他无法预料的天灾人祸，便再无承受能力。"

花蕊夫人负责发放后宫各嫔妃月例花费（也就是后世尽知的所谓"买花钱"），见过发晚了或少发时那些嫔妃的嘴脸，由此便可推断老百姓在自己血汗钱打水漂后的心情和心态。

"无脸神仙新出仙语，说我蜀国不久会遍地黄金，所以这宝藏终究是会找到的。而且不问源馆外遣高手传回讯息，他们已经找到宝图携带者的大概位置。对了，刚才毋大人和赵大人还书写了一个讯息给我看，说江湖上传闻，那巨大宝藏的位置是在我蜀国境内。"孟昶所说的这个信息，就是毋昭裔书写和递送时始终都和赵崇祚用大袖掩着，而且没等王昭远看到半个字就用浓墨涂掉的那句话。

"这样的话就算是被其他什么人争夺到了藏宝图，最终要想开挖还是得与我国商议，两下里定好分成才行。要是这样还不放心，明天可将申天师请来再推算一把，卜卜蜀国的势运。"孟昶说到这儿，突然坐了起来，在榻尾自己散乱的衣物中翻找什么。

"皇上在找什么？"

"说到申天师，才想起刚才他给了我一瓶养精露的，我已经让药院的御医验过。啊，在这里，我试试。"孟昶拔出瓶塞，微微抿了些入口。才一会儿，他的脸色便涨红起来，下腹之处跳动起来。于是大声说句"好东西"，便又扑倒在花蕊夫人的身上。

足有半个时辰，那孟昶犹自不下来。花蕊夫人在他身下已经发出哀号："皇上，你歇歇，要不我让公公给你去传几个嫔妃过来，你换换人再使力。这样可是要把奴家的身子给戳穿了。"

就在花蕊夫人哀号之际，院门口连串清脆的"叮当"声响。然后便是门口太监的制止声："别进去，皇上、慧妃欢愉之时惊扰不得！"但那连串"叮当"很明显没有被制止住，而是裹挟着一阵怪异味道直扑进来。

院门外闯进来的是一个高大的黑衣女人。但她的高大并非因为其身高过人，而是由于她的双肩上用皮条固定了一个精致的驮架，是这驮架将她的整个身形扩展得极为高大。

那驮架是用玉葱木所制，轻巧、滑顺、牢固。驮架上有多根长短不一的枝杈高挑或斜出，打眼看就像是一对老鹿角对称地撑在女人的双肩上。在驮架的每个枝杈上，都有用绳子拴挂的瓶子。瓶子颜色形状各不相同，质地有瓷、有玉、有石、有陶，连串清脆的"叮当"声响便是这些瓶子相互轻碰发出的。

这女人的皮肤很黑，黑得与她身上的衣服颜色有得一比。但黑皮肤往往比白皮肤紧绷光滑得多，另外，肤色的黝黑可以掩盖住皱纹和斑痕，因此只凭眼睛很难判断出这女人的真实年龄。

那女人听到了花蕊夫人的哀号，也看到了孟昶兀自扭动冲击的身躯。于是急急地迈步往前，边走边从驮架枝杈上摘下一只陶瓶。人还未到榻边，就已经将陶瓶中似水似油的东西倒在掌心里。然后单拳虚握，指头在掌心轻轻搓动几下。而这整个过程中反倒没有一声瓶子相碰的"叮当"响动发出。

虚握的单拳展开时，她正好是到了孟昶旁边。于是探臂向前，掌心由下而上从孟昶背心直抹到后脖颈，中指、无名指、小拇指三点一按。然后手臂一转，绕到前面，食指在孟昶鼻下人中处又是一按。

孟昶先是觉得一股凉爽从背心直冲脑顶，心火、脑火迅速低弱下来。然后后脖颈三点一凉，这三点穴位虽然在后脑，却是连通下身守元三脉。然后人中再一凉，这人中是直通固精点位。于是孟昶从心到体、从阳到阴彻底放松，完全瘫软着趴伏在花蕊夫人身上，就连喷射的感觉都如同年少时睡梦中那样不由自主。

"皇上行事前用了什么药？"黑女人问。

"是大德仙师给的什么养精露，就在皇上衣服那里。"花蕊夫人虽然觉得羞涩，但也只能由她来回答问题。因为此时的孟昶已经是处于一种迷离的休克状态。

黑女人在孟昶衣服堆里找到瓶子，打开后凑近鼻子闻了下。然后重新塞上瓶塞，紧皱着眉头说道："这东西我先拿走，查一查其中的药性是何成分。"

"姑姑，那皇上怎么办？"花蕊夫人赶紧问道。

"这是第几次用这药？"

"第一次。"

第七章　双宝山大战

"那没事，等皇上醒来后，你喂他吃些薯药，清一下内里余火。"

"那姑姑刚来就回药庐，不坐坐歇息下再回？"

"你们这个样子，我能坐哪里歇息？"黑女人反问一句，闹得花蕊夫人满脸羞红。

黑女人没再多说什么，转身出院门而去，一路留下清脆的"叮当"声响。

这黑女人是谁这里需要交代下。在后世关于五代十国的众多野史版本中，很多都提到过这个传奇女子，比如《十国西南记》《蜀颓事》等。黑女人的名字叫阮薏苡，交趾国人（今越南）。当初被族人诬为长发鬼，要用火烧死。幸亏花蕊夫人之父徐国璋南行求药治军中瘴毒，遇见此事将阮薏苡救下。而阮薏苡正好精通南药，之后不但将徐国璋军中的瘴毒治好了，还用异药将自己身体的潜能提升出来，变得身轻如燕、力量过人。

阮薏苡是个懂得感恩之人，她一生未嫁，只将自己当作奴仆，精心守护徐家人。特别是花蕊夫人，出生后几乎全是阮薏苡一手带大的，两人感情非常深厚。徐家人并不将阮薏苡当做奴仆，而是和自家亲人一样看待，小一辈的都管她叫姑姑。由于花蕊夫人与之亲近难离，进宫时便将她一起带入。在内宫药院旁为其单搭一座药庐，随她兴致研究药理。她虽在宫中却非宫人编制，可自由出入内宫，这点与申道人一样。

宋末大理国人段书行编著的《另族由至密撰》中曾经提到，蛊毒的祖师为北宋初时的一位女性，西南异族，曾在蜀宫做过药官，具体名字不知，宫中均称其阮姑姑。由此而推，应该就是这个阮薏苡。

第八章　恶战天惊牌

钩抚颈

齐君元手中稳稳地拿着钓鲲钩。钩子虽大，却无法将别人戳穿，因为它毕竟不是笔直的刀刺。不过这带着刃边的钩子倒是可以把它面前这个白滑、软嫩的脖子撕切开半边，让气息直接从脖子里的气道出入，只要是鲜血不将气道堵死。

但那白滑、柔嫩脖子的主人似乎并不在乎自己的处境，她竟然还能对齐君元"咯咯"地笑着："大兄弟，你这是要吃姐姐豆腐呀。姐姐教你，吃豆腐你得把手再往下去一些。放在脖子这里有什么意思，反弄得我怪痒痒的。"

"道一条水一片，你踏木踏石？昨日恩今日仇，到底为何还愿？"齐君元所说是地道的江湖暗话，前面一句是问对方所属派别来路，后一句问的是为何要对自己这些人下手。

"你别水呀摸呀的，恩呀爱呀的，我听不懂。要对姐姐有什么念头，想做点快活的事情，你也得让我把肩上的挑子放下来呀。"

第八章　恶战天惊牌

齐君元没有理会，他知道自己的一个小松懈都有可能给自己带来丧命的后果。江湖中的变数就是那么大，眨眼之前你可以杀死别人，而眨眼之后或许是你自己变成了死尸。

"不让放挑子那你也得给我擦把汗啊，我赶了半天路，又被你押这儿好久，不让坐不让躺。一直站着太累不说，其他的舒服事儿还都干不了。"说着话，那挑担子的丰腴女人就要伸手去拿挂在扁担上的布巾。

"你要敢再动一下，我立刻让你永远舒服地躺着，快活、不快活的事儿都干不了。"齐君元说话的口气很冷，冷得就像将一把冰块塞入了别人的怀里。那女人浑圆丰润的手臂像玉石般凝固在那里，没有继续去拿取布巾，但也没收回去。可能是她认为齐君元所说的动一下包括把手收回来，也可能是她觉得这手终究是要伸出去的，此时收回来反而多余。

刚才齐君元发现火团有异常火星飘出便立刻提醒大家注意，但这个发现为时已晚，堆在一处的几个人身形晃了晃，先后栽倒在地。

齐君元是最后栽倒的，在他栽倒之后，一个更加诡异的身影出现在火场中。

出现的身影是一个挑着小担子的妇人，土蓝布的衣服，包着块黑方巾，腰里还系着一块黑底小白花的围裙。这妇人也就三十多岁的样子，长得丰腴圆润，肤白面秀，颇为标致。但在中国古代，结婚生子早，人的平均寿命低。三十几就已经算是大龄了，所以苏轼三十八岁便已写下"老夫聊发少年狂"的词句。男人尚且如此，那女人到了三十几岁就更没法说了。所以那女人虽然有一副不错的容颜，却连风韵犹存都谈不上，最多是暮容尚可。

也正是因为尚可的暮容才让这女人显得有些特别。按道理说，像她这样的肤色、体态应该是哪个大户人家养尊处优的老夫人才是，可她的打扮和行头却是一个沿街卖面线、抄手的。装束只是看着像而已，但那担子却是能准确标明其身份的。一头的藤筐里装着红泥小炉，另一头则是装着调料碗筷的木提箱，这正是西川一带挑担卖面线、抄手的正宗行头。

卖面线、抄手卖到哪里都不奇怪，但把生意做到全是死人的火场来就有些奇怪了，在将近深夜时分来到这满是死人的火场做生意就更奇怪了。而且来到此屠杀之地的竟然还是个妇道人家，当她走过那些焦尸枯骨旁时，表情和动作竟然没显出丝毫不妥当。

妇人径直走到了齐君元面前，当齐君元从地上诈尸般直直竖立起来时，妇人的表情一下变得十分的不妥当。不过妇人的反应还算正常，她至少有个瞬间下意识地一动不动了，这是出现意外时的害怕、紧张导致人体肌肉僵硬的自然反应。

齐君元就是抓住这个瞬间出的手，并且将这个对方瞬间的一动不动无限延长。因为他的手上有钓鲲的大钩子，钩子尖儿倒抵住妇人的左侧脖颈，这个位置是往大脑输血的大动脉所在。攻击这部位不但可以让对手必死，而且能在很短时间里让其因大脑缺血而无法控制身体动作，避免对手垂死间舍命一搏的可能。

刚才齐君元之所以最后才倒下，是因为他需要做两件事。

首先是将自己藏在前领襟中的"辟邪珠"给吞下去。"辟邪珠"是离恨谷行毒属配制的，可以去沉疴，吸晦垢，明神守中元，对消除和暂缓各种迷药毒药有上好功效。它之所以能成为一种通用性解药，并非其药性如何神奇，而是因为制作它的材料很独特。这种解药的药胚采用的是"紫晶棉黍"，这种棉黍本身没有什么药用功能。但它磨成粉后加天生水，便会成为软塌塌可随意变形的质地。切开后看侧面，上面布满细密的孔眼。如果将此物放入口中，可以将入口入鼻的毒性物质吸收到里面，然后再加上它附带的其他醒神除晦药物，便能消除大部分摄入的毒性物质。齐君元学过行毒属的技艺，随身携带这样的解毒迷药物一点都不奇怪。

第二件事情是将后腰处的"渭水竿"给打开。和他所携带的子牙钩一样，"渭水竿"也是用魔弦铁制成，具有极大弦拉力道。它的结构其实就像现在可以伸缩的钓鱼竿一样，所不同的是它的伸缩可以在机栝控制下按意图自动达到指定长度。一个小小的子牙钩都可以在触动机簧后疾速弹射，断枝破石，直刺横陷，具备极高强度的杀伤力。那么同样材料制成的渭水竿，其力道也就完全可以将趴伏状态的齐君元直挺挺地挑起来，以最直接也是最无法预料的方式来面对对手。

第八章 恶战天惊牌

齐君元没有让妇人瞬间死去，因为他还不知道秦笙笙、范啸天他们是死是迷。他自己嘴里含着"辟邪珠"虽然吸取了药料成分，但要想凭这点药料成分在口中判断出对方使用的是毒药还是迷药，他齐君元还不具备这样的道行。如果是什么烈性的毒药把那几个当场毒死了倒也省事，但要是什么奇怪的独门迷药，那还真得留下妇人来解救。还有就是哑巴，现在他那边到底怎么个情况也不知道。但不管是被这妇人制住还是被她同伴制住，也都是需要用妇人的命作为要挟条件来解救的。

但是要想制住一个人不让她死，还不让她动却并非容易的事，特别是那些自己根本不了解的对手。不了解对手具备怎样的技艺，也就无法确定合适的控制方法和防范措施。自己虽然是掌握主动权的一方，但长时间处在与对方僵持的状态对己并不有利。那妇人只要有足够的胆色，她便可以放松、可以休息，而齐君元却每时每刻都不能有丝毫的松懈。说不定妇人一个看似正常的动作就是她最擅长的杀招。

果然，那妇人很放松，放松得可以用言语调戏齐君元。齐君元知道越是这样自己越要提足精神，对方的放松其实是在努力，努力让自己也放松。这样她就可以找到机会脱开受制，或者抢在自己杀死她之前先出奇招把自己给杀了。

"你先放开她，这里面可能有误会。"

一个男人的声音远远地传来，很是突兀。但有人突然开口并不在齐君元意料之外。

声音出现了，但说话的人没能现身。因为这句话才刚刚说完，那发出声音的位置便连续遭受打击，"噼啪"声响不绝于耳。

"注意，话音位未必是话者位。"齐君元立刻高声提醒道。

很明显，说话的人和被他所制住的妇人是一路的，否则不会说那样的话。而攻击者虽然暂时还不能确定是谁，但可以肯定至少在目前这个局势下和自己是同一阵营，所以齐君元才会发声提醒的。

齐君元虽然耳力不如秦笙笙，但是一个声音有没有通过传声装置，他却是比秦笙笙判断得更加准确。刚才的说话声话头发空，中间发闷，而语尾反是带着一种尖利。这是使用了传声装置才会出现的特有现象，也意味着说话的人并不在发出声音的位置。

"反向走交叉弧线三步到七步，每一步都有可能看到他的确切位置。"齐君元在教攻击者找到说话的人的方法。

"等等……"这次那人只来得及说出了两个字，也不知道他到底要谁等、等什么。接下来便只能听到闷哼、呵斥等单音字了，因为他已经被攻击的人找到，必须全神贯注且全力以赴地应对连续不断的攻杀。

哑巴这次使用的是弹弓，但这次他用的不是泥弹丸，而是石丸，浑圆的鹅卵石。采用石丸之后，弹弓的杀伤力已经不亚于弓弩。但是它的体积更小，上弹、发弹更快，可以连续攻击，还有转向和力度也更容易控制。

之所以如此发狠，是因为哑巴心中清楚，自己这次面对的对手是狡猾且强硬的。其实从火球抛入火场的那一刻起，他就已经觉出自己身后有危机存在。但这危机何时来临、从何而来，他都不知道。只是感觉它无处不在，似乎每一个枝杈、每一片花草、每一粒石子都是会对自己发起攻击的武器。

哑巴不敢动，因为他找不到可以动的机会。而齐君元他们先后倒下，更让他心中有种绝望的感觉。但不管处于如何绝望的境地，一个优秀的刺客都是会利用一切可能来争取生机的。杀人的人往往比别人更懂得生命的重要性，也更懂得如何发现和利用一切机会保存生命。

天惊牌

哑巴的生机是穷唐替他争取的，他无法发现的人和东西，却逃不过穷唐的鼻子。那个瞬间，穷唐是朝着哑巴身后一个他无法用眼睛看到的位置飞了过去。

这位置应该是对方早就思忖好的。正好对着哑巴的背部，避开视线范围。然后采用如若无声的移动，可以尽量接近到哑巴身边。但他没有想到哑巴除了眼睛和耳朵，还有鼻子，而且是个灵敏无比的鼻子。只是这鼻子离开了一会儿，它在哑巴的授意下去恐吓了一只穿盔甲的巨猿，然后又悄没声息地溜到一个指定位置触发了一只预先设置好的小弩。

等穷唐的鼻子发现危险后，它没有发出任何响动就飞了出去。通常只有凶狠且奸猾的兽子才会这样做，和刺客的规则一样，要在对方毫不知觉的情况下给予全力地攻击。

但飞出之后的穷唐未等落地就发出了一声嚎叫，这也是齐君元刚才听到的那一声哀嚎。按理说这嚎叫也是符合刺客规则的，既然自己失手，就应该立刻发声向同伴示警。

穷唐是被一团树枝草秆包住了。那是一大团的树枝草秆，足可以包扎下一个人来。而这本来是要用来包扎哑巴的，现在由穷唐来替他承受了。

也就是这个瞬间，哑巴身形疾电般移动，将自己藏入一个相对安全的角落。随后他要做的事情就是让别人很不安全。问题是背后的那个威胁就如同无形的一样，不管视线还是耳朵，始终没能将他找出来。

直到带来威胁的对手主动发声说话了，哑巴才有方向、有目地朝发出声音的位置连发七枚石丸。但这些石丸都只是打在花草枝叶上，没有一枚的回应是击中肉体的。

不过齐君元的指点真的很有用，他只按照所说步骤走出四步，就找到一个隐藏在大叶葵草下面的身影，于是石丸再次连续发出。

暗藏的对手很认真地在对付哑巴。他没有弓弩盾牌，更没有弹弓，但他有一只渔鼓。（一种简单的乐器，唐代时即有，为道士传道、化募时道情所用，所以也叫道筒。分成两部分，一只蒙了猪皮的竹筒，拍击发鼓音。还有一对像长夹子一样的简板，这是发清脆节奏音与鼓音相合的。八仙中张果老所持便是此物。）从外形上看，这渔鼓与其他渔鼓没什么大的差异。稍有些特别的是此时并非在演奏，但对方的一对简板却始终握在左手里。简板后半截被袖子遮掩着，而袖中肯定是藏着什么装置，可以不断变化简板的伸出长度。

这时虽然不是在演奏，但是简板却是脆鸣声不断。那对手竟然是以简板来格挡哑巴射出的石丸，而简板在石丸的撞击下，是火花四溅、鸣声悠长。这又是一个特别之处，简板竟然不是竹片制成，而用的是锻造精钢。

几轮强射，未能见功，于是哑巴加快了速度，石丸连发。那对手单以简板应对已经来不及，便用渔鼓去接，将石丸收入他的筒中。从弹入渔鼓的声响上辨别，那渔鼓鼓身也是精钢所制。

见此情形，哑巴不由焦躁起来，再次改换手法。以一弓同发两丸或三丸的方式攻击，这样一来那对手即便以简板格挡、鼓筒接收同时应招仍有些应接不暇。

但那使用渔鼓的对手此时也再次变招，不知启动了渔鼓鼓筒上的什么装置。渔鼓不单是收进石丸，而且还将收进去的石丸一颗颗大力射出，把哑巴后面连续发射的石丸撞飞。

也就在对手开始用渔鼓将收进的石丸射出后，齐君元搞清楚了一些事情。他赶紧高声喝止："住手！是同潭的芒子！"

这句话用的是离恨谷的暗语，真实意思为"都是离恨谷的刺客"。

虽然听到齐君元的喊声，哑巴仍意犹未尽地将掌中最后三颗石丸给一起发了出去。面对这三颗呼啸而至的飞星，对方渔鼓的机栝再次启动，这次从里面射出的不再是石丸，而是一块圆圆的钢板。

也许是渔鼓中收取的石丸已经用光，也许是这哑巴这次射出的三枚石丸让对手感到以其他方式再难阻挡，所以对手只能采用了更为精妙的设置来应对。

钢板的样子有些像小铜镜，而且是旋转着飞出，夜色中可见边沿有眩光闪动。疾飞的钢板击碎掉两枚石丸，然后继续朝哑巴的方向疾速旋飞。哑巴根本没有料到会有这样的变化，更没料到钢板的速度会如此之快。所以连下意识躲一下的反应都不曾有。

圆形小钢板很沉闷地一声射入哑巴身边的大树干里。大树猛然一震，顶上簌簌落下许多小枝和落叶，由此可见这一击力道的狂猛。而哑巴的第三枚石丸，那人是用简板给夹住的。石丸的大力让精钢制成的简板颤抖着，发出长久不息的"嗡"响。

对面那人长长舒出口气，然后用衣袖擦了下脸上的汗水："对不住，我让等等的，可你不给我机会说话。最后三颗我要不用'天惊牌'就没办法挡住了。"

哑巴看看身边已经深深陷入树干的钢板，然后猛然侧身，将弹弓全力绷拉开来，再次射出一丸。不过这一次不是面对那对手，而是朝着旁边的一块大石。一声如同破冰的声响，然后是石粉飞扬、火星四溅。

这一丸深深地嵌入了大石，是一枚生铁弹丸。

原来此时哑巴掌中石丸已经用完，久战不下的他接下来准备改用的是生铁弹丸。而且在最后三颗石丸发完后，很自然地就已经把铁弹丸摸在了手中。但是他的铁弹丸未来得及使用，别人却抢先使用了霸道无比的"天惊牌"，差一点就再无出手的机会。于是哑巴愤而以一丸击石，是向对方显示自己的铁丸力道不逊"天惊牌"。这是一种显示自己不服输、不服气的行为，也是英勇与强悍的流露。但作为一个刺客来说，则是缺少磨练、不成熟的表现，也是他平常难以与人沟通的一种性格缺憾。

就在哑巴铁丸击石的时候，齐君元已经撤开抵住挑担妇人脖颈的钓鲲钩。

"身份隐号？"齐君元问得很简单，因为他想尽快离开这个死气熏人的地方。

那妇人此时也面色一正，认真回道："谷客唐三娘，位列毒隐轩，隐号'氤氲'。"

"他们着的是迷爪还是毒爪？"齐君元一指倒在地上的人。

"是迷爪。"

"赶紧给解了，然后速离此地。等到了安全的地方我们再细排此行出了什么岔子。"齐君元说完后让开身形，但手中钓鲲钩却始终没有放松。

与哑巴对决的那人也将穷唐放开，原来裹住它的那些树枝草叶中混有许多钢丝，钢丝与树枝草叶共同构成一个可弹射收缩的长笼。射出时如一张网，收拢后便是一只笼。据说这是墨家弟子泽仁将秦人捕捉野兽的"追星三分索"与捕鱼罩网相结合创出的技艺。主要用来活捉对手，江湖上叫它"飞猿笼"。为什么将此物叫做技艺而非器物，是因为这东西使用的材料多，做出来后体积太大，一般只能在固定机关中使用。而刺客要想随身携带使用这种器具的话，只能是带少许的钢丝骨架在身边。然后在需要使用时就地取材，在极短时间里制作而成。

唐三娘站在原地未动，也没放下挑子，而是伸头朝她前面担子里的小火炉吹了口气。炉中轻扬起一抹炉灰，飘向秦笙笙他们倒下的位置。炉灰刚落下，昏倒在地的人就立刻醒转过来。而且精神状态和原来相比不见丝毫颓萎，只是茫然不知刚才到底发生了什么事。

齐君元举手制止秦笙笙会一发不收的啰嗦问话，然后领头朝西南方向而行。走出火场之后，哑巴和手持渔鼓的人也汇入其中，都不多话，只是急行。黑暗中穷唐蹿到了最前面，这应该也是哑巴授意的。以它开道，一般的布置埋伏都应该可以发现。

齐君元跟着前面纵奔的穷唐，脚下颠簸而行，而心境则更加难以平复："上德塬到底暗藏着什么秘密，竟然会吸引来几国最强势的秘行力量。而且这几方就算都得到相同讯息，排除其他所有意外，单以距离来论，他们到达上德塬也应是有先有后。可这三方面力量，不，算上离恨谷应该是四方面的力量，怎么会差不多同时到达上德塬？而且到达后只看到残垣焦尸，这是巧合还是刻意安排？还有范啸天，自己到现在都没机会问他到上德塬来是干什么的，留信将一行人引到这里是什么目的？而唐三娘这两人又是来干什么的，为何不问缘由来路就朝自己这些人下手？他们接到的'露芒笺'又是什么任务？"

急走出十几里路后，那疯女子往地上一赖便再不肯走。她说累了走不动了，然后又说她爹说过，让她不要跟不认识的人瞎跑，特别是不认识的男人。所以任凭诱骗恐吓，她就是不挪地儿。齐君元此时心中正好有太多谜团未解，需要询问和思考，便索性带大家在小道旁边找个还算隐蔽安全的地方暂时休息下。

何从去

歇下来后，齐君元先是打量了一下与哑巴交手的那个汉子。这人年龄应该比自己稍大，面容清秀，略有髭须。一副道人的穿着打扮，这与他所带渔鼓较为相称。但作为一个刺客来说，这打扮和渔鼓都显得过于显眼，容易被人注意。

"好个'石破天惊'！而且还在其外段加了'百回括'，可将收入的物件重新射回。"齐君元由衷地赞一句。

所谓的"石破天惊"就是那汉子手中的渔鼓，外观上做得和竹筒相仿，涂上漆水很难辨出这是精钢之物。构造设计巧妙之极，敲击底部仍可正常发出鼓音。而实际上这已然是一件以精钢特制的霸道暗器，其中暗藏的七块"天惊牌"。"天惊牌"形如削边铜镜，精钢为体，"裂金魔石"为沿。

在《异开物》中曾有关于"裂金磨石"的记载，据说硬度还在钢铁之上，可划瓷立开、划石立断。后人推测可能是类似金刚石的物质，所以飞出时可见边沿炫光。

"天惊牌"在筒中弦簧的带动下，大力激射而出，势比巨弩强弓，可破石断木，硬盾重甲都不能阻挡。

外加的"百回括"是巧力压簧设置，有多个储力机栝存在。收入物件时将弦簧压缩储力，同时物件定位。大物件由多个压簧机栝一起作用，小物件由单个压簧机栝独自作用。使用时触脱弦扣即可射出。

"好眼力，好耳力，只凭外观和使用时的声响，就判断出我这是加了'百回扣'的'石破天惊'。其实你的'渭水竿'更厉害，只是你未展示它的真正威力。"那道人打扮的汉子回赞道。从他的话里可以听出，他刚才是由"渭水竿"认出齐君元也是离恨谷刺客的。认出之后他本来已经准备出面阻止双方冲突，但才说出"等等"，就遭到哑巴的连续攻击，之后再无暇说出半个字来。

"你应该是技出妙成阁的谷客，但所学技艺已达谷生境界，很难得呀。"齐君元再赞一句。

"不，这一点你却说错了。我是谷生而不是谷客，姓裴名盛，隐号'锐凿'，伏波于川东毛林寨。最近接到'露芒笺'，让东行至楚地古马岭，等候行芒召唤。"裴盛纠正了齐君元的判断。

裴盛的这种说法让齐君元心中满是怀疑，因为他在离恨谷妙成阁从没有见过这个裴盛。也就在此时，齐君元发现裴盛的那对简板缩短了。大部分没入衣袖之中，只余下半尺左右，应该是某种装置将其收了进去。再仔细看，发现裴盛根本就没有左手，左臂秃秃齐腕而断。是以特别装置将钢制的简板安装在左臂上，然后利用小臂的扭转和手肘的伸曲来实现伸缩和开合。也就是说，这简板替代了他左手的功能，但并非完全替代，只相当于直直的不能曲折的两根手指。裴盛以道人打扮出刺活儿，其意正是想以长袖道袍来掩藏这种装置。

看到了断臂，齐君元知道裴盛应该没有说谎，他的确可能是谷生。只是像这种原先就身体存在缺陷或者在行动中身体受损的谷生是不能留在离恨谷中的，只能安排其伏波于其他地方静候指令，就和哑巴的情况一样。

"你又是如何认定是我放的火球？不管三七二十一就用钩子扣住我？"唐三娘很有些不服气。

"这样大一个火球，要想从不问源馆那些高手身后发出，之前又不被他们发现，距离肯定拉开很远。而当时在那荒郊野外，能发出这样大火球的现成工具只有你的扁担。扁担横搁合适位置，一头挂绳兜系火球，另外一头挂绳下拉，火球就可以被远远抛出。这和攻城抛石车的道理是一样的。"齐君元分析得一点没错，因为这类技巧正好是在他最擅长的专业范围内。而唐三娘能这样使用，肯定是她在求技、求释恨时，学过一些工器属的技艺。

"只有这点吗？"唐三娘又问。

"当然不止。就你这白肤嫩颜的模样，试问有哪个走街串巷卖面食的挑担娘子可以长成这样的？还有火场中焦尸遍地，形态恐怖，但是你却在深夜之中独自挑担进入且毫无惧色。如果是一般的挑担娘子早就吓得屁滚尿流，担子一扔不知逃到哪里去了。另外，还有一个细节，一般挑担子卖面食的都会将料箱放在身前，火炉放在身后。这是怕火炉在前面会碰烫到过路人，也是因为火炉的烟灰是随着行走方向往后飞扬的，放在前面，挑担人会被熏呛。而你不同，这是因为你的炉子有其他作用。"

"就你刚才所说，似乎除了工器属技艺外，还兼修过玄计属、行毒属的技艺。"唐三娘也非易与之辈,从齐君元几句话里便掏出些他的底料来。

"先别管我学的什么,说说你们两个怎么回事,怎么就将我们当做刺标了。"

"是这样,我是在古马岭遇到那敲渔鼓的,他当时在我摊子上吃面,摆出了'望海寻'的暗号,于是我们相认聚到一起。但我也和他一样,是在等过芒召唤。"唐三娘话说得很爽快,想都不用想,好像是排练过好多遍的一样。

齐君元微微皱了下眉头说道:"但你们俩都没等到。"

他觉得应该是这样的情况,否则不会只这两人出现,应该有个谷里委派的主持者才对。另外,就是他们在实施行动之后并没有自己的主张,自己说走他们两个也就跟着一起走。

"不,等到了,但我们都没有看清面容。那人只留下一个代主的蜂符(入水蜂形状的符牌,证明是谷主亲令)和一张乱明章(离恨谷用暗语详细布置如何行动的信件)。"唐三娘回答道。

"乱明章是让你们对我们下迷药?"秦笙笙再不说话可能就要被憋炸了。

"不,是让我们抢人、救人。"这次是裴盛抢先回答了秦笙笙。

"你们就这样救人的,要不是围住我们的那些人恰好突然有紧要的事早跑了些,我们还不都死在火场里了。"秦笙笙满腔的愤怒,她发现离恨谷的谷生、谷客竟然还有比自己更加白标的白标。

"乱明章的确是让我们救人,但不是救你们。乱明章中根本没有提到此处还有谷里的行芒,只是让我们来救她。"唐三娘说着话一指那个疯女子。

大家一下都惊奇了,离恨谷怎么会救一个疯女子的,难道她身上藏有什么秘密吗?

"不对,不对,也不一定是她。"裴盛赶紧纠正唐三娘所说。"你怎么就知道是这女子的?"裴盛纠正完后扭头质问唐三娘。

"除了这女子,这里还有一个倪家人吗?"三娘觉得自己的判断没有错。

"那里不还有很多死人吗?万一我们要救的人已经死掉了呢?"裴盛也

坚持自己的观点。

齐君元真的有些气不动了，这两个人竟然连自己要救的是什么人都没搞清，就又是迷药、火球，又是飞猿笼地出手了。然后一个莫名其妙将自己的几个同伴放倒，一个迫不得已和哑巴大战一场，完全像是在瞎胡闹嘛。不过齐君元怒念未动就又平静下来，念头一转便觉出不对了。唐三娘被自己制住时表现出的放松和老练，说明她是个久走江湖的老手，怎么可能出现这种低级错误？那么这两个人的一唱一和会不会只是在演戏给自己看，其实是要掩饰真实的目的？

"你们要救的到底是什么人？我也是来找人的，说不定你们说了我还认识？"范啸天眨巴着眼睛，神情怯怯地问一句。

"我们要找倪大丫。现在上德塬人都死光了，不是这丫头还会是谁？"唐三娘有些气哼哼地指着疯女子。

"啊！你们也是来找倪大丫的？我也是呀！那天我都快到呼壶里了，偏偏此时有谷里灰鹞带给我乱明章和一个羊皮囊。乱明章是要我今天天黑之前务必将羊皮囊交给上德塬南边路口第四家的倪大丫。"范啸天眼睛越眨越快，这是他感到迷惑不解时的表情特点。

"啊，啊，倪大丫不是我，我是稻花，不是大丫，你们看我丫丫大吗？"疯女子说着把自己沾满泥垢的脚伸出来。

所有人一下明白了，倪大丫不是个大丫头，而指一对大脚丫。

"你知道倪大丫去哪里了吗？说了我给你抄手吃。"唐三娘笑盈盈地凑近疯女子。

"抓走了，都抓走了，被鬼卒抓走了！"疯女子一提到鬼卒，似乎便回想起上德塬早上的惨状，神情便一下又糊涂起来。

"被鬼卒抓走了！世上难道真的有鬼？找人杀人我们都还行，这找鬼可不是我们能做的事情。接下来该怎么办？是等代主的乱明章指示，还是各自散了？"范啸天说完就看着齐君元。其他的人也都看着齐君元，这一刻，他们全将齐君元当做了主心骨。

"你们收到的乱明章让你们下一步做什么？"齐君元没有马上做出决

定，却转而去问唐三娘和裴盛。

"我们，嗯，我们拿到的乱明章上也未说之后做什么。"唐三娘的口齿突然间有些磕绊。

"大概代主没有料到我们会找不着倪大丫，所以未曾布置下一步的计划。"裴盛补充的话有些闪烁。

齐君元眉头微蹙一下，这两个人的话里有着很多矛盾。离恨谷派出的任务，除非是一次了结的活儿，否则都是会有下一步的指示。而且针对可能发生的情况，甚至会预先布置下好几种指示。比如像他们这两人接到的救人活儿，肯定会有多种可能，救到，没救到，救出的已经残了，快死了，等等，一般都会告诉刺客该怎么办。而没有后续指示的，一般都是杀人的活，因为只要目标被杀，任务也就终了了。所以要么这两人在说谎，要么就是离恨谷出活儿的环节上出错了。

齐君元虽然心中满含疑问却没有再继续询问，疑问是问不出答案的，只能凭借自己的洞察力和思考力去发现。所以他只是语气平和地说了句："去呼壶里吧，也许所有的答案都在呼壶里。"

纷乱议

日及檐头，如望脊兽，黄灿灿的阳光洒满大周的圣都皇城，琉璃瓦、白玉阶上都泛起一片金泽。

平常日子这个时候正上早朝。由于世宗柴荣领兵北征，没有皇帝坐殿。所以大臣们上朝只到朝房，由宰相范质和殿前都检点赵匡胤主持处理各部呈上的折子。有什么疑问众大臣可各抒己见，商榷一个妥当的处理办法。

但是今日的各抒己见已经变成几派不同见解的争执。问题主要集中在两个方面：如何应对南唐提税导致的物价飞涨和粮盐缺乏，还有如何应对西蜀兵压边境。

其实这两方面的问题最终只是集中在能否动兵的争执上，因为要想逼迫南唐降下税金，最快、最直接的办法就是用兵攻南唐。只要占住南唐与大周接疆地带的淮南地区，那么一切危机就能得以缓解。因为淮南一带不但粮食高产，可以取之缓解粮价，而且那里还是盐产地，南唐所有用盐都来自那里。这样不但使大周的粮价、盐价可以得到控制，而且还能扼住南唐盐道。然后以提高盐价反制南唐，逼迫其降低税率，或提供低价粮食给周境。另外，占住淮南还可以获取江运通道。这样从长江道往东，可从吴越国购买到低价的粮食。

而要应付蜀国兵马，周国在兵将派遣上没有问题。赵匡胤亲自训练统辖的禁军为大周实力最强的兵马，此次并未参加北征，全部集结在圣京南线按兵不动。但问题是兵马未动粮草先行，就算实力再强，要想抵御住西蜀的兵马侵入，没有大储备的粮草肯定不行。所以问题最终还是绕了回来，最终还是要尽快解决粮食的问题。

有人提议，马上也将出境税和过境税金提高，这样就可从其他物资上挽回粮盐损失。

此提议引来睿智者的讥笑，大周虽然有牛羊、铁石可外输盈利，但这些只对西蜀、南平、吐蕃而言。西蜀已然集兵欲犯，花钱买肯定是不会的了，除非白送或者由他们自己来抢夺。南平太小，他们国内也受南唐提税之灾，目前估计很难有什么交易。吐蕃穷山恶水苦寒之地，很少有商货交易。北汉、大辽虽然也有此需要，却绝不会与大周走官道经营。所以大周就算提税，多收的税金也寥寥无几。反倒会越发加重百姓负担，导致他们有货售不出，或售出不得利，这样会丧失民心。

有人建议抢先对南唐用兵，抢夺淮南地带。同时通知盟国吴越从西南策应攻击，让南唐应接不暇。这样就可以在短时间中占领淮南，夺取一些储粮。然后再利用江道加紧从吴越、南平购运粮草，只要有足够三个月的粮草储备，就能集中兵力应对西蜀。

有人则反对，说此办法为远水不解近渴。北征兵马尚未回转，如果聚集兵马抢攻淮南，便没有力量阻止蜀国兵马。蜀兵可抓住此良机直插大周腹地，到那时就算占了淮南也没什么用。何况蜀国兵马只要一出，南唐肯定趁火打劫，大举兵马反攻大周。到那时不但占领淮南是个问题，说不定还会让南唐夺取了鲁东一带国土。

于是又有人建议先对付蜀国兵马，如果能将其秦、凤、成、阶四州拿下，不但可以获取大量物产，而且堵住蜀道，让蜀国再无机会直插大周腹地。不过这样做的话必须是先启国库，将所有存银拿出从南唐高价购买粮草。

这个建议也被很多人否定，因为国库一空，便无任何后续保障。此时要是不能将四州一举拿下，出现了僵持或拉锯的局势，大周很快就会撑不住的。另外，如果南唐见机再次提高税率的话，那些国库银两也只不过是杯水车薪，都填了南唐的饕餮之欲。而且此时还要防止南唐趁势兵犯大周，还有楚地的周行逢，他也说不定会借道南平或直接拿下南平，继而对大周下手。

所以商量争执半天之后，最终大家得出一个公认的结论。大周目前的局势用兵不行，提税也不行，最好的办法是要有一笔国库之外的巨财，方能解决眼下困境。

"众位大人是在说笑吗？最后就商量出这么个主意来。国库以外的巨财不是没有，只要众位大人带头，全国官员跟上，将自己的家财尽数捐了，这困境也就度过去了。"范质这话倒不是真要大家捐尽家产，要真那样的话，乱下来的就不只是市场，还要搭上官场，造成的后果是让大周更加岌岌可危。他所以说这样的话只是委婉地表达一下自己的气愤，这般人太无能也太无聊了。眼下的情况就连宫里的太监、宫女都知道有钱就能解决，真要有一笔妄想之财那还用这样费心思吗。

大家一下全都默不做声了，他们都听出范质话里的分量来。赵匡胤坐在一旁也不作声，只是冷眼轻蔑地看着这些大官上将，心中有种耻于和此等人同朝为臣的感觉。

就在此时，朝房外远远有内城护卫高声传讯："禁军外遣有紧急事务求见殿前都点检赵将军。"朝房议事，涉及国家大事和军机要务，所以连内城护卫都是在五十步外站位守护的。有什么紧急事情，只能高声呼叫。如果往朝房靠近几步的话，都会被定为窃听国家机密而被杀头。

赵匡胤没有和大家啰嗦什么，站起身径直走了出去。心中只希望范质营造的沉默气氛可以让一些人开开窍。

出去后，他远远看到自己的弟弟赵匡义在朝房外百步的位置等自己，于是面无表情地走了过去："朝房议事之时，你有什么急事找我？而且还冒充禁军外遣。"

赵匡义拉赵匡胤到旁边宫墙转角的偏僻处，这位置直角墙体相夹，墙体绵延百十步，别人无法凑近偷听他们谈话。

赵匡义凑近自己的大哥，用低沉但很平稳的语调说道："薛康带鹰、狼队本该在外围剿一江三湖十八山的堂口，但前些日子突然不见。大周禁军在各国的暗点有消息传回，说见到薛康带鹰、狼两队中的亲信好手越境深入楚地中心了。此事大哥知道吗？他有没有事先报情请令？"

"我不知。但将在外君命有所不受，他可能是遇到什么紧急事务了。为将者应该懂得灵活变通，这事情好像没有什么可深究的。"赵匡胤军家出身，也闯荡过江湖，所以并未觉得薛康这事情有什么蹊跷，赵匡义匆匆忙忙来找自己很有些小题大做。

"大哥，你且听我说完呀。禁军谋策处的参事赵普刚探亲回来，一回来就告诉我，说从他老家'善学院'中的同门师兄弟处获悉，最近江湖上流传有一个巨大宝藏的秘密出现在楚地。得之可获取巨大财富，富可敌国，据说现在已经有多个国家派遣人手对此宝藏秘密下手。一江三湖十八山的总瓢把子梁铁桥也扔下总舵不管了，投靠南唐官家，现已带人进了楚地。蜀国的不问源馆也有众多高手派出，不惜代价要得到宝藏的秘密。还有就是薛康带人进了楚地，他的目的也应该是奔宝藏秘密去的。现在反倒是控制楚地的武平节度使周行逢那边还没动作。"

"赵普回来了？太好了，我正有事要和他商量。还有你刚才说一江三湖十八山的总舵现在没有当家的坐镇了？"这个讯息让赵匡胤想到了些什么。

赵匡义点点头："赵普真神了，他说你肯定有事要急着找他商量，所以让我顺便给你带了封信件来。他还说了，看了此信你们两个见不见面都无所谓了，只管将信中所说事情都办了。他只等朝里传旨行事。"

赵匡胤把信拿在手中却未打开，而是沉思了一小会儿后说道："按薛康的性格，应该不会做那样的事情。他的家眷老小都还在圣京，不会为了个未有定数、不知真假的财富抛家舍业。但是既然有此一说，我们倒真不能袖手看戏，也该上台唱两段霸住些台面。而且我大周目前局势确实不太安定，要真能得到那笔财富，倒是立刻可将局势稳住，也可为我主伐辽大计的实施提供保障。就算我们得不着，那也不能让其他任何一个国家得到。因为不管哪国得到了，对我大周都是大不利的事情。"

"大哥，你的意思是……"

"你立刻带虎豹两队乔装而行去往楚地，过南平时可邀'千里足舟'帮忙。'千里足舟'的戴、张两位当家曾经被仇家用'乌目唤魂鸦'困于九鳞岭的鬼水湾，是我盘龙棍以'金龙闹九天'破了'乌目唤魂鸦'，将他二人救出。这个帮派中虽然技击高手不是太多，但他们在陆地行走和泗水使船上有独到技艺。而且门人弟子众多，干的都是送信、快运、打捞的营生，探听消息又快又准。你可以利用'千里足舟'盯住那个宝藏秘密，但只跟不夺。等他们依照秘密开启宝藏时，你再行动。我们要的是财富不是秘密。前面让别人忙，最后我们把真正想要的从别人手里抢过来就是了。"

"我领会了，那薛康怎么办？"

"薛康这厮，虽然平时谨遵军令、军纪，但对我并不真心服从，甚至有替代我的意图。这一回他未报私行，有可能是事情紧急，也有可能是想自夺头功，这样才能加官晋爵压我等一头。所以你回去后便在禁军内散布薛康为求财富带队逃遁的消息。最后不管他取不取得到那笔财富，都要想办法把他的罪名做定了。如果实在没有办法以罪制他，那么……"

"我格杀他就是。"赵匡义似乎已经知道赵匡胤想说什么。

非常策

"他的本事不在你之下，所以要想一杀无误的话，你应该去把你的一斧之师请出来。那师父我虽然只见过一次，但从谈吐举止和关于刺行的见识来看，此人应该是个很会杀人的人。"

"这我也看出来了，但始终探不出他的底细来。而且他就只教了我一斧子的本事，不肯相传更多技艺似乎是有着某种隐情和顾忌。所以能否将他请出杀人我并无把握，更何况是杀一个薛康那样的高手。"赵匡义嘴上说的是难度，而心中其实根本没将薛康当回事。在他看来根本不用麻烦去请高手，自己铁定能将薛康拿下。

"没关系，你去请，而且直言相告薛康的身份和本事，他会杀的。一个杀人的人，会把每次杀人的机会看作乐趣。而且难度越高、挑战性越强，他就越发可以找到趣味和享受。"赵匡胤很肯定地说。

"大哥的吩咐我都记下了，此番出去，你有没有其他事情要一块办的？"

"有，你出去之后，记得顺便替我打听一下京娘的消息。"赵匡胤说这话时脸颊明显抖动了一下。

"大哥，你当年英雄仗义，千里送京娘。京娘委身相许，你却拒绝而走。后来再次经过她家乡时打听她的处境，获知在你走后，京娘就投湖自尽了。怎么此番又想到她了？"赵匡义有时真的无法理解自己的大哥。

"当年是因为英雄的虚名挂着，觉得接受了她，那么千里护行会被人曲解为心图其色，在江湖上落个耻笑。可这么多年过去，我经人无数，芸芸难数的美女、才女都只如红尘俗粉。直到现在才真正体会到京娘当初对我的一番真情意，也才认识到，京娘是这世上最美、最具才学的女子。"赵匡胤此时不动声色的表情中掺入了一丝温柔的色泽。

"大哥，我知道你的心情。但人都已经不在了，你还是眼看开、心放下才好。"

"不！我有种感觉，感觉她还活着，只是在很远的地方。我自己肯定会去找，但你也要记着替大哥去找。"赵匡胤的语气很坚定。

"大哥如此儿女之情长挂心中，不免英雄气短、胸怀难阐。"赵匡义话里带着些微的轻蔑。

"英雄天下志，七分儿女情。多情方知民心民愿，也方能体会民生民情。你看当今皇上，只宠爱符皇后一人。后宫无乱，不奢不淫，正己为榜，宽政恤民。此等专情专事，才是我辈楷模，真正顶天立地的大英雄。"赵匡

第八章　恶战天惊牌

胤满怀感慨。

"但这也是一弊，若谁要攻溃皇上之心，只需在一个女人身上做下手段就行了。"赵匡义说话时，面颊上的皮肉轻抖了两下。

听赵匡义说这话，赵匡胤眼中立时扫出一道利寒光芒："三弟，以后不得再说这种逆忤之语，特别是在宫城之中、外人面前。记住，口舌不慎妄招祸。你还是赶紧回去做准备吧。"

"好吧，谨记大哥教诲。那我现在就去准备，今夜即走，到时就不与大哥告辞了。"赵匡义的表情依旧没有丝毫变化，看得出，他对赵匡胤的警告很不以为然。

"那好，一切行动以隐秘为佳，今夜我也就不送你了。出外行事，谨慎、抑性为上，万不可自大跋扈。"

赵匡胤说完这话后，赵匡义只微微点下头就转身走了。赵匡胤待赵匡义走出十几步后，这才转身往朝房的大门走去。

赵家两兄弟这番交谈，说的都是私己的事情。但他们两个都没有注意到，就在他们说话的长墙角落上方，墙垛要比其他地方的要高。也就是说，此处有个无顶的阁台，只是从墙的外侧上下的，在里侧很难看出。

而正常情况下，这种阁台上都应该有一个宫内带刀侍卫站位守护的。如果这里的卫士没有开小差擅离岗位，如果这里的卫士不是个聋子，那么他应该能听到赵匡胤哥俩儿的全部对话。而内城宫廷的带刀近卫，肯定不会是聋子，站位时也绝不敢开小差。

赵匡胤没有马上回朝房，而是在远离朝房的空地上将赵普的书信打开，反复看了两遍。他心中不由地大加感叹：这赵普果真是个人才，知道大周面临的困境后，立刻便给理出了几条策略。这些策略有些和自己所想相合，有些则弥补了自己无法解决的棘手处。

看完信件，心中又兀自揣摩一番，赵匡胤这才将书信揣在怀中，意气风发地走到朝房门口，然后在旁边的补奏处拿张空白奏折，提笔写下一份密折，这密折全文竟然只有两个字。待墨汁干透，合上折子，浇腊加密印封好。

赵匡胤拿着那封好的折子进了朝房，他已经出去了好一会儿，里面的沉默依旧没有打破。众多大臣尴尬地互相对视，而范质则眯着眼睛慢条斯理地一本一本地看折子，根本不理会那些人。

赵匡胤走到自己座位前，却未坐下。而是挺直伟岸的身躯，背负双手来回踱了两步，用目光扫视一遍朝房里个个低眉顺眼想以沉默熬过今天朝议的官员们。这一刻，他所显现出的气势、气度让别人感觉自己很是猥小，就连这高大的朝房都显得有些低矮。

范质也觉察到赵匡胤站着未坐下，于是放下手中的折子，斜脸问道："九重将军（赵匡胤又名赵九重）是否刚刚得到什么大好讯息？或者是对目前局势有高策应对？"

"对对，赵将军说说，你一直都未发表高论呢。""九重将军高才国栋，必有妙计可解眼下之困。""赵将军能力所涉各级各阶，定是从何处寻到颠覆困势之道了。"……那些个大臣像是找到了救星，纷纷用言语将赵匡胤往高处托。

赵匡胤抿了下嘴唇："其实我也没有什么高论，只是想告知一下各位大人我接下来要做的一些具体事情。我不保证这些事情可以扭转我国目前困窘局势，但只要大家觉得这是在往我们要的目的上努力，那么下官还恳请各位大人一同鼎力承负，不要让在下一人独对疾风劲浪。"

"那是当然。""我等肯定是与赵将军同进退。"

赵匡胤双手一揖，是致谢，也是止住大家的聒噪："既然各位大人这么仗义，愿意共同承负，那么我就将下一步用兵动银的计划说了。在座的都是国之重臣，将来若有举措泄漏于外邦，或者执行不力未达目的，皇上转驾归来后怪罪下来，在座所有大人都脱不了一份干系。哪位大人要觉得事重难承此责，此时退出朝房还来得及。"

赵匡胤其实已经是用话将在座所有人都套住了，此时就是有心逃脱责任的，也已经没脸面走出朝房了。

赵匡胤环视了一下大家，接着说道："我刚刚的确是得到一个意外财富的讯息。但现下的世道，流言蜚语猖狂。所以此类讯息，大都是井中明月、画中美颜，当不得真的。我觉得还是应该利用我们现有的条件去扭转局势，

第八章 恶战天惊牌

才是根本、实际之策。"

有人在摇头,因为这个议题已经讨论半天。现有条件下要有什么好办法,肯定早就商定下来了。

"刚才各位商讨的出发点与下官其实是同出一辙,之所以感到两难、多难而无良策可定,是因为各位大人都是贤良忠厚之人。用现有条件,必须是行非常之手段、极端之招数,方能得见奇效。"

赵匡胤这话一说,所有人不由地都用好奇、期待的眼神盯住赵匡胤。他们心中都急切地想知道到底是怎样的非常手段、极端招数。

"首先请范大人代主拟旨,遣特使再赴蜀国。见蜀王孟昶后直言大周粮盐紧缺价,希望蜀国遵循之前盟约,将粮盐运至边界开边境易货市场,低价易货,缓解我国窘境。最好到时再抓住他们些把柄,与之纠缠,不用给孟昶好脸色看。"

"赵将军,能详说此计何意吗?"很多人不解,于是有人出声详问。

"这叫敲山震虎也好,叫空城计也罢,就是要明告蜀国,我们已经知晓他们的真实意图。而气势上表现得很是张狂,显出我们早有准备,并不怕他们发难。而主动说我们缺少粮盐,让他们心疑此为诱诈,不敢轻易出兵。"赵匡胤其实敲山震虎和空城计两策都有运用,而且他在此之外还有诡行策略并没有说出来。

"赵将军觉得何人合适出使?"范质问。

"嗯,此特使不单要有胆色气势,而且要能审时度势、随机应变。我觉得礼部尚书王策王大人可行,另外,我再推举禁军谋策处参事赵普辅助王大人。这两人一柔一刚、一韧一僵,肯定能将此行意图达到。"这种安排是赵普在书信中说好的,因为这趟出使并不简单,有些诡行策略必须他亲自去操作。而王策这人性格冲动、想法简单,有他挡在前面,自己暗中做些什么事情很难会被人发现。

"赵将军如此看得起,老臣我定当不辱使命。"王策站了起来,慷慨应承此事,颇见几分豪气。却不知赵匡胤抬他出来只是做个幌子而已,真正的经营还是在赵普那里。

第九章　欲挽狂澜

迫必行

"这是第一策,如果不能奏效也无妨。接下来请枢密院发军行令,遣禁军外营左前锋副指挥王审奇将军,带兵马三千赶赴周蜀边界,沿途不经州过县,只在野外潜行,然后驻扎于陕南郡遗子坡。我查过军备册,此处不远有陕南道的一个粮草场,虽然存储不多,但应该够三千兵马数月之用。所以枢密院发兵令的同时发给调粮牌,让直接就地取粮。免得他们潜行之中随身带上许多粮草累赘,延误了行动。"

"可这三千禁军怎么都阻挡不了蜀军进犯啊,派到那里犹如肉填虎口。"枢密院使程春和大人很难理解赵匡胤的意图。

"这三千禁军非但不是肉,反会是割肉的刀。一旦蜀军犯境,他们要做的便是从遗子坡山涧直插川北东行道,攻青云寨。此处是川境与秦、凤、成、阶四州的连接关键,蜀兵后援、粮草都必经此地。三千禁军不管能否攻下青云寨,犯境蜀兵都必然回援。因为那里只要一被占,他们便如一块被割下身体的肉,与东西川都失去了联系。这样三千禁军能攻则攻,不能攻则

第九章　欲挽狂澜

退。反复侵扰，便可破坏蜀兵进犯的意图和速度。拖住蜀国大军，给大周争取时间。"

"此计虽妙，但就算拖延了时间又能如何？没有粮草，便无法调动大军与蜀军抗衡。"赵质也提出了自己的疑问。

"粮草之事是第三策，由我亲自来解决。不过这要赵大人和三司使共同做主，先从库银中调些银两给我。我明天就带人赶往南唐边界，从那里买粮。"赵匡胤回道。

"只要是在我国境内，粮价就奇高。就算将可调银两都给了你，也是杯水车薪，买不到多少粮食。"范质对日前南唐、大周边界的市场情况了如指掌。

"南唐境内的粮食因为出境税金太高滞留境内，自己国内又无法一下都找到下家买主，所以他们境内的粮价极低。这关键的问题便是在税金上，如果税金没提高或者根本不收税，那么我们就能买到低价的粮食了。"

有人又在摇头，要真是那样的话，大家也就不用坐在这里干耗脑汁了。

赵匡胤根本无视那些人的反应，只管说自己的："因此我决定还是在这税上想办法。要想不付税金，粮食肯定是不能从官道上走的。我们可以买逃税的私货，或者用钱雇人从私道上往我境内运粮。"

很多人的眼光变得奇怪，他们怎么都没想到一个位居都点检的重臣会想到运用买卖私货这一招。

"也许在座大人有听说过一山三湖十八山的，这是个专门在南唐和我大周、北汉、辽国之间贩运私货的帮派。刚才有消息告诉我，他们的掌舵总瓢把子已经追那水中月的财富去了，丢下全帮派数万人群龙无首、求财无门。但据我所知，他们帮派走私货的多条私密暗道仍在。我过去后和他们商榷，利用他们的私道运粮，或者让他们直接贩私粮出境。而我境内给他们放开官道，不阻不捉也不收税金。这样那低价粮运进来往我手中一交，我随即便可就地转卖给我国粮商，赚取银两后再从南唐境内收购粮食，往我境内偷运。这样只需来回几趟，应该就能储备下一定数量的粮草以供军需。"

"好计策！只是九重将军要舟车劳顿，还要以身犯险，老臣我真有些于心不忍。"范质虽然心中极为叫好，巴不得此策马上得以实施，但嘴上还是要客气一下的。

"为我主基业劳顿犯险是分内之事，何况冒险的还不止我一个。范大人和三司使将库银交给我，如若中间出现什么差错，又或者南唐官兵已经考虑到这一途径，对私运之事严加打击，那么说不定反会有所损失。但那时，这损银的责任可是要我们共同承担的。"赵匡胤不是客气，而是先拉住几个陪绑的。

"应该应该，其实不只是我们，如果真出现这情况，我们还应怀疑在座中有人泄露消息，到时没一个能逃脱责任。"范质这话一说，在座所有官员都面露惶恐之色。

"不过大家不用太过担心，三策之外我还有个偏门计划。其实不管对付南唐还是西蜀，用兵并不是解决问题的最好方法。其实用杀也是能解决问题的，而且更加经济实惠。"赵匡胤像是在安慰大家。

"九重将军此话怎讲？"范质是真的不懂用兵与用杀之分。

"刺杀！一旦上面所说的三条计策失利，这一偏门计划便立刻实施。其实我最早想到的就是这一计，而且已经派人联系了江湖上的刺客高手。让他们潜伏到位，做好准备。只要蜀军进兵且不可挡，我聘请的刺客随时可以行刺蜀国此番统领四州兵马的主帅及一众将领。还有沿界州府的最高官员也在刺杀范围内，让这些蜀官、蜀将必须先考虑自保性命，根本无暇起兵犯境。如果需要，我安排的人甚至还可以直接刺杀蜀王孟昶，让蜀国陷入恐慌和混乱之中。对南唐也是一样，如果真的是连私道也被堵住的话，刺客就对边境关隘的守备、户部监行使、粮草司、盐铁专管司的官员下杀手，直接造成官道的混乱。然后不管官道、私道，趁机往外强运低价粮食。"赵匡胤说到这里时，一直没有丝毫表情的脸上竟然露出了些微笑。

而朝房中除了赵匡胤外再没有一个敢笑出来，所有的人都定定地看着赵匡胤，从他的微笑中感觉到一丝锋刃的寒意。

"范大人，这是我秘呈皇上的一封折子，里面有我的第四策。这一策采用之后，既可以获取大量财富应对南唐提税，又不会对邻国盟友失信。而且运用得当的话，甚至可以借助此财富与蜀国或南唐以兵相对。但这一策涉及太广、责难太多，不是你我可以定夺的。还是等皇上回来后让他亲自拿主意吧。"赵匡胤说着话，将自己在外面刚写的那份封好的折子递给范质。然后又朝在座的所有人抱了抱拳："下官明日出行，需做诸多准备，今天的朝议我就先行告退了。"说完大步出门而去。

赵匡胤刚走，朝房里的人就都散了。赵匡胤刚才这番策略的论说，听着像是在和大家商议，其实就是在安排任务。范宰相、礼部、枢密院、户部三司都得马上回去代拟旨、调兵马、点银两，以便赵匡胤的计划可以顺利实施。

齐君元决定带大家去呼壶里，而且堂而皇之地从官道走。遭遇到三方面实力强大的秘密组织后，从隐秘小路潜行反而不安全，说不定就会和哪一方撞上。而官道是那三方面秘密组织肯定不会走的，所以带着大家反其道而行应该属于上策。

不过齐君元也未放肆到毫无忌惮的地步，自己这些人也是要尽量掩相匿迹的。所以权衡之后他最终选择了乘舟而行，从官运槽道走。

他们雇用了一条五丈芦篷船。这船很老旧了，船沿、前后船板表面都已经开始有枯腐的现象。这船也不算大，船家一个人就可以操控。沿玉阳河水道直下，绕过沁翠山，再过龙焰洞、东衡镇，然后上岸穿过留潭县就到呼壶里了。这样的行走路线既可避免与那三方秘密组织遭遇，又很轻松，免得自己跋涉劳顿。路途之上遇到什么样的艰难和危险都有可能，所以保持足够的体力还是非常有必要的。

最近连续遭遇的事情让齐君元感到前所未有的压力，其实不管采用什么方式前往呼壶里他都感到紧张。灌州仓促行刺失手，设局困秦笙笙后遇神眼卜福，上德塬被三方强敌堵围，接下来被裴盛、唐三娘袭击，差点中了同门毒手。而最让他感到心绪难安的是发生了这么多事情却得不到一点合理的解释，让他们如浸酱缸、里外混沌，不知该何去何从。

芦篷船缓缓行驶在玉阳河上。玉阳河少有支流，一道碧色滑爽爽地嵌

在黄石黑土之间，便如沁色极佳的翡翠原石。在这样无岔道支流的河道上行驶，有利也有弊。利者是河道上很难设伏，被其他船只围袭的可能性很小。弊处是这样的河道采用横索拦截很容易，船只在其中没有回旋躲避的空间。

齐君元将哑巴安排在船头，他的弓箭、弹子可以远距离地打击和压制，出现横索拦截的情况，他是几个人中最具反击能力的。虽然裴盛的"石破天惊"力道更加刚猛，必要时甚至可用天惊牌直接击断横索。但齐君元心中对裴盛和唐三娘仍存有戒心，不敢将重任委托于他们。

疑难释

裴盛和唐三娘的出现的确蹊跷，而且他们两个除了从技艺上可辨别出来历外，其他任何证明自己身份的旁证都没有。齐君元是个眼里不揉沙子的老江湖，他从这两人的对话、表情上进行分析，他们要么言未尽诉，要么就是隐瞒了什么事情。另外，两个人对自己的任务好像也存在着理解上的分歧，特别是涉及那个谁都没见到的倪大丫时。另外，齐君元问"乱明章"有没有交代他们此番任务之后怎么办，两个人都说没有，这是一个自相矛盾的回答。离恨谷不管出"露芒笺""回恩笺"，还是"乱明章"，最后都有明确尾语，除非是必杀令。因为必杀任务的尾语其实已经明朗，要么目标死，要么自己死。但裴盛和唐三娘这次的任务是救人，下"乱明章"的执掌或代主不会不提及救到人之后该怎么办，这种情况谷生、谷客是无权自行处理的。

两人还有更让齐君元感到奇怪的情况。就是他们的任务虽然未能成功，但接应、救人的任务在失去目标的情况下应该复命等待新指示，或者继续寻找目标。而这两个人却是主动跟随自己去往呼壶里。那里又没有和他们相关的任务，总不会是想跟着大家逛一圈玩玩吧？

"笙笙姑娘，你说让我和我师父送你去呼壶里到底什么事情？不会是送亲吧，到那儿就让你直接嫁人。"王炎霸又开始逗秦笙笙。

"你个腌王八真是下腌时脑子里盐进多了。这哪里是你们送我，明明是

我和齐大哥送你们师徒俩，而且真是送去嫁人的。"秦笙笙马上出唇剑反讥。

"秦姑娘，你这话可是出大错了，我们师徒是堂堂男子，怎么可以嫁人呢。"范啸天大事有判断，饶舌却是完全的门外汉，所以一下就进了秦笙笙的话套。

"你们师徒是男子？你确定没错？"秦笙笙一副很夸张的疑惑表情。旁边已经有人发出轻笑。

"你这秦姑娘，这男人女人的还会有错吗？"范啸天说这话时瞟了一眼唐三娘。

"那你的意思是你是男人所以不能嫁人。"秦笙笙快嘴快舌。

"当然！"范啸天又看一眼唐三娘。

"我就说嘛，你们师徒嫁给人谁会要，也就只能嫁给不是人的玩意儿。"秦笙笙这话说完，唐三娘首先忍不住"扑哧"笑出了声，其他人连同船家也都笑了起来。

"还有这么一说？秦姑娘说话挺有意思。"很明显，范啸天根本没有注意听秦笙笙在说些什么。

"师父，她在绕圈骂我们两个是下崽的牲畜，你还跟着搭腔。"王炎霸又气又急。

"你这孩子，没有学问，说话粗俗。那不叫下崽的牲畜，应该那叫雌性动物。"范啸天一本正经的样子，对秦笙笙绕着圈的骂语根本没在意。这表现反是让骂人的人和讥笑的人感到很无趣。的确，如果被骂、被损的人根本不在乎你的恶毒言语，那么费劲费神费唾沫的目的就不存在任何意义了。

"这骂与不骂不在别人，而在自己心里。心正，骂也就是一笑之语，心邪，赞你会觉得暗藏咒怨。我就没听到秦姑娘骂我，因为我只注意到她声音的节奏和韵味，并没在意内容。所以在我耳中只有妙音起落，叩耳触魂，如风吹金铃、珠落玉盘。这应该是'吸吐余一送一法'，色诱属'掩字诱语'技法中的第四法。"范啸天这话不但点穿刚才秦笙笙所用技法，表明自己并非真的被她诱入话"兜"，而且还适时教导了王炎霸一个处世的道理。

齐君元一直沉默地坐在船尾，眼睛却是将船上所有人的状态都看了个清楚。范啸天的表现让他觉得此人不但掩形、逃遁的吓诈属技法匪夷所思，而且内修和心境的层次也是非同凡响的。秦笙笙的话虽然拐弯抹角，但意图很明显。范啸天不紧不慢地跟着搭腔，并且意念只是停留在欣赏秦笙笙说话的声音节奏上。这样的人要么真的迂腐到家，要么就是城府极深，将厚黑学、内防术运用到了极致。

这些人虽然是在一条船上，相互之间的关系和各人的心思却非常微妙。

秦笙笙泄露消息导致刺杀顾子敬的活儿打旋（失败的意思），但齐君元所接"露芒笺"中的确有要求他带秦笙笙去秀湾集，从这点上可以确定秦笙笙和齐君元是一路的。范啸天和王炎霸师徒的任务中也有带秦笙笙走，有秦笙笙作为媒介，范啸天和王炎霸两个也应该是可信的。蹊跷的是离恨谷中怎么会同时安排两路人找秦笙笙，她有什么特别吗？还是齐君元和范啸天对"露芒笺"上的内容都存有误解，悖违了离恨谷原有的意愿和计划？

齐君元带秦笙笙前往秀湾集等下一步指令安排是"露芒笺"上非常明确写好的，而哑巴也确实是被安排在那里等行芒的，而黄快嘴就是个无法模仿假冒的证明。从这点上来讲，他比范啸天师徒更具可信度。

但所有关系中有个关键点，就是秦笙笙。如果她本身就是个疑点，那么其他与她有联系的可信对象就要全部被推翻。

齐君元在脑海里将之前的所有情况梳理一遍，而且思考的重点就是秦笙笙。

秦笙笙在南唐境内的做法以及她私仇的内情原来可以不加考虑。但随着时间和地点的变迁，其中原来还不算太奇怪的现象便凸显出来。比如说她复仇为何不直接去临荆县，反是在时间很紧的情况下仍守候在灌州，直到搅掉齐君元的刺活儿才算。另外，就是个人特点，比如说她只是个谷客，为何技艺比谷生还要高，掌握的武器就连各技属执掌都未必拥有。再有，秦笙笙先后遇到哑巴、范啸天，首先问的就是有没有"同尸腐"的解药，为何见到裴盛和唐三娘却没有急切地问解药？这应该是最奇怪的事情。

这趟刺活儿出得太累太费脑子，但齐君元之所以没有赶走身边可疑的人

或是断然离开这群人独自行动,是因为目前他仍能够通过这群人各自拥有的绝技确定他们都是离恨谷的成员。思前想后,问题可能是出在谷里各属执掌间没有协调好,衔接上发生差错,从而导致混乱、误会。

不过齐君元偶尔也会从脑子中闪过另一种可怕的想法,这想法早在秀湾集时就已经有过:"遭遇到的连串不正常情况中会不会存有某种阴谋?"有这样的想法一点不奇怪,毕竟齐君元是个有思想、有经验的一流刺客。

船上除了齐君元在暗中观察外,范啸天也在认真地观察着别人。所不同的是范啸天只盯住一个人仔细地看,这人就是唐三娘。

终于,范啸天鼓足勇气开始行动,慢慢地朝唐三娘旁边凑近,腆着脸,挤着笑,吊着嗓子跟三娘套近乎:"嘿嘿,大妹子,我瞧着你的面相就跟菩萨一样,由心底生出股子亲近劲儿。也真是的,你我以往天涯海角,老天偏偏捉弄,让我们同船共渡,那可是百年修的缘分啊。"

范啸天这一举动不但齐君元发现了,秦笙笙和王炎霸也注意到了。这两人似乎一下就明白了范啸天的意图,立刻都眯斜着眼睛、挺竖着耳朵关注事情的发展。

"什么圆不圆、扁不扁的,想亲近就直说呗。我知道你贼眼溜溜盯我好久了,灌脖子里的哈喇子没两碗也有三斤。人都在你面前了,也就别天呀海的扯远了,说说,最中意我身子的哪个部位?"唐三娘的声音很高。

范啸天不由一愣,唐三娘如此大声且毫不掩饰的话,好像是在向船上所有的人明告他范啸天是个好色、下流的卑鄙之徒。于是赶紧惶恐不安地解释道:"三娘,你误会了,我不是那意思。我说有缘是因为我们两个有近似的地方,你看你名字里有个三娘,而我隐号叫二郎,这听着是不是像一家人?"本来范啸天想半当真半玩笑地说像一对的,但看着三娘的这股泼劲,终究没胆也没脸说出来。

"嗳,还真是的,这两名字放一块,不知道的还以为你是我儿子呢。难怪你刚刚又是圆又是扁的,敢情是想让我给喂口奶啊,那行,你喊我声亲妈,我就给你喂。"唐三娘说话的同时,还故意颠了颠丰满的胸脯。

秦笙笙再忍不住了,放开声大笑起来。紧接着是王炎霸,要不是范啸天是他师父，他早就抢在秦笙笙前面笑出声了。船上其他听到对话的人也都在笑，就连那只穷唐犬，也摇耳龇牙，喉中"嚯嚯"发声，一副乐不可支的样子。

齐君元没有笑，而是将目光从那些人的脸上迅速扫过。这是个机会，人在自然状态和不可控制状态中最容易暴露出异常来。果然，扫视过程中他恍惚发现到一处不合理，但这不合理的情形只是一闪而过，当他再回头去找时，已经消失得无影无踪。齐君元很是懊丧，因为这个不合理的现象或许可以让他发现暗藏的危机，揭开心中疑惑。

范啸天也没有笑，他不但没有笑，而且还清了清嗓子，一本正经地对唐三娘说："我不会叫你亲妈，因为你生不出我这样老的儿子。我也不会吃你的奶，因为你是毒隐轩的，朝着你张张口都有可能被毒死，更何况是吃你的奶。"

范啸天真的是个很奇怪的人，他每次遭受打击、戏弄之后的表现都比他正常时要镇定、睿智得多。虽然大家的笑意依旧张扬，但听了范啸天的话后，顿时都觉得刚才的笑料一下变得乏味无趣。而且稍加思索，更会听出范啸天的话里似乎有着隐含的意思在。

"师父，三娘要真给你奶吃的话，那她可就不一定是毒隐轩的人，或许还是勾魂楼的属下。"王炎霸倒不是开玩笑，而是刻意提醒范啸天。

"不用怀疑，她确实是毒隐轩的，只是还兼修了天谋殿的技艺。她虽然什么话都说得出，口舌间不怕糟践自己，但事实上你见她真有轻薄举动了吗？从来没有。所以那些话只是她设置的'性情惑'，属于玄计属'以语移念'技法范畴。"范啸天并没有因为刚才的遭遇而无地自容，反是一本正经地分析起唐三娘来。这让人感觉刚才他的所为实际上是在试探唐三娘，而且顺利摸到唐三娘的老底，达到了既定目的。

狂尸奔

大家都收敛了笑容，而且秦笙笙是第一个。第二个则是唐三娘本人，她刚露出不久的讥讽笑意仿佛是带着些仓惶快速隐匿的，而且这过程中还显出

第九章　欲挽狂澜

一丝苦楚，或许是范啸天的话触及她某处隐秘的伤痛。江湖就是这样，所出的每一招都很难说是你在打击别人，还是将自己送给别人打击，上下、高低的概念其实本来就没有界定，只是看你从哪个角度去看。

齐君元不知道范啸天刚才所为是刻意还是无意，如果是刻意的话，那他真是很会伪装自己、迷惑别人的高手。如果是无意的话，那这人就更加深不可测。能在下意识中不羞不躁、进退有序，说明他的心理承受、意识防御、自然反应都已经到了无懈可击的地步。

但是疑问还是存在的。不管刻意还是无意，范啸天接近唐三娘、摸清唐三娘必定是有他的目的的。这目的是什么？有这疑问的不止齐君元，还有唐三娘，还有……

船漕运输从隋代就开始了，特别是内河漕运。官家统管的粮、盐、铁等物资，在隋唐之后都是以船运为主的，这主要是与隋代开挖运河、疏通河道有关。但是不管隋唐还是五代，由于地广人稀，河道河堤少人维护，沿岸又缺少引航标志和照明，所以一般是不在夜间行船的。特别是在五代十国时战争连年不断、人口剧减，渡口、埠头数量很少，如果错过了靠近集镇村落的停船埠头，再要进入一段急流，那就很容易发生危险。所以南唐无名氏所填《更漏子》中就有"秋水高，舟客满。日艳胭河驻浅"的词句，意思就是太阳还很高，照得河水像胭脂时，船只就已经停靠岸边了。

齐君元他们雇请的船家很有经验，宁愿早启绝不晚行。虽然瞧着日头还高高的，但估摸着前面一大段再无水镇大埠，他便在一处伸出水面用作取水、浣洗的木排架处停了下来。上岸后远远看到一个村庄，于是船家便往村庄而去，找人家买点菜肉，好回来准备晚饭。

船家上岸之后，齐君元依旧坐在原来位置没动，但精神状态却是一下放松了。长时间观察别人的各种细节，脑子里还要不停地分析、推断，这其实比摇船都累。

秦笙笙等几人都到岸边舒展了下筋骨。这同时也是凭他们各自技艺专长在附近搜寻辨查一番，确定这周围有没有危险。然后有的坐岸边树下休息，有的在木排架上洗脸洗手。

哑巴则一下钻进舱里倒头就睡,站船头警戒了大半天真的很累。

同样躲在舱里没出去的还有疯女子和穷唐犬,不知什么时候,这个群体中最另类的两个凑到了一起,相互间很是亲热。

过了有两袋烟的工夫,那船家慌慌张张地跑了回来,一张脸吓得比他手中提着的一捆青菜还绿。

也就在这时,疯女子猛然坐起,让船身微晃一下。而穷唐也一下蹿到船头,喉咙中不停发出低沉的"嚯嚯"声。这声音虽然不高,却是一下就将刚睡下的哑巴给惊醒了,因为这声音意味着穷唐发现了危险。

"死人!尸首!很多,过来了,往这边过来了!"船家有些语无伦次。

范啸天虽然受船家的情绪感染脸色也有些变绿,但他还能坚持做到拍拍王炎霸的肩膀,朝旁边一棵大树努努嘴巴。

王炎霸领会,连蹿带爬地上了树顶,往远处看了看:"没什么了,大概船家常年在河上行舟,没见过陆地上赶尸的。"此时大家已经隐约听到赶尸的引魂铃声了,这证明王炎霸观望到的情况没有错。

"谁说我没见过赶尸的?只是没见过这样子赶的!也没见过赶这种尸……"船家辩解道。

船家的辩解还没完,王炎霸就已经在树杈上几个借步,窜蹦回地面:"大家快上船!借水避妖晦!那情形不对,像是老尸炸群了。"

没人说话,但个个动作快如闪电。刚上了船,船也刚离开岸边不到两步,一片腥臭腐秽的气味便从面前飘过。船上的人一个个连忙用衣袖掩口鼻,就连穷唐狂吠两声后,也赶紧伏下,把前腿耷拉在口鼻上。只有唐三娘和大家不一样,她迅速从自己后挑子的木柜中拿出一个瓶子,往嘴里倒一口,然后运气喷出,喷作雨雾一般。只喷了两口,那腥臭腐秽的气味便被一种类似青草嫩叶的清爽淡雅气息掩盖。

带来腥臭腐秽的果然是尸体,很大一群尸体。但这些尸体大部分已经开始腐烂,有些甚至已经可以见到惨惨白骨,所存皮肉无几。还有一部分虽然肢体皮肉齐全却已经烧得漆黑,只有少数是正常死去不久的身体。但奇怪处还不止这一点,这群尸体行走速度极快,最起码是正常赶尸速度的三倍,难怪王炎霸看了之后会说老尸炸群的。

"怎么会跑得这么快的？""这些尸体大部分好像是沿路挖出来的。""那烧焦的尸体还能走，哎，这几个怎么看着像上德塬的尸体？"

听到最后一句话，齐君元马上转移视线，这回他终于牢牢抓住了一个一闪即逝的不合理的现象，那就是船舱里的疯女子显露出了清澈的目光，似疑惑、似思考，而且还透露出些担忧。这眼神提醒了齐君元，刚才唐三娘戏弄范啸天时，自己扫视大家时也发现到不合理的现象，当时一闪而过没能准确抓住，现在想来也是在疯女子倪稻花身上。那个瞬间倪稻花的脸上闪过了笑意，这是真性情无法控制时下意识间流露出的笑意。笑意当时一闪而过，齐君元未能准确抓住，便以为是自己的错觉。

"疯女子有问题！她有问题的话，那么范啸天也可能会存在问题。因为范啸天去上德塬找倪大丫的事情无从判断真假，而在上德塬时，坚持要护住疯女子并且要把她带走的也是范啸天。"齐君元心中暗想。

但还没等尸群全部走过，齐君元刚刚发现到关键点的兴奋就又被自己否定了。疯女子也许是为了保住性命才装疯卖傻的，也可能是大屠杀的惨相让她的大脑受到了严重刺激，导致临时性的思维障碍，而现在正在一点一点的恢复。但不管哪种情形，对她的怀疑怎么都牵扯不到自己无法猜透的几件事情上。因为她并非范啸天、裴盛和唐三娘要找的倪大丫，她现在最大的作用就是可以帮助确认谁才是真正的倪大丫。作为上德塬火场中唯一幸存的家族成员，她对赶尸所表现出的神情怎么说都属于正常。

倪稻花似乎也发觉有人在注意她，于是目光重新变得呆滞，并且为了掩饰自己刚才的失态，转而搂住穷唐轻轻抚摸其皮毛光滑的脊背。

齐君元看了一眼穷唐的脊背，被抚摸后的皮毛并不滑顺，反而出现了很多纹路和翘毛。出现这种现象只有一种可能，就是稻花的手掌并不平滑。非但不平滑，而且还有位置和厚度很独特很有规律性的掌茧。手上出现这样的茧子，往往是长期训练某种功法或者从事某种技艺造成的。

齐君元猛地一步跨到倪稻花身边，蹲下身体一把抓住倪稻花的手腕，将其手掌举起。

倪稻花张大嘴巴，用一双惊愕的眼睛看着齐君元，却没有发出一点声响。这是正常人的表现，如果真是疯子，她首先不是惊愕，而是又哭又叫。

齐君元抓住倪稻花，那穷唐立刻蹦了起来，正对着齐君元龇牙喘粗气。而在齐君元的背后，哑巴也立刻侧身，将腰间已经上弦的小快弩平端起来。

"你是一个高手！"齐君元并未在意死死盯住自己的穷唐和哑巴。

"啊！疼啊，我要死了！抓死我了！"倪稻花可能到现在才意识到一个疯子该有怎样的表现。

齐君元松开手站了起来："我不和你讨论真疯、假疯的问题，我只想询问你刚才所发生的是什么情况。那尸群肯定和上德堰有关，如果你的回答让我满意，我们就立刻上岸转向跟住尸群，这应该是最如你心愿的事情。如果我不能满意，那么明天继续前往呼壶里。"齐君元知道自己要想让这疯女子配合，威逼是没有用的。因为那种封建年代，一个女子为了保住性命或是其他目的，能够当着陌生男人赤身露体，抛弃比性命还宝贵的清白名誉，那么任何不能伤及性命的威逼对她都是无效的。所以自己唯一能做的就是从倪稻花所关心的角度来引导、诱惑。

"哈哈！尸发狂！尸发狂了！他们去找鬼卒，他们去报仇了！我也要去，稻花要去找爹——"倪稻花的声音一下放开，而且最后一句拖得很长、很尖利。

已经走远的尸群突然间有些乱，好像是被倪稻花的声音吓到了，又像是在四处寻找这声音。但这小小的混乱很快就恢复了，尸群继续以原来节奏、速度往前奔去。

"我想起来了，是血针驱狂尸！"裴盛突然惊叹一声。

舟自流

"血针驱狂尸？和赶尸有什么不同吗？"秦笙笙好奇心强，嘴也快。

裴盛清了下嗓子，是要做大段叙述的模样："三年前楚南白藻湖有水尸为患，云羊山无浊道院为民除害，派鸿得道长带弟子前去锁尸化灰，送魂入

轮回。当时是我替他们做的锁尸枷，并且协助他们设'百中套头场'的兜子对付水尸。事成之后周围百姓请酒致谢，鸿得道长酒酣之际对我透露过言家赶尸绝技的由来。"

裴盛又清了下嗓子："言家老祖是个极为聪明之人，具有超常记忆能力。本来以此能力读书考功名肯定能做到高官，但是由于家境贫寒，无钱读书。虽然在书塾打杂偷学到一些，但只能是替人写写墓碑、挽联，得以在棺材铺里做事糊口。有一天他去城外寄棺存尸的老庙替客户布置灵堂，由于路上耽搁，差不多黄昏时才到老庙。进庙后还未开始布置，门外便闯进两个人来，一个是道士装束，还有一个装束很怪异，看着像是北方的煞魔尊者（也就是后来的萨满教门人，很久之前被中原认为是妖魔邪教）。这两人进门后便各施技艺以尸体相斗，道士先后以朱砂符、金砂符、血符施术，驱动尸体，煞魔尊者则分别用金针、红线金针、血线金针相对。他们所施其实是驱尸的三重境界，朱砂符和金针驱动的为活尸，金砂符和红线金针驱动的为凶尸，而血符和血线金针驱动的则为狂尸。第三重的血符和血线金针注入了施术者本人的心力、血气，其实已经是以施术者的内元真力在相斗，这样的斗法往往是两败俱伤。果不其然，两个时辰之后，老庙屋塌柱倒，庙中棺破尸碎，而那两人也都心力衰竭，已无回转生机。这两人临死时为了不让身怀绝技失传，便都传给了言家的老祖。但是当时两人已在弥留之际，传授不清，言家老祖虽然聪明，记忆力超常，也只记住了道士一项朱砂符的技艺和煞魔尊者金针、血线金针两项技艺，而且每项都尚有遗漏，单独运用不能流畅。后来言家老祖将朱砂符与金针综合运用，这才相互弥补，有了一套绝妙的赶尸技艺。刚才我们所见的尸群，虽然大多是腐尸、焦尸，但动作有力速度快，面相凶狠。这应该是注入了赶尸人的心力、血气。如果推断不错的话，这些尸体头顶所插金针上一定穿有血线，这血线是割破赶尸人左掌命纹，以掌命血染成的。但血线金针的绝妙之处还不在于此，据说至高境界应该是心血驱狂尸。但此技从未在江湖上出现过，估计已然遗失。"

裴盛所说斗尸之技最早出现在商纣时，但很少有人能目睹到斗尸当时的情形，更无人对斗尸场面做下记录。宋人柳修是衙门里的一名记事，专门跟从仵作记录各种验尸结果，后编撰《弄鬼轩笔录》传世。在《弄鬼轩笔录》中有一段旁注文字："棺尽碎，尸有损，骨肉落却无血迹，疑为以尸相斗。众人皆斥妄言。"这一段可能是史上唯一关于斗尸的文字记载。

齐君元耳朵听着裴盛的讲述，目光却暗中观察疯女子倪稻花。虽然倪稻花始终是一副茫然呆滞的表情，但齐君元还是发现她的眼睛快速转动过两回。

"我想应该是这样一种情况，有部分言家子弟因在外赶尸躲过了上德塬灭族一劫。回来后看到如此惨相，又辗转获知对头为谁，这才赶狂尸前去报仇。"秦笙笙这种推断应该是最合理的。

"不是子弟，而是言家铃把头，也就等同于其他门派的掌门。那血针驱狂尸的技法和咒语只传铃把头，平常子弟只会赶活尸。"裴盛纠正道。

"看情形规模也像是他们当家人到了，但目的或许还不止是报仇。上德塬惨死的人中极少是青壮男丁，估计是被擒获了。铃把头驱狂尸野外疾走，估计是要赶着去救人。"齐君元补充了一句。

"那我们该怎么办？"唐三娘不知什么时候开始也将齐君元当作了主事之人。

"理所当然应该跟过去。你们所得'乱明章'的指令不是还没完成吗，范大哥的'露芒笺'也未能完成，这些任务都与上德塬有关。还有这倪稻花，她也嚷着要去找她爹，跟着那些狂尸应该可以找到线索。所以跟过去或许可以把这些事情一块儿都解决了。但是……"说到这里齐君元停顿了下。

这两个字一出，倪稻花粗眉的尾端狠狠地跳动了下，而其他人也有异色从脸上飘过。

"但是，理所当然的事情往往会是别人正中下怀的事情。我们做刺行的，绝不能按照常规思路行事。试想，这样大场面的尸群狂走，发现到的不会只有我们，跟着他们的恐怕已经不在少数。其中很可能就包括那些想把我们灭口却没灭成的人，抑或者这本身就是那些人操控的兜子，专等着我们自己往里送。"

没人说话，是因为他们之前根本没有想到齐君元所说的这些可能。

第九章　欲挽狂澜

"船家，辛苦一下，趁着天还未全黑下来，往前再行几里路，然后在对岸寻个地方停下来。"这才是齐君元最终的决定。

"行行行，这就走。我加把劲的话说不定还能找到个大埠头靠了。"船家对齐君元的决定是一万个乐意。这是人之常情，谁见到那么一群疯狂奔走的腐尸焦尸，都想赶紧地远远离开。

船又往前走了一段，虽然没有找到埠头，却是在河道转弯处寻到一处浅滩，可以将船停稳。只是此处是水流弯道，又有淤积的浅滩为阻，所以水流会湍急许多，需要把船牢牢固定住才行。

和以往过夜一样，女的都在舱里休息，男的在岸边找个地方休息。都是行走江湖、闯荡南北的男人，能站下的地儿就能忍一宿。齐君元拉范啸天到离河边挺远的一个石壁下休息，这地方并不舒服，但范啸天面对齐君元的盛情又不好意思拒绝。

但这一宿连半夜都没能忍到，刚刚入睡就发生了事情。被牢牢固定住的船漂走了，到底是被水流冲走的还是有人放走的，至少齐君元是无法知道的。

王炎霸就半躺在河边的一块大石上，没有睡着，只是在闭眼养神，所以他听到几声异响。当他意识有情况发生睁眼猛然坐起时，那船刚刚漂移开几步。于是他赶紧站起来，短距离内加速助跑，一个纵步跃过水面，跳上了船尾，然后操起船篙，试图将船撑回来。

裴盛也发现了情况，他比王炎霸晚了些，起来时船已经移开了一段距离。不过他在浅滩上踏水疾奔，也总算是跳上了船。

也正是因为裴盛跳上了船，导致船体一阵剧烈摇晃。王炎霸毕竟不是操船的把式，被这么一晃差点把手中的竹篙都给扔了，急忙单手扶住芦苇篷稳住身体。等他完全稳住身体后，想调转竹竿把船往回撑，却又正好被站在自己面前的裴盛阻碍了。就这样慌手慌脚一耽搁，那船已经漂到了流道中，往前快速漂移起来。

哑巴发现船漂走是因为穷唐叫唤了两声。这几天穷唐都和疯女子倪稻花凑在一起，或许智力相近的动物更加容易接近。船突然移动，而且离主人越来越远，穷唐发出叫声是再正常不过的事情。

哑巴从他休息的大树枝杈上直接跳入水中。爬山泅水是他与生俱来的天赋，就算入水位置的深度不够，他依旧可以采用巧妙的姿势让身体借助跃下力道快速冲出很长一段距离。

穷唐纵到船的后船板上，大脑袋一甩，将一根盘在船尾的拴缆绳扔进河里。当那圈绳即将全部掉入水中时，它一口咬住了尾端。而此时冒出水面后连续几个急划的哑巴正好抓住了绳子的另一头，在穷唐的拉拽下，他双手交替攀拉，眼见着再有几下也能上到船上。

当哑巴离着那船尾只有三四弓长了（以普通的弓为计量长度），前面突然出现了一段下坡的急流。哑巴加快攀拉，已经可以够到船尾了。于是他果断伸出手臂，手指已经触碰到船尾底面。

就在此时，船身猛地一震，然后左右剧烈摇摆了下，就像掉下了一个台阶。与此同时，哑巴手中的绳子失去了借力，身体被船底急流猛然冲开。紧接着在他的旁边有一朵大水花溅起，未等水花平息，水中冒出了一个老虎般的脑袋。看来刚才船身的震动把穷唐也给摔下了船，难怪哑巴手中的拉绳会失去借力。

虽然都处于急流中，但哑巴和穷唐怎么都不可能像船那么快速地随水流滑行，只能眼睁睁看着船和自己的距离越拉越远，最后消失在黑暗之中。

哑巴知道自己不能这样随急流一直往前，追不上船继续留在水里便没有任何意义。于是手脚同时用力，调整自己漂流的方向，逐渐往对面河岸靠近。穷唐依旧咬着绳子不放，这样天生神力的哑巴在自己调整方向时也带动了穷唐，让它紧紧跟在自己后面往对面的岸边靠近。

廊观画

齐君元赶到河边时，他只隐约看到些东西。或许距离并不算远，但黑夜之中没有灯火，单凭天光微明，能见到些身影晃动、水中扑腾已经算是眼力过人了。不过齐君元具备另一种过人能力，根据隐约见到的各种现象进行构思，了解过程，发现意境：船上休息的人中，有人偷偷地解开了固定船的缆绳。赶上船的王炎霸和裴盛，其中至少有一人是在做戏，只为让船顺利摆脱一些人，包括自己。穷唐咬绳拖拽哑巴，但在遇到激流船身发生晃动时，被人故意将其推入水中，让哑巴无法上船。

没过多久，齐君元被一声长长的号叫声从思考中唤醒。那声音像虎咆，也像犬哭。但不管虎咆还是犬哭，表达的含义都是愤怒。那是穷唐的叫声，是在下游的对岸，离着他们原来的位置已经很远。

齐君元回头看了下，身边就剩下范啸天和船家了，这两个人都满脸的着急。他们一个是在担心所有人，还有一个是在担心自己的船。但又都是干着急没办法，只能眼巴巴地看着齐君元。

齐君元笑了，笑意中有几分得意，还有几分狡狯。

"不用担心，我知道这船今夜肯定会漂走的。船家，这两只银锭你拿着，然后沿河往前走，我估计在下了埠头或浅滩处就能找到你的船。要是找不到或船有损伤，这两只银锭赔给你也够了。范大哥，我们两个要步行往回走了。我记得过来差不多二十里的地方有过河索子的，我们从那里过河去对面。"

看到银锭，船家不担心了。但范啸天却没能把心放下："往回走？他们不是顺水流往前了吗？那不就越发离得远了。"

"没事，他们也会往回走的。"齐君元很肯定。

"为什么？"

"因为狂尸是朝那个方向去的。"

美酒映明灯，朱唇饮光华。谈笑成妙文，书画玄奥藏。

韩熙载这天晚上又开夜宴，邀请了众多宾客。不过这次的宾客和以往有些不同，大都是文人雅士、书画大家。因为这次夜宴的目的也与以往不同，除了欢宴之外，还想请这些宾客为他鉴定一些字画，辨看下这些作品的功力内涵何在。顾闳中也在被邀请之列。

酒宴欢歌是要让宾客尽量放松、愉悦，只有这种状态下灵感才会更多，辨审力才会更好。字画就挂在内绣廊之中，灯烛照明非常充足，然后宾客都是一个个被单独邀请了前去内绣廊，看过之后可在字画下对应的案桌上留帖表意，说明自己鉴定的结果。

宾客差不多都已经去过内绣廊后，顾闳中这才被一个侍女请了过去。带路的侍女将他送到绣廊瓶形门那里就走了。顾闳中心想这样也好，没人打扰，便可以仔细鉴定那些字画，以显示自己的才学和画功。

迈步进了内绣廊，却发现里面还有一人，而且是个娇小玲珑的女子。

虽然韩熙载府中招待宾客不循世规，会用许多歌舞女博取大家一时欢愉。但顾闳中是读书之人，又在皇家画院供事，世规俗律不敢抛弃，所以和一个陌生女子单处一室感觉很是不妥。而且相比那些在宴厅之中公开拥搂侍女、歌舞伎的宾客反显得不够磊落，会留下传言话柄。想到这里，顾闳中便准备退出内绣廊。

"顾先生何故要离去？是奴家容貌太过丑陋吓到顾先生了吗？"绣廊里的女子没等顾闳中退出第二步便开口将其将住。

"哪有此事，实是顾某择时不当，惊扰姑娘慧心雅兴。如若被吓，也是在下惊艳之情心难承负。"

"先生真是会说话，被你这么一夸，我怕是几夜都辗转难眠了。不知先生可否屈尊驾与奴家同赏字画，屋山正有向先生请教之意。"

顾闳中这次真的是进退两难了。那女子最后话里的"屋山"向他表明了自己身份，这是韩熙载最为宠爱的侍妾王屋山。如若是其他身份的女子，顾闳中可婉言而退，也可留下来敷衍。但这王屋山却是得罪不起的，婉拒而退，过后她要在韩熙载面前恶语两句，自己的前途怕是要遭遇艰难。反之自己要和韩熙载的爱妾孤男寡女留在内绣廊中，万一传出什么闲话来，便更加吃罪不起。

"先生似乎颇为彷徨难决，这与先生画作中走线铺色的决意可是相去太远。"

"小夫人见过我的画作？"在韩熙载的友人圈子里，大家都尊称王屋山为小夫人。

"这不就是吗？"王屋山头微微一扬。

顾闳中这才发现，王屋山面前挂着的正是自己新画的一幅《煮羹伺夫夜读图》。然后他再两边扫看了下，发现这里所挂的字画都是外面那些宾客的佳作。

"顾先生虽然擅长工笔，却又融合了山水的写意技巧。特别是人物，牢牢抓住'形势可多动，颜情有必然'的要点，这不单是要将人形画活，而且是要画出有性情思想的活人。"

顾闳中决定留下来，因为王屋山一语中的地阐述出他画作的特点。这是顾闳中多年研究而得并且引以为傲的绝妙画法，他在工笔中融入写意，是将动静结合、见思相融。让别人看画里的人物形态后，产生多种后续动作的联想，让人物在欣赏和联想中活起来。虽然人物表情是唯一的、独特的，却是可以真实映射出各色赏画人的内心思想。

"'形势可多动'其实也是技击术的特点，一招出手会有多重后续变化。'颜情有必然'也可解释为高手对决时平稳的气势心态，山崩眼前不变色。"

王屋山这话说完，顾闳中已经后悔留下来了，他根本没有料到情况变化得这么快这么直接。但后悔归后悔，话说到这份上他越发不敢走、不能走了。这个时候再走只能说明一些问题，一些与己可能有关的隐情，加重别人对自己的猜测。

"要我说小夫人就是莫测的高手，你说的这些我都听不大懂。不怕小夫人笑话，我这人迂腐呆板，当初老师怎么教的我就怎么画，不敢在老师的教导上稍有改变和发展。"顾闳中的语气很诚恳。

"这样看来，你那老师不但会画画，而且还很会杀人。"王屋山很俏皮的样子，怎么听都像是在开玩笑。

但是顾闳中心中知道，这样的玩笑不是随便可以开的，因为会杀人的人往往也是别人希望杀死的人。所以他没敢接上这话头，而是脑子快速转动，试图找出一个应对眼下情形的合适方法。

"其实有的时候这橡笔为刀，杀伐更烈。自古有一笔兴天下、一笔杀天

下之说，先生的笔也一样，只是看用在兴还是用在杀。"王屋山这话已经不像开玩笑了，而像是带有威胁的试探。

"小夫人，怎么你这话说得我心惊胆战的。我一个画师，有饷无官，说贱点就是个给皇家制作玩物的画匠，哪牵得上什么打呀杀的。看来我此来真的是煞了风景，搅了此处的斐风雅意。"顾闳中想告罪退走，因为王屋山咄咄逼人的气势他已经有些招架不住。

"那我也往贱里说吧，我家大人想让你评一评这里的玩物，看看你这制作玩物的玩得好不好。"王屋山又恢复了俏皮的语气。"慢慢看，从你进来后，便不会再有人进内绣廊来打扰。"

不再有人进来打扰，也意味着进来的人无法随便出去。顾闳中明白此时的处境，自己现在能做的就是品鉴字画。所以他忐忑地将内绣廊里悬挂的字画依次看了遍，但没有在案桌上留一个字。

"韩大人要我等鉴赏评判的不会真是这些俗件吧？"顾闳中的声音很低，感觉像是怕王屋山听到似的。

王屋山听到了，而且她好像就在等这句话。但她却没有回答顾闳中，脸上也没有现出任何表情。只是轻步曼妙地走到内绣廊东侧墙边，亲手将一幅绸帘给拉开，在绸帘的背后还挂着三幅字画。

见到那三幅字画，那顾闳中一下显得兴奋起来。不等王屋山询问什么，便自顾自地边辨看边加以评述。

"本朝徐铉的《度衡》小篆，此字为天地字。可见阴阳，可通鬼神，可系君臣，可连官民。"闳中只说了这么多，他很好地把握了鉴评书画的分寸。浅说既然可意会，那么多说一字便是无益。这就像徐铉的字意一样，绝不多现一根毫的墨汁。

王屋山没有说话，她在等着顾闳中继续。

"晋朝僧家画工物我两忘的《高士小山水》，为山水画的最早画作。大拙胜巧，山水如烟，其中暗含天道人理玄机，弥足珍贵。"顾闳中也只简单一说。

王屋山听了在笑，不明其意地笑。

"咦，还有唐中期骆巽丞的《神龙绵九岭》，这画前些日子在我们画院修补时我见过。修好后送进了上书房，怎么会在这里？"

顾闵中是有什么说什么，知道什么说什么，却丝毫未考虑自己这题外话会对自己不利。

第十章　诡秘杀技

难尽辨

王屋山听到顾闳中这话后面色一沉："你之前见过？"

"对，这画本该挂在皇上近处才对呀。"

"你且不管它该在哪里，先评画。"王屋山的语气变得有点冷。

"这画作从一个佛家故事而来，是说神龙化身为岭，上面遍布果树、粟谷，以此救一方荒民。"

"还有呢？"王屋山在追问，显然顾闳中刚才所说不是她满意的。

"龙形若雾，随山峦起伏，九岭环形，绕水抱气凝。此画实为一风水局。"顾闳中心中感觉王屋山的态度是要将他逼到无法回旋的境地才肯罢休。

"是何风水局？"王屋山瞟了一眼顾闳中，顾闳中仿佛在她眼里见到了毒狠的绿光，就像旷野上的母狼一样。

"龙行局吧，神龙绵延而成九岭嘛。不，不对，绵同眠，龙形伏卧，应该是个憩龙局。"顾闳中越发紧张，思维和言语都开始有些乱了。

"你知道如将此画挂于上书房，会有什么隐秘用意吗？"这问话是从内

第十章 诡秘杀技

绣廊外面传来的。里面两人同时转头望去，门口走进来的正是韩熙载。

韩熙载着一身云纱长袍，墨绸便冠，雅致不失富贵。手中捻一串二十一颗玉佛珠，颗颗碧绿剔透，富贵不失雅致。

"啊，韩大人，这个在下实实不知。按说这风水局寓意并不太好，虽有赞我皇尽心为百姓的仁慈之心，但也有我皇难重振横空之势的暗喻，不该送入内宫的，以免我皇悟出其意龙颜震怒。啊，在下说错话！韩大人千万替在下掩挡误语，免我口侮我皇之罪。"顾闳中突然意识到自己所说大有不妥，赶紧跪到地上磕头告罪。

"没关系，起来吧。你刚才说的没错，明知者掩其实情才是有罪，欺君之罪！所以希望你能知无不言、言无不尽，告诉我们此画的更深用途。"韩熙载和王屋山一样，总觉得顾闳中始终没有说到他们最满意的点上。

"更深用途，我真的不知道了。韩大人，我只是一个普通画师，而且专研工笔人物。刚才对此画的评说已经是误走歧道，已经与传说、风水挂上钩了。小人实是脑枯技竭，再说不出什么来。"

"顾先生不用太过谦逊，你从徐铉之字看出了万物系牵，从物我两忘的山水看出自然玄理，还从骆巽丞的《神龙绵九岭》看出风水局势。小女子放肆断言，你胸腹间其他绝学远超过作画描色之技。"

"小夫人谬赞了，师父教画之前，是先教我们学习天地玄理、万物关联的著作。说是要先知世才可后作画，先知物方能描物形。恕我不敬，这其实是我师父冥顽不化、照搬旧例的误行。人在世上，如果真的能知世、知物，那么能画的、敢画的内容真是寥寥可数。"

"顾先生的意思是要告诉我们你有话不敢说呢，还是这些字画中有不该书画的内容？"王屋山的问题其实是个套子，不管顾闳中选择哪个答案，都可以让她深究下去。

韩熙载将手一抬，制止了王屋山。他可能觉得王屋山太小看顾闳中了，这种小伎俩是对别人智商的侮辱，特别会让某些自命不凡的文人心中抵触。所以他转换了一种方式，面带微笑地对顾闳中说道："先生与我也算是老友了，今天我就厚着脸皮来了不情之请，麻烦先生再细辨一下这三幅字画。

随兴而言，不拘规矩律节，只当我们娱兴一场。其中异常之处先生愿意说就说，不愿意说你点到为止也就是了。"

"不敢不敢，大人如此高抬小可，定当是竭力而为。只是……"

"只是什么？"

"只是真要因为这些字画得罪了哪位皇族权贵、圣手大家，还请大人隐瞒。"

"这个必然，无须为忧。"

顾闳中还是从徐铉的《度衡》小篆评起："字没有问题，好字，有气势也有镇力。"

"你不要因为徐省制与我齐名便说他好话。"韩熙载提醒顾闳中。

"大人面前不敢半字伪语，此字形正堪比天书。我曾见摩尼崖破壁天书，字形字意亦不过如此，所以没有几分仙性是写不出来的。此字可用在庙堂鼎炉、祭祀重器上以示敬天之意。物我两忘的小山水从画法上讲已经落后，毕竟是最早的山水画，但是从画意上来讲却是境界高深，很难说是好是坏，重要的是看挂在何处。此画已经年代久远，难免粘附秽垢尘埃和霉湿之气。另外此画形大意混沌，如长久挂在身边，下意识间便会将意念转入其中。这种情形如能有所悟道，那是上好，如不能悟道，反让思维迟滞、意识昏浊。但跟小夫人声明一句，我这说法是师父所教以画写意、以心融境的境界，和玄学、武学没有任何关系。最后这一幅我刚才其实已经将可说的都说了，再深层次的含义不是我所胸中所学能解的。但奇怪的是……"顾闳中欲言又止。

"先生有什么顾虑吗？此处说话不用保守。你我今日所做都是在为我皇效命，而且我担保你所说再无第三人知道。"韩熙载说话的同时朝王屋山一使眼色。

于是王屋山从大袖之中拿出一个红纸盒。顾闳中一看那红纸上的印签便知道这是去年皇贡中的南珠对盒。每盒中有一对硕大的南珠，总数也就二十八盒，象征二十八星宿。只有皇上最亲近之人和立下极大功劳的才可能得到这种赏赐。

第十章　诡秘杀技

王屋山将纸盒放入顾闳中的袖子中，抽回手时顺带着用手指在他手腕内侧轻轻拂过。那轻柔温润的手指通过手腕内侧的敏感部位，将一股电流般的刺激传到顾闳中的心头，让他感到心尖一阵乱颤。同时身体猛然收紧了下，脸上显出很明显的不自然的表情来。

"嗯、嗯、咳，是这样的，咳。"顾闳中口喉间囫囵了好久才调整过来。"嗯，这幅画修前修后我都看过。原来可能是被人折压存放的，这就导致折压角的部位出现严重磨损。特别是第五岭、第九岭的顶上，还有托龙云的第一朵，都已经失色破面。这些破损是由画院里的瞒天鬼才萧忠博（"水浒传"中梁山好汉圣手书生萧让的曾祖）修复，韩大人知道的，萧忠博的临摹修补手艺出神入化，修补之后根本看不出一点损痕。送上书房那天，内管李公公到画院来提画时又查看了一下此画。当时我在旁边，协助打开卷轴。也许别人没有看出什么，但是由于我已经多次看过此画，所以一眼就看出点不同来。"

"什么不同？""这画被换过了吗？"韩熙载、王屋山有些沉不住气，从这情形看，他们所要查证的事情极为重要。

"画还是原来的画，但是莫名其妙多了三处淡白斑，不仔细的话看不出。韩大人、小夫人，你们看，就是这三处，分别在龙颈、龙腰、龙尾下方。"顾闳中指给两个人看。

"是有白印，但这也说不出什么来呀。或许谁不小心洒上三颗小水滴，也可能是修补时浆子未处理干净留下的霉斑。"王屋山提出自己的见解，她确实看不出这能意味些什么。

"不是小水滴和霉斑，从形状上看应该是用竹篾硬笔点出来的，而且用的是风即回的手法。颜料用的是矾水白，这与画纸颜色很接近。"

"多出这白点有什么不妥吗？"韩熙载觉得顾闳中有点小题大做。

"这三点是风水上的所谓'龙落甲'。"顾闳中说这话时显出很得意的样子，因为能从一幅画上看出这样微小的细节来，不是什么画师都可以做到的，而将画作与风水关联，那就更不是一般画师有的本事。但看韩熙载和王屋山两人的表情，他们明显是没有听懂自己所表达的意思。

"也就是说,要将画上的龙描绘成一条衰龙,命相运势已经趋于没落。"顾闳中索性说得更直白些。

韩熙载一把将手中捻动的玉佛珠全握进了手里。这话他听懂了,而且已经是在向他预料的答案接近。于是追问道:"挂这画对主人身心有害吗?"

何事浮

顾闳中先是一愣,随后赶紧答道:"我只听说这其中是有玄机的,具体怎么回事我也不知道。这是有关风水破的高深学问,要请教风水方面有杰出造诣的得道高人才知道。"顾闳中不管语气、表情都是极为诚恳的。

"那你可识得什么高人能解此画?"王屋山旁边抢问一句。

"落霞山卧佛寺的慧悯大师,此人精通风水学,擅长破解风水厄煞。让他入府辨画定有收获。"

"是听到泥菩萨讲话的那位慧悯大师?"韩熙载问道。

"正是!我最近拜访过慧悯大师两三次,发现他是一个学识高不可测的半仙之人。只不过……"顾闳中欲言又止。

"只不过什么?还另有其他什么蹊跷之处吗?"

"我想先问大人一事,这画是不是在上书房中又污损了才赏出宫的?"顾闳中反问了一个问题。

"不是,这画我拿到之前一直挂在上书房,至于为什么到我这里你就不用问了。为何你会认为这画是污损过的?其实除了你所说的那三个白印确实显得有些多余外,这画我们整体看着还是挺好的。"韩熙载觉得顾闳中的问题有些奇怪。

"不,韩大人、小夫人,你们仔细看,这画有对称的两处微微鼓起,装裱压边有点浮胀,宣纸表面绒毫趋向一侧。但这不是装裱不好留下的问题,而是之后有潮湿现象导致的。所以我觉得是有什么液体不小心泼在画上,吸干后出现色差。于是索性用同种液体均匀涂抹了整张画,这才有宣纸表面绒毫趋向一侧的现象,而原来不小心泼到液体的位置二次受潮所以微微鼓起。"

"顾先生，你能辨别出这是种什么液体吗？茶水，汤水，还是其他什么？"王屋山问道。

"辨别不出，因为这和我们的颜料水墨没有关系，而且也不像茶水、汤水，茶水、汤水透明度没有这么高。"

说到这里，王屋山突然想起了什么，她将画的下卷轴提起，视线与画纸放平了看了下，然后又把鼻子凑近画纸闻了一下："应该不是某种药水、毒水，平看无霜沉粉积，也无腥臭、甜腻味道。这画是鬼党的顾子敬从濉州带回来的，一同带回来的还有六扇门的辨察高手神眼卜福。所以这画之前肯定叫卜福过了眼，要有毒的话应该早就辨出了。还有……"王屋山话没有说完，是因为韩熙载的眼色才收住的。

顾闳中听到王屋山提到顾子敬时，脸色微变，但口中却连声道："这就好、这就好，我是怕画上有什么药料、毒料，江湖上的下三滥手段，那慧悯大师是不懂这一套的。"

"那你就先回去吧，今晚你所见和我们所论内容一定要保密，不可与外人言讲，等需要你说给谁听时，我自然会告诉你。"韩熙载并不用威吓的语气警告顾闳中，但顾闳中心里知道，话的分量不在于怎么表达，而在于是谁说的。

顾闳中出了内绣廊便直接往韩府大门而去，也不和其他宾客告辞一声便独自离开韩府。出了大门，他一直不回头地往前走。差不多走出一里地后，在一处暗拐角处突然转弯，继续快走百十步的样子，他这才站定回身。等了好一会儿没见背后有人跟来，这才缓和了紧张的面容。从袖中拿出王屋山塞给他的南珠红盒掂了掂，从嘴角边扬起些许笑意。

顾闳中离开后，韩熙载和王屋山首先讨论的不是字画而是人。

"有没有试出顾闳中的底子？"

"他的见识学问极为广博，但今日有所保留，对这三幅字画的分析、见解没有尽数说出来。可能是因为看出其中的问题很严重，又涉及皇家，怕说多了惹祸上身、对己不利。但他为了不得罪你，还是给你点出了关键，算是作为引导，让你另外找人解决疑惑。"王屋山这些话都是经过仔细观察和缜密分析后得出的。

"你刚刚不该提到顾子敬，顾闳中与他是远房表兄弟，他能在画院从职都亏了顾子敬的推荐。你说这画是顾子敬带回，他心中定是有了保守，所以我也不再追问，放其回去，再问我估计也问不出什么了。"韩熙载所说之事王屋山之前并不知道。

"有这层关系？那他会不会将此事马上告知顾子敬？"

"那倒不会，这事牵涉到皇上，我刚才也予以警告，他没有那胆量。不过这顾闳中今日也算立了一功，将最终疑惑归结到风水玄学方面，并且推荐了慧悯大师破解其中玄妙，这已是给我们指准了方向。至于其他方面，你有没有觉出他有什么不寻常来？"

"真没有。在外部施加很大压力的状况下，很多人可以做到把口舌封严，叙说之间滴水不漏。但是身体方面的反应却很少有人能够控制好的，往往会在许多细节上暴露真实的心理。大人是知道的，江湖中好多高手临危之际都可以茫然如痴、不动声色，以此表现作为自己懵懂无能的掩饰。这做法其实是不对的，一个人正常的反应应该是自然的、有针对性的。刚才我给顾闳中塞南珠时，故意用手指拂过他手腕的内侧。此处是连心的血脉命门所在，极为敏感的部位，也是个防护力量薄弱的部位。一般练家子被触碰到这个部位时，反应会是急速撤手或甩开。而高手可以做到不动声色，一是艺高人胆大，不怕被锁拿。或者已经知道是在试探，故意装作茫然。而顾闳中的反应却是微颤，这是平常人最自然的表现。因为只要是个正常的男人，被我这样暗中挑逗下都应该出现如此反应。但不排除一种情况，就是高手中的高手也可以假装出这样最自然的反应。所以顾闳中到底是个平常男人还是个高手中的高手，我依旧无法判定。"

"如果，我说如果，如果这顾闳中是个和你同行的刺儿，他的底儿连你这'三寸莲'的门长都探不出来，那你觉得这样的刺儿会是出身于哪个门派？"

"技艺在我'三寸莲'之上的有离恨谷，这是肯定的，因为我派祖师就是从离恨谷偷得色诱属、功劲属、玄计属的一些绝技，再加上本派原有技艺进行优化改造，这才创出'三寸莲'一派独特杀技。还有'易水还'，这一派与离恨谷有一拼，唯独规模没有离恨谷庞大，他们的技艺也是我'三寸莲'无法望其项背的。另外，还有些不属于任何派别的奇人，他们喜欢独来独往，但仗着堪比鬼神的技艺在刺行中占住排位。单论刺技，这种奇人不要说我'三寸莲'了，就算离恨谷、易水还都未必能压住一筹半分的。"

"这些人中有没有能以字画害人杀人的？或者'离恨谷''易水还'近些年里训练出一些不学技击术，单练蛊咒、邪术一类技艺来杀人的刺客。"

"这倒不会，他们都是江湖刺行中最有脸面的门派和奇人，绝不会往邪术上偏移。但是一些在我'三寸莲'之下的门派，还有些地处偏远的小国异族，倒是不乏这样的邪异龌龊之举。比如说南汉的巫降派，再比如说吐蕃的摄魂师。"

"这就简单了，试想顾闳中如果是你试探不出的高手，那他肯定也是不屑使用这些邪毒手段的，所以字画上做手脚的人肯定不是他。这样不管我们可不可以利用到他，至少他不会是我们的对头。而如果顾闳中不是高手，那他更不会是在字画上下手的人，否则绝不能将如何查出字画中真相的方法告诉我们。"韩熙载的排除法还是有一定道理的。

"明白。这样吧，明天一早我就遣金莲坊的姑娘去往落霞山卧佛寺请慧悯大师入府辨画。"

"不要去请，明早带上字画，我和你一道前往求解。"韩熙载断然说出这话，边说还边有力地捻动他手中的玉佛珠。

僧析势

蜀国运往秦、凤、成、阶四州的粮食已经有了两批，但王昭远还是觉得远远没有达到自己的目标。他预测大周百姓如果知道了易货的事情，肯定会蜂拥而至，到时这些粮食肯定不够换的。南唐提税，大周缺粮，这对于蜀国来说是个千载难逢的好机会，可借此一举改善经济经营、军事力量、国库资本的组成和结构，将民间和官家积存的物资、财富运活起来。这是与民生利、与国生利的大好举措。用粮食换取大量牲畜之后，这便是活粮草。不单是可以直接赶着走，不用花费大量运输人手和费用，而且饲养后还能繁殖优化，利益按倍数增长。

王昭远热心此事，因为这也是他建功立业的好机会。现在这个枢密院事的官职是全凭蜀主孟昶和他关系亲密而得到，未曾经过科考，更无对国家立下功劳、做出成绩的事情，所以满朝文武没几个对他服气的。而王昭远也不服朝堂中那些老而不死的奸猾贼胚，他打小就跟随东郭禅师智諲学习，自认满腹才华不输当初的诸葛孔明，只是一直都没有彰显的机会。现在这机会来了，他无论如何都不能就此放过。

事实上，蜀民对这种不能当场见利的交易并不热衷。除了广汉一带求到无脸神仙仙语的百姓外，其他地方的百姓基本都是用十斤、二十斤的粮食来敷衍官家。估计他们根本不曾抱希望这粮食还能还回来，更不敢做增值获利的非分之想，都只当是给官府面子主动捐些出来。

面对目前这种情况，王昭远决定亲自前往乐山县督促民粮官营的事情。虽然路途颇远，但带着两个舞妓在马车里，一路肆意欢愉，倒也不觉得气闷、无聊。

到了乐山县，马车只是在县衙门口稍停了一小会儿。王昭远掀帘探头看了看冷冷清清的收粮开抵券的官家临设点，便马上缩回车子里，跟车夫说了句："还是先去正觉寺吧。"

正觉寺，也就是现在的乌尤寺，为佛教禅宗寺庙。这寺庙依山势而建，错落有致，布局巧妙。一般而言，隋唐之前的寺庙只是选地上有很多说法，布局上却是不讲究风水格局的。正觉寺的选地不用多说，它位处乐山县东岸，与乐山大佛并列，前有沫水（大渡河）、若水（青衣江）、铜河（岷江）三流交汇，为西佛乘东流、慈悲至天下之势。但是后世宋代的蜀中风水大师郭人显看过正觉寺的布局后说，此寺建乌尤山顶，七殿联衔，下踏三水，在建筑布置上用了"七星跃三才"的风水格局。这种格局用在世俗之家，是可以让数代子孙登天地高绝、人中极位的。而用在寺院、道观、学院等地，却是在影响天下人的思想上有着积极的作用。

东郭禅师智諲就出家在正觉寺中，为客堂的大知客僧，掌管着全寺内外日常事务和接待僧俗客人事宜。做这种事情的大和尚很少在佛典研究、经文剖析上下工夫，反倒是对俗世中的待客结交、礼数规矩无不精通。

那王昭远原本是智諲的差使僧童，家中本指望他跟在智諲大和尚背后学些佛典和妙文。但王昭远在这里除了认识了更多的字外，便是学会了些待客结交中见机行事、阿谀奉承的一套。所以有一次孟昶来正觉寺，见他行事机敏、善解人意，很是投自己的心思喜好，从此便将其带在身边作为亲信。这王昭远虽然未曾在治国大计上建功立业，但在孟昶的私人生活上却是尽心钻营、花样百出。另外，王昭远在寺庙中时接触到三教九流各种人色，练得一副好口才，拍马加吹嘘的一套无出其右。而这一套对于孟昶而言，就像精神毒品，很是依赖。因此他坚信王昭远是世之奇才、国之栋梁，未作细致考虑就将枢密院事那样的军机大任委任给他。

王昭远出现失落感和危机感，是从孟昶宠信花蕊夫人之后开始的。这时王昭远在孟昶心中的重要地位开始出现动摇的迹象。而毋昭裔、赵崇祚则强势地卷土重来，明目张胆地与王昭远争夺孟昶的信任和朝中重任，很明显是有要将他推倒的企图。这两人之所以能如此肆无忌惮，那是仗了花蕊夫人的势力，那花蕊夫人的父亲徐国璋与这两人是多年好友。再有就是那个申道士，虽然他与毋、赵二人不是太合拍，但他手段更加厉害，直接抓住了皇上下半身的快感和寻求长寿的奢望。试想在这世上，只要是个男人，最大的享受和快活不就在那个点上吗？只要是个皇上，谁不想长命百岁、万寿无疆？这些情况带来的压力，逼迫得王昭远必须有所行动，瞅准机会，以一桩辉煌的功业来稳定自己的位置。

从王昭远的思路和做法来看，在当时肯定是会被认为不务正业。枢密院专管军机大事，他却改行来做生意。不单把户部三司各处衙门变成了打白条的收购点，而且将蜀军变成运输队，将军事上的边关重镇变成易货市场，而且他下一步的打算还要建牲畜良种培养和规模饲养。如果这些目的和计划都一步步达到了的话，那么接下来的抵券交易市场便有可能成为历史上最早的证券交易所。

其实按照现代人的观念来说，这王昭远不是个疯子而是个天才。他运用了政府力量、军队力量，打着白条、做着外贸，科技养殖、进军证券，无一样不是开先河。但这个天才的种种天才做法也是被逼出来的，本来那个巨大宝藏的讯息是他得到后献给蜀皇的。可蜀皇拿到这讯息后竟然是交给了赵崇祯，让他手下的不问源馆去操作。这样一来，就算那讯息最终有所巨获，他也只是个传递消息的中间人而已，头功怎么都落不到他头上。

大动作者必有大顾虑，王昭远也不例外。所有的策划如果成功，那他得到的必然是尊崇的地位和至上的荣耀。可一旦什么地方出现了差错，那地位、荣耀还在其次，身家性命能否保住都是问题。别人做什么事都有靠山退路，而他独自身在朝中，上层构筑中无世交、无至友，只有蜀皇孟昶目前还给他罩着。可一旦蜀皇耳根一软，将自己一甩不管，那朝堂上下几乎个个都是想搞掉自己的。因此他必须找到一条后路，或者一座更加稳妥的靠山。所以他要来找智谌和尚，他觉得智谌和尚在这方面会给自己更好的建议和指点。

心中想着，不觉之间已到正觉寺前。王昭远下车之后也不要别人相陪，让手下都在寺外等候，自己则拾级而上直奔山门殿堂，去找智谌和尚。

但王昭远根本没有想到，当自己将计划和想法告诉给智谌和尚后，迎来的却是一盆凉水。

"昭远啊，这无本买卖的想法听着如花似锦很是诱人。但事实上根本无先例证明此事可行，其中所存风险很大，变数极多。我不知道你有没有将你所说的易货、畜养都事先仔细考察过，这方面你完全是外行，就算自己不去亲自做些事情，至少也该找些内行来请教帮忙呀。如果就这么随便一想、信口一说，那这事情铁定是成不了的。这就是所谓的纸上谈兵、盆中学泳，到头来必定会出大乱子。"智谌和尚在听完王昭远的一番陈述后，不由地皱着眉头、绷着脸，还不停拍打自己光光的大脑袋。

"师父，我是在模仿你以往的做法呀，你怎么说没有先例的？"王昭远赶紧辩解。

第十章　诡秘杀技

"唉，我那套借用信徒钱财置办庙产然后生财分利的方法是有很大把握的，而且小打小闹不会伤筋动骨。但即便这样也因为天灾人祸出过意外，比如说山脚处的果园就曾三年无收，渡江佛船才置办几天就被三江旋流卷翻，这些都是血本无归的投入。另外，佛寺与官家又不同，即便最后本钱还不出来，信徒也不会太与佛家之人计较。有的只当是捐给庙里的，有的只需我们给他们家中做些祈福佛事便抵算了。而你现在所做的事情则不然，干系太过重大，一旦出个差错便是皇家丧失诚信、官家巧夺民财的罪名。最终搞得百姓积愤爆发，国家会出大乱子的。"智谭和尚的见识果然非王昭远可比。

"可是师父，离弓之矢难回头，昭远现在已经骑虎难下了。民资官营、边关易货之事操作过了半程，目前尚且顺利。但我最近也是心中忐忑，觉得似有不妥之事要发生。所以这才来找师父解惑、辟难。"

"那你有没有想过怎样才能在事情未成的情况下，甚至发生重大损失的情况下保住你无碍呢？"智谭反问王昭远。

"我觉得要想无碍必须得有靠山，就算没有稳固靠山，至少也该留条退路。到时候大不了我官不做了，带着钱财回家过舒服日子去。"王昭远话说得真的很没水平，口气就如同市井泼皮一般。

"怎么，连皇上那靠山都撑不住你？"智谭只是淡然一问，语气中并未显出太多奇怪和意外。

"如今是花颤山摇，皇上真的是靠不住了。"王昭远毫不隐瞒地道出心中哀怨。

智谭轻叹一声，没有说话，而是往楼栏那边走了两步。他目光眺望远处的山山水水，似要从中找出可行的步骤路数。

自堆山

过了好长一段时间，就在王昭远等得不耐烦时，智谭这才回过身说道："其实所谓的靠山和后路并不是什么时候都有，也并不是都是现成的。有的情况能碰到，更多的情况下需要自己努力去找，但还有一种情况，就是要凭自己的能力和智慧去铺设后路、堆出靠山。"

"师父，你能细析一下吗？弟子听不出其中的玄理奥义来。"

"那我直说吧，你做这事情要想稳妥，首先是要拉一个垫背的出来。现在蜀国皇家之中有个现成的可做垫背，此人便是太子玄喆。你可以去跟蜀皇说，此番想带上太子做易货之事，这样可以让太子有建功立业的机会，使得全国上下臣民信服，将来更好地坐稳江山。如果蜀皇同意你的建议，那么官营易货之事办成了，不但不影响你的成就和功劳，甚至是比之前该有的功劳更加显赫、更具效用。因为皇上和太子都得感谢你，你一下就可以稳住两座靠山。如果事情办不成，皇上也会体谅，认为你是出的好主意，也是出于好心带上太子，只是最终事情毁在太子身上。就算事情出现大损，皇上有心责罚，那也有许多方面出来替太子求情。替太子求情也就是在替你求情，所以这是个根本不用退走的退路。"

王昭远由衷地钦佩。在他觉得，这智谭的智商、能耐真就不该出家做个知客僧，而应该去皇城当治国的大臣。

"另外，还有一座靠山你是可以自己堆起的。花蕊夫人得到蜀皇宠幸，毋昭裔等人便依靠她的势力冒出头兴风作浪，导致皇上逐渐疏远了你。那你也可以去找来一个姿色、才气能与花蕊夫人抗衡、争宠的女子，将其送入宫中献给孟昶。此女一旦得势，不就成为你最稳固的靠山了吗？"

"师父，这山堆得有点难，我要从哪里找到这样一个可以与花蕊夫人抗衡、争宠的女子来？"王昭远见过花蕊夫人，他觉得天下能超过这女人姿色和才气的女子绝对不会有。

"我的俗家其实是在原闽国地界，现被吴越与南唐分割。我俗家兄弟治家理财不善，现已经门户破败、人丁丧绝，只余下一个侄女。这侄女前不久写来书信，说家破无靠只能前来投奔于我。但我一个出家僧人又如何可以安排她，所以想让你设法将她换入下一批的秀女中，进献入宫。我那侄女天生俏丽，曼妙窈窕，且精通南音、琴瑟、舞蹈，如若得皇上亲宠。那么于我是解了个负担，于你是多了个强援。"

"那太好了，这还用把什么秀女换下，我直接献进宫不就行了。"

第十章　诡秘杀技

"万万不可，这样会让花蕊夫人及其帮手有所戒心，不让她有接近皇上的机会，甚至暗下手段将我侄女给驱逐出宫或直接除去，到时恐怕未见皇上一面便已经花陨香消了。再有，你献于皇上远没有让皇上自己发现的好，那才能最大程度地勾起他的兴趣。"

"也对，我回去后就让人查一下近一批秀女都出自哪些地方，然后找稳妥可靠的关系将你侄女换上去。"

"此事千万要保密，拆穿了可是欺君之罪，你我都担当不起的。"智谭再三嘱咐，他一个出家人，跟皇家作假捣鬼难免会有些胆怯。

"放心吧，这事我定然办得妥帖。其实这种事情户部经常收钱替别人办。"王昭远熟知官场营私舞弊的一套，所以对这种事情满不在乎。

"噢，这样就好、这样就好。"智谭微舒口气。

"师父，你还有什么要交代的吗？"王昭远听了智谭一番话后信心大增，对易货之事的热情重新燃起。

"最后还有一条万能的退路是要你自己去抢的，有了这条退路，天高海阔，你要去哪里都行。"智谭依旧语气平稳地说道。

"万能的退路？是什么？"

"就是我前些日子告诉你的那个宝藏啊！这事情你可千万不能放手！只要财富握在手中，到哪里都是你的天下。"智谭说这话时朝王昭远竖起合十的双掌，双掌很有力，对合得很紧，仿佛其中已经掌握了那宝藏财富。

已是过了二更时分，东贤山庄里面一片沉寂。没有灯光，没有犬吠，没有人迹，整个庄子就像死了一般。倒是外围将整个庄子呈半环抱的山岭上还有溪水在潺潺流动，从而证明着这个世界并没有静止。

山上的几道溪水流下，在山脚处汇成一条绕庄而过的河流。这条绕庄河虽然不宽，也就三四丈的样子，但水流却很急，很急的水流往往会把河道冲刷得很深。很深的河道往往是水面平缓无声，而水下却是暗流涌动，很是凶险。所以虽然这是条不宽的河流，但很少有人敢不借助工具渡过它。

庄子里唯一的马道从庄口直达庄北的半子德院大门，道宽足够走双驾辕的马车。平时这个时候马道上、庄栅边应该有庄丁打着火把、提着灯笼往来巡护的，但今天却是一个人都看不见。半子德院也是大门紧闭，以往院中此时四处灯火通明、琴音歌声不断，今夜似乎连只野虫的叫声都没有。

马道的两边不规则地长了许多大柳树，虽然不是很整齐，但断续着也能蜿蜒到半子德院的大门口。而齐君元就蹲在半子德院大门外不远的一棵大柳树上，柳枝随风轻轻摇摆，而齐君元的身形却是一动不动。他的眼神和他的身形一样，两点神光紧盯住庄口，似乎是在等待着什么到来。

和他一起进庄的还有范啸天，但进庄之后两人便分开行动了。所以这个神出鬼没的"二郎"现在在什么地方可能除了他自己之外根本没人知道。

那天夜里船只漂走之后，齐君元并没有沿着河道去追。因为他早就觉得会发生这样的事情，而且他那夜还故意带着范啸天到远离河滩的石壁下睡觉，这样做的目的就是要让一些事情顺利发生。只有出现动乱，才能找出真相。

果然，那船蹊跷地漂走了。蹊跷，往往是出于某种预谋，而这预谋中肯定有一部分目的是要将自己甩下。有预谋的人不会按常理出牌，所以那船绝不会继续顺流而下。而预谋中有目的将自己甩下，那是因为自己的存在会妨碍到预谋者的什么事情，或者他齐君元的目的是某些人不愿意的。这一路走来，始终都不曾有什么对立和冲突，所有人都是心甘情愿跟着自己走的。唯一出现不同意见是在遇到狂尸群之后，由此推断，那些有预谋的人很大可能会转而跟上狂尸群。

如果不是秦笙笙也在船上，如果不是送秦笙笙是自己"露芒笺"上的第二个任务，他根本不会管那几个人要去哪里、是死是活。不过出现现在这种情况还不算最差，因为还在他预料之中，反而可以让他明确自己行动的目标。只要调头追上狂尸群，早晚总能候到秦笙笙他们。然后自己可以躲在暗中观察，看甩开他们的几个人到底有何企图，看这一趟莫名其妙的活儿后面到底掩藏着什么。说不定真就能发现不少自己无从知道的秘密。

但事情并未完全像齐君元所料的那样发展。他和范啸天沿河往回走，到索桥过了河，却没有找到规模庞大、特征明显的狂尸群，更没有发现那几个在船上顺流漂走的同伴。就连最后被甩下没能爬上船的哑巴和穷唐，也不知去到哪里。

这时范啸天开始怀疑齐君元的说法了，他觉得那几个同伴不可能是故意甩开他们两个，而确确实实是船没有拴牢才被迫漂走。再怎么说，他自己的徒弟怎么都不会扔下他的。所以齐君元所指方向是错误的，应该继续向前。那几个人可能已经在前面把船停住等着自己。

范啸天为人办事中规中矩，而且还有些自恋认死理。在齐君元无法以事实说服他的情况下，他决定与齐君元分头行动，转而继续沿河道往前追赶。这时幸亏出现另一个意外消息避免了两人的分道扬镳，这是从一个昼夜守在河边捕钓的老渔翁那里打听来的消息。那老渔翁没有看到他们两个询问的尸群，却说起在几日之前的夜间，见到许多容貌如同鬼怪的兵卒押着一群人往正北方向而去。听到这个消息后，齐君元他们两个脑子里马上做出反应，这些兵卒应该是袭击上德塬的鬼卒，而押走的一群人也很可能是从上德塬抓来的青壮男性。

图觅迹

知道这情况后，反倒是范啸天变得积极，主动要往正北方向追赶。齐君元没有多问什么，但他知道，范啸天这个样子是和他到上德塬的任务有关，而且由范啸天的反应可以看出那个任务的重要性。其实这几天他一直都在嘀咕，离恨谷让范啸天带件东西给上德塬的倪大丫，这到底会是件什么东西呢？又有着怎样的作用和目的？

往正北而行，齐君元首先注意的是沿途的绿林道力量。押着这样一大群人赶路，再加上鬼卒本身的数量，吃喝、休息必须要有规模很大的落脚处。这种落脚处不会是在平常的县镇村庄中，很大可能是利用了沿途绿林道的地盘。

但奇怪的是他们追了两三天，既未找到那些人，也未发现绿林道的蛛丝马迹。楚地自从周行逢接手后治理得还是很不错的，特别是对黑道盗匪的剿灭和招安。如今楚地范围内小偷小摸的蠹贼虽然不比过去少多少，但像占山为王、聚义入伙的盗匪集体还真的不多。这些人周行逢能用的都用了，不能用的也灭得差不多了。另外，玉阳河往东往北这一片，山少平原多，就算有山也只是零星孤山，不适合绿林道占山为王。

也就是在这个时候，齐君元开始意识到那些鬼卒不是一般的盗匪。楚地的特点早就知道，而途经的所见也证实了，鬼卒押着那么一大群人是无绿林道的点位可借的。所以他们的落脚点不同一般，他们的身份也不同一般。真实性质很有可能和薛康、丰知通那些人一样，所做的事情和目的也可能有相同之处。

齐君元拿出了一份地图，这地图与平常地图不一样。底图是离恨谷吓诈属统一绘制的，绘画描图本来就是吓诈属的专长之一。但图上很大一部分的地点、地名却是所持地图的谷生和谷客们自己标注的，比如说什么江湖帮派的重要驻扎点，比如说某些族群的禁地位置，还有就是各个国家的秘密机构所在。这些点大都是他们在执行刺活儿中自己获悉搜集到的，然后他们各自觉得有需要掌握的必要性便标注在自己的图上。当然，一个刺客不可能标注得非常完全，所以其中很多标注是谷生、谷客之间相互交流后获取的。这些标注平时看着无用，但说不定在以后的什么刺局中便可以加以利用、逃避危险。

范啸天一看地图图名，马上带些炫耀地说句："这初图是我们属中画的。"但接着看到上面的那些标注之后便不再作声，因为这些标注的内容绝不是他一个长久躲在离恨谷中不行刺局的谷生能掌握的。

"从我们问询渔翁的位置往西北，整个行程中只有一些江湖帮派的暗点，不可能安排下那么多的人。但这行程上官家的州府、暗营倒是串联成线。鬼卒押着一群人夜间步行，每天不会走太远的路程。你看，从这里到这里一小段，有楚军的尖峡大营，然后往上是神秀县劳囚石场。再往上就是正陆府御外军驻地，这驻地是个楚军暗点，非常隐蔽。可能暗藏了官家什么重要东西，或者是为了针对什么目标便于随时调动。但接下来一段有点长，一直要到龙河坝子才又有楚军的把总营地。这之间好像再没有什么官家

第十章 诡秘杀技

的点了。"

"官府兵营，你的意思是那些鬼卒是官兵？上德塬是被楚地周家军给灭掉的？"范啸天的脑子一时没转过来。

"为什么不可能？大周国不是来了鹰、狼队吗，蜀国不是来了不问源馆吗，梁铁桥原来虽然是黑道总瓢把子，但在与薛康对话时提到，他与薛康是各为其主。那么一个大帮派的当家会奉谁为主？从他帮中地盘范围以及与各国的关系来看，很大可能是成为了南唐的特别力量。试想，上德塬之事，能抢在这三个国家暗遣力量之前做下的，除了楚地的地头蛇外还能有谁？"齐君元很肯定自己的判断。

"既然前面一段不再有官家的点了，那么他们的目的地会不会就是那个什么军的驻地？"范啸天说道。

这句话提醒了齐君元，目的地不一定就是正陆府御外军驻地，但离这驻地或许不会太远。而这些御外军暗中驻扎此地，其作用有可能就是要保护那个目的地，并受那个目的地的调用差遣。

地图上的一个地名标注跳入齐君元眼中——东贤山庄，这个地名是工器属的谷生"巧合"在楚地行刺盘茶山山主后标下的。

大约是两年前吧，不知何人想用其他地方的山地换取盘茶山，但被山主断然拒绝。于是便在刺行中标大额暗金雇人对盘茶山山主行刺局，要求是刺成但不露杀相。离恨谷此时正好需要一笔钱做件大事情，便遣工器属出手。谷生"巧合"受命前去行刺局，很轻易地就让盘茶山山主死在了一场雨中塌墙的意外中。

刺活儿实施的过程中，"巧合"顺耳探听到些讯息，获知想得到那盘茶山的是远在百里开外的东贤山庄庄主。

东贤山庄本身就是一个很特别的地方，整个山庄被黛远山高高矮矮的山岭环抱，只可沿一条谷道过春溪桥进到庄子里。庄子里的房屋布局和庄主的院落建筑在分布上暗含玄机，不熟知庄子情况的人进入后便很难顺利转出来。而且要是没有庄里特制的令牌或庄中人带领的话，外人是绝对不能进入其中的。

本身已经有一个严密的自在天地，然后与盘茶山又距离百里之遥，为何会偏偏看中了这块地方，而且不惜巨大代价要将其得到呢？"巧合"一时好奇，刺活儿结束后又多留几天查探了下背后的隐情。获知那东贤庄的庄主叫唐德，此人竟然是楚地现在的统治者，武定军节度使周行逢的女婿。

《资治通鉴·卷第二百九十三》："行逢婿唐德求补吏，行逢曰：'汝才不堪为吏，吾今私汝则可矣；汝居官无状，吾不敢以法贷汝，则亲戚之恩绝矣'。与之耕牛，农具而遣之。"

这段真实的历史记载，是说唐德到周行逢处求官，但周行逢却说他不适合做官，然后赐给他农具把他打发回去种田。这种事情在过去的封建朝代是难以想象的事情，当时是家族世袭的帝王制，每当有人将国之大权掌握手中后，都会在最重要的位置上安排自己的家人，或者是信得过的好友亲信。周行逢不是傻子，他那时也是一方霸主，心计谋略无不胜人。那他为何会这样对待自己的女婿唐德呢？而且此举对他的统治有百害而无一利。解释只有一个，就是他暗中安排了唐德一个更为重要的任务。这个任务只能自己家里人去做，而且不能明目张胆地去做，否则会大失民心。

自古以来，没有一个务农的能凭着锄头耕牛挣来方圆十几里的大庄子，更不可能挣下可以购买别人家里山林的钱财。除非他有官府支持，除非他走的是偏门、发横财的路子。唐德有官府支持是肯定的，但这支持必须是隐秘的。所以他想得到盘茶山却不能明取豪夺，只能用标暗金走刺行来达到目的。

"范大哥，我听你徒弟说过，你曾在楚地走过几趟，那知不知道一个叫盘茶山的地方？"齐君元问道。

"这你可问着了，我到楚地走了几趟就是为了给谷中校绘原有地图，所以对地名记得非常清楚。盘茶山是个小地方，没有在地图上标出。但我之所以印象深刻是因为经过那地方时发现山形峻茂、风水极佳。我虽然不像玄计属那些谷生一样精研风水格局，但大体上的局相还是可以看出来的。盘茶山可以说是具备了所有藏风聚气、汇真拢精的上好局势。但是就最近一次从那边过来时却发现那大好的风水局势已经全被破损掉了，真是可惜呀！"范啸天是个好显摆的人，说到自己知晓的事情从不保留。

"怎么，被破损掉了？"齐君元感到好奇。因为他知道唐德夺取盘茶山的事情，可唐德夺取了这么一块上好的风水宝地总不会是为了将它给破坏掉吧。

"对，破损得很彻底。是从正南面给挖开的，挖取的土石把前面的月形湖都给填了，已经无山形藏风，无净水聚气。这样挖开到底干什么用我没看出来，那山周围全是凶奴、恶狗管着，没法走近了看。你知道我这人的，有涵养，不愿意和这些下三滥的恶胚冲突。而且破了风水又和我无关，最后是他们自家倒霉呗。"范啸天这话一说，齐君元就猜出怎么回事了。像范啸天这样一个好奇的人，当时肯定是往前去想看个究竟，结果也肯定是被人家一顿呵斥赶了出来。

"那么你觉得上德塬被毁，杀掉了妇弱老残，单抓走青壮男子，会不会和挖取点什么东西有关呢？"齐君元感觉有些事情开始在往一处凑了。

第十一章　大战鬼卒

入东贤

对于齐君元的问题范啸天认真思考了下才作答："真有可能，要说开山挖土什么的，上德塬大族中的倪姓那都是一流好手。但是他们抓的人中不止有倪家人啊，还有言家的男子。我知道了，你是说抓盘茶山的恶人抓了上德塬的人，然后让他们去挖山埋死尸。这样倪家人挖墓穴，言家人则负责把尸体带进墓里。"

齐君元是又好气又好笑，心说这范啸天的脑子怎么跟个榆木根一样的。鬼卒突袭上德塬抓人，动手时总不会先问一下是姓什么的吧，肯定只要是青壮男子就全都拿下。还有埋死尸干吗要专门找倪家人，随便找些人都可以挖坑埋进人去。肯定是唐德从什么地方获知盘茶山里埋藏了些宝物或财富，这才下血本将其夺取到手。但他们自己久挖之后未有所获，所以才抓捕了那么多倪家的掘挖高手，想让他们替自己从盘茶山里挖出想要的东西来。如果真是这样的目的，那么后来赶到上德塬的薛康、梁铁桥、丰知通也应该嗅到踪迹，追踪到这附近。看来自己这一路下去还真得小心，千万不要再和这些人

第十一章　大战鬼卒

撞在了一起。

旁边范啸天还在煞有介事地充实自己岔了边的分析。齐君元也懒得和他啰嗦什么，只管自己在地图上比划量算。

范啸天也探头看了一眼齐君元手中的地图，"咦"地一声发现到了异常："不对呀，你这地图和我的标注的不一样。你上面东贤山庄的位置，我的图上标的可是五大庄。"

"五大庄？"

"对，这五大庄早先在江湖中可是大有名头的。庄主为五大高手，不知姓名只知江湖名号。第一个叫大悲咒，是个年轻的吐蕃僧，可以声摄魂取敌。第二个是大傩师，一个西南异族的巫师，会用邪术操纵别人。然后大天目，是个女子，一双眼睛能辨阴阳，所有鬼迷惑相都逃不过她的辨察。大丽菊，这也是个女的，擅长使用一种霸道暗器，那暗器飞射如花、无以阻挡。还有一个是大块头，其实准确叫应该是大'快'头，这人外形虽肥硕粗壮，身形步法却是快如流星，也善使流星锤。"

"这样就对了，楚地在周行逢掌权后，招安了众多山贼水匪，形成白道为主黑道为辅的共管形式。你说的五大庄肯定也在招安之列，并且被委派给周行逢的女婿唐德。然后以其五大庄为据点，协助唐德办理不能见光的事情。"齐君元脑子里的一些线索已经开始衔接起来。

"东贤山庄的庄主是周行逢的女婿唐德？"范啸天感到无比惊讶，惊讶唐德会在东贤庄，更惊讶齐君元会知道这个信息。

"不单是东贤庄，那盘茶山现在的主人也是唐德。你看，盘茶山的位置在这里，它与正陆府御外军驻地拉成一线，中间位置正好就是东贤庄。原来的五大庄改为东贤庄，是因为唐德是周行逢的女婿，'东贤'二字含东床贤婿之意。而正陆府御外军暗驻此地，最大的可能就是为了协助唐德办些不能让世人知道却又极其重要的事情。所以我估计鬼卒过了正陆府御外军驻地，下一站是到东贤庄，而盘茶山才是最后的目的地，他们是要将上德塬的人押到那里派用场。"

"如果上德塬之事真是周行逢的女婿所为，那么沿线官家明狱、暗牢倒都是可以为他所用，这一大群人的落脚点真是没有一点问题。这下可麻烦了，上德塬的人要都是被关在官家的府衙牢狱里，那谷里让我给倪大丫的东西又怎么能交到她手上。私闯官家府衙牢狱可是重罪。"范啸天顿时一脸的愁容、满怀的心思。

齐君元微微摇了下头，看来范啸天真不适合做刺行。杀人难道不是重罪吗？何况有的时候刺杀对象本就是官府中人。范啸天按理应该是清楚这一点的，但一提到官家便立刻像平常人一样表现出怯官惧法之情，这其实还是潜意识中对刺活儿的胆怯。难怪他的技艺神妙之极，但谷里平时却不安排他行刺局，只是让他做些传物、绘图的事情。这种潜意识的心理要想短时间改变过来很难，需要慢慢疏导、调整。至于现在，一些行动最好还是尽量避开他所忌讳和畏惧的心理。

"我们不去闯官家府衙牢狱就是了，可选择在东贤山庄行事。这是唐德的私产，他身不在官家，你可以随意而行，把谷里布置给你的事情完成。"齐君元选择这位置，其实是出于几重考虑。一个当然是范啸天的问题，再一个他估计倪家人驱狂尸前来救人也不会在官府重防的点上下手，东贤山庄应该也是他们觉得合适的地点。另外，唐三娘和裴盛找倪大丫，能够有机会接近被抓人群的地点也应该是在东贤山庄，在这里应该可以候到秦笙笙他们几个。

齐君元相信自己的判断，所以他来到了东贤山庄。不过很明显他来早了，虽然不知道鬼卒有没有将上德塬抓捕的人带来，但可以肯定的是狂尸群还没有到。这不奇怪，那么怪异的尸群需要避开人多之处找偏僻处行走，免得消息过早地传到对头的耳中，这样一来肯定会绕不少的路。而齐君元和范啸天是昼夜兼行，有时还搭乘顺道马车，赶到前面是必然的事情。

天色未黑时齐君元就已经到达东贤山庄了，问题是这个庄子并非那么容易进，只能在外围徘徊几趟查找可潜入的路径。

东贤庄庄口有些像个葫芦腰。外面的谷道很宽，但是庄口处的春溪桥很窄。过了春溪桥还有个木瞭台，往两边去是围住庄子的木栅。所以就算是只耗子想溜进来，都会被庄口木瞭楼里的庄丁看得清清楚楚。

第十一章　大战鬼卒

幸好谷道的两边全是灌木丛，而春溪桥的旁边有大片水蒿草。所以齐君元和范啸天借助这些掩身，悄然潜到春溪桥下。然后借瞭望庄丁换岗吃饭从瞭楼梯子上下来的时候，溜过春溪桥，躲到靠近庄口的水蒿草中。再趁着天色尽黑瞭台上点起灯火的瞬间，不急不缓地溜进了庄口。因为灯火刚刚亮起时，瞭望庄丁的瞳孔短时间未曾调整过来，反而看不见距离较远的黑暗中有什么。

虽然进了东贤山庄，但路却不能随便走，因为此处格局布置暗含玄机，一步走错就可能落入兜爪之中，轻者无路可出，重者万劫不复。

齐君元江湖老道、处事谨慎，所以首先借助庄子里闪闪烁烁的灯火仔细辨别了一下庄里的环境，辨出此处的布局为"虎伏双爪"。虎头是庄子里的半子德院，这是个有三面高墙一面悬崖的院子，坚固得就像一个城堡。半子也是女婿，'德'即是唐德，所以这巨大的院子应该是唐德居住的地方。双爪是东西两片庄户的民房群，这些房子排布上是采用的"接半尾"（古代建筑中一种条状相接的格局，多用在小器物上，很少直接用在房子的排布上。）。这种排布方式使得这两片房屋群巷道纵横犹如迷宫。

除了大的布局，庄子里还机关遍布。齐君元是专攻妙器巧具的高手，这妙器巧具与机关设置相通，所以大概一看便窥出各处的机关设置。总体来说，东贤庄里的机关设置都不算精妙。大都是绊索、陷坑、足夹一类最普通的设置，其实就算是范啸天这种吓诈属的谷生，凭基础技艺也都能辨认出来。估计这些都是用来做外围防范的，而真正巧妙精绝的机关应该是设置在半子德院里面。

进庄之后，齐君元和范啸天相互商量了下庄里布局和各处机关布置，相互将辨出的机构对应下，以免出现疏漏而自入瓮中，确定无误之后两人各自分头行动。

范啸天的主要任务是查找上德塬被抓的人到底在不在此处。而齐君元则决定去观察一下半子德院里的情况。他没有其他打算，一个是找到合适的位置，可以让自己看到别人而别人看不到他，这样就可以发现到一些正常情况下看不到的真相；另外，他就是想先找到合适的途径和方式，以便当秦笙笙他们贸然闯入后不能脱出，自己可以顺利将他们安全带离此地。

此时的齐君元心中其实很是担忧，原来这庄子里的五大高手现在已经归附于楚地周氏，那么据守庄中辅助唐德办事则在情理之中。而秦笙笙他们几个人根本不清楚庄里的情况，如果真的是随狂尸群闯入与这五大高手相遇交锋，不管是实力还是经验，他们都很难占有胜算。更何况在唐德的身边，高手肯定不会只有这五个人。

尸冲庄

本来到了眼下这种状况，所有事情和齐君元都已经完全没有关系了。如果他利用秦笙笙他们甩开自己的机会就此脱身离去，那也是无可厚非的。但他却好像被藤蔓缠绕其中无法脱身，眼见着这些没有经验的白标到处瞎闯，始终不能心安理得地将他们丢下。另外，他总觉得种种不正常的现象背后隐藏了某些秘密，就好比秦笙笙他们追赶狂尸群，绝不会是为了看热闹那么简单。

不知道为什么，心性很淡的齐君元这一次有着将谜底弄清楚的强烈欲望。可能是因为他灈州刺杀失利且自己差点陷落，也可能是之后他获知的所有"露芒笺""乱明章"都未提及他。也就是说，先是他差点死去，接着他失去了身份、踪迹。这是离恨谷中从未出现过的差错，所以他想知道这差错到底出在哪里，是偶然还是人为。这也是他故意放秦笙笙他们离开的用意之一。

已经快三更了，没有一丝变化也没有一丝动静。齐君元的身形虽然依旧未动，但心中已然渐起波澜。难道自己又一次失算？被秦笙笙他们耍了？被狂尸甩了？就连范啸天也不见有所动作，人也再没有出现。会不会是没有发现上德塬的人，一气之下把自己单独丢在了这里？

就在齐君元思绪烦乱之时，半子德院中突然红光一闪，一盏硕大的血红色的孔明灯缓缓升起。随即，院子大门内也燃起一团火光，却是摇曳着的蓝色火苗，非常的诡异。

第十一章　大战鬼卒

半子德院的大门缓缓开了，从门里走出一个人来。这人短发无鬓，无须，面皮皱叠如菊，打眼看面相有些像老太太。仔细看的话，身体上的男子特征还算是明显的。比长相更怪异的是身上穿的袍子，这袍子一个是太大了，展开了足有两床床单的大小。还有就是袍面上画满了怪异的人形图案，有舒展的、蜷卷的、扭曲的，像杀场又像地狱。估计应该是进行某种邪异仪式的袍服。

那人出了院门，走出十几步，站在马道中间。闪动绿光的怪眼四处扫看了下，然后发出一阵怪笑，声音如同惊飞的夜枭，比哭还难听。笑声刚止，那人便高喝一声："嗨！都到一会儿了，干吗不进来？"说话声就像刀剐锅底般瘆人，在寂静的黑夜中传出很远很远。

齐君元心中一紧：这话是对我说的吗？难道自己早就落在别人眼中了？

"其实不进来也是对的，就这些个破骨烂尸进来了又能怎样？大傩师的名头不是吹出来的，要怕了你们这搬动尸骨的法儿，也就不会找你们上德塬的晦气了。"从话里可以听出，这怪人正是五大高手中的大傩师。

从话里也可以听出，齐君元没有露相，所以他依旧躲在柳枝丛中纹丝不动。

庄外倒是有东西开始动了，数量很多、范围很大。窸窸窣窣的声音传来，不比旁边庄河中的水流声小。天色虽然很黑，半子德院虽然离庄口很远，但从大门前还是可以看到庄口处有黑压压的一大片缓缓逼压过来。

大傩师脸上皱纹微微绽开了些，垂在身边的手掌捻火烧天指诀，然后稍稍往起抬上两寸。随着大傩师的手势，院门里的蓝色火苗猛然跳高两尺，而院里升起的血红色孔明灯也陡然往门外飘移过来。

黑压压的一大片已经慢慢逼到了庄口，在春溪桥的葫芦腰处聚集起来、骚动起来。就在此时，不远的黑暗中有清脆的铃声响起。随着连续不息的铃声，那黑压压的一片变得有先有后有规律，但同时速度也开始加快，如黑色的洪流朝着庄子直冲过来。没有人声，就像鬼卒攻击上德塬一样。只有许多破损的声响，那是庄口的木栅、旗杆、瞭楼被一下子全部夷平。

大傩师手势又起，院子里的蓝色火苗再次跳高，并且往四周铺开，展绽成了一个圈形的大火苗。而那只血红色的孔明灯开始往院外急速移动，并且越过大傩师站立的位置，直往庄口那边迎去。

孔明灯飘过了一大段距离，猛然顿一顿停住了，然后就悬在庄中马道的正上方，开始缓慢地转动起来。这只硕大的孔明灯经过齐君元藏身的大柳树时，齐君元特意仔细查看了下那奇怪的灯盏。那灯的外罩和平常的孔明灯不大一样，上面有很多的文字和符形。而现在转动起来后，更让齐君元感觉有点像吐蕃寺庙里的转经筒。

齐君元的感觉没有错，这孔明灯虽然不是转经筒，但出处却是与那转经筒相似。大傩师虽然是西南异族，但所用功法正是密宗的一种。汉传佛教在最初传入汉地时分为杂密部、胎藏界、金刚界。其中杂密部多为仪轨、咒语，讲究神通与驱使鬼神之法，是密宗的雏形。而汉传密宗没能像藏传密宗那样盛行，其主要原因是当时的修习者对这部分内容有所误解。只注重了杂密部的研习，以至于依仗其中功法渐入邪道。而藏传佛教却是注重了金刚界的研习，也就是无上瑜伽续。这部分发展较晚，宋代时才有传入内地的，没有形成影响，但是在藏地形成传承规模。

五代十国时的汉传密宗其实已经是一种畸形修习的状态，被当时世人定位为邪魔教，其发展已经开始转移到了偏远地区的小部族。所以后世有些少数民族的部落、村寨都有着自己独特的宗教信仰，很大可能就是从这变异的汉传密宗中形成的。南汉吴乐叶的《信喻多宗录》、北宋福建人曹寿的《异法密观》都有与汉传密宗相关的内容记载。特别是曹寿的《异法密观》中有这样的事例，说法师念咒将活物变小再变大，然后取其肉给人吃。可以害得食肉者腹如刀绞、疼痛难当。最后结果往往只有两个，要么疼死，要么自尽，免得多受折磨。由此可以看出，那时修习杂密者已经完全属于邪魔异道了。

齐君元其实并不十分了解孔明灯上的文字和符形，他只是对那孔明灯的控制特别好奇。这灯能上升到空中很正常，停在一定高度和自身旋转也可以做到。但是这要行便行、要停便停，且快慢随意，却不知那大傩师是采用何技艺操控的。而且齐君元仔细辨看了下，确认大傩师和孔明灯之间没有线绳

第十一章 大战鬼卒

的连接，孔明灯上也没有什么特别的装置和坠物，所以根本无法想通这是采用的何种控制手段。

其实这一点就是器家与玄家的区别所在。齐君元的思路总是从器物动力、弦扣运用的各种原理上找方法，而大傩师却是在孔明灯上注下的心念灵性。这其实和金针驱狂尸是一个道理，不同之处只是使用的咒文和注入的途径存在差别。

以心念灵性控制器物移动的功法在最早的佛家、道家、魔家修炼法中很常见，而且是以魔家的方法最为简便、快速有效。这也是为何通灵远要比入魔艰难的原因。但佛家、道家的修炼一旦突破某个界限之后，便完全进入到另一番境界，那么其操控驱使的能量就不是魔家可以抗衡的了。

意念控制的技法种类不少，但都太过玄妙，世上能学会并运用的人少之又少。在此之外还有种另类的控制方法却是一样可行的，那就是虫控，后世也有叫蛊控的。唐朝人杜凤奇的《凤云轩杂说》中就提到，说一些邪魔法师以自己的精血元气培育虫类生物，虫子可与主人心意相通。然后将其放置在物件上，以心意驱动虫子的动作来达到实现自己操控物件的意愿。这种虫类生物被统称为"心虫"。所谓"心虫作祟""心虫乱性"最初便是指这些法师在某种状态下无法控制住虫类生物的现象。

现在且不管大傩师用的是心意符咒，还是心虫操控，凭齐君元的所学都是无法窥出其中奥妙的。不过齐君元有一点却是清楚的，就是这盏随指示移动的孔明灯绝不是用来照明那么简单。它的真实用途要么是抵御和破坏，要么就是指引和驱动。

黑压压的一片离得近了，随着它们的进逼，东贤庄中崩弹声、塌陷声不断，同时有尘土滚滚而起，将庄子中刚刚燃起的红灯蓝火模糊了。这应该是那些加速而来的黑影触动了庄中各处布设的坎扣设置（机关暗器），而这些坎扣很明显无法阻挡住他们。

齐君元不用借助清晰的光亮细看，只需从模糊的行走姿势便可确认那些闯入的黑影不是正常的人。是的，那些的确不是正常的人，而是已经死去却依旧狂乱的人，狂尸冲庄了！

斗鬼卒

确认狂尸冲庄后，齐君元的目光马上在庄子的里里外外到处搜寻，他这是在寻找秦笙笙他们几个。这几个人只要之前追上了狂尸群，那就很大可能会随狂尸群入庄。狂尸群冲庄造成的混乱是个难得的大好时机，虽然那几个人缺乏江湖经验，但他们只要不是傻子，就应该利用这个机会暗中行动，从而达到各自的目的。

还没等齐君元把几处最有可能掩身潜行的位置看清，整个庄子就已经彻底混乱了。狂尸群从庄口处的湍急洪流状变成了全面铺开的潮水状，沿着庄中马道，沿着沟边田头，沿着房屋间的空当，沿着所有可通行的空间，朝半子德院滚滚而来。

此时血红色的孔明灯越转越快，隐隐间可见灯外罩上的文字、符形闪烁出点点金光。当狂尸群的最前端到达孔明灯下面时，只见大傩师的手势再次抬高。这一次的抬高显得很用力，就像手中托起一件重物似的。随着这手势，那孔明灯渐渐停下旋转，但它的光亮度却是猛然升高，把原本血红色的灯变得鲜红妖艳。同时可以看到，那外罩上闪烁的点点金光已经变成了金色流动，从这整个流动的形状来看，像一句竖写的梵文咒语。

狂尸群的冲行顿时迟缓下来，就像洪流遇到了大坝。但和平常时洪流遇到大坝的情形是一样的，阻挡意味着更加狂嚣的冲击，意味着蓄势更强的翻转。尸群根本没有停止，只有马道那边接近孔明灯的狂尸的前行速度变慢了些，但后面狂尸的速度依旧在加快。这样一来，前后狂尸便叠聚起来，狂尸群变成了狂尸堆。并且越叠越高，看样子像是要够到那只孔明灯，将它扑落下来。

大傩师此时不但在注意那孔明灯，而且眼神左右闪动，兼顾从其他方位直冲而来的狂尸。因为没有阻挡，而且地势开阔便于奔走，所以其他方位的尸群速度要比马道那边的快出许多，此时已经呈双出水架势从两边包抄过来。

见此情形，大傩师立刻变换手势，手势直指那盏血色的孔明灯。孔明灯猛然升高了两丈，和下面叠聚的尸群远远拉开距离。同时，那孔明灯整个鼓胀起来，灯里的火苗子也剧烈地跳动起来。这种现象让灯外罩上的那些文字和符形看着如同是全数凸起，流动的金色更是在不断往外跃出。

也就在这个时候，庄子里许多闭紧的门窗同时骤然打开。由于是同时，开启的声响就如同在黑夜里打了一个炸雷。炸雷之后是黑色的劲风，风虽劲，却无声。风是黑色的身影，动作比风还快，比尸群还静。因为尸群还有走动和碰撞物体的声响，而这些黑影却是扑朔漂移着的。

齐君元看得很清楚，那些黑影是人，但不是一般的人，而是经过严格训练的技击好手。这些人的脸也不是平常的脸，而是不知用什么颜料描画的鬼面脸谱。打眼看那些鬼怪的面相和迅疾无声的动作，可知他们一个个不是厉鬼却胜似厉鬼。

厉鬼般的脸谱各有不同，厉鬼的衣着却很一致，全是从头到脚的黑色劲服。武器也很相近，都是刀，只是刀型稍有区别。但细心的齐君元却发现他们还有一个完全相同的特点，就是在额头靠近发际的位置都有一个鼓包。这鼓包之所以引起齐君元的注意，是因为画鬼脸虽然用了各种颜色的颜料，唯独这鼓包是统一用金色颜料点画的图形。图形配合着鼓包，就像一个凸起的瞳孔。

是"鬼面金瞳"！齐君元听说过这种邪术，此邪术在南汉西部（现广西一带）出现得较多。它是将金豆虫幼虫植入额头处，这部位也叫迎阳处。金豆虫幼虫是需要活血活气才能够存活和成长的，所以此术只可以施加在活人身上。成长过程中，迎阳处金豆虫在外阳内阳双重作用下，虫身会逐渐与人体血脉、神经相连接。虫子融身，平时也没什么异样。但只要是以含迷毒的颜料根据脸型血脉经络描画对应的图案，封闭住五官七穴所有能力后，这额头处的金豆虫便会活泛起来，将它所感知到的各种反应通过血脉、神经反应到大脑的听视区域。

而此时如果是以密宗金瞳目的符形画在皮下金豆虫的迎阳处，让其接受外界对金瞳目的特别指示，比如说什么特别的声响。这样就能通过金豆虫转达指示意图，达到控制人体意识和行动的目的。在这种状态下，那些大活人就只有躯体存在。思想意识完全被封闭，行动完全靠指引，可以无惧无觉、一直向前。也就是说，平时这些人都还正常，但只要画上鬼脸，那就是完全受控于别人的死士。江湖中以前也偶有这样的鬼脸人出现，只要是你不能一下将其完全毁掉，他总能反复攻击、不死不息。不过古往今来的各种典籍，只宋代粤西凭远县县令郑宝砚的《过山惊》一文中曾有提到"鬼面金瞳"。

"鬼面金瞳"的鬼卒行动很快，没等操控狂尸群的人有所反应，狂尸群外围的许多狂尸就已经在快刀下变成了碎块。这样快速的攻杀过程就连齐君元这样的高手都没有来得及看得很仔细，只是恍惚间瞧着一片刀光狂飙般刮过，随即便是断骨碎肉乱飞，尸液肉浆四溅。

但这种情形只持续了一小会儿，狂尸的操控者立刻就反应过来了。突兀且急促的一阵铜铃声响起，随着铃声，狂尸立刻开始了强劲的反攻。它们的反攻很难阻挡，因为意味着身体全部机能丧失的死亡对它们来说毫无效果。就算刀子完全插入身体，就算身体被砍成了两截，狂尸依旧会使用身体仍可以运动的部分继续厮杀冲击。

鬼卒明显没有遇到过这样的战斗，冲过来的对手无法用刀制止，那么接下来便是自己被大力撞飞。也有聚成一堆的鬼卒或及时砍断狂尸下肢的鬼卒没有被撞飞，但他们的情形更惨。因为狂尸对自己无法撞击开的目标马上会改成搂抱、勒掐、撕咬、抠挖，那样的伤害一直要持续到目标四分五裂才会停止。

狂尸的身体不怕受损，但鬼卒不行。虽然他们的意识是无惧无畏的，也感觉不到肉体的疼痛和死亡的恐惧，但他们的伤亡却和平常人没有两样。因为他们毕竟是活人，血肉的丧失、筋骨的断裂、头颅的掉落、胸腹的迸破都是会受伤和死亡的。所以不用等到狂尸将他们四分五裂，他们早就已经成了死人。

大傩师没有想到自己出动了那么多的鬼卒也未能阻止狂尸进逼，反是自己这边很快处在了下风。于是立刻将身体侧转，指诀翻转于头顶，身形微微上下起伏，口中轻声念诵经文。大傩师变招之后，只见他身后半子德院门内的蓝色火苗再次升腾扩展开来，就像形成了几道重复的火圈，火苗不停起伏

第十一章 大战鬼卒

跳动。与此同时，血红色的孔明灯也开始跳动起来，随着跳动，孔明灯中的火头有油蜡滴落，火星洒下就犹如金星散空。

所有的鬼卒几乎是同时改变原有状态的，他们也像孔明灯一样跳起来。跳动的姿势虽然有点怪，是微分双腿、身体挺直，跳动中还不断改变用力的方向，这和吐蕃人、辽人的摔跤动作有些相似。

已经被狂尸纠缠住不能脱身的鬼卒如此跳动起来后，使得狂尸们的大力搂抱、掐勒都无法准确发力，撕咬、抠挖也无法准确对准发力部位。而那些正在被狂尸追逼的鬼卒，也因为开始了这样的跳动，使得冲击虽然有力、但辗转却不太灵活的狂尸无法捕获到他们。

大傩师身形的起伏在加速，孔明灯跳动的频率也随之逐渐加快，幅度不断加大。在如此情形的引导下，鬼卒们的跳动也变得更加迅疾和有力。一些已经被狂尸抓住、抱住的鬼卒竟然挣脱了出来，而挣脱之后随即便是边跳边出手砍杀，断骨碎肉又开始翻飞起来。而没有被抓住的鬼卒的身形跳动得更加扑朔，狂尸笨拙的动作不要说抓住他们了，就是视线都无法跟上这种节奏。更何况鬼卒扑朔的跳动还夹带着快刀的舞动，往往几个混乱的节奏之后，对阵的狂尸就会被不知从哪个方向过来的一刀砍掉脑袋、手臂、腿、脚，甚至是半边身体。

齐君元在树上看着，虽然目前为止他还无法判断驱动狂尸者和大傩师两边谁的技法更厉害，但他至少得承认这个大傩师是很有实战经验的。用跳动来挣脱力量很大的对手是平常人经常做的事情，就好比一个和男人吵闹的泼妇吧。虽然力气没有自己男人大，但她在被自己男人抓抱住时，几个突然的下蹲加上几个突然的蹦跳，肯定可以从抓抱中挣脱出来。就是顽童间戏耍也都知道，要想挣脱力量大过自己而且抱住自己的玩伴，最好的方法就是快速地无规律地跳动起来。当然，如果对手反应很快，而且能够顺着你的节奏频率跳动，那么你依旧是挣脱不了的。问题是那些狂尸不是这样的对手，所以它们对鬼卒很无奈，所以它们只能继续被肢解。

而此时大傩师也已经发现到了一个窍门，只要是将狂尸的脑袋打破或砍掉，那么狂尸整个便失去驱动力量。这个发现很准确也很奏效，因为狂尸正是靠金针入头顶泥丸宫驱动的。

梵音震

泥丸宫是道家说法，佛家叫梵宫，医家叫百会穴。位置是在人的头盖骨上，也就是婴儿时不能闭合，长大后虽闭合却仍为头颅最为薄弱的部分。正因为这样，此处也是正常情况下接受外界无形信号最为灵敏的位置，所以道家修炼注重三花聚顶。佛家则烫出戒疤闭锁此处，防止外界诱惑从此处进入，扰乱清净心境。而操控尸体，也是借助此灵敏部位来传达符咒的控制能量以及驱动者的意念信息。

大傩师发现到关键的攻克部位后，指诀再次变化，这是要鬼卒改变招数，专攻狂尸头颅。但还没等鬼卒及时变招，驱尸的铃声突然变化。这一次铃声变成有间断的急促音，就像连续打碎了数只琉璃器。狂尸群的局面随着铃声也立刻发生了变化，前面的狂尸齐齐趴下，手脚并用朝前爬行，一些身体已经残损的狂尸索性朝前滚动身体。而后面的狂尸照旧紧跟，并且密密地堆挤在一起，之间不留任何空隙。

狂尸群的状态刚变，齐君元立刻便确定驱动狂尸群的也是个厉害人物，这一回他是要给跳动的鬼卒脚下垫东西。大家都知道，人在不断跳动时最忌讳的就是在落下时踩到高低不平的或者活动的东西。而现在那些在前面爬动的狂尸，他们的作用就是要让鬼卒们脚下不平、活动难稳。

果然，一些鬼卒踩到了爬行的狂尸，于是很自然地跌了下来。而一旦跌下便会被爬行的狂尸快速卷入，眨眼间就变得破碎不堪。被操纵的鬼卒也试图砍杀爬动的狂尸，但他们无法在跳动中弯下身子出刀，除非是立刻停止跳动。有一部分鬼卒为了避开爬行的狂尸，在指引下直接跳跃过它们。但爬行狂尸背后紧跟的是密密堆挤在一块儿的狂尸群，跳过去后，没等落地，便会被后面那些挥舞的手臂抓住撕碎。所以现在鬼卒们唯一的躲避路径就是跳着往后退，退向半子德大院。

"莫哈魔吽！卡鲁黑咚！……"大傩师站直了身体，单手捻诀高举。口

第十一章　大战鬼卒

中的经文声变得嘹亮，而且每四字的最后一个音是高声喝出的，如同雷鸣，很是硬朗，让人听后心中虚慌。鬼卒们的跳动再次提速，而且果然是往半子德院中退去。虽然他们是双脚跳着走，但速度倒不比迈步走慢多少，这么大一群人很快就全部隐身到院子里了，只将大傩师一个人留在门口面对数百具狂暴的尸体。

鬼卒刚退回，半子德院马上有许多纸蝶越过墙头飞舞而出，翻转盘旋，就像是在为大傩师的经文声伴舞。

齐君元这次倒是一眼就看出那些纸蝶是依靠弦簧机栝带动飞行的。不过其采用的弦簧劲道不大，蓄力有限，所以纸蝶飞不高也飞不远。只要放出时的初始高度确定了，它们最多只能在这个高度上下两尺左右的范围内扑扇，而且转不了几个圈就得掉落在地。事实证明齐君元的判断是准确的，这些纸蝶贴着狂尸群头顶飞舞一阵后真的纷纷栽落在地。

可是齐君元却没有看出这些纸蝶到底有什么用处？就凭着它们的纸翅膀、纸尾巴扑打拂扫几下那些狂尸，难道会比鬼卒挥舞的快刀伤害更大？

纸翅膀、纸尾巴确实没有攻击力，但带来的结果却比快刀要明显有效。许多的狂尸随即都变得反应迟钝，行动也一下滞缓下来。虽然大部分的狂尸并没有出现变化，依旧一股狂劲地往前冲，但是与许多迟钝、滞缓的狂尸挤在一起，整个尸群的冲击势头不可避免地被阻碍了。

有一只纸蝶没有栽落地上，飘摇几下挂在齐君元藏身的大柳树上。齐君元借助周围并不明亮的光线马上发现到，那只纸蝶并非是哪个部位挂住了树枝上，而是翅膀面粘在了树枝上。这是"黏蝶吸蕊"，鲁北鹞子堂的一种手艺，是在纸蝶上涂以牦牛皮熬制的胶液，黏性十足。然后以此放飞或牵飞，粘盗别人的贵重物件。

齐君元记得裴盛讲述上德塬言家驱狂尸的来历时曾提到过，血针驱狂尸是在泥丸宫上插入一枚金针，然后再将一根沾有赶尸人掌心命线血的红线穿入针尾。这血线金针其实又叫金针注血，用途是给尸体注入一些血性，这样才能与驱尸人的意念、七情相通。一旦狂尸失去了连心血的红线，便无法接受到驱尸人的血性意念，行动一下就恢复成一般赶尸的状态。而半子德院中放出"黏蝶吸蕊",贴近狂尸群头顶飞舞,其用意就是要将连通心血的红线粘出来。

大傩师继续念着经文,同时将高举的手诀慢慢放下,好像非常的用力。手诀最终指向那些狂尸,而就在他指准的那个瞬间,院子里的蓝色火焰猛然再次跳起,往上升腾了足有一丈高。但升高后的几圈火苗却非常的稳定,就像巨大的蓝色花瓣一样,共同组成了一个青蓝色的莲花。而那红色的孔明灯此时也停止了跳动,只是在缓缓地旋转着。

"莫哈魔吽,卡鲁黑咚……"突然,又一个声音响起,是和大傩师念的同一种经文。但这声音的音量竟然比大傩师的声音还要高出许多,而念经的调子却是流畅舒缓的,与大傩师的刚劲硬朗呈鲜明对比。两种声调混合在一起,显得错落有致、相得益彰,就如同和声一般,很是震撼,煞是好听。特别是后加入的那个声音,每一声、每一字都像有力的大手,在不停地抓捏所有人的心脏,让人们的心跳都随着它的节奏跳动。

齐君元恍惚间有种想往前去的感觉,但随即一惊醒悟过来。由此短暂的感觉他判断出这两个混合的念经声中带有诱神摄魂的功效。但这功效并不强劲,只能给人瞬间的困惑和惊扰而已。

这一次齐君元判断错了,他感受到的诱神摄魂的力道确实只是瞬间,但这是有其他原因的。首先他所怀特质与众不同,越是遇到危险跳动的速度便越慢的心脏与常人常态相悖,所以心中只晃荡一下便挣脱了那两个混合念经声的节奏。其次那经文不是用来对付他的,他只是一个旁听者,与其中隐含的力量没有什么冲突和关联。而真正感受到经文声中的力量并与之抗衡的人,现在的状况已经是陷在痛苦之中不能自拔。

"双重梵音震",是以两种高低不同、节奏各异的声音以梵语同诵"震魔心咒"。这"震魔心咒"是密宗正传经文,本身就具备震慑心魂的功用和力量。而那两种不同声音相互配合的念诵则是"洞音派"的邪术,此邪派技法对分散、摄取别人的心魂意识极为有效。古籍《伏邪录》中提到过此术,称其为"鬼讨魂",精通此术者一旦开口,所提要求无人能回,迷离之中便一一照办。

现在大傩师和另外一个未曾露面但音量高亮、蕴势强劲的高手以正宗经文和邪异技法相配合，针对驱动尸群的铃把头施加无形音劲。意图是要震散其内元，散乱其内神，让铃把头在短时间中失去驱动尸群的能力。

狂尸群现在不仅不狂了，而且还乱了。刚刚它们失去了血驱的红线，导致的后果最多是无法与驱尸人心意相通，没了勇猛的速度和力道，狂尸变成了正常赶尸的状态。但如果驱尸的铃把头自己陷入到无助和痛苦中后，那就会连正常的赶尸技法都无法操作，尸群必然出现混乱。

让东贤庄中高手们感到意外的是，那些狂尸的混乱只持续了一小会儿。在一阵急促的铜铃声响之后，混乱了的狂尸们立刻作出调整，然后用十分艰难的步子继续往半子德院的大门蹒跚而去。

大傩师满脸的凝重，这情形让他体会到对手意志的坚强和生命力的强悍，而且为了达到自己的目的，还可以毫不犹豫地牺牲自己坚强的意志和强悍的生命。面对这样的对手，面对如此锲而不舍的尸群，大傩师只能边念着经文边非常缓慢地往后退却，那情形就仿佛是他用无形的绳索牵拉着这大片的尸群。

狂尸已经开始往院门中挤入，虽然半子德院的院门是与马道相接，可以直接进出双驾辕的马车，但几百个狂尸都要往里进，难免显得院门太小了。

最前面几十个爬行的狂尸几乎是连滚带爬地进入到院子里。随着它们的进入，两种声调的诵经声顿时变得更加高亢有力，就如起伏的浪涛一般。但是就这两种念经声相比，大傩师刚劲、硬朗的声调已经开始显得有些急促慌乱了，而另一个高手的声调则更加沉稳流畅、收舒自如。由此可见另一个高手的功底造诣要高出大傩师不止一筹。

此时院子里面的蓝色火焰已经升腾到两丈多了，比平常的大树还高，真的就像一朵从高墙中绽放而出的巨大莲花。

伏魔莲

齐君元觉出那朵大火莲跳动了几下，但火苗出现些跳动他认为是非常正常的事情。可紧随着火苗的这几下跳动，却出现了非常不正常的现象。那些比大树还高的火焰朝着半子德大门齐齐倾倒，就像一片被大风刮折的大旗。蓝色的火苗横着飘飞，并且剧烈地颤抖、滚动着，就仿佛要从燃起的源头挣脱一般。齐君元一下子就惊愕了，害怕了，因为这火焰给了他一种异样的感觉。他感觉这诡异、变形的蓝色火莲是有生命的，而且满含着愤怒和残酷。

倒下的火焰马上重新竖直了起来，依旧恢复成一个形状很正的莲花。但诡异的火焰也真的挣脱出去，而且也真的变了形，不再是莲花或花瓣，而是人。

几百个人形一样的蓝色火焰在半子德院门内外一起飘飞起来、滚动起来。

火焰的倾倒是为了点燃。很奇怪的是，没有劲风吹动火苗，也没有特别的引燃物，只有狂尸在靠近。而且还没等那些狂尸靠近火莲，火苗便齐刷刷地主动弯腰俯身与之亲近。狂尸不是干柴，没碰油料，但被这种火焰沾上后特别易燃，才点着几个，火焰便沿着尸群往外蔓延开来，将狂尸群全都点燃。

"伏魔天火莲"，是密宗祛邪除魔的正宗法门。三阶绽莲，三圈莲瓣，高低错落有致。技法上其实根本没有什么奇特之处，就是在院中有人配合大傩师手势的指示加油燃火而已。但其顺序却是按伏魔莲花净力成势的规律，应合了"慈悲心、伏魔力，三静三提升方达圆满"。

而所谓的"伏魔天火"其实应该叫"极净之火"，那蓝色的高大火焰，其色如天空般洁净，燃后无烟无垢。要燃起这种火焰需要用的是"清莲佛油"，此佛油是采用多种油料调制而成，其配方在元朝之前就已经失传。民国初，川贵交界处的翠云沟寨发生过"蓝焰空谷"事件，无名之火烧死了满寨子的男女老少。后来据民间案狱高手调查和推断，可能就是因为在祭祀中试用了他们自己研配的"清莲佛油"，结果由于配方和配制方法都不正确，这才导致如此大的灾难。

"清莲佛油"不但洁净至极，而且具有一个奇异的特性。当邪晦之物接近火焰时，火苗会自动趋倾过去将邪晦物引燃。而"清莲佛油"配合了"伏魔天火莲"的法门后，其引燃的火焰中始终会有伏魔莲花净力作用。可压住邪晦之物燃烧，轻易无法扑灭，更没有逃脱和反扑的机会。

整个尸群都被"清莲佛油"的蓝色火焰覆盖了。而那些蓝色火苗不仅是附着在狂尸的身上燃烧，还利用一些途径往狂尸的身体里面钻，这可能是因为狂尸的身体内部更加污浊邪晦。火苗都是通过尸体上的洞眼伤口、七窍谷道进入身体内部的，就仿佛里面有种吸力，可以将蓝火苗捋成股、捻成尖往里吸入。不过所有尸体的嘴巴始终都闭得紧紧的，不曾让火苗由此进入。

狂尸的嘴巴不张开也没什么不正常，因为尸体是不需要呼吸和进食的，只有要撕咬目标时才会张开。但这种状态并没有持续多长时间，很快那些狂尸的嘴巴就已经很不正常地张开了，而且张得很大很大。虽然大张的嘴巴没有声音发出，不过从张开的形状上辨别，很像是在惨呼。

大张开的嘴巴依旧没有吸入火苗，不但没有吸入反而还喷出了火苗。喷出的火苗和吸入的一样，也是蓝色的。稍有点不同的是在蓝色中间还有一朵橘色火光，看着像是一个燃烧的纸团。

准确说那应该是一个纸角，符纸叠成的纸角。言家人最早赶尸不是将符纸贴在额头上的，而是叠成纸角塞入口中。纸三角的顶角压舌下，下面两角用上下牙咬住。符纸放在尸体口中有两个好处，一个是不容易掉落，特别是在斗尸的时候，即便张口撕咬，短暂的咬合动作也不会让其移位或掉出。另外，这纸符其实又叫渡气符，其功用是要给尸体一定的气性，这样才能驱使其进行连贯的动作。

金针血线被"黏蝶吸蕊"粘走，狂尸失去血性。"双重梵音震"，震慑驱尸铃把头的心念，让其内元混乱，心神被制，无法及时驱动尸群进行相应的变化。最后再用"伏魔天火莲"，让天火主动点燃邪晦，并且顺邪晦之物蔓延。这样"清莲佛油"的燃烧力既可以由外而内将泥丸宫处金针烧熔，又可以从其他途径进入狂尸身体的内部，由内而外烧毁驱尸口中符纸。

于是尸不再受驱，尸体还是尸体，而且是正在燃烧成灰的尸体。驱尸人也将不再是驱尸人，付诸心血意念的金针血线被破，内元、心神被制，符咒驱动力倒冲。种种沉重打击让驱尸的铃把头从一个尸体的操控者快速向一具尸体转变。

狂尸斗鬼卒，表面看着鬼卒未能斗过狂尸，但实际上是狂尸的操控者未曾斗过鬼卒的操控者。这也说明了一点，懂得某种法术的职业者与以施用法术为职业的法师之间始终有着很大差距。

失去操纵力的尸体大部分都倒下了，但仍有许多呈站立状态在那里燃烧，就像一支支人形的火把。而已然确定狂尸处于败局之后，东贤山庄以及半子德院中不停有火堆和油灯燃起。原有的照明和尸体燃烧的临时火光加在一起，把整个庄子照耀得非常明亮。这些跳动的火光同时也将房屋树木等物体的影子映照在周围山崖峭壁上，犹如晃动着的巨大鬼影，让人觉得诡异和心慌。而更让人感觉诡异和难受的，是那些持续燃烧久不熄灭的幽蓝火苗，以及火苗燃烧之后弥漫而起的浓重尸臭。

诡异之景必见诡异之事，诡异之事必显诡异之人！

一个和那些狂尸姿势很接近的躯体，孤独地站在燃烧着的尸群背后。按理说这躯体的姿态应该比失去操控的狂尸更加扭曲，所不同的是他身上没有蓝色的火苗，只有两朵红色的火苗。那是一双血红的眼睛，而这双眼睛正是属于驱赶狂尸的言家铃把头。他以如此扭曲的身躯站立，以如此可怕的血眼注视，是在酝酿着什么？还是要做出什么决断吗？

就在各种灯火照明亮起之后的瞬间，齐君元感觉自己的视线范围里的某处景象恍惚了一下。这恍惚不是由于光线的变化，而是因为形态的改变或物体的移动。于是他迅速集中注意力找寻，却发现刚才的恍惚已经消失。无法确定是哪一处又是哪一物，可能是某间民房、某个墙壁、某棵大树，或者某块农田。

"叮当……，叮当……"齐君元找寻的视线很快被铜铃声吸引回来。铜铃声很缓慢，是因为摇动铜铃的躯体运动得很艰难。但扭曲的躯体很坚定地克服着各种艰难，并且随着他的努力，身体逐渐冲破痛苦的极限，顽强地舒展开来。

"叮当、叮当……"铃声快了起来、流畅起来，扭曲弯腰的身体重新挺立起来，高昂起来。

第十一章 大战鬼卒

见到这种情形不止齐君元感到惊奇，那大傩师以及东贤山庄的其他高手更觉得不可思议。明明已经确定的胜局，明明已经颓弱趋死的对手，却未曾想到他能挺身再战，将对局的胜负结局变得扑朔迷离。

不过现在所有的狂尸都已经失去了用以控制的符咒和金针，并且处于被燃烧的状态。就算铃把头的意志和体力都能强撑下去，可只会驱动尸群的他还能以何为战？

不过江湖中久走的行家都心中清楚，不知道他以何为战便越发地可怕。生死对决，最危险的不是对手技高，而是不知道对手会出什么招。

本来"双重梵音震"的念诵声已经轻弱了，现在却被迫再次提升起来。仔细听的话，可以辨出那两种念诵声已经没有刚才那么清亮了，很明显出现了沙哑的余音。

"死者为大，众生让道，行随我意，铃引经报，尘为世土，掩身魂消……"那铃把头也开始大声念诵经文，虽然音量气势无法与大傩师那边的两人相比，但吐字和声调却坚定而凶狠，就像一口一口咬嚼着什么。

念诵经文的声音坚定，脚下的步伐则更加坚定。他只几步就来到前面尸群的旁边，再几步便进入了燃烧的尸群中间。"清莲佛油"燃起的蓝色火苗并没有马上围裹住铃把头，因为他不是尸体，他是活人。"清莲佛油"的特性能自行辨别出邪晦的程度，所以对铃把头的燃烧甚至还没有平常的火势剧烈。

"以心化血，血气扶摇，不待后世，恨怨现消！"铃把头念到此处，猛然抬头，脚下急步快行。同时口中鲜血如密雨喷出，四处飘洒。

鲜血无法扑灭燃烧尸群的火焰，但以心元尽碎化成的鲜血却可以让燃烧的尸群再次随他的心意而动。只不过现在的心意已然是遗留下来的心意，当一个人的心元尽碎之后，他自己就已经成为了一具尸体。

铃把头倒下了，但他周围倒下的狂尸都站了起来，而刚才没有倒下的狂尸已经开始朝前挪动起来。最后喷出的血雨无法喷洒到每个狂尸的身上，不足以让整个尸群都按照铃把头遗留的心意动起来，但能动起来的尸体肯定不少于百十个。

第十二章　绝重镖

天目寻

然而，铃把头在生命终了瞬间留下的念力只是要狂尸动起来，去攻击、去毁灭，已来不及考虑到其他方面。本来狂尸之前的行动都是按照驱尸人周密的意图去做的，而现在失去了驱尸人其他方面的指引，所有动起来的狂尸就只能模仿它们失控之前最后见到、印象也最深的动作去做，这在萨魔教的法门中叫"随见动"。狂尸最后见到的是跳动着的鬼卒，所以这些狂尸也都同样蹦跳着往前，带着满身的火焰，朝着半子德院中蹦跳着冲去。

以心元之血驱动狂尸，这才是真正的血驱狂尸，不需要金针注血，不需要符咒渡气，只凭一点心元血的念力便能驱动。问题是言家祖先未能将这技艺学全，他们不会于己无大损便能逼出心元血的技法。虽然另从道家驱尸术学会破掌心命线取连心血染血线穿金针，可以勉作驱狂尸之用。但攻击的力道、控制的灵活度始终不如直接以心元血黏附尸身的好。后来言家有人又从旁门左道中学到个自碎心元、毁身喷血的技法，不过正常状况下这技法没人会去使用，因为还未曾将对手解决，自己就已经没命了。

第十二章 绝重镖

今晚，上德塬这一代的铃把头却是把这身先死、后取敌的技法用了。因为斗到这程度他已经知道，不管最终结果如何，他自己都已经没有机会逃出东贤山庄了。既然如此还不如以死搏一把，但愿这最后的一冲能冲破半子德院，让上德塬言、倪两家的子孙逃出去几个。

就在铃把头倒下的瞬间，齐君元看到一个身影直奔铃把头而去。难以想象的是那身影竟然是从一堵墙里冲出来的，这情景看着确实有些诡异。而更诡异的是那身影有些眼熟，很像一个按外相做不出如此行动的人。

不管是从墙里出来也好、身影眼熟也好，都是很让人非常意外的事情。但齐君元没有对发生的这些感到一丝惊讶，反倒觉得是在他的意料之中。

此时人们的注意力全在带火狂尸的猛烈冲势上，能注意到那个身影的很少很少。但很少并不代表没有，齐君元就是一个，而且除齐君元外还有其他人。

半子德院院墙顶上有双大眼睛也发现了这个身影，而发现了身影也就意味着发现了那堵墙的奇异。和齐君元不同，这双大眼睛能及时捕捉到那个从墙中一闪而出的身影是有着自己独到的技法的，而齐君元只是凭借自己经验的老到和意识的警觉。那大眼睛采用的技法叫"天目寻"，江湖上有种说法叫"天目往寻，无有遁形"。此技法是双目朦胧而视，笼住很大一个范围，然后只要这范围内有哪里出现移动或变化，注意力便会锁定哪一点。此技法极为难练，并且要求修习者具备双目分视的先天能力。而这双大眼睛的主人具备这样天生的能力，而且将"天目寻"的技法修习到了极致，因为她就是五大庄中五大高手之一的大天目。

当大天目发现那个身影后，立刻以手影传讯，让庄中锁定那个身影，同时让暗藏的人马往那堵墙的位置调动。手影传讯又叫"掌千言"，早在三国时就已经使用，是黑夜里非常便利的一种传讯信号。只需双手与灯笼保持合适的距离，做出约定手势，便可直接让暗藏着的人马看到，领会并执行意图。也可以将手势投影放大到墙壁、山壁之上，让远处的人看到，这种属于间接指令。不过"掌千言"的信号也有局限，首先是方向上，发出直接的指令时，必须是暗藏的人马和做出手势的人在同一方向上。另外，在间接投影给远处的人看时，照射光的要求很高，否则会不太清楚。而且投影的手势自己人能看到，敌人也能看到。就算敌人没看出手势的意思，至少可以知道对手要有动作了。

大天目的手势是直接指令，是在某场灯笼较隐蔽的一面发出的。所以虽然齐君元的视线范围很好，却未能看到这种手势。否则的话就算他看不出手势的意思，至少也能警觉庄中高手又有意图和行动。而且应该可以估猜到是针对那个身影的，抑或是针对那堵墙的。

再有齐君元现在是将大部分注意力都放在了那个身影上，所以也不会刻意去关心周围是否还有人发现到墙里出来的身影，更不会关心发现者在做什么手势。他此刻最想知道在这样危险的局面下这身影冒险出现到底是为了什么。

三个国家的秘密力量汇集上德塬寻找争夺某件东西，这件东西到底在哪里？身影冒险冲出和这东西有无关系？太多太多的疑问都与这个身影有很密切的关联。但是这些疑问都不关他齐君元的事，所以他只是揭开一点表象后并未深究。因为深究别人的秘密会给自己带来危险，另外，他也觉得没必要深究，等到了一定火候时，一些暗藏着的秘密和难解之谜会逐渐被这个身影的行动暴露出来。因为这个身影就是上德塬火场中唯一的幸存者倪稻花。

倪稻花赶到铃把头身边时，铃把头还有残存的最后一点意识，但这残存的意识只够他认出倪稻花。而在倪稻花拉住他的手时，他又用自己残存的最后一点力气将一张黄符塞到了她的手中。这个动作虽然非常细微隐蔽，但看到的人远远不止齐君元和大天目。那些人也许刚才没有注意到倪稻花从墙壁中冲出，但既然倪稻花是奔大家关注的焦点铃把头而去的，就没理由不看到她。而这些人最感兴趣的就是驱赶狂尸的铃把头以及所有与铃把头有过接触的人。因为铃把头是上德塬的当家人，因为他死去的时候应该会把什么秘密交给和他接触过的人。

但有些人却不能不对狂尸感兴趣，因为他必须去面对这些被火焰燃烧着的尸体。比如说大傩师，他原来的任务就是要消灭那些狂尸，而几番对决之后，他非但没能完成自己的任务，而且那些着火的狂尸都快要冲入半子德庄了。如果连这都无法阻止的话,从此以后他恐怕要像鬼卒一样画上脸谱掩盖住羞惭之色才好意思再在江湖上混了。

狂尸群蹦跳而至,从跳动的声响和速度来看,它们这番冲击的势头和力量更加彪狠。大傩师已经意识到形势对己不利,必须及时有所措施。于是他马上回身招手,"伏魔天火莲"中立刻有小小的蓝色火焰团飞跳入他的手中。大傩师手掌中就像托着一个蓝色小莲花,然后他朝掌心吹气,火焰团膨胀数倍大小,再甩手抛飞出去,击倒最前面好几个蹦跳而至的狂尸。

但大傩师的这样一招明显是杯水车薪,后面的狂尸根本不受阻挡,而前面被击倒的狂尸倒后即起,继续猛冲不退。

大傩师明显有些慌乱了,他急促地退了两步,急急抬手指住红色孔明灯。孔明灯迅速旋转移动,发出指引,让刚才退到半子德庄大门里的鬼卒再次涌出。这一次鬼卒已经无法挥刀砍杀,因为鬼卒们自己也都太过拥挤,挥动快刀只会先伤同伴。他们能做的就是聚集成人墙,直接用身体抵住向前冲的狂尸。

狂尸是燃烧的狂尸,所以那些鬼卒很快也被引火烧身。但被大傩师控制的鬼卒不知疼痛,在没有指令的情况下绝不会退却,哪怕是被慢慢烧成了灰烬。

就在半子德庄的大门前,已经死去的人和脸画得像鬼一样的人烧成了一片。随着狂尸不停地跳跃,外侧的火焰像是不停息的巨浪,反复冲击着鬼卒组成的黑色堤坝。但堤坝始终不溃,巨浪始终难进,两边力量均衡,僵持不下。

接下来的局势变化谁都没有想到。巨浪冲击不息,堤坝坚固不动,但巨浪和堤坝却是在瞬息之间同时崩塌。崩塌在一个大坑里,崩塌在稀稠的泥浆中。

地面上突然出现的一个十几丈方圆的大坑,这是意料之外的事情。而崩塌的巨响、震动,以及意外惊吓,给周围物体、建筑还有人们心理的影响更是难以想象。半子德庄的大门门楼也倒了半边,大傩师吓得连续两个后蹿,直接躲到"伏魔天火莲"的火圈中间去了。齐君元藏身的大树剧烈摇晃,并且朝着塌陷的大坑倾斜过去。幸亏齐君元反应迅速，左脚脚背及时勾住一根枝干才稳住身形未曾掉下树去。

掉入大坑里的狂尸和鬼卒都是燃烧着的，但才落到坑里，火焰就被扑灭了。坑里有水，不但有水，而且这些水还将塌陷下去的泥土搅成了一锅泥浆。泥坑之中，狂尸一下就占了上风。因为不管水也好泥浆也好，对于尸体都没有什么伤害，它们是不需要呼吸的。鬼卒却不行，他们虽然可以不知痛楚、勇往直前，但他们维持生命的条件却和平常人一样，需要呼吸才能生存。鬼卒和狂尸打着团儿纠缠在一起，挣扎不出。当浸没入泥浆之后，没一会儿就完全失去了战斗力。不过那些狂尸只能以蹦跳的姿态前行，所以它们也无法从大坑中跳出，就像井底的青蛙一样。

狂尸出不了坑，并不意味着其他人出不了坑。地面刚刚塌陷下去，大坑中就攀爬上来六七个人。这些人手中拿着锹镐，也不多话，上来后便直接往半子德院的大门里冲。

墙起烟

一声沉闷的呼啸声响，这声响让刚刚稳住身形的齐君元吓了一跳。因为他是离恨谷工器属的行家，能从这声音里听出那是一件霸道的武器，而且是会飞行的霸道武器。但更让齐君元吓一跳的是，那件霸道武器飞行到一大半距离时，沉闷的声响之外又多出数个尖利刺耳的声响。

等齐君元想定睛看是怎么回事时，刚上来的几个人已经倒下了大半。倒下的人大部分看不出伤在哪里，唯独有一个与别人不同，可以看到伤口贯穿胸口，前后各一个圆洞同时都有杯口粗的鲜血喷射而出。

紧接着半子德院大门中又出来十几个面相和鬼卒很相似的人，但这些人肯定不是鬼卒。因为他们的鬼面脸谱很简单，只画了眼睛往上的一小半。另外，装束各种各样，所拿武器也是各不相同。看上去应该是江湖人物，像是江湖中常说的魃面人。魃面人一般都是技击方面有独到之处的，虽然也可以像鬼卒一样被控制和驱动，但不到关键时候是不采用驱动手段的。而且就算不加以控制和驱动，他们的战斗力也远不是鬼卒能比的，所以在东贤庄是作为分管各路鬼卒的头领。

事实证明也是如此，这些人出来后，只其中两人出手，余下未被霸道武器击倒的人也都溅血倒下了。

"不要！"倪稻花高喊一声。但她却没能按自己的意愿往前去，就在齐君元刚刚转移注意力的这么一点工夫里，她已经被不知从哪里冒出来的几个鬼卒围住。

而此时比倪稻花更加危险的是她刚出来的那堵墙。这堵短墙前竟然围住了三队鬼卒，其中不乏着装各异的江湖人物。而且在队伍后面，还有两架攻城用的破壁弩车，这种弩车有弩手坐架，以左右摇轮蓄力收拉弩弦，发出的直角四楞头弩箭，箭杆都有小孩臂膀粗细。

这些人和弩车都是从靠近那堵怪墙的几间草房里出来的，由此可见东贤庄中不止是处处坎扣机关，这地下也已经以暗道纵横连接，可以随便调度人马。

队伍中有一个高度和宽度近乎相等的男人非常显眼，他沉稳厚实得也像一堵牢固的石墙。如此特别的身形体魄，很容易便能猜出他是五大高手的大块头。

大块头背负双手在弩车的旁边一动不动，冷寒的目光盯视着对面那堵奇怪的墙，仿佛要将其凿穿、击碎。

大傩师也从蓝色的火圈中走出，小心穿过已经歪塌的庄门，来到塌陷的大坑前探头看了看。随即从腰后扯下个老葫芦，葫芦塞子拔下，倾洒出一条油线，从"清莲佛油"火圈中引来一道火流。门口的魈面人赶紧让开，那火流直接被引入大坑。

这次的燃烧更加灼烈，就连大坑边的泥土都被点燃了。狂尸在坑下的蹦跳幅度原本就已经变小，因为它们身上被喷洒上的心元血在水和泥浆作用下已经被刷洗得差不多了。现在又被烈火一烧，立刻骨脆肉酥，很快就都没了动静。和那些鬼卒一样，全浸没到了泥浆之中，只有尸骨的焦臭和淡淡的烟雾还弥漫在空气里。

与此同时，被众多鬼卒和高手困住的那堵墙竟然也冒起了烟，很淡很淡的烟。这么轻淡的烟本来就很难看出来，而且狂尸群燃烧的大量的烟雾可以作为墙里冒出轻烟的掩护。

"当心！避开那墙里的烟雾！"是个女子的声音在高声呼喝，而且是一个很好听的声音。

话音刚落，破壁弩车旁边的大块头便动了。从速度上看，这人果然不是大"块"头，而是大"快"头。因为他真的太快了，举手投足简单干净，所有动作都是选择了最为直接的方式和轨迹。不过这一次他的出手幅度并不大，只是伸手将站在自己身前几步远的两个鬼卒轻飘飘地扔了出去，直挺挺往那冒烟的墙上撞去。

墙动了，恰到好处地移动，正好躲开那两个被扔过来的鬼卒。墙动之后依旧没有看到人，只是露出了一副挑子，是蜀地卖抄手面条的那种挑子。

轻淡的烟雾就是从挑子一头的小火炉中飘散出来的。而现在因为墙壁移动，少了阻挡，那烟雾一下就弥漫开来。最靠近墙壁的一排鬼卒倒了下来，他们可以不怕疼痛不怕死，但迷烟、毒烟对他们身体机理方面的伤害却是实际的，和正常人一样。

"快散开，掩住呼吸。"还是刚才女子的呼喝声。

"射它！"大块头重重地吐出这两个字。弩车立刻启动，两支四楞头弩箭呼啸而出，朝墙壁直射而去。

那堵墙竟然很轻松就躲过了疾射而至的两支四楞头弩箭。因为那墙不但能动，而且还能在瞬间变得窄小。最后缩成一个人的形状，灵兔般跃起蹿出，撞进旁边一间房子的窗户。

"左边青砖房中有三人，右边木壁草房中只刚才进去的那一个。泼水驱迷烟，然后用弩车破房，弓弩手远射攻敌，不可靠近。"仍是那个女子非常好听的声音。但这声音不止是好听，更显出厉害。她不但是将身在现场的人看不到的东西和迹象都看得清清楚楚，而且还能快速地根据实际情况安排出对敌方案。由此不难推断，这女子正是躲在暗处的大天目。

大天目话刚说完，附近几间房中又风一般闪出许多鬼卒。这些鬼卒没有持刀，而是手持连射弩和竹胚绷弓，这两种武器一个是可以快速连射，一个是可以以最简便的方式劲射。从房子里出来后，这些弓弩手便各自行事，选择合适的位置和角度，随时可以朝那两间房子发起攻击。

这时两架破壁弩车的四楞头弩箭重新上好，不用任何人再多吩咐一句，其中一辆已经自行做主发射出了弩箭。由此可见这些都是能够主动控制局面、综合考虑对敌形式的厉害弩手。

四楞头弩箭对准左边房子的门扇呼啸而去，但粗长的弩箭才射出一半，便遇到一团乌光的阻击。乌光与弩箭一起迸发出一声极具穿透力的声响，几乎是要震破周围人的耳膜。连串的火星飞溅，就像繁星坠下银河，顿时惊骇了许多人。

但惊骇没有就此终结，紧跟着前面阻击的乌光，又一片乌光突现而出，盘旋飞行。这次乌光的轨迹是个弧线，飞过之处，两架弩车瞬间破碎。另外一架弩车已经装好弩箭还没有来得及射出，一击之下便断了弩背，弩架力道反向倒射，四楞头弩箭的尾端生生将架上弩手的身体戳穿。

"好！"大块头沉声喊一句，"好霸道的杀器！大丽菊，你倒是能来和他较较力。"

没人回答，但周围那些鬼卒却开始自觉地往后退，让出一个很宽敞的地方来。

虽然没有人回答，但很快就有人出现了。在距离左边房子很近的一个小茅屋里出来个身材娇小的女子，女子的背后又相继跟出两辆破壁弩车。但这次弩车出来后并没有往前逼近，看来它们的用途并非作为领头抢攻的。

女子出来后没有说话，也没做丝毫停留，而是径直向左边房子走去。很显然，这样的一个娇小的身躯是无法承受乌光打击的。同样很显然，她如此大胆直奔乌光发出的位置，那是有躲避和阻挡那霸道杀器的把握。

乌光再起，直奔女子而去，发出乌光的人毫无怜香惜玉之心。由此可见其杀心的决断，这一般只有非常专业也非常专心的刺客才能做到。

身材娇小的女子伸出手臂，风摇柳枝般地一挥。风摇柳枝带来的却是狂风呼啸，沉重且沉闷的声响和刚才在半子德院大门口一击杀数人的完全一样。狂风在即将与乌光撞击前的刹那突然发生变化，原有的沉闷声变亮了些，另外还多出许多尖利刺耳的声响。这就像是狂风突然变成了龙卷风，而龙卷风里卷起的是无数刀片。

乌光在龙卷风中突破、冲撞，那声响让人听着心颤、胆寒。龙卷风终于停止了，像一抹再无外力驱动的尘埃飘落下来。而乌光也熄灭了，如同被飞旋快刀撕碎的一面黑旗。

这一次齐君元依旧没有看清是怎么回事，因为离得太远，光线也不好。但他却很有准备地听完了全部过程，这过程足以让他对双方对决的情形做出准确的判断。

那团乌光齐君元很熟悉，上一次在上德塬他就是凭着声响判断出来的，是裴盛的"石破天惊"。

龙卷风的判断有些艰难，不过好在刚才已经看到一次它攻击后的结果，所以加上这次的声音过程，齐君元准确推断出了它的器形和攻击状态。

大力绝

龙卷风在最初出手时是支很粗大的镖，长度、直径都是一般飞镖的几倍。镖型是八楞凹面鼓座镖，手法是自旋转钻射。八个凹面可以导流，可加大镖身的飞射力量，加速旋转并保持平稳。

但以上这些都还不是此镖最特别的地方，它的特别之处是在飞镖飞行到一段距离后，或者遭遇到劲风阻击时，八个凹面便会随着旋转展开，就像一朵开放的大丽菊。展开的八个叶面相当于给沉重的镖身加了个螺旋桨，达到二次加力的目的。而且当凹面展开到极限位置时，尾端便会脱出扣槽、脱离镖身。变成八大片又轻又薄的弧面柳叶镖。在自身旋转力道的作用下继续朝前分散飞射，与原来的镖身一同对目标进行攻击。而原有镖身不但被旋转叶片加速、加力，而且因为少了八个凹面重量变轻，飞行顿时更加劲疾。

刚才半子德院门口被射杀的人中，胸口洞穿的就是被镖身击中的。其他人，都是被又轻又薄的弧面柳叶镖击中的，根本看不出伤。

第十二章 绝重镖

"'大力绝'！这是'旋出声闷雷，风劲叶激飞'的'大力绝'重镖！"齐君元心中不由地一声惊叹。

"大力绝镖"，在宋代柳复言的《神器图鉴》中有过收录，是一种重镖暗器，也是一种靠自身力道进行杀势变化的绝妙机栝。据说早在商纣时就已出现，何人创制无从考证。《封神榜》上的南方主痘正神余光的宝贝梅花镖，一支可幻化为五支，很有可能就是"大力绝镖"的前身，或是以"大力绝镖"为原型。

齐君元为之惊叹的不止是这绝妙的杀器，还有那大丽菊甩手间的力道。如果这镖是以专用器械发出，那也正常，但现在却是由一个娇小女子单手甩飞而出，而且一击之下就将由强劲机栝发出的"石破天惊"阻挡住，那这就不能不算是一件匪夷所思的事情了。因为"大力绝"虽然有二次加力的精妙设计，但初始力道、变势力道完全都在这风摆柳的单手劲上，并且甩手间手腕还要加上旋转力。镖身又是如此粗大沉重，如此推算下来，那女子臂腕之间至少要有九石弓的力气。

此时还有一个比齐君元更加惊讶、叹服的人，那就是裴盛。他出道以来，从未曾遇到过能以手发暗器挡住自己"石破天惊"的高手。而且那支镖不但力大势强，飞射之中还可以分散成多个武器攻击。刚才那次撞击自己的"石破天惊"并未完全将对方的镖挡住，其中有两片柳叶镖仍是飞射过来。只不过自己三人在房中的藏身位置很是安妥，这才没有在黑暗中着了对手的道道。

通过刚才这次碰撞，裴盛确认自己明斗不是那女子的对手。差距主要在三个方面，首先这过程中自己"石破天惊"是完全被阻挡的，但对方仍有部分杀伤武器可以继续攻击。其次对方是以手力发镖，自己却是完全依靠器械，而器械发生意外的概率远大于高手的手。再有对方只要带有足够的镖便能不停发出，不需要装设，而自己的"石破天惊"最多只能装七块天惊牌，用完则需要再次装入。

冷兵器时代就是这样，实力远远大于偶然，一招之下便已经可以评判出轻重分量、高低短长。而既然结果已经见了分晓，那么实力不济的一方就会完全失去信心和斗志。因为继续缠斗不会使结果发生改变，只能是徒取其辱。但这种状况也是有例外的，那就是在刺行中。刺客以杀人为目的，他们并不在意输赢高低，也不受约于江湖规矩。只要是能将目标杀死，不管怎样的招式都是上上招。所以刺行中，实力和偶然所占比例是对开的。

裴盛是个专业的、杰出的刺客，所以他不会就此放弃，哪怕现在遇到的高手比那女子还要厉害数倍，他都会寻找一切机会来达到杀死对手的目的。

接下来裴盛采用的招式看着很不雅观，也可以说是有些不择手段。他是将整个身体贴住地面，像虫子一样蠕动身躯，悄无声息地往一侧墙角的狸猫洞靠近。狸猫洞是个隐蔽的射杀位置，人们一般不会注意到。而外面的女子所站位置距离房子很近，可从狸猫洞中发出一块天惊牌，横射那女子的双腿。在黑夜之中从意想不到的通道进行贴近地面的下盘突袭，这种方式也许有可能让偶然压过实力。

很明显，能以单手射出"大力绝"重镖的娇小女子正是五大高手之一的大丽菊。她在与裴盛一招对决之后并没有继续抢攻，只是抬手向前挥招了两下。那轻柔的动作更像风摇柳枝了。随着大丽菊的手势，她带出的两辆破壁弩车启动了。

悄然移动的裴盛身体刚贴住狸猫洞所在那面墙的墙角，那墙便已经被射穿了。射穿墙壁的不是四楞头弩箭，而是崩岔锚杆。这种锚杆射穿目标之后杆尖立刻崩开三岔，成船锚状。锚杆后面有油皮麻棕绳，射穿之后弩车机栝立刻带动轮鼓回收。青砖墙一下就被拉塌了上半边，屋檐瓦片也挂落下一大片。这样一来，裴盛虽然没有暴露自己，也没有被墙砖砸伤，但墙根处的猫洞却是被外面的砖块、瓦片堵住，失去了偷袭的通道。

墙刚塌，后边的大块头就动了。这大块头真的太快了，眼睛都来不及眨一下，他就已经落身在墙体的破开处。而此时躺在墙脚处的裴盛还没来得及将"石破天惊"的渔鼓口子调转过来。

大块头脚刚搭上墙砖便闻到一股腥风，立刻双袖挥舞往后急退。虽然裴盛来不及调整，但是躲在另一侧的唐三娘却早已做好了准备。她的武器很软，也不大，但蕴含的威力却让身如岳、动如电的高手根本不敢触其风头。

第十二章　绝重镖

唐三娘的武器就是她原来搭在扁担上的那块布巾，而且它的威力真就在这风头上。布巾甩出的力量也许只能将大块头身上的灰尘掸去，但随风而出的药料却可以将大块头短时之间化成一盆血水。

大块头是老江湖，腥风毒雨没少见识过，对这样的攻击早有防范。他的速度虽快，其实前冲的力道暗留了五分，因为这次出击本就不是他的目的。

就算是一个普通的江湖人都知道，从一个并不宽大的破口闯入黑暗的屋子中是危险的事情，更何况屋子里还暗藏着三个杀人的高手。

所以大块头不是真的要进去，而是要利用自己的速度在危险的边缘走个来回。他这样做其实是要诱逼里面暗藏的高手暴露出攻击的位置，让大丽菊可以对准那些位置下狠手。

唐三娘出手，大块头疾速躲开。大丽菊看准唐三娘的位置，"大力绝"重镖出手，那唐三娘却未必能躲开。

裴盛听到"大力绝"发出的声响，而且这时候他也正好调转了身体的姿势。于是"天惊牌"循声而出，在中途拦截了"大力绝"重镖。不过这次"天惊牌"出手太过仓促，加速度未能到达最强势的距离。虽然是将镖身挡住了，但有四片弧面柳叶镖依旧射入了屋里，朝着唐三娘飞射而去。

唐三娘的布巾立刻回收，卷起了两片柳叶镖，但还有两片她却怎么都来不及应对了。

就在此时，屋子里的黑暗角落有细长的彩光飞卷而出，剩下的两片大柳叶镖被缠裹在了这细长的彩光中。这彩光是秦笙笙的天母蚕神五色丝！

刚刚躲开唐三娘布巾的大块头脚刚着地便再次借力跃出，二次扑向墙壁的破缺处。而且这次扑出他不再空手，一对钢链连接的倭瓜铜锤也一同撒出。

这样的组合式攻击是大块头和大丽菊专门训练过的，而且有过许多次的实战经验，否则不会配合得这样默契。大块头以身诱敌显露位置，大丽菊远距离进攻，让对手蓄势已久的招式释放，然后大块头再借助这个时机回身突击。

按理说，这个时候屋子里的对手应该已经处于调整状态，无法连续出手。但今天大块头显然估算错了,因为他遇到的是一群刺客,一群不惜运用各种手段一杀再杀的刺客,一群不曾杀人就先会想尽办法保住自己性命的刺客。

和第一次一样,大块头的脚刚刚沾上砖,一片乌光便直对他飞出。那是裴盛边朝屋子后墙滚动身体边射出的,所以准头不是很好,偏身体上部了些,这样大块头只需仰身就能很容易地躲避开。但问题是赶在乌光之前的还有四道飘飞的光泽,两片是被唐三娘布巾回收的大柳叶镖,她依旧是用布巾甩出的,劲道和准头都不太足。还有两片是细长彩光卷起后收了个大弧线再反转射出的,这是秦笙笙用天母蚕神五色丝缠绕住柳叶镖先收后放,状态就像是两支绳镖。准头、力道都很足,而且攻击过程中还可以进行角度的调整。

柳钓人

二次扑进会遇到这么强劲的反击,这一点大块头没有想到。大丽菊也没有想到,所以她没有及时补位进行再次攻击。

两人的配合断链了,因此大块头的链子锤也断链了。裴盛的"天惊牌"是最容易躲避的,只需仰身就行了。但他却没有这样做,而是用链子锤的铁链去硬接了"天惊牌"。理由很简单,旁边唐三娘布巾甩出的镖他必须躲。第一次以身诱敌时闻到的腥风让他知道,这布巾射出的东西绝不能碰上一点,所以他只能拧转身体躲避。这样一来,秦笙笙无色丝带动下的两支镖他就必须格挡,否则要么是两支镖直插自己的双肋,要么是两道彩光裹住自己的腰部,这都是非常可怕的事情。而此时他手中正好有两只锤子可以出手,一锤挡一镖倒也合适。剩下的就是"天惊牌"了,到这地步他已经完全没有躲避的余地了,也没有合适的格挡武器,只能是将链子锤的链子横在自己面前,作为最后的防御。

"叮!"声音很是清脆。大块头是聪明的,他没有用链子硬撞,而是在乌光的下边缘碰击一下,让乌光改变方向往上斜飞。这一点他做到了,也成

第十二章　绝重镖

功了。可他没有想到，虽然没有强撞，但旋转疾飞的"天惊牌"还是很轻易就将他链子锤的链条撞断了。而断成两截的链条在"天惊牌"巨大的力量带动下，猛烈回抽，击中了大块头的胸口。

大块头这么粗壮的身躯竟然像柳叶般地飘飞而出，而且是被自己的铁链击飞的。

大丽菊没有去理会大块头，她急退两步，抬双臂，双手各持一镖做欲射状，但这其实只是防止屋里人继续追击。

大块头虽然跌出，但他落下的姿势说明他并没有受很重的伤。因为没有一个遭受重击的人还能以飘飞的姿势落下，这在技击术中是一种释放重击力的姿势。果然，大块头身体才落地，便坐了起来，然后恶狠狠地吐出两口带血的唾沫，站起身便要继续往里冲。

"哈哈哈，好玩，真是好玩。"半子德院院墙顶上的砖垛后响起一个干涩的不带丝毫感情色彩的声音。"大家都退退，干吗这样拼命。我们让御外军的铁甲方队来陪他们玩。你们都歇着喝茶看戏，看这些个厉害角色能炖几碗肉汤。"

这话说完，立刻有人用"掌千言"发出讯号，于是庄口外有大片的灯火一下亮起。然后沿着周围山岭也有灯火点燃，就像一条火龙将庄子围住。灯火亮起之后，有整齐的步伐声往庄子里逼近。从灯火的移动和脚步的声响上判断，齐君元确定这是大量穿戴了重型盔甲的士兵以进攻队形在往庄子里逼入。

庄子里的鬼卒没有动，大傩师、大丽菊这些高手也没有动。很明显，他们在等，等着那些铁甲兵进来替他们剿杀入侵者。

齐君元眉头紧皱，通过刚才的一番折腾他已经将所有状况都掌握清楚了。倪稻花跑出他是亲眼看到的，这女子现在正被几个鬼卒围着，估计凭她的能力无法逃脱。根据刚才一番对决所出现的武器，可确定躲在房子里有秦笙笙、唐三娘、裴盛，他们三个现在也已经是明目标。还有一个明目标是在另外一间房子里，根据他布设假墙的技法推断，应该是王炎霸。因为如果换作是范啸天布这样个假墙，就算倪稻花突然跑出来冒了相，他也可以立刻用光影转换移位进行弥补。对了,范啸天这老东西现在跑哪里去了?他会不会有什么办法把这几个人救出去?齐君元脑子里突然转过这样一个念头。但这个念头随即便放弃了,因为就他对范啸天的了解,这个人就算有这样的能力也不具备这样的胆量。

不过此时的状况胆量真的是其次,重要的还是能力。身在别人的地盘,周围环境都是对家熟悉并掌控着的。庄口已经被正陆府御外军的铁甲兵堵住,周围山岭峭壁也都被官兵团团围住。自己没露相还有机会逃脱,秦笙笙那几个人却已然是坑中的蛤蟆,插了翅膀也不一定能飞出去。

御外军的兵马在逼近,队列已经进了庄口。这次和狂尸群不同,狂尸群是一种狂乱的力量,妖异而邪晦。而御外营铁甲队列的力量沉重而稳固,就像朝前推动的钢碾,可以将一切压平、碾碎。

齐君元在急切地思索,想找到一个可以将秦笙笙他们救出的办法。但他越想越绝望,脑海中仿佛有个声音在不断地告诉他:这是不可能的事情!

就在齐君元无计可施之时,一直跌坐在铃把头身边的倪稻花突然站了起来,她带了些疯狂的状态指着半子德院院墙顶上嘶喊着:"杀了他!谁杀了毁掉上德塬的那个魔头,我就嫁给他!一辈子服侍他!"

院墙砖垛后面的干涩声音再次响起:"好玩,真的好玩。你觉得就你现在这样子还有机会嫁人吗?我以为今天来的都是些发狂的尸体呢,没想到还有发疯的女人……"

他的话没有全部说完就被一声怪兽的嚎叫打断,那嚎叫远远传来,在黑夜之中显得无比凄惨诡异,像鬼泣,像神号,但更像凶犬的泣哭。

犬见鬼才会哭,犬见到将死的人也会哭。但这将死的人是谁?是倪稻花,还是砖垛背后的人,谁都不知道。不过这嚎叫却是让那推进的御外军队伍明显滞停了一下,就连那些没有自我感觉的鬼卒也似乎微微有些退缩。

齐君元此时眉头猛然一展,思绪终于将各种段落连贯起来,一个大胆冒险的计划闪现脑海。

刚才的嚎叫是穷唐,也就是说,哑巴就在附近。哑巴虽然无法阻止御外营的铁甲方队,但他可以作为一个隐藏的威慑力量。

第十二章　绝重镖

范啸天现在虽然不知道去哪里了,但他应该也还没有机会逃出去,所以也是一个可利用的威慑力量。

再有,倪稻花刚刚说出的一个异想天开的条件,在哑巴那里却有了反应,这说明一些明显无法实现的条件和信息,对某些特定的人依旧是具备极大诱惑力的。所以,那些在其他环境下会对自己不利的潜行力量,在现在的特定情况下或许可成为自己可利用的对象。如果他们也隐身在附近,如果自己说出一些他们迫切需要的条件,那么他们不但可以成为东贤庄最大的威慑,甚至还能帮助自己对东贤庄进行实际的打击。

想到这里,齐君元手上已经暗暗动作,他这是在做一些准备。周围所有存在的和可能存在的威慑力量都必须由他齐君元来调配,所以以这样一个重要身份出现,本身也需要具备巨大的威慑力才行。

穷唐犬再次发出了一声嚎叫,可以听出来,这次距离更近,似乎已经进到了庄子里面。齐君元他们都知道,穷唐那样一个动作疾速、行动鬼魅般的异犬,要想找到一个不被人注意的空隙闯进来是完全有可能的。但是这情况东贤庄的高手不知道,半子德院的坐镇者不知道,御外军的兵将不知道,所以他们紧张了,慌乱了。

"什么妖孽?不要装神弄鬼,有种你现身!"大傩师高声顿喝,然后目光凝聚,精神集中,手指红色孔明灯。孔明灯立刻侧向移动,随之数十个鬼卒快速朝声音发出的位置围堵过去。

"灭了红色孔明灯!"齐君元知道自己该现身了,于是在大柳树的顶上发出一声高亮的呼喝。

紧随着齐君元的呼喝,飘移的孔明灯爆响一声,灯罩里火星四溅,烟气弥漫。随即灯罩燃起火苗,悠悠然掉落下来。

孔明灯一落,那些鬼卒顿时停住脚步,站在原地一动不动。突然没有了指引,醒转过来的鬼卒像换了个世界。根本不知道自己之前的行动目标是什么,只能呆立原处不知该何去何从。

但有些人却是知道自己该做什么的,那就是后来冲出半子德大院的那些魈面人。孔明灯的控制指引不包括他们,所以他们的行动仍是伺机的、随意的。而这些魃面人都是高手，突然出现的各种意外让他们立刻锁定齐君元，确定这是目前最需要解决的目标，所以呈前卫后攻的"风开浪"阵形急速扑了过来。

齐君元站在树顶没有动，因为还没有到他该动的时候。曾经有古代残本以杂文形式记载，说最早的垂钓就是从垂到水面的柳枝悟出的，不知道这种说法是真是假。但是现在齐君元却真的是用柳枝进行了一次垂钓，而且钓上来的不是鱼，是比鱼更加狡猾、凶悍的魃面人。

刚才一番暗中动作，齐君元已经布下了钓人的钩子。但这次用的不是子牙钩，更不是钓鲲钩，钩子的钓线用的也不是无色犀筋。他这次布下的是个钩网，网线用的是灰银扁弦，很细很硬，极具切割力。每个网口上都有一只小钢钩，这钩子是扣刃钩，构造和一般的钩子没有区别。不同的是它的倒刃部分原来是顺开反扣的，这样钩子在刺入时可以顺滑深入。但一旦刺入目标，倒刃便会反向扣住，使得刺入的钩子无法脱落。

灰银扁弦扣刃网的特点之一是可以在光线不好或混乱的状态下对付人数众多的敌人。被扣刃钩勾住后的一个后果是无法脱落，挣扎之下还会越扎越深，越扣越紧，以至于直接割断肌腱、经脉。另外，切割力很强的灰银扁弦在大力挣扎的情况下会勒陷入身体，而勒陷入身体后的疼痛会让中招者更加大力挣扎。如此恶性循环，最后甚至能将人的身体勒割成两段或数块。此时的灰银扁弦扣刃网还利用了柳树的力量，冲在前面的人撞进网里后，被崩挂住身体不算，而且还被柳枝的韧劲吊离了地面。

被网住的都是些高手，他们之所以会陷入此兜子，其中一个原因是齐君元的设置太过巧妙隐蔽，再一个也是根本没有想到在他们自己熟悉的地盘上，对手还能悄没声息地设下如此大型的爪子。但也正因为他们是高手，钩子入肉、银弦缠身后便立刻知道自己不能挣扎。于是就算被横挂倒吊姿态狼狈，却没一个敢乱动，仿佛已经在瞬间死去。而后面往前冲扑的高手见此情形再不敢往前多走半步，他们无法断定前面还有没有类似的或者更厉害的爪子存在。

第十二章　绝重镖

明价易

　　柳树因为旁边突然塌陷出来的大坑已经有些倾斜，现在又挂上了七八个人，便使得那树弯得更加厉害。齐君元踩着树上的一根枝头，枝头往下一弯一坠，他迈个步子就已经到了地面上。落地之后，他对余下那些未被网钩钩住的魈面人视而不见，只管径直朝半子德院的大门走去。

　　一般都是这样，当一方处于下风时，担心的、疑虑的都会更多。而当对手根本无视于他们时，他们心中往往会更加没底。所以那些魈面高手怯怯地让开了，任凭齐君元一直走到院门前面。

　　已经走到院门前的齐君元并没有停住脚步，而是继续缓步而行，同样无视大傩师的存在，悠悠然绕着那塌陷的大坑走了大半圈这才停住。整个过程中，所有能看到他的人都把目光集中在他的身上。

　　齐君元的表现看着真的很镇定，但其实他暗中捏住钓鲲钩索儿的手指已经在微微颤抖，胸口间的气息也流转不畅。他知道，此时只要有一个不怕死的莽撞人朝自己冲过来，那么他计划好的冒险举动就会成了送死的举动。

　　"真的有些对不住，我本来说过我是置身事外的。但一不小心就又卷入其中，而且还在各位前面到了这里。"齐君元说这话时并不知道该听得到这话的人在不在这里，而确定可以清楚听到他这话的人又都不知道他到底是对谁说的，又是说的什么意思。

　　"但是和上德塬遭遇时一样，我还是原来的态度。你们要的东西我绝不沾，我的目的就是要将我的人带走，远离此处的危险。但大家都知道，像现在这样的境地要想逃出就如痴人做梦，不过各位如果愿意和我这痴人做笔交易的话，那我们还真就没有到山穷水尽的地步。"

　　东贤庄的人一个个面面相觑，他们仍然不知道这话是对谁说的，不过已经能觉出些意思来了。这个突然出现的高手如果不是被什么东西堵迷了心窍发噫障，那么就是在和某些暗藏的人进行沟通。这些暗藏的人在哪里，怎么庄里没一个人发现到他们的存在。

　　御外军的铁甲兵根本就没有听齐君元说话，他们全神贯注地坚持着自己的步伐、保持自己的队形。以刀盾、长矛、钩矛、弓箭、弩架构成的攻击组合就像一座移动的城池。看到这个军队的气势，便知道楚地为何能将已经成为统治者的南唐重兵重新驱赶出去，并且列于众强环伺之中却无丝毫怯弱，并不趋炎附势于哪个强国。

"交易很简单，我一路过来时在无意中得到了三个重要讯息，想以这三个讯息换取你们的三个帮助。我这人做生意向来以诚相待，一般都是先拿出自己的货来让别人掂量。这次也一样，我先说出一个讯息来，各位要是觉得值我们再把交易继续下去。"

齐君元说到这里停了下，这是让那些感兴趣的人有时间调整好自己的听觉，以免漏掉什么有价值的内容。

"上次你们前往上德塬的目的其实是要找一个倪家人，这人手里有一个重要的东西。对了，这个不用说了，在上德塬还是你们告诉我这情况的。不过下面的内容你们听清楚了，就在今天天黑之前，那个倪家人仍没有拿到那件重要的东西，而且东西在哪里他也不知道。但是现在，我可以告诉你们东西至少有百分之五十的可能已经到了他手里，而这个倪家人现在正被楚地武定军节度使周行逢的女婿唐德控制，就囚禁在半子德院里。"

周围一点反应都没有，看起来没有任何一个人对齐君元所谓的重要讯息感兴趣。但是齐君元却不这么认为，他觉得别人是在等他开价。买卖公平为先，这一笔的账要不结，下面的交易根本不会继续。

"这个讯息我的要价就是替我冲乱正在逼近的御外营铁甲兵方队。我估计不问源馆的铜衣巨猿应该可以办到。"

还是没有反应，也许别人觉得付这价格不值。

"如果各位觉得不值得、不愿意做这把交易，那也没关系，这个讯息就算白送。余下的讯息我就转而卖给唐德了，他火烧上德塬，目的应该与各位差不多。相信凭着余下的两个讯息，应该可以和他交换一条生路，随后他们根据讯息找到那件重要的东西后，说不定还会将上德塬的男丁全放了。这也算是一个圆满的结果。"

齐君元虽然说得爽气，其实这是将自己讯息的价值陡然加倍了。自己得

第十二章　绝重镖

不到，转而让自己的对手得到，这中间的差额谁都知道有多大。

这次齐君元的话音刚落，一侧悬崖上突然有个巨大黑影顺蔓藤滑下。然后直接荡过绕庄河，几个纵跃之后，就已经闯进了御外军的铁甲方队。方队顿时乱了，因为那个黑影速度之快、力量之大根本不是他们能够挡住的。那黑影身披铜甲衣，双臂挂带着粗长铁链。刀砍矛扎对其根本不起作用，而它臂上挂带的粗铁链挥舞之下，只见兵刃成串地被击飞，兵卒成片地倒地不起。

就在铁甲御外军全神贯注对付那个巨大黑影时，一个小兽子轻巧地从黑暗中飞出，动作比那黑影更加迅速。然后这兽子便在那些铁甲兵卒的头顶上纵跃偷袭，随着它爪舞齿咬，铁甲队变得更加混乱。会飞的兽子当然是穷唐，它这次没有威慑铜衣巨猿，而是相互合作，一个主攻一个助攻。

东贤山庄的人全都看傻了，他们无法知道这样两个怪异的兽子是从何而来。

"真好，易水还的丰大侠果然是睿智之人。你把我要的价儿一付，也就逼得我无法再与唐德进行交易，看来我只有把交易进行下去了。现在听好了，我继续说下一个讯息了。"齐君元停了下，因为他下面会有大段的叙述和分析，他希望听到的人不要漏掉什么，否则自己的可信度会大打折扣。

"你们所寻那件东西出在楚地，所以最早获知这个秘密的应该是本地人。而唐德按岳父的指引在此务农，可有谁见过一个农夫身边会有这么多的高手供其驱使？还有那些身不由己的魍面人、鬼卒，甚至连官府的御外营兵将都成了他看家护院的私人军队。所以他的真实目的是以务农之器掘土下宝藏，盗挖墓穴，以充周家军军资。上德塬的壮丁几乎被尽数活捉，而且一路往此处押送。难不成唐德是要他们来给自己修庄种菜的？肯定不是！他定是也已经知道上德塬的秘密，但无法判断具体落在哪个人身上。于是用撒网捕鱼法，先把人尽数拿了，然后再逐个细细盘查。另外，倪家人掏挖是专长，他可能还需要利用这些人替他挖掘、开启那个宝藏。宝藏中可能会出现的妖物和鬼魅则可由言家人来对付。"这些话其实都是铺垫，齐君元目的就是要大家相信下面的一句。"但是他为什么能抢在你们前面，并且捉住人之后便将上德塬全灭口烧毁。这是因为他根本没有顾忌，因为他已经知道宝藏的具体位置，只是还没找出开启的方法。我想现在各位肯定很急切地想知道这个地方在哪里吧？没关系，我还是先给货后要价。听好了，是距此地不远的盘茶山。这一价我要换的是将周围山岭上占住高处位置的兵卒驱走。"

"你已经说到这个份上了，接下来恐怕不会再有什么能让我们感兴趣的了？"周围山岭上绵延起伏的灯火长龙突然断了一截，就在这断了的位置上，有人在高声说话。

"听声音是梁铁桥梁大当家的。你手下江湖高手多，在山岭沟壑这些位置对付官兵应该是小菜一碟。话我刚才已经放下了，如果梁大当家要觉得不划算也没关系，这个也算白送。但接下来最后一个、也是最重要的一个信息，我觉得在唐德那里换到我自己的命应该没问题。唐驸马要是慷慨的话，说不定还会让我将同伴们安全带走。"

齐君元的话刚说完，周围的山岭上再起变化。绵延周围山头的火龙不但变成了断龙，而且还变成了乱龙。很明显，在那些有火把驻扎的重要点位上，有两股力量已经成缠斗态势。

现在东贤山庄的人从惊奇变成了惊叹，齐君元在他们眼里已经是个比大傩师更具玄妙法术的大师。只说了几句话，便让局势发生了巨大的变化，而且这些变化是他们之前根本无法预料的。

但对齐君元他们而言，局势并没想象中那么好。被巨猿和穷唐冲散的铁甲方队开始虽然散乱、惊恐，但随即便逐渐定下来，所有兵将迅速调整状态和对敌方式。他们不再阻击和驱赶两只怪兽，而是收缩防守，人和人尽量紧紧贴靠在一起，将阵形变成整个一块实墙。这样不但能抗衡住巨猿的冲击，而且穷唐在高处的飞纵突袭也只能是在实墙的边缘，不敢进入到中间位置。而更为严重的情况是庄外的御外营的大队人马开始行动了，他们分作两路。一部分往周围山岭上而去，这是要增援守住山岭的队伍，剩下的大部分则是继续以方阵态势往庄里逼进。

幸好是东贤庄的几大高手和魈面人暂时都没有采取行动。他们仍然在好奇地观望，也是紧张地观望，因为他们不知道齐君元下一个讯息的要价会不会是针对他们的，所以都提足了精神做好戒备。

　　虽然情况没有达到自己想要的效果，但齐君元此时反显得更加淡定。他并没有急着说第三个讯息，而是朝倪稻花招招手，示意她过来。有两个鬼卒下意识持刀想拦住倪稻花，但才一动，便立刻在头面上扬起一片泥土，然后重重栽倒在地晕死过去。很明显，这是被哑巴弹弓大力射出的泥丸击中了。所以倪稻花毫无阻挡地走到了齐君元身边。

　　"能循着倪家人的痕迹走吗？"齐君元悄声问了一句。

　　倪稻花没有回答，只微微点了点头。从她此时的目光和表情可以看出，这女子非但不傻也不疯，而且透着一种另类的狡狯的坚忍。从她坚定地点头动作可以看出，这个盗墓人的女儿已然对齐君元的意图了然于心。

图书在版编目（CIP）数据

刺局 .1, 即兴局 / 圆太极著 . — 北京 : 北京时代华文书局 , 2017.12（2022.5加印）
ISBN 978-7-5699-1968-4

Ⅰ . ①刺… Ⅱ . ①圆… Ⅲ . ①长篇小说—中国—当代 Ⅳ . ① I247.5

中国版本图书馆 CIP 数据核字 (2018) 第 025264 号

刺局 1：即兴局
CIJU1：JIXINGJU

著　　　者	圆太极
出 版 人	陈　涛
责任编辑	周　磊
装帧设计	程　慧　迟　稳
责任印制	訾　敬

出版发行｜北京时代华文书局 http://www.bjsdsj.com.cn
　　　　　北京市东城区安定门外大街 136 号皇城国际大厦 A 座 8 楼
　　　　　邮编：100011　电话：010 - 64267955　64267677
印　　刷｜三河市兴博印务有限公司　0316-5166530
　　　　　（如发现印装质量问题，请与印刷厂联系调换）

开　　本	710×1000mm　1/16	印　张	18	字　数	266千字
版　　次	2018 年 7 月第 1 版	印　次	2022 年 5 月第 2 次印刷		
书　　号	ISBN 978-7-5699-1968-4				
定　　价	45.00 元				

版权所有，侵权必究